W0203557

Folgende Titel der Reihe »Die Chroniken der Seelenwächter« sind bisher erschienen:

Erschienene E-Books:

Band 1-24

Erschienene Hardcover:

Sammelbände 1-5

Über die Autorin:

Nicole Böhm wurde 1974 in Germersheim geboren. Sie reiste mit 20 Jahren nach Phoenix, Arizona, um Zeichen- und Schauspielunterricht am Glendale Community College zu nehmen. Es folgte eine Ausbildung an der American Musical and Dramatic Academy in New York, bei der sie ihre Schauspielkenntnisse vertiefte. Das Gelernte setzt sie heute ein, um ihre Charaktere zu entwickeln. Sie lebte insgesamt drei Jahre in Amerika und bereiste diverse Städte in den USA und Kanada, die nun als Schauplätze ihrer Geschichte dienen.

Sie fotografierte jahrelang nebenberuflich für eine Tierfotoagentur und verkaufte ihre Fotos an Bücher oder Magazine. Zurzeit lebt sie mit ihrem Mann und Pferd Bashir in der Domstadt Speyer. Seit August 2014 erscheint ihre eigene Serie »Die Chroniken der Seelenwächter« bei der Greenlight Press.

Weitere Informationen:

http://www.die-seelenwaechter.de

http://www.facebook.com/chroniken.der.seelenwaechter

http://www.greenlight-press.de

Neuigkeiten direkt aufs Smartphone.

Hol dir jetzt die kostenlose Seelenwächter-App!

Die Archive der Seelenwächter

Weg des Kriegers

(Band 1)

von Nicole Böhm

1. Auflage Februar 2018

© 2018 by Greenlight Press
Autor: Nicole Böhm
Cover: Nicole Böhm
Lektorat: Andreas Böhm
Satz: Jürgen Straub
Innenillustration: Nicole Böhm

Bibliografische Information der Deutschen Nationalbibliothek Die Deutsche Nationalbibliothek verzeichnet diese Publikation in der Deutschen Nationalbibliografie; detaillierte bibliografische Daten sind im Internet über http://dnb.dnb.de abrufbar.

Herstellung und Verlag:
Greenlight Press
Gartenstr. 44B
76133 Karlsruhe
E-Mail: info@greenlight-press.de

Printed in Germany
ISBN: 978-3-95834-176-0

Sie finden uns im Internet unter:
http://www.die-seelenwaechter.de
http://www.facebook.com/chroniken.der.seelenwaechter
http://www.twitter.com/Seelenwaechter
http://www.greenlight-press.de

I

Weg des Kriegers

1. Kapitel

Malea Island, Karibik – Die Gegenwart

Akil zog sein Shirt glatt, atmete einmal durch und läutete die Glocke des Gästehauses. Sechs Tage. So lange war er weggewesen. Unfassbar, was in der Zeit alles geschehen war. Gefühlt konnte er mit den Ereignissen ein ganzes Leben füllen, aber das war ihm schon öfter so ergangen. In den zweitausend Jahren, in denen er auf der Erde wandelte, hatte er viel gesehen, viel erlebt, viel verkraften müssen.

Die letzten sechs Tage toppten einiges.

Gerade als er sich überlegte, ein zweites Mal zu klingeln, ging die Tür auf.

Und da stand er: Jaydee. Sein Freund. Sein Bruder. Mit nacktem Oberkörper, tätowiert und verdammt kurzen Haaren.

Für einen Moment vergaß Akil seine Sorgen, vergaß, was mit ihm geschehen war. Er wollte einfach nur seinen Freund an sich ziehen und seine Nähe genießen. Also breitete er die Arme aus. »Ich bin wieder da, Herzchen!«

Statt sich zu freuen, starrte Jaydee ihn an. Entgeistert. Schockiert. Und vielleicht ein klein wenig entrückt. Akil trat nach vorne und riss ihn an sich.

»Oh, mein Gott«, rief Jess auf einmal. »Akil!«

Er blickte auf, Jaydee schob ihn von sich. Jess steckte ihr Handtuch an ihrem Körper fest, rannte um die Couch herum und stürmte auf Akil zu. Und da wurde es ihm klar: Jaydee halbnackt, Jess halbnackt … beide allein.

Er blickte über Jaydees Schulter zu ihr, zurück zu ihm.

»Ups.«

»Ja, ups …«

»Ich bin wohl …«

»Akil!« Jetzt lag auch Jess in seinen Armen. Sie drückte sich an ihn, ohne Scheu oder Ekel vor seinem Outfit. Er hob sie hoch, wirbelte sie einmal herum und setzte sie wieder ab.

»Wie geht es dir?«, fragte Jess.

Akil lächelte entschuldigend. »Jay! Ey, Mann, das ist jetzt aber echt …«

»Du sagst es.« Er hob eine Augenbraue, schubste ihn nach draußen und knallte die Tür vor seiner Nase zu.

Zack.

Akil realisierte erst nach ein paar Sekunden, dass er ausgesperrt worden war. Er schüttelte den Kopf und strich sich die Haare zurück. Vielleicht war es doch kein guter Zeitpunkt gewesen, um zurückzukommen.

Auf einmal ging die Tür wieder auf und Jess sah ihn an. Akil lächelte. »Lasst euch bloß nicht von mir aufhalten. Die paar Minuten kann ich noch warten.«

»Du kommst sofort rein«, sagte Jess. »Und wie siehst du überhaupt aus?«

»Tut mir wirklich leid, Mann«, sagte er zu Jaydee.

»Tut es nicht, aber egal.«

Er ließ sich von Jess ins Haus ziehen und blieb in der Mitte des Raumes stehen. Gott, sahen die beiden gut aus! Ein wenig erschöpft vielleicht, aber dieses angespannte Knistern, das sonst zwischen ihnen hing, war weg. Oder eher: Es hatte einer anderen Art von Knistern Platz gemacht. Akil war durchaus klar, was die beiden trieben. »Ihr habt es also geschafft, mh?«

»Eigentlich wollten wir es eben schaffen«, sagte Jaydee.

Scheiße. Das war also ganz schlechtes Timing gewesen. »Warum bist du tätowiert?« Er fragte das eigentlich nur, um die Spannung etwas zu mildern.

»Das ist eine lange Geschichte.«

»Und warum sind deine Haare so kurz?«

Jaydee strich sich über den Kopf. »Hab mit dem Feuer gespielt.«

»Das kannst du doch noch später erzählen«, sagte Jess. »Erst Akil!«

»Das kann ich nicht in zwei Sätzen zusammenfassen, und außerdem musst du dir dazu etwas anziehen. Das hält man ja nicht aus.« Jess war nun mal eine Fackel. Wäre Jaydee nicht so interessiert an ihr gewesen, hätte Akil sie längst flachgelegt.

»Okay. Mach ich. Aber du versprichst, dazubleiben.«

»Oder du kommst morgen wieder«, sagte Jaydee.

Akil zuckte mit den Schultern, es tat ihm wirklich leid, aber eigentlich wollte er nicht morgen wiederkommen. Er wollte hierbleiben und seinen Freunden erzählen, was er erlebt hatte. Er musste! Sonst würde er platzen!

Jess sah ihn erwartungsvoll an. Sie würde ihn nicht gehen lassen, so viel war klar. Für Jaydee gab es heute leider keinen Sex.

»Also gut, ich erkläre euch alles«, sagte Akil schließlich. »Aber ihr setzt besser 'nen Kaffee auf. Ihr werdet nämlich nie glauben, was mir passiert ist …«

Da ist’s denn wieder, wie die Sterne wollten:
Bedingung und Gesetz; und aller Wille
So sind wir scheinfrei denn nach manchen Jahren
Nur enger dran, als wir am Anfang waren.

2. Kapitel

Die Insel Faial, Azoren, vor sechs Tagen

Trinken! Trinken! Trinken!«

Die Menge grölte. Akil stand auf einem Tisch in der Mitte der Bar, hielt einen Zwei-Liter-Bierkrug an die Lippen und kippte den Inhalt Schluck für Schluck hinunter. Die Hälfte war geschafft, aber ihm war so kotzübel, dass er bezweifelte, den Rest auch zu packen. Er setzte ab und sah nach links. Auf dem Nachbartisch stand Tom und trank ebenfalls. Er hatte seinen Krug fast geleert, schwankte jedoch bei jedem Schluck. Nicht mehr lange, und er kippte um. Auch Akils Kopf schwirrte. Er hatte keine Ahnung, wie viel er intus hatte. Irgendwo zwischen dem fünften und sechsten Bier hatte er den Überblick verloren.

»Komm schon, Akil!«, rief Raphael und klatschte in die Hände. »Nicht schlappmachen!«

Der Arsch hatte gut reden. Er war noch ein Seelenwächter. Er konnte nicht betrunken werden, zumindest nicht, wenn er das nicht wollte. Wie jeder Wächter der Erde besaß Raphael Selbstheilungskräfte. Alkohol, Drogen oder andere Gifte hatten bei ihm keine Wirkung. Normalerweise. Raphael mischte sich gerne mal Titaniumstaub in seine Cocktails. Das Zeug war das einzige, was einem Seelenwächter schaden konnte. Eigentlich wurde Titanium nur für das Schmieden der Waffen verwendet, aber Raphael hatte es zweckentfremdet und setzte es für sein eigenes Vergnügen ein. Akil blickte zu ihm. Raphaels Pupillen waren erweitert, er wirkte verklärt und entrückt, also hatte er wieder Stoff nachgelegt.

Volldepp.

Früher hatte es Akil nicht gestört, wenn Raphael sich so gehen ließ. Jedem das Seine. Und so lange er niemandem damit schadete, konnte er tun, was er wollte. Heute empfand er es als persönlichen Angriff. Als Beleidigung dessen, was die Seelenwächter waren. Raphael sollte froh darüber sein, dass er noch mit dem Element Erde verbunden war und ihre Kraft spüren durfte. Akil würde seinen rechten Arm dafür geben, wenn er seine Fähigkeiten zurückerlangen könnte.

Seit er von dem Pfeifzauber erwacht war, den Joanne über Ilai, Anna und ihn gelegt hatte, fühlte er sich, als wäre ihm ein Teil seiner Seele entrissen worden. Die Erde sprach nicht mehr zu ihm. Wo früher das Leben durch seine Zellen pulsierte, wo er mit jedem Atemzug die Natur um sich spürte, ihre Stärke und ihre Energie in sich aufgenommen hatte, war nur Leere. Dumpfe, ekelhafte, kalte, graue Leere. Akil war unvollständig. Er war weder ein richtiger Mensch noch war er ein Seelenwächter. Er hing in einem Zwischenstadium. Schwach und wackelig und zu nichts zu gebrauchen.

Die Erkenntnis stieß bitter in ihm auf. Oder es war das Bier. Oder beides. Egal. Er setzte den Krug ein weiteres Mal an und trank und trank und trank. Der Alkohol sackte in seinen Bauch, verteilte sich in seiner Blutbahn, machte ihn leicht und gleichzeitig schwer. Die Menge um ihn jubelte, feuerte ihn an. Auch das war ihm egal.

Er trank, bis der Krug leer war.

Akil setzte ihn ab, torkelte. Die Leute sahen ihn erwartungsvoll an. Er blickte zum Tisch nebenan. Tom hatte ein Viertel Bier vor sich. Das hieß wohl, dass Akil gewonnen hatte.

Yeah.

Oder auch nicht.

Mir ist schlecht.

Er ließ den Krug fallen, rülpste und plumpste vom Tisch.

Das Lachen um ihn herum wurde lauter, jemand fing ihn auf, hielt ihn, stützte ihn.

»Hab dich, Kumpel«, säuselte Raphael. Akil krallte sich an seiner Schulter fest und ließ sich von ihm auf den nächsten Stuhl bugsieren. Er kämpfte gegen den Brechreiz und versuchte krampfhaft, den Geschmack nach Bier auf seiner Zunge zu ignorieren. Noch ein Schluck, und er würde alles wieder nach oben befördern. Raphael legte eine Hand auf Akils Schulter. Warme, angenehme Energie sickerte in ihn. Der Geruch nach frischem Moos und Erde mischte sich unter die Ausdünstungen der Bar. Für einen Moment überwog die Natur, zog Akil in ihren Bann und in ihre Arme. Raphael trat hinter ihn und legte die andere Hand auf seine Stirn, als wolle er Fieber messen. Doch Akil wusste, was er tat. Er heilte ihn. Half seinem Körper, den Alkohol abzubauen und einen halbwegs klaren Kopf zu bekommen. Raphaels Energie rauschte durch seine Zellen. Es war ein sagenhaftes Gefühl, als stünde er unter einem erfrischenden klaren Wasserfall, der all den Dreck und das Schlechte aus ihm herausspülte.

Akil schloss die Augen, nahm die Kraft der Erde in sich auf, bis sie tief in seinen Bauch sickerte und sich dort in Wärme verwandelte. Am liebsten hätte er sich Raphael gekrallt und wäre in ihn hineingekrochen, nur damit er mehr davon haben konnte.

So gut.

So stark.

So vergangen.

Akil war kein Seelenwächter mehr.

Er war nicht mehr Teil hiervon. Je schneller er das begriff, umso besser.

»Hör auf«, sagte er, schlug Raphaels Hand weg und beugte sich nach vorne. Raphael hatte ihn nicht komplett heilen können. Noch immer rauschte der Alkohol durch sein Blut, der Boden tanzte, aber wenigstens war die Übelkeit weg. Vielleicht sollte Akil nachlegen. Sich richtig abschießen und nie mehr aufwachen.

»Gibt es in diesem Laden auch was zu trinken?«, rief er zur Bar.

Jemand lachte leise und ließ sich auf den Stuhl neben ihn sinken. »Hast nicht genug?«, fragte Tom. Er sah wesentlich fitter aus als Akil. »Hier.« Er hatte zwei Biergläser dabei und stellte ein volles vor ihm ab. Akil griff danach, verfehlte es zweimal, bevor er den Henkel erwischte.

»Ich mag trinkfeste Kerle«, sagte Tom und zwinkerte.

Es war Akil nicht entgangen, dass der Typ mit ihm flirtete und versuchte abzuchecken, ob er Chancen hatte. Vielleicht hatte er die auch. Tom passte durchaus in Akils Beuteschema. Er war ein Fischer, also braungebrannt, mit Muskeln an den richtigen Stellen – soweit er das unter dem Shirt erkennen konnte –, war humorvoll und charmant. Vor ein paar Tagen wäre er sofort auf ihn angesprungen. Akil war es gleich, ob er mit Männern oder Frauen oder beiden gleichzeitig in die Kiste stieg. Für ihn zählte der Mensch, nicht das Geschlecht.

»Wir könnten auch auf einen Absacker zu mir«, redete Tom weiter. »Mein Boot ankert im Hafen. Wir fahren raus, wenn du willst. Die Nächte auf dem Meer sind toll.«

»Erstens bist du betrunken und solltest nirgendwohin fahren, zweitens bin ich betrunken, und bei aller Liebe, aber du glaubst nicht ernsthaft, dass ich heute zu mehr in der Lage bin, als ins Koma zu stürzen, und drittens …« Tja, was?

Drittens hatte er keinen Bock. Auf nichts. Er wollte vergessen und auch nicht. Er wollte die Zeit zurückdrehen. Jaydee daran hindern, dass er im Training Akils Fähigkeiten absorbierte – falls das überhaupt der Grund für seinen momentanen Zustand war. Er wollte nie diesem Pfeifzauber ausgesetzt werden, wollte davonrennen, sich absetzen und irgendwo alleine mit seinem Element leben.

Bei allen Göttern, wann war er so ein elender Waschlappen geworden?

»Drittens stehst du nicht auf Männer?«, fragte Tom und lehnte sich näher. »Oder deute ich deine Signale falsch?« Er lächelte sanft, legte eine Hand auf Akils Knie und drückte zu. »Mein Angebot steht.«

Zu schade, dass bei Akil nichts stand und auch in nächster Zeit nicht würde. Ihm war nicht nach Gesellschaft, doch genauso fürchtete er sich vor dem Alleinsein.

Was war nur los mit ihm? Auf der einen Seite wollte er gerne zurück nach Hause. Seinen Freunden helfen – und sie konnten jede Hilfe brauchen. Der Rat der Seelenwächter wollte Jess von ihrer Fylgja trennen und sie in ihre Dimension zurückschicken. Williams Bruder wurde von Tag zu Tag mächtiger, Ilai hing in einer Art Kokon gefangen, der sich um seinen Körper geschlungen hatte, und Jaydee hatte sich eben erst aus den Fängen des Jägers gelöst. Es gab so viel zu tun, so viel zu kämpfen, aber Akil war am Ende angekommen, und er hatte keine Ahnung, wie er je wieder zurückfinden sollte.

»Wie wäre es, wenn wir erst mal an die frische Luft gehen?«, sagte Tom. »Du siehst aus, als müsstest du gleich auf den Tisch kotzen.«

Musste er nicht, aber frische Luft wäre trotzdem gut. Akil blickte sich um. Die Leute hatten sich nach der Show zurückgezogen und plauderten miteinander. Noch immer war die Kneipe gut gefüllt, die Atmosphäre stickig warm. Raphael hatte sich zur Theke getrollt und flirtete mit einer Rothaarigen, die auf seinem Schoß saß und ihre Finger unter sein Hemd geschoben hatte. Am Nachbartisch hockten drei Frauen, die zu Akil sahen und lächelten, und der Blonde am Billardtisch ließ ihn auch nicht aus den Augen. Dieser Ort schrie danach, Party zu machen.

Diese Welt stand ihm offen, sie gierten und lechzten danach, ihren Spaß zu erleben.

Akil schob den Stuhl zurück und stand auf. Sofort drehte sich alles, und er musste sich an der Tischkante festhalten. Verdammter Scheiß, echt!

»Okay, langsam«, sagte Tom und legte einen Arm um ihn. »Vielleicht trinkst du erst mal nur Kaffee.«

Ja, außerdem musste er dringend pinkeln. Das war auch so eine Sache! Seit er seine Fähigkeiten verloren hatte, musste er ständig aufs Klo. Dieses ganze verfluchte Menschsein war zum Davonlaufen.

Er ließ sich von Tom aus der Kneipe führen. Kaum war er draußen, steuerte er den nächsten Baum an und erleichterte sich dort.

Die Nacht war lau, es wehte eine angenehme Brise vom Meer her, und nur wenige Wolken standen am Himmel. Früher hätte er am Duft der Natur erkannt, ob es bald regnen würde oder ob morgen ein sonniger Tag käme, ob die Menschen hier glücklich waren. Er hätte aus dem Baum, an dem er im Moment stand, Informationen saugen können. Hätte sich seine Geschichte erzählen lassen, Dinge sehen, die er gesehen hatte.

Früher. Ha! Vor ein paar Tagen erst. So lange war das alles noch gar nicht her. Dennoch kam es ihm vor, als läge ein ganzes Leben dazwischen.

Was sollte er ab nun mit sich anfangen? Er konnte nicht mehr heilen, er hatte keine übermenschliche Kraft. Wie sollte er gegen Dämonen antreten, wenn ihm schon der Weg von der Bar hierher sämtliche Energie aus den Beinen gezogen hatte?

Und wenn er nichts anderes im Sinn hatte, als sich zu bemitleiden.

»Was soll ich nur tun?«, fragte er sich selbst.

»Die Hose zumachen, das wäre ein Anfang«, antwortete Tom.

Akil grummelte und zog sich wieder an. »Das ist echt eine riesengroße Scheiße.«

»Ja, morgen wirst du einen ordentlichen Kater haben.«

Wie auch immer. »Danke fürs Begleiten, ich gehe 'ne Runde spazieren. Allein.«

»Auf keinen Fall. So dicht wie du bist, landest du im Meer.«

Hinter ihm flog die Tür von der Bar auf und Raphael stürmte heraus. Gemeinsam mit der Rothaarigen und den drei Frauen. Er zog im Rennen sein Shirt über den Kopf und knöpfte seine Jeans auf. Vor Übereifer stürzte er über die halb heruntergelassenen Hosenbeine und landete bäuchlings im Sand. Die Frauen jubelten, taten es ihm gleich und entledigten sich ebenfalls ihrer Kleidung. Raphael lachte sich halb tot, warf sich auf den Rücken, streckte die Beine nach oben und zog die Hose herunter. »Komm mit, Akil! Wir gehen schwimmen!«

Akil schüttelte den Kopf. Er hatte absolut keine Lust, sich mit Raphael oder einer der Ladies in den Fluten zu tummeln.

»Ich glaube, das ist keine gute Idee«, sagte Tom. »Er ist genauso breit wie du.«

»Keine Angst, der kommt klar.« Raphael konnte wenigstens nicht ertrinken, egal, was er anstellte.

»Aber der Typ ist total durchgeknallt.«

»Ich weiß.«

Mittlerweile hatte Raphael sich aus seinen Klamotten geschält, nur seine weiße Unterhose stach grell in der Nacht wie eine Warnboje hervor.

Die Rothaarige sprang nackt ins Wasser, Raphael folgte und jubelte. »Hey, Akil! Was ist denn nun?«

Akil drehte sich um und stiefelte in die andere Richtung davon.

»Ey, Mann!«, rief Raphael noch. Seine Stimme ging im Wasser und dem Gelächter der Frauen unter. Es würde keine Minute dauern, bis er vergessen hatte, dass Akil überhaupt da war.

»Wo willst du denn hin?«, rief Tom ihm hinterher, aber Akil ging einfach weiter. Er wollte seine Ruhe. Weg von all dem Scheiß. Von den Menschen. Von Raphael. Von all den Erinnerungen an die Seelenwächter.

Und so lief er einfach den Strand entlang, bis das Gemurmel aus der Kneipe verstummte und die frische Seeluft sein Hirn klarer werden ließ. Er kletterte über Steine, rutschte fast auf dem glitschigen Felsen aus, doch er lief weiter und weiter.

Nach einigen Minuten stülpte sich eine angenehme Ruhe über ihn. Er drehte herum. Die Lichter des Ortes schimmerten in der Ferne wie Glühwürmchen. Das Meer rauschte leise, der Wind blies ihm um die Ohren, es roch nach Salz und … nach Alkohol. Akil hob das Shirt an seine Nase, verzog das Gesicht und streifte es über seinen Kopf. Die Schuhe zog er ebenfalls aus, watete ins Meer, bis das Wasser an seinen Knöcheln hochstieg und seine Waden umspülte. Es war ein wenig zu kalt, aber egal. Er könnte weitergehen und losschwimmen. Akil war ein guter Schwimmer. Als Seelenwächter der Erde stand er über dem Element Wasser – *hatte gestanden* …

Gewöhn dich endlich dran, es ist vorbei.

Akil starrte auf die glitzernde schwarze Oberfläche, die sich bis zum Horizont ausbreitete. So endlos. So frei. So weit. Genauso weit waren auch seine Fähigkeiten von ihm entfernt. Wenn er Pech hatte, für immer.

»Mein Schiff liegt da drüben.«

Akil zuckte zusammen. Er hatte nicht mitbekommen, dass Tom ihm gefolgt war. Großartig. Seine Sinne waren genauso verkrüppelt wie er. Am besten käme ein Dämon daher und trieb ihm eine Klinge von hinten durchs Herz.

»Entschuldige, ich wollte dich nicht erschrecken.«

»Schon gut.«

»Okay, letzter Versuch.« Tom räusperte sich. »Ich will mich echt nicht aufdrängen, aber du siehst so aus, als könntest du heute Nacht Ablenkung brauchen. Sollte ich mich tatsächlich irren, sag es und ich lasse dich endgültig in Ruhe.« Tom kam ein Stück näher und trat ebenfalls ins Wasser. Akil spürte, dass es Tom Überwindung kostete, derart forsch auf ihn zuzugehen. Tom wirkte eher wie der schüchterne Typ, der abwartete, statt sich zu nehmen, was er wollte. Eigentlich eine Eigenschaft, die Akil äußerst reizvoll fand. Er hatte es schon immer gemocht, Menschen aus der Reserve zu locken. Sie so lange zu kitzeln, bis sie über sich hinauswuchsen und Dinge vollbrachten, mit denen sie nie gerechnet hätten.

Eigentlich.

»Tut mir leid«, sagte er träge. »Aber ich hab tatsächlich kein Interesse.« Oder doch? War es so schlimm? Könnte er nicht einfach mit Tom gehen, für ein paar Stunden alles vergessen und sich erst morgen wieder im Selbstmitleid suhlen?

Tom zuckte zusammen. »Verstehe.«

»Es liegt nicht an dir, okay?«, schob Akil nach. »Ich bin nur … ich bin nicht ich selbst im Moment.«

»Schon gut, du musst dich nicht erklären. Ich … ich dachte echt nur … ach egal. Ich geh zurück auf mein Schiff. Danke für die Unterhaltung.« Er drehte um und stakste den Strand hinunter in die Dunkelheit.

Akil blickte ihm hinterher und fluchte leise. Das hier war nicht er. Das war nicht seine Art, er ging auf Menschen zu und wies sie nicht ab. »Ach, verdammt noch mal.«

Gib dir einen Ruck und hör auf mit dem Geheule! Es gibt Schlimmeres, als mit 'nem gutaussehenden Kerl im Bett zu landen.

Außerdem ist der Weg zur Normalität das Beste, um eine Krise zu überstehen.

»Warte!« Akil joggte Tom in die Nacht hinterher, bog um die Felskante und blickte in die Dunkelheit.

Wo war der so schnell hin?

»Tom?«

Eben war er doch noch …

Auf einmal traf ihn etwas Hartes auf den Kopf.

Akil keuchte, blinzelte, stütze sich am Felsen ab.

»Tut mir leid, Mann«, sagte Tom und schlug ein zweites Mal zu.

Das letzte, was Akil mitbekam, war, wie er auf dem Boden landete, bevor ihn die Nacht umschloss.

3. Kapitel

Madaktu, Persien, 215 v.Chr.

Srrrrrrrr….

Akil schlug nach der Fliege, die um seinen Kopf schwirrte, rollte sich auf die Seite und wünschte sich gleichzeitig, er hätte es nicht getan. Seine Glieder waren steif von der langen Nacht auf dem harten Boden, und er hatte mal wieder Magenkrämpfe. Er winkelte die Beine an, atmete tief ein und aus. Er musste sich nur genug entspannen, dann hörten sie meistens auf.

Srrrrrrrr….

Die Fliege setzte sich auf seine Stirn. Er fegte sie davon, was das Mistvieh nur dazu motivierte, sich an einer anderen Stelle niederzulassen. Akil ignorierte sie und konzentrierte sich stattdessen weiter auf seinen Atem. Ein und aus … Er legte eine Hand auf seinen Bauch, rieb sachte darüber und wartete, bis das Brennen aufhörte. So machte er das jeden Morgen. Meistens half es, aber auf lange Sicht linderte nur eine Sache: Essen.

Srrrrrrrr….

Akil fluchte, zog die zerrissene Decke über seinen Kopf und schloss demonstrativ die Augen. Er fror, wie immer am Morgen, doch das würde nicht lange so bleiben. Spätestens wenn die Sonne über Madaktu aufging, stiegen die Temperaturen ins Unermessliche.

Srrrrrrrr….

»Ahriman soll euch holen!«, brüllte er.

Srrrrrrrr….

»Hey, Akil!«, rief Zareen.

Großartig. Der hatte ihm noch gefehlt. Lieber zog er eine Horde Fliegen vor, als sich mit seinem großen Bruder herumzuschlagen.

»Scher dich raus und beschaff was zu essen.«

»Scher dich selbst raus!«

Seit Zareen letzten Sommer eine Hand verloren hatte, war er unerträglich geworden. Dabei hatte er Glück gehabt, dass er das überlebt hatte. In Madaktu starben mehr Menschen an eitrigen Wunden als an anderen Gebrechen. War immer ein nettes Bild, wenn die Fliegen ihre Eier in den offenen Stellen ablegten und man kleine krabbelnde Untermieter bekam.

Srrrrrrrr….

Akil fuchtelte erneut in der Luft herum.

»Hast du nicht gehört, du Nichtsnutz?« Zareen trat in die Hütte. Sie hatte keinen festen Eingang, nur ein Laken, das als Tür diente. Immerhin war es ein Dach über dem Kopf, und sie hielt die gröbsten Sandstürme fern. »Heute fängt der Markt an. Du wirst uns was zu essen besorgen.«

»Besorg dir doch selbst was. Setz dich an den Straßenrand und bettle. Zeigst ihnen deinen Armstumpf und gut is.«

Zareen stapfte auf Akil zu, riss die Decke herunter, packte sein Ohr und zerrte ihn in die Höhe.

»Au!«

»Los jetzt. Ich werde hierbleiben und mich um Mutter kümmern. Das Fieber ist gestiegen. Sie braucht etwas zu essen und frisches Wasser. Im Kübel ist heute Nacht eine Ratte ersoffen.«

Na toll! Das hieß, Akil durfte den elenden Fußmarsch zum Brunnen auf sich nehmen. Er benötigte einen halben Mittag für die Strecke, und das bei der Hitze.

»Warum hast du nicht das Brett draufgelegt?«

»Hab ich, und stell mich gefälligst nicht infrage!« Zareen gab Akil einen Schubs und trat ihm zum Nachklang ins Kreuz. Als würde sein Rücken nicht schon genug schmerzen. Bestimmt hatte der Idiot das Brett absichtlich runtergenommen, damit Akil frisches Wasser holte. Nach ein paar Tagen schmeckte es ekelhaft, aber er sah nicht ein, ständig zum Brunnen zu latschen, nur weil Zareen zu faul war. Dabei konnte er auch mit einer Hand Wasser holen.

»Muss ich dir erst den Hintern versohlen?«, fragte Zareen und drohte den nächsten Schlag an.

»Du kannst mich mal.« Akil lief um die Trennwand in das angrenzende Zimmer. Dort lag seine Mutter auf einer alten Decke und stöhnte leise. Ewa hatte seit drei Tagen Fieber. Sie hatte sich in den Finger geschnitten, als sie eine Ratte ausnahm, um sie zu braten. Akil ging langsam näher. Sie murmelte Wörter im Schlaf und strömte einen leicht fauligen Geruch aus. Fliegen surrten von ihrer Hand hoch und schwirrten Akil ums Gesicht. Er wedelte sie davon und wusste jetzt schon, dass sie sich erneut auf die Wunde stürzen würden, sobald er weg war.

Zaghaft strich er über Ewas Wange. Sie war heißer als gestern. Entweder sie nahm bald die Kurve zurück ins Leben, oder sie würde den Göttern gegenübertreten. Akil seufzte. Er kannte seine Mutter fast nur liegend. Entweder weil ihr die Füße schmerzten, oder weil sie unter irgendeinem Kerl die Beine breitmachte. Diese Frau hatte ihn zur Welt gebracht und sich danach einen Dreck um ihn geschert. Genauso wenig wie sie sich um eins ihrer anderen zahllosen Kinder scherte.

So hatte Akil es Zareen zu verdanken, dass er überhaupt so alt geworden war und bereits fünfzehn Sommer zählte. Naja, vielleicht auch schon sechszehn oder erst vierzehn. So genau wusste das niemand. Genauso wenig wusste er, wer seine anderen Geschwister waren. Entweder trieben sie sich draußen auf den Straßen Madaktus herum, oder sie waren tot.

»Du bist ja immer noch da!«, blaffte Zareen und lehnte sich an die Trennwand.

»Meinst du, Mutter stirbt?«, fragte Akil und klang dabei so gefühllos, dass er sich selbst darüber wunderte. War es ihm wirklich egal?

»Kann sein.«

Akil wedelte ein weiteres Mal die Fliegen davon, die sich schon wieder über den schmutzigen Verband an Ewas Finger hermachten, und stand auf.

»Komm nicht ohne Essen zurück«, sagte Zareen.

Akil rollte die Augen. »Natürlich nicht, Eure Hoheit. Heute Abend werden wir fürstlich speisen und trinken. Wir werden uns fett und rund essen, bis wir platzen!« Das wollte Akil schon immer machen. Essen, bis nichts mehr reinpasste, und sehen, ob man wirklich davon platzen konnte.

Er sah zurück zu Ewa. Sie keuchte und schmatzte, als hätte sie etwas besonders Leckeres im Mund. Wäre sie noch da, bis er zurückkehrte? Ganz sicher. Selbst wenn sie sterben sollte, würde Zareen sie nicht raustragen und beerdigen. Das würde Akils Aufgabe sein. Er zögerte, lief zurück, beugte sich über sie und küsste ihre heiße Stirn. »Leb wohl, Mutter.«

Zareen schnaubte ungeduldig. Akil warf ihm einen verächtlichen Blick zu, stand auf und holte das Messer von der Kochecke. Es war nicht erlaubt, Waffen mit auf den Markt zu nehmen, aber Akil wurde selten durchsucht. Er wischte die Schneide an seinem Hosenbein ab, steckte es in den Bund und trat hinaus.

Die Sonne schob sich über die Häuser. Die meisten waren aus Lehm oder Bruchstücken vom Felsen gebaut worden. Wild übereinandergestapelte Behausungen, die nur einen Zweck erfüllten: vor der Witterung zu schützen. Wenigstens einigermaßen. Manche besaßen Türen und Fenster, andere nur drei Wände und als Dach eine alte Decke.

Akil bog nach links ab und machte sich auf den Weg zum Marktplatz. Madaktu war mit einer Mauer geschützt, die in Kreisform um die Grenzen verlief. Die Straßen waren so angelegt, dass alle Wege zum Zentrum führten, man konnte sich also nicht verirren, auch wenn man es versuchte. Aus den Häusern strömten die Bewohner, niemand wollte sich den Markt entgehen lassen. Die perfekte Gelegenheit um Fremde auszunehmen, Essen zu klauen oder sich bei der nächsten Karawane einzuschmuggeln.

Das Positive an diesem Ort war nämlich seine Lage. Jeder, der in die nächstgrößere Stadt Susa reisen wollte, musste in Madaktu Halt machen, um seine Vorräte aufzufüllen. Das hieß, es kamen jede Menge Fremde, die sich nicht auskannten.

Akil lockerte seine Schultern, während er lief. Heute würde ein anstrengender Tag werden. Mit dem Markt stieg zwar das Angebot, aber auch die Kontrollen. Die Wachen wussten natürlich, dass die Straßengangs unterwegs waren, um zu klauen. Ramin verdoppelte in der Zeit seine Leute. Wenn er einen erwischte, wurde man – je nach Vergehen – einen Kopf kürzer gemacht. Das waren immer die besten Spektakel in Madaktu. Blutig und ekelhaft. Zareen hatte damals echt Glück gehabt, dass Ramin ihm nur die Hand abhackte.

Konnte man den Wachen schließlich entwischen, ging die richtige Arbeit los. Man musste das Diebesgut loswerden. Beim letzten Markt hatte Akil einen Beutel mit glitzernden Steinen geklaut. Er hatte sie Zareen gezeigt, der sie ihm um die Ohren gehauen hatte. Man konnte sie nicht essen, und als Zahlungsmittel waren sie in Madaktu unbrauchbar. Also schenkte Akil sie Banu. Einem Mädchen, das einen Sommer älter als er war und zwei Straßen weiter wohnte. Sie mochte die Glitzerdinger sehr und hatte sich sogar für Akil ausgezogen. Er hatte Banu überall anfassen dürfen, und dann hatte sie ihn angefasst. Allein bei dem Gedanken daran, wie er in ihr … er schüttelte den Gedanken ab. Es war Akils erstes Mal gewesen, und er wusste jetzt schon, dass er mehr davon brauchte. Viel mehr! Das hieß, er benötigte mehr Glitzersteine. Für Banu würde er sogar den Mond vom Himmel holen. Ha! Wie poetisch. Er sollte ihr das sagen.

»Hey, Akil!«

Er drehte sich um. Azam rannte um die Ecke und blieb vor ihm stehen. Woher er die Energie zu rennen nahm, wusste Akil nicht. Vermutlich weil Azam mehr zu essen bekam als er. Seine Familie kümmerte sich gut um alle.

Azams Vater ging regelmäßig raus in die Wüste, um zu jagen, was verboten war – und er war ziemlich erfolgreich.

Akil und Azam hatten sich vor fünf Sommern getroffen und waren seither unzertrennlich. Vor einem Sommer kam schließlich Mihra dazu, die mit ihrer Tante hergezogen war. Akil hatte bis heute nicht verstanden, wie man sich freiwillig in Madaktu niederlassen konnte, aber Mihras Tante war wohl der Meinung, dass an diesem Ort besondere Energien wirkten. Sie war recht eigentümlich, Akil hatte sie nicht ein Mal zu Gesicht bekommen.

»Hast'n neues Hemd?«, fragte Akil.

Azam hob den Stoff an. »Ja, hat mir Mutter geschenkt. Hier.« Er griff in seine Hosentasche. »Hast doch bestimmt Hunger.« Er reichte Akil ein Stück getrocknetes Fleisch.

»Oh, bei allen Göttern!« Akil riss es ihm aus der Hand und stopfte es in den Mund.

»Kauen nicht vergessen, ist leider zäh.«

»Eggglll!« Was für ein Geschmack! Salzig und rauchig. Sein Magen zog sich zusammen, als könnte er es gar nicht erwarten, bis das Fleisch endlich unten ankam. Da es tatsächlich nicht zu kauen war, schluckte er es in einem Stück.

»Wie geht es deiner Mutter?«, fragte Azam.

»Nich gut. Der Finger sieht echt eklig aus. Zareen passt auf sie auf.« Nicht, dass er etwas tun konnte. Die Sterbensrate in Madaktu war hoch, und man band sich besser nicht zu eng an einen anderen. Azam war die Ausnahme. Er war Akils einziger Freund und seine wahre Familie. Na gut, vielleicht zählte Mihra auch dazu. So genau hatte er das noch nicht entschieden. »Kommt Mihra mit zum Markt?«

»Jep. Wir holen sie unterwegs ab.«

Sie setzten sich in Bewegung und liefen Richtung Osten.

Ein mittelgroßer Hund kreuzte ihren Weg und blieb vor ihnen stehen. Den kannte Akil, der hatte neulich versucht, ihn zu beißen, weil er sein Brot wollte. Der Köter fletschte die Zähne.

»Scher dich weg.« Azam hob einen Stein auf und schleuderte ihn gegen den Kopf des Hundes. Er winselte und knurrte gleichzeitig. Die Straßenhunde waren normalerweise harmlos, man musste nur schneller sein als sie. Und wenn man gebissen wurde, gab auch das oft 'ne fette Entzündung. Azam bückte sich nach dem zweiten Stein. Der Hund zog den Schwanz ein und trollte sich. »Dreckskӧter.«

»Hab gehört, dass heute auf dem Markt besonders viel los sein wird. In Susa gibt‘s wohl was zu feiern.«

»Ja. Die Prinzessin hat ’nen Prinzen gefunden. Jeder will ihn kennenlernen, die Leute kommen von überall her.«

Praktisch, dass die meisten einen Zwischenstopp bei ihnen einlegten.

»Darum sind mehr Wachen als üblich da. Es wird also besser und gleichzeitig schwerer. Bestimmt ist auch Tus mit seiner Bande auf Beutezug.«

Es war nicht unüblich, dass die Jungs sich zusammenrotteten und gemeinsam stahlen. Tus war der Anführer von drei Jungs, und sie waren gut. Letzte Woche hatten sie zwei Spanferkel geklaut. Und nichts davon abgegeben.

»Er wird uns bei der ersten Gelegenheit verpfeifen«, sagte Akil. Je weniger Konkurrenten, umso besser.

»Jep. Wir müssen heute dreifach wachsam sein.«

Sie blieben vor einer runden Lehmhütte stehen. Azam schob das Tuch zur Seite, das am Eingang hing, und rief nach Mihra.

»Läuft jetzt endlich was bei euch?«, fragte Akil.

»Weiß nich. Sie hat mich an sich herumfummeln lassen, aber das war’s auch schon. Und du? Hab gehört, dass du’s mit Banu getan hast.«

»Ja. War echt cool.«

»War sie sauber?«

»Klar. Ich hab mich auch extra vorher gewaschen.« So viel Anstand musste ja wohl sein.

»Mihra is auch immer sauber, und sie riecht so gut.«

»Das liegt daran, weil ich Seife benutze und nicht nur Wasser«, sagte sie und trat ins Helle. Sie trug ein bodenlanges Kleid. Es war mal weiß gewesen, jetzt eher beige-fleckig. Um ihren Hals hing ihr Amulett. Ein kleiner Spiegel, mit dem sie den Jungs Lichtzeichen gab, wenn sie auf dem Markt waren. Mihra warf die Arme um Azams Nacken und zog ihn zu einem Kuss auf ihre Lippen.

Akil stöhnte. »Könnt ihr das später machen? Wir haben zu tun, und ich hab Hunger.«

Azam löste sich von ihr. »Du hast doch eben was gegessen.«

»Ein Stück zähes Fleisch! Das is für’n hohlen Zahn, Bruder.«

»Hier«, sagte Mihra und reichte Akil ihre Tasche. »Da ist ein Apfel drin.«

»Ernsthaft?«

»Nein, ich mache Scherze, damit du dich freust. Iss.«

Das ließ Akil sich nicht zweimal sagen, er kramte in der Tasche und holte einen herrlich grünen Apfel heraus. Sein Magen zog sich zusammen und gab ein tiefes Brummeln von sich. Akil biss hinein und war im Himmel. Der Apfel schmeckte süß und säuerlich, und überhaupt war er das Beste, was er je gegessen hatte. Wobei er das immer dachte, wenn er etwas aß, also zählte es vermutlich nicht. »Auch?«, fragte er die beiden.

Mihra und Azam schüttelten den Kopf, aber Akil merkte, dass den beiden das Wasser im Mund zusammenlief. Er biss noch einmal ab und reichte den Apfel weiter. Azam bedankte sich, gab ihn allerdings gleich an Mihra, ohne davon zu essen.

Sie wurden auf diese Art nicht satt, aber jeder hatte etwas davon.

»Wo wollen wir als Erstes hin?«, fragte sie, während sie ihren Weg Richtung Marktplatz fortsetzten.

»Wie wäre es mit dem Brunnen?«, sagte Azam. »Da sind die meisten Leute.«

Und füllten ihre Wasservorräte auf. Wie einfach es wäre, wenn jeder den Brunnen nutzen dürfte, so müsste Akil nicht bis hinaus in die Wüste latschen, aber das Ding war nur den Privilegierten vorbehalten und wurde streng bewacht.

»Tus ist bestimmt auch am Brunnen«, sagte Akil. »Wir könnten es bei Marek versuchen.«

Er war der Schmied und hatte an den Markttagen besonders viel Besuch. Mit etwas Glück könnten sie in den Satteltaschen etwas Brauchbares finden.

»Der will aber immer grabschen«, sagte Azam.

Akil lachte. Das stimmte. Marek nahm gerne mal einen der Jüngeren mit nach Hause. Jungs, Mädchen, er kassierte alles ein, bezahlte mit einer guten Mahlzeit und einem warmen Bett. Dumm nur, dass er mit im Bett lag. Akil hatte er bisher noch nicht überzeugen können, er wusste aber von anderen, die schon mitgegangen waren. Auf der einen Seite konnte Akil es verstehen. Hunger war ekelhaft. Vor einigen Wochen hatte er es sich selbst überlegt, als sein Magen nicht aufhören wollte zu krampfen. Er hatte keinen Schritt mehr gehen können, ihm war schwindelig gewesen, und er hatte die ganze Zeit einen Brechreiz gehabt, obwohl nichts in seinem Bauch gewesen war. Da dachte er: Wäre es so schlimm, ein wenig an Marek herumzuspielen und dafür endlich keinen Hunger zu haben? Er war wirklich kurz davor gewesen, doch am nächsten Tag konnte Mihra einen Laib Brot klauen, den sie teilte.

»Mihra lenkt ihn ab, und wir plündern die Satteltaschen«, sagte Akil.

»Oh nein, vergiss es! Ich war beim letzten Mal dran.«

»Und ich davor«, sagte Azam.

Beide Köpfe drehten sich in Akils Richtung. Hätte er doch nur nichts gesagt … »Na gut. Ich mach das, aber wehe, eure Ausbeute ist beschissen.«

»Lass dir an den Hintern fassen, das mag er besonders gerne«, sagte Azam und gab Akil einen Schubs.

»Ich fass dir auch gleich an den Hintern, und zwar volle Kanne mit meinem Fuß.«

Sie balgten eine Weile herum, schubsten sich und feixten. Akil liebte es. Er besaß nichts außer den Klamotten an seinem Leib, aber er hatte die besten Freunde auf dieser Welt.

Endlich erreichten sie den Markplatz. Die ersten Obst- und Gemüsehändler hatten schon ihre Stände aufgebaut. Es duftete nach frischem Brot, nach gegrilltem Fleisch und nach der Fremde der Wüste. Akil lief das Wasser im Mund zusammen. Irgendwann würde er mehr von der Welt sehen. Er und Azam, denn es kam auf keinen Fall infrage, dass er ihn hier zurückließ. Sie könnten Susa besuchen, den Palast bewundern, vielleicht sogar dort arbeiten. Man sagte, dass jeder Bedienstete ein eigenes Zimmer hatte. Mit einem Bett und einem Waschplatz! Es gab dort Kleider und Essen, und man musste nie wieder frieren. Jeder war wohlgenährt. Manchmal stopfte Akil sich die Decke unter sein Hemd, um zu sehen, wie er mit Wampe wirken würde.

Er war schmächtig für sein Alter und zu klein. Seine Hüftknochen stachen scharf hervor, genau wie seine Rippen. Aber Akil würde das ändern. Eines Tages hätte er einen Bizeps, bei dem den Leuten nur vom Hinsehen der Angstschweiß ausbrechen würde. Er wäre stark und groß, und er würde Frauen reihenweise flachlegen. Ha! Genau. Bestimmt würde er eine finden, die ihn ohne Bezahlung ranließ, aber nicht in Madaktu. Nicht in seinem Viertel.

»Da drüben ist Ramin«, sagte Azam und deutete nach rechts.

Akil sah in die Richtung. Ramin war ein großer, bulliger Typ ohne Haare und mit einer fetten Narbe am rechten Arm. Er trug seine Lederrüstung mit zwei Schwertern am Gürtel. Ihm fehlten etliche Zähne, weil ihm einer nach dem anderen abfaulte. Deshalb stank er auch aus dem Mund wie ein Stück Aas. Meistens ließ er die Straßenjungs in Frieden. So lange sie nicht mehr klauten als ein paar Lebensmittel, war alles gut. Der Spaß hörte auf, wenn es ans Geld ging. Zareen war das beste Beispiel dafür.

Akil rieb sich durch die Augen, die von der Sonne brannten, und blickte über den Marktplatz. Mareks Schmiede war links, der Brunnen in der Mitte, ringsherum standen die Händler. In Madaktu wurden die unterschiedlichsten Waren feilgeboten. Durch die Menschen, die auf ihren Routen Halt machten, wurde viel umgetauscht. Stoffe, Schmuck, Bilder, Musikinstrumente. Alles Dinge, die für Akil keine Rolle spielten. Er wollte nur Bares – oder Essen. Das war am einfachsten. Und am besten zu vertuschen, denn ohne Beweis konnte nicht mal Ramin etwas unternehmen. Akil hatte mal aus Verzweiflung eine Münze geschluckt, weil Ramin ihn einkassiert hatte. Das Ding hat ihm ganz schöne Darmkrämpfe verursacht, bis es draußen war. Als er sie gesäubert hatte und sie eintauschen wollte, hatte sein Bruder sie ihm abgenommen. Akil hatte nicht mal etwas von den Lebensmitteln abbekommen. Deshalb mochte er es, Essen zu klauen. Es war praktisch, es war sofort zu beseitigen – und es sicherte das Überleben.

Sie betraten den Markt, mischten sich unter die Leute und liefen zielstrebig auf Mareks Schmiede zu. Er hatte ein Zelt aufgebaut, in dem die Pferde warteten. Marek stand vorne dran und redete mit einem hageren Mann. Er trug einen langen Reisemantel aus schwerem Stoff, seine Stiefel waren alt, aber gepflegt, genau wie der Rest von ihm. Kein Reicher, aber jemand, der auf seine Sachen achtete. Dennoch würde es sich nicht lohnen, ihn auszunehmen.

Marek zeigte dem Mann gerade ein Eisen, das ähnlich wie ein Huf geformt war. »Mit denen kann Ihr Pferd quer durch die Wüste und zurück laufen. Glaubt mir, Herr.«

Der Fremde begutachtete das Ding skeptisch. Akil hatte keine Ahnung von diesen Sachen, aber Schmied zu sein schien lukrativ. Marek hatte eine dicke Wampe, die über seine Schürze quoll, er wohnte im westlichen Teil Madaktus – dort wo die Reichen lebten –, und er hatte einen Mörderbizeps. Akil hob den Arm und spannte ihn an. Mihra kicherte, also ließ er ihn rasch wieder sinken. Vielleicht sollte er Marek fragen, ob er bei ihm arbeiten konnte. Dann würde der Sack aber bestimmt an ihm herumfummeln wollen … außerdem hatte Akil Schiss vor Pferden …

»Okay«, sagte Azam und blieb stehen. »Wir teilen uns auf. Mihra: Du gehst rechts ums Zelt. Schau nach, ob da die Sättel liegen. Nimm alles aus den Taschen, was du kannst, und hau sofort ab. Ich lenke in der Zeit die Wachen ab und Akil den alten Marek. Wenn wir getrennt werden, treffen wir uns im Unterschlupf.«

»Alles klar«, sagte Akil.

Azam klopfte ihm auf die Schulter und schenkte Mihra einen Abschiedskuss. Sie zwinkerte den beiden zu und tauchte in der Menge unter. Es dauerte nur Augenblicke, bis Akil sie verloren hatte. Die Kleine war richtig gut. Wenn Azam nicht an ihr herummachen würde, hätte Akil es schon längst versucht, aber er wollte seinem Freund nicht in die Quere kommen. Es erschien ihm nicht richtig.

Akil blieb einen Moment stehen, bis auch Azam verschwunden war. Der Marktplatz füllte sich zusehends mit Menschen. Einer rempelte ihn an und ging weiter, ohne sich zu entschuldigen. Akil blendete die Leute um sich herum aus, konzentrierte sich auf Marek und darauf, was er vorhatte.

Er richtete sein Hemd und strich sich durch die strubbeligen Haare. Vielleicht hätte er sich waschen sollen. Das Wasser mit der toten Ratte war nicht mehr trinkbar, aber für ein kurzes Bad hätte es sicherlich getaugt. Naja, egal. Marek war nicht wählerisch, Hauptsache, er hatte einen warmen Körper neben sich im Bett. Akil behielt ihn fest im Blick und überlegte, was er zu ihm sagen sollte. Vielleicht konnte er einfach mit der Tür ins Haus fallen und ihm anbieten, heute Abend mit ihm zu gehen. Aber dann müsste er es auch machen. Da verstand Marek keinen Spaß. Als das letzte Mal einer der Jungs sich weigerte, verprügelte Marek ihn so heftig, dass er es fast nicht überlebt hätte.

Leg dir am besten gleich was Gutes zurecht.

Doch ihm wollte nichts einfallen! Dabei hatte er den Schmied fast erreicht. Marek blickte auf, sah ihn kommen. Gleich. Gleich galt es!

Hallo, Marek ... könnte er sagen. Das war erst mal unverbindlich. *Schönes Wetter heute, oder?*

Akil rollte die Augen über seine eigene Dummheit. Marek war nicht doof, er würde sofort schnallen, was hier abging. Akil brauchte einen besseren Einstieg. Etwas Gutes. Eine ... ein Fremder lief ihm quer durch den Weg und stieß fast mit ihm zusammen. Akil wollte schon schimpfen, doch dann sah er überall nur Glitzer. An der Robe, an den Hosen, selbst auf den Schuhen funkelte es. Die Kleidung war maßgeschneidert. Der Mann bewegte sich unsicher, was bedeutete, dass er nicht viel Erfahrung mit Märkten wie diesem hatte. Das war eins der Dinge, die man sofort auf der Straße lernte: Akil konnte Menschen in Windeseile einschätzen. Fremde hatten grundsätzlich eine andere Ausstrahlung. Sie wirkten fehl am Platz. Unbeholfen. Genau wie der Mann da. Er wurde von einem Diener begleitet, der dicht hinter ihm lief.

Akil verhielt sich ruhig, wartete, ob jemand ihn bemerkte, aber das war nicht der Fall. Der Fremde blieb neben Akil stehen und tupfte sich den Schweiß mit einem weißen Taschentuch von den Lippen.

»Wie kann man es nur in dieser Hitze aushalten? Und dieser Gestank! Ist das nicht entsetzlich?«

»Ja, Herr.«

»Sieh dir all diese Menschen an. Ungepflegt und stinkend.«

»Gewiss, Herr.«

Der Fremde warf die Robe über seine Schulter und präsentierte einen ledernen Beutel, der an seinem Gürtel hing.

Oh, das war jetzt aber … Akil leckte sich über die Lippen. Das Ding schrie förmlich nach ihm. *Nimm mich! Nimm mich!* Der Beutel war mit einem einfachen Knoten befestigt. Einmal ziehen und er wäre offen. Der Fremde stemmte die Hände in die Hüften und drehte sich um. Der Inhalt des Beutels klimperte: *Münzen*!

Verdammt, da waren Münzen drin. Fast hätte Akil vor Freude gejubelt. Das war schon zu einfach, um wahr zu sein. Er müsste sich nur kurz ausstrecken und zugreifen. Der Typ würde es nie mitbekommen. Akil machte einen Schritt nach links. Checkte ab, ob er ihn bemerkte. Er tat es nicht.

»Ich hoffe, wir können bald weiter«, sagte der Fremde.

»Übermorgen, Herr. Wir sollten den Pferden die Pause gönnen.«

Akil machte noch einen Schritt. Er war eine Armeslänge von ihm entfernt. Entweder er schlug zu, oder er ließ es bleiben. Kurz blickte er zum Zelt. Von seinen Freunden war nichts zu sehen. Akil könnte den Beutel mitgehen lassen und danach immer noch Marek ablenken. Er atmete ein, wackelte mit den Fingern und griff an den Beutel.

Diese Handgriffe übte er jeden Tag. Meistens an Zareen. Wurde er dabei erwischt, setzte es Prügel. Beim letzten Mal so heftig, dass er drei Tage lang nicht sitzen konnte. Aber das gab Akil neuen Antrieb, seine Quote zu verbessern. Im Moment lag sie bei zwei zu sechs. Zweimal erwischt worden, sechsmal entkommen. Da war Luft nach oben.

Akils Finger schlossen sich um das Lederbändchen. Der Fremde bemerkte nichts. Akil zog vorsichtig, die Schnüre lösten sich und der Beutel fiel lautlos in seine offene Hand. Er grinste, drückte sein Diebesgut an sich und wollte umdrehen …

… als die Hand des Fremden hervorschoss und ihn festhielt.

Akil zuckte vor Schreck.

»Wen haben wir denn da?«

Kristallblaue Augen fixierten ihn, die Iris zog sich zusammen, als würde er Akil so in die Seele blicken können. Für einige Augenblicke verschwamm alles um ihn herum. Der Fremde hatte eine irritierende Ausstrahlung. Entrückt und diabolisch.

Er grinste und sah auf den Beutel. Akil schluckte. Tja, abstreiten wäre jetzt wirklich schwierig. Wenn der Kerl ihn verpfiff, war es das gewesen. Bei der Beute würde Ramin kein Auge zudrücken. Akils Tage wären gezählt.

Doch der Fremde sagte kein Wort. Er lockerte seinen Griff und ließ ihn los.

»Lauf, kleiner Mann«, flüsterte er. »Lauf um dein Leben.«

Akil taumelte rückwärts, stieß gegen eine Frau mit Korb, die ihn mit wüsten Beschimpfungen bedachte. Er hörte gar nicht hin, starrte nur dem Fremden in die Augen, die ihn immer noch gefangen hielten. Der Beutel strahlte eine unnatürliche Wärme ab, die durch das Leder in seine Haut sickerte und seinen Arm hochwanderte.

Der Fremde lachte lauter. Sein Diener schob sich hinter ihm hervor und starrte Akil ebenfalls an. Doch im Gegensatz zu seinem Herrn schwang ein Ausdruck tiefsten Bedauerns in seinem Blick mit. Er schüttelte leicht den Kopf, als wollte er Akil sagen, dass es zu spät war. Der Fremde warf den Kopf in den Nacken. Leute blieben stehen. Drehten sich zu ihm um. Selbst Marek hielt bei seiner Arbeit inne und sah zu den Dreien.

»Lauf!«, brüllte der Fremde erneut und deutete mit dem Finger auf Akil. »Lauf in dein Verderben!«

Akil keuchte, er torkelte zurück, stolperte über einen Karren, den jemand auf den Markt schob.

»Pass doch auf!«

Akil rappelte sich auf. Die Wärme wanderte weiter seinen Arm hinauf und konzentrierte sich über seinem Herzen. Er presste die Hand auf die Stelle, drehte um und rannte davon, als wäre Ahriman persönlich aus der Hölle emporgestiegen, um ihn zu holen.

Vielleicht war er das ja auch …

4. Kapitel

Die Azoren – vor fünf Tagen

Akil riss die Augen auf und zuckte zusammen.

Verfluchte Scheiße, wo war er?

Er blickte sich hektisch um, alles war verschwommen, wirkte wie durch einen Schleier aus Dreck und Sand. Genau wie in Madaktu. Er patschte sich gegen die Wangen, rieb sich durch die Augen, zwang seinen Geist zurück in die Gegenwart.

Flashback!

Er hatte einen Flashback gehabt!

Das war das erste Mal in seinem Leben als Seelenwä… Stopp! Er war kein Seelenwächter mehr.

Also konnte er keine Flashbacks haben, oder?

Er richtete sich auf und bereute es augenblicklich. Alles drehte sich. Sein Schädel pochte, als hätte jemand über Nacht Ping-Pong mit seinem Hirn gespielt. Akil kniff sich in den Nasenrücken. Seine Zunge klebte am Gaumen fest, und er hatte einen Brand wie nie zuvor in seinem Leben.

Wie viel bei allen Göttern hatte er getrunken?

Und wo war er überhaupt?

Er blickte sich um. Er war in einem kleinen Raum, die Decke und die Wände waren aus braunem Nussholz, als Fenster dienten runde Bullaugen. Es roch nach Bohnerwachs und Salz. Und alles schwankte. Wenn das Geschaukel nicht vom Restalkohol kam, musste er auf einem Schiff sein.

Toms' Schiff. Hundterpro.

Er lag in einem frisch bezogenen Bett und trug die Jeans von gestern Abend, die nach Alkohol und Dreck stanken. Allerdings hatte er ein fremdes Langarmshirt an. Sein eigenes hatte er ja am Strand zurückgelassen. Langsam winkelte er die Beine an und schob sie über die Bettkante. Sofort drückte sein Magen, und die Galle stieg ihm hoch.

Oh, Mann, ich trink nie wieder.

Seit Jahrtausenden hatte er keinen Kater mehr gehabt, er hatte völlig verdrängt, wie es sich anfühlte, und nun wusste er auch warum. Er keuchte, stemmte die Ellbogen auf die Knie und bettete sein Gesicht in die Hände. Seine Finger glitten an seinen Hinterkopf. Akil zuckte zusammen, als er über die Beule strich.

Beule.

Richtig.

Tom, der Sack, hatte ihm eine verpasst.

Er betastete die Stelle. Es schmerzte dumpf, die Beule war mit altem Blut verkrustet.

Warum, zum Henker, hatte Tom ihn k.o. geschlagen?

Vielleicht war er ein Perverser und hatte es nicht verkraftet, dass Akil ihn hatte abblitzen lassen.

Nein, so schätzte er ihn nicht ein, aber er konnte sich natürlich täuschen. Seine Sinne waren schließlich nicht mehr die besten.

Er blieb einige Minuten ruhig sitzen, bis sein Kopf klarer wurde und er sich einigermaßen gefestigt fühlte. Das Schaukeln des Schiffes half nicht wirklich dabei. Akil glaubte, jeden Moment kübeln zu müssen. Sein Blick fiel auf den Putzeimer neben dem Bett. Tom hatte also vorgesorgt. Wirklich umsichtig.

Ob er ihn alleine aufs Boot geschleppt hatte? Er war gut gebaut gewesen, aber Akil war nicht gerade leicht, und er war bewusstlos gewesen. Vielleicht hatte er einen Komplizen gehabt, der darauf wartete, bis Tom Akil niedergeschlagen hatte. Aber warum zum Henker? Akil hätte ja auch freiwillig mitgehen können. Das ergab alles keinen Sinn.

Okay, eins nach dem anderen.

Erstens: Er musste pinkeln.

Dringend.

Vorsichtig stand er auf.

Oh-oh … ganz schlecht …

Sein Magen hob sich, er schluckte, presste eine Hand darauf und behielt zum Glück alles unten, was gerne rauswollte. Er zwang sich, ruhig zu bleiben und sich auf seinen Atem zu konzentrieren, und tatsächlich hörte der Brechreiz nach kurzer Zeit auf. *Ich kann's also immer noch …*

Akil schnaufte durch und krempelte die Ärmel seines Shirts hoch. Ein Armreif war um sein Handgelenk angebracht. Er war aus Silber, mit filigranen Gravuren auf der Oberfläche, und er schmiegte sich perfekt an seiner Haut an, als wäre er extra für ihn gefertigt worden. Akil drehte den Arm, fuhr mit dem Finger über das kühle Metall. Einen Verschluss fand er nicht, als hätte ihm jemand das Ding über die Hand geschoben, aber das war nicht möglich, denn es saß so eng, dass es nie und nimmer über seine Finger gepasst hätte. Er rüttelte daran herum, suchte nach einer Möglichkeit, den Reif abzunehmen, aber er fand keine.

Später. Ich mach mir gleich in die Hosen.

Akil sah sich um. Es gab zwei Türen, eine schmale und eine breitere. Die schmalere führte sicherlich zur Toilette. Er torkelte darauf zu und öffnete.

Bingo.

Ohne hinter sich abzuschließen, öffnete er den Reißverschluss und erleichterte sich.

Als er fertig war, drehte er sich zum Waschbecken, reinigte seine Hände und betrachtete sich im Spiegel.

»Mann-o-Mann.« Alkohol machte nicht nur einen Brummschädel, sondern auch hässlich. Er hatte dicke Augenränder, seine Haut wirkte matt und fahl, die Haare strubbelig. Akil drehte den Kopf hin und her, betrachtete sich von allen Seiten. Wurde nicht besser. Dafür entdeckte er im Spiegel frische Klamotten, die hinten auf dem Regal neben der Dusche lagen. Akil zögerte erst, doch schließlich streifte er seine Sachen ab und zog die anderen an. Sie passten perfekt. Außerdem fand er eine verpackte Zahnbürste und Zahnpasta.

Erst ausknocken und dann umsorgen. Irgendwie fügte sich das alles nicht zusammen.

Egal, erst mal. Er putzte sich die Zähne, ließ sich rasch Wasser über sein Gesicht laufen, bis er sich einigermaßen fit fühlte, und verließ das Bad.

Mal sehen, ob ich eingesperrt bin.

Akil lief zur zweiten Tür und drückte die Klinke nach unten.

Offen.

Entweder Tom war leichtsinnig, oder er hatte schlichtweg keinen Schiss davor, dass Akil abhauen könnte. Wie auch immer, er würde es gleich herausfinden.

Akil trat hinaus und fand sich vor einer Treppe wieder, die nach oben ins Tageslicht führte. Leise stieg er hoch und steckte vorsichtig den Kopf hinaus.

Türkis.

Alles um ihn herum war türkis. Der Himmel, das Meer. Nur blau. So weit das Auge reichte. Die Sonne war aufgegangen, es war warm, und eine angenehme Brise wehte ihm entgegen. Sie ankerten, die Wellen schlugen ruhig gegen das Schiff. Er drehte sich in die andere Richtung. Hinter ihm war das

Führerhaus, aber wegen der abgedunkelten Scheiben konnte er nicht erkennen, ob jemand drinnen war. In einiger Entfernung lag eine Insel. Vielleicht war das Faial. Dort war er mit Raphael gewesen. Wäre er noch ein Seelenwächter, würde er einfach von Bord springen und an Land schwimmen. Das würde er locker schaffen. Als Mensch hingegen hatte er keine Ahnung, ob es ihm gelingen würde. Noch kannte er seinen Körper nicht. Wusste nicht, wo seine Grenzen lagen.

Akil wagte den nächsten Schritt nach draußen. Die Yacht war etwa achtzehn Meter lang, und so wie es aussah, war er tatsächlich alleine. Er lief ans Heck. Ein Jetski stand auf einer Plattform, die man auf die Wasseroberfläche absenken konnte. Das alles schrie regelrecht danach, dass Akil sich absetzte.

Und es war viel zu einfach …

Er drehte sich noch mal um, doch es blieb still. Also schlich er zum Jetski und suchte nach dem Schlüssel.

Mit dem Ding schaffte er es locker an Land. Er würde nach Flosi pfeifen, Raphael suchen, und falls er nicht mehr da war zurück zu den anderen reiten.

»Das würde ich an deiner Stelle nicht tun«, sagte jemand über ihm.

Akil fuhr herum, aus Reflex glitt seine Hand an seinen Rücken, dort wo er gewöhnlich seine Jostäbe trug, wenn er auf Einsätze ging. Die hatte er gestern allerdings bei Flosi am Sattel gelassen.

Ein Mann trat um das Führerhaus herum und rollte ein Seil auf. Akil blickte gegen die Sonne, konnte nur Umrisse erkennen, aber der Typ kam ihm verdammt bekannt vor. Auch seine Stimme.

»Hat noch nicht klick gemacht, oder?«, fragte er.

Er war einen Kopf kleiner als Akil, seine Silhouette war schlank und V-förmig. Er hatte kurze, leicht gelockte Haare, die durch die Sonne kupfern schimmerten. Akil kniff die Augen zusammen, die von dem grellen Licht zu tränen begannen. Der Mann lachte leise, kam näher und trat in den Schatten, damit Akil nicht mehr gegen die Sonne schauen musste.

Und da klingelte es.

Ach was: Schellte! Laut und grell.

Scheiße.

»Noah.«

»Ah, du erinnerst dich ja doch.«

»Natürlich.« Akil vergaß nie jemanden, mit dem er mal Sex gehabt hatte. Er schätzte und würdigte seine Eroberungen und gab sich Mühe, sie mit

Respekt zu behandeln, auch wenn hinterher manchmal die eine oder andere Träne floss.

Noah hatte er vor sechs Jahren in San Francisco kennengelernt. Akil war auf einem Einsatz gewesen und hatte auf seinen Parsumi gewartet, als Noah betrunken aus einer Kneipe torkelte und fast mit einer Straßenbahn kollidiert wäre. Akil hatte ihn rechtzeitig zurückgezerrt – und kurz darauf hatte Noah ihn ins Bett gezerrt.

Manchmal passierte es eben und die Chemie stimmte von der ersten Sekunde.

Sie hatten einige sehr intensive Stunden miteinander verbracht und sich in unregelmäßigen Abständen über Wochen danach noch getroffen. Als Akil bemerkte, dass bei Noah Gefühle ins Spiel kamen, hatte er ihm gesagt, dass sie sich nicht wiedersehen würden. Natürlich hätte er auch einfach gehen können. Akil stand die Welt offen, er musste nicht in San Francisco auf die Jagd gehen, aber er hasste es, sich einfach abzusetzen. Es war stillos, und man begegnete sich oft zweimal im Leben. Also hatte er Schluss gemacht und Noah nie wieder gesehen.

Bis jetzt. »Wie zum Henker hast du mich gefunden?«

»Das ist eine lange Geschichte, aber es war nicht einfach. Ich hatte Hilfe.«

»Geht es konkreter?«

»Im Moment nicht.«

Na prima. »Ist das dein Boot?«

»Nein, es gehört Tom.« Noah deutete auf das Führerhaus. »Ich habe ihm gesagt, dass er dir besser aus dem Weg geht, bis du dich beruhigt hast.«

Akil verknotete die Finger miteinander und ließ die Knöchel krachen. »Das könnte dauern. Ich steh nicht so sehr drauf, wenn man mir eins überzieht.«

»Tut mir leid, dass er dich so behandelt hat. Sein Job bestand lediglich darin, dich auf das Boot zu bringen, nicht dich k.o. zu schlagen.«

»Mich auf das … sein Job?«

»Ich habe ihn angeheuert. Wir müssen reden.«

Akil klappte die Kinnlade runter. Er hörte Noahs Worte wohl, aber er konnte und wollte sie nicht verstehen. »Reden.«

»Ja.«

Akil blinzelte. »Du … du hast mich entführen lassen, weil du mit mir *reden* willst.«

»Um genauer zu sein, muss ich dich um einen Gefallen bitten, aber eins nach dem anderen.«

»Sag mal, hast du sie noch alle? Du kannst mich doch nicht einfach ausknocken!«

»Wie gesagt: Das war so nicht beabsichtigt. Bitte, reg dich nicht auf.«

»Ich soll mich nicht … Herrgottnocheins, Noah! Hast du irgendwie dein Denkvermögen in den letzten Jahren verloren?«

»Es war nötig. Ich brauche deine Hilfe.«

»Die bekommst du gewiss, weil du mich so nett darum bittest!«

»Ich …« Er zog die Augenbrauen zusammen und wich Akils Blick aus. »Es tut mir leid. Ich wünschte, ich könnte das anders lösen, aber es geht nicht.«

»Das ist doch …« Akil warf die Arme in die Luft und lief zur Reling. Er blickte hinaus aufs Meer, konzentrierte sich auf die Wellen, die sanft hin- und herschwappten. Reden! Also echt! »Du fährst mich sofort zurück an Land.«

»Das kann ich nicht.«

»Das ist keine Bitte, verflucht noch mal.«

»Ich kann es trotzdem nicht.«

Akil ballte die Hände zu Fäusten und stapfte auf Noah zu. Er zuckte zusammen, doch er wich nicht vor ihm zurück. Nicht mal, als Akil ihn am Kragen packte und zu sich zog.

»Ich … ich kann nicht«, stammelte Noah. Jetzt bröckelte die Fassade, und er entblößte die Verletzlichkeit, die Akil an ihm kennengelernt hatte. Noah war Leidenschaft pur und gab sich mit seiner gesamten Seele einem anderen hin. Es war eine beneidenswerte und sehr gefährliche Eigenschaft, denn diese Art von Mensch wurde am schnellsten verletzt. Akil knurrte leise, verstärkte seinen Griff. Noah presste die Lippen zusammen, wendete sein Gesicht ab und schien nur darauf zu warten, eine von Akil verpasst zu bekommen.

»Ich … ich brauche dringend deine Hilfe, Akil. Ich stecke in der Scheiße, und zwar so richtig.«

Akil blähte die Nasenflügel. Früher hätte er gerochen, ob Noah log oder nicht. Er war kein Empath wie Jaydee, aber Gefühle verrieten sich oft über den Duft.

»Wobei brauchst du meine Hilfe?«

»Kannst du mich erst loslassen? Ich bekomme keine Luft mehr.«

Akil schubste ihn nach hinten. Noah griff sich an den Hals, weitete den Kragen seines Shirts. Der Ärmel rutschte ein Stück nach oben und entblößte ein ähnliches Armband wie das, was Akil trug.

Sofort packte Akil Noahs Arm und hielt ihn fest. »Hast du mir das Ding angelegt?«

»Ja.«

»Wozu?«

»Es soll dich daran hindern, zu fliehen.«

»Wie?«

»Es ist … es ist magisch mit meinem Armband verbunden. Sobald du abhauen willst, kann ich deins aktivieren.«

Akil ließ Noah los und starrte ihn an. *Magisch*. Er hatte magisch gesagt. Als sie sich das letzte Mal getroffen hatten, hatte Noah keine Ahnung von der anderen Welt gehabt. Wie die restlichen achtundneunzig Prozent der Menschen auf dieser Erde.

»Es hat sich viel verändert«, sagte Noah. »Mir ist mittlerweile auch klar, dass du als Seelenwächter keine Beziehungen zu Menschen eingehen konntest und das ein Grund war, warum du mich verlassen hast.«

Das wurde ja immer abstruser. »Woher weißt du von uns?«

»Der Grund, weshalb ich in der Scheiße stecke, hat es mir gesagt.«

Akil schüttelte sich. Das war zu viel für ihn. Sein Körper kämpfte noch mit den Auswirkungen der letzten Nacht, das Geschaukel vom Schiff machte es nicht besser, und nun kam sein Ex daher, mit dem er seit fast sechs Jahren nicht gesprochen hatte, entführte ihn und erzählte, dass er über die Seelenwächter Bescheid wusste.

Noah legte das Seil zur Seite, das er mitgebracht hatte, griff in seine hintere Hosentasche und zog ein zusammengefaltetes Stück Papier heraus. »Bevor wir weiterreden, wäre es nett, wenn du das hier unterschreibst.«

Er hielt Akil einen Zettel hin. Er war am Computer getippt worden. Akil nahm ihn mit einem Nasenrümpfen entgegen und sah auf das Blatt Papier.

Mahle malz nuso, sich Indermit obse. Wacht auen beiele ich Taubenach. Lauch solvenz ocht. Abbat schauer Ich … Tennen kennen Typ … Abgerdo oheim ion Geronimo …

So ging das weiter. Eine ganze Seite lang. Das einzige, was Akil lesen konnte, waren die beiden letzten Wörter: *Ciao, Akil.*

Akil starrte auf die Buchstaben. An manchen Tagen konnte er gut lesen – gut für seine Verhältnisse, also etwa fünf Minuten für eine Seite. Mit einem

Hangover und einer Beule am Kopf war es unmöglich. Egal wie lange er den Text fixierte, die Buchstaben wollten sich nicht zusammenfügen. Er knüllte den Zettel zusammen und warf ihn über Bord.

»Nein.« Bis auf wenige Ausnahmen wusste niemand von Akils Lese- und Schreibschwäche. Er hatte sich viele Jahre lang bemüht, es zu lernen, aber sein Gehirn konnte einfach keinen Zusammenhang zum geschriebenen Wort herstellen.

Noah blickte dem Papier nach und seufzte. »Ich weiß, das ist alles sehr verwirrend für dich, aber es ist wichtig, dass dich niemand suchen kommt. Bitte, Akil.«

»Warum?«

»Weil wir keine Seelenwächter auf den Fersen brauchen können.«

»Also ist es etwas Illegales, was du vorhast.«

»Nein.«

»Sondern?«

»Das kann ich dir nicht sagen, ich bringe dich zu meinem Auftraggeber. Er erklärt dir alles Weitere.«

»Wer ist es?«

»Auch das kann ich dir nicht sagen.«

Akil lachte. »Okay. Also mal zusammengefasst: Du heuerst einen Kerl an, damit er mich zu dir bringt. Weil ich nicht mitziehe, haut er mir eins über den Schädel, als wäre das nicht genug, verpasst du mir ein Armband, das mich magisch an dich bindet, und jetzt verlangst du von mir, dass ich einen Wisch unterschreibe, um zu verhindern, dass meine Freunde mich suchen?«

»Mir ist bewusst, dass ich kein Recht dazu habe, und ich wünschte, ich hätte eine andere Möglichkeit, aber die habe ich nicht. Ich stehe mit dem Rücken an der Wand. Wenn du nicht mitkommst, werde ich in den nächsten Tagen tot sein. So einfach ist das.«

Akil warf die Hände in die Luft. Toll! Jetzt packte er auch noch so eine Nummer aus. Noah war nicht der Erste, der bei Akil auf den Mitleidsknopf drückte. Er hatte schon einige kennengelernt, die das versuchten. Auf die Art: *Wenn du dich nicht mehr mit mir triffst, werde ich mich umbringen.* Aber Akil würde sich nicht auf diese Spiele einlassen. »Es reicht. Endgültig.«

»Du musst mir bitte glauben. Ich würde dir niemals so etwas antun, wenn ich keinen triftigen Grund dafür hätte. Akil …« Noah kam näher. »Du kennst mich. Unsere Beziehung ging nicht lange, aber sie war intensiv. Ich habe dir vertraut, ich hatte mich … ich war absolut und mit meinem gesamten Herzen in dich verliebt, aber das weißt du sicher schon längst. In der Sekunde, als du mich auf der Straße vor der Bahn zurückgezerrt hattest, war es um mich geschehen. Vermutlich ging es dir nicht so, ich möchte mir nicht einmal vorstellen, wie viele Menschen du in deinem Leben getroffen hast, aber ich hege die Hoffnung, dass es für dich mehr als ein bisschen Spaß gewesen war. Ich hoffe, dass noch immer eine Verbindung zwischen uns besteht und sie stark genug ist, damit du mir helfen wirst.«

Mistkerl. Akil hatte Noah tatsächlich gemocht, und wäre er nicht den Seelenwächtern verpflichtet gewesen, hätte er sich sogar überlegt, ob da mehr sein könnte. Aber er hatte sein anderes Leben, und er liebte es. *Hatte es geliebt.* Seelenwächter und Menschen gingen keine engeren Bindungen ein. Nie.

Akil drehte sich um und blickte auf das Meer. Der Zettel trieb einige Meter entfernt auf den Wellen. »Was stand da drauf?«

»Hast du ihn nicht gelesen?«

»Nein. Ich … ich kann nicht. Ohne Brille.«

»Du brauchst eine Brille?«

»Ja. Neuerdings schon.« Es war Unfug, aber Noah ging Akils Zustand nichts an.

»Auf dem Zettel stand, dass du eine Weile Abstand brauchst und mit Tom eine schöne Zeit auf dem Meer verbringen wirst. Der genaue Wortlaut war: *Hallo zusammen, seid mir nicht böse, aber ich werde für eine Weile abtauchen. Ich brauche Abstand von diesem ganzen Mist, von dieser Welt, von dem, was ich nicht mehr haben kann. Hab 'nen netten Typen aufgegabelt. Tom und ich werden 'ne Runde übers Meer tuckern, hemmungslos herumvögeln.* Ich habe die Stelle etwas ausgeschmückt. *Wenn ich soweit bin, komme ich wieder. Hab' Geronimo diesen Brief geben lassen, da ihr euch sicherlich nach mir erkundigen werdet. Ich weiß, dass es ein schlechter Zeitpunkt is, aber ich kann einfach nich … ich kann weder kämpfen noch …. Ich bin nur ein Klotz an eurem Bein. Ciao, Akil.*«

Akil blickte über seine Schulter zu Noah. Das klang so, als wüsste Noah nicht nur, dass Akil ein Seelenwächter war, sondern auch, dass er seine Fähigkeiten verloren hatte. Warum sonst sollte er schreiben, dass er *Abstand von dem Mist* brauchte? »Wie kommst du auf so ein Gewäsch?«

»Ich war kreativ. Außerdem konnte ich mir denken, wie du dich fühlst: Du warst ein Seelenwächter, jetzt hast du deine Fähigkeiten verloren. Insofern ging ich davon aus, dass es dich mitnimmt. Und im Moment brauen sich irgendwelche Mächte am Horizont zusammen. Ich weiß nicht, was in eurer Welt geschieht, aber es scheint nichts Gutes zu sein.«

»Ich …« Zum x-ten Mal an diesem Morgen wusste er nicht, was er sagen sollte.

»Mir sind viele Dinge offenbart worden«, sagte Noah. »Und bei Gott: Ich wünschte, es wäre nicht so. Ich wünschte, ich könnte gemütlich in meinem Atelier sitzen und meine Bilder malen, ich wünschte, ich hätte damals nicht so viel getrunken und wäre fast vor die Straßenbahn gelaufen. Ich wünschte, ich … ich hätte dich nie kennengelernt. Aber es ist, wie es ist, und weil ich so ein verdammter Idiot bin, hängst du nun auch mit drin.«

Akil lehnte sich gegen die Reling. Er musste kurz durchschnaufen und das alles sortieren. »Was genau weißt du über die Seelenwächter?«

»Ihr lebt seit Jahrtausenden unter den Menschen. Jeder gehört einem anderen Element an: Erde, Feuer, Wasser, Luft. Du bist ein Erdwächter oder warst es, besser gesagt. Ihr jagt die Schattendämonen – Seelen, die nach ihrem Ableben nicht den Weg ins Licht finden, sondern in der Zwischenwelt hängenbleiben. Und es ist euch wichtig, unentdeckt zu bleiben.«

Bingo, Noah. Voll ins Schwarze getroffen.

»Ich werde dir so viel erzählen, wie ich kann, und ehrlich zu dir sein«, fuhr er fort. »Das ist das Mindeste, was ich tun kann, um dein Vertrauen zu erlangen. Ich kann dir die Umstände erklären, wie es zu all dem kam, aber nicht, wer mich geschickt hat.«

Akil nickte. Er würde nehmen, was er bekommen konnte.

»Du erinnerst dich sicher an das Gemälde, das ich damals verkauft habe, kurz bevor wir uns kennenlernten.«

»Nachdem du deshalb so viel gesoffen und fast dein Leben verloren hättest, weiß ich es natürlich noch.«

Noah schmunzelte. »Danach hatte ich übrigens besser aufgepasst und nur auf meine Erfolge angestoßen, wenn jemand da war, der mich heimbringen konnte. Und es kamen viele Erfolge. Das Bild war Teil einer Reihe, die ich schon seit Langem fertiggestellt hatte. Da das erste so gut ankam, wollte die Galerie auch das zweite und das dritte und das vierte. Du kannst dir nicht vorstellen, wie das auf einmal war. Kunsthändler von überall her buhlten um meine Bilder. Ich war angesehen, beliebt, ich wurde auf Partys eingeladen. Ich … ich kam in der Welt herum. Alle rissen sich um mich. Nach der ersten Serie von Bildern setzte ich mich an die zweite. Ich wollte darstellen, was in mir vorging, einen Teil meiner Seele zeigen. Also gestaltete ich alles düsterer, trauriger. Ich offenbarte der Welt meinen Schmerz. Den Schmerz, den du in mir hinterlassen hattest.«

Er sagte das neutral. Ohne Vorwurf, und das machte es fast schlimmer, als wenn Noah sauer deswegen gewesen wäre.

»Ich konnte dich wirklich nicht …«, setzte Akil an.

»… ich weiß. Mittlerweile verstehe ich es. Du bist, was du bist, und ich war jung und unerfahren und zu impulsiv.«

»Du warst achtzehn. Da darf man impulsiv sein. Außerdem hatte er sich zu der Zeit gerade erst geoutet und wenig Erfahrungen gesammelt. Akil hätte eigentlich gleich einlenken sollen und erst gar nicht zu ihm nach Hause gesollt. Er hätte von Anfang an sehen sollen, dass Noah sich an ihn hängen würde, aber er hatte nicht widerstehen können. »Weiter.«

»Nachdem ich die neue Serie fertig hatte, wollte ich sie ebenfalls an die Galerie verkaufen, aber sie nahmen sie nicht an. Sie fanden sie depressiv und unbeherrscht. Also ging ich zur nächsten – mit dem gleichen Ergebnis. Die Leute redeten auf mich ein, wieder zu meinem alten Stil zurückzukehren, doch ich wollte und konnte es nicht. Ich wollte meine Kunst ausleben, ich wollte das darstellen, was ich fühlte, und das war eben Schmerz und Kummer. Niemand verstand es. Die Leute, die mich vorher in den Himmel gelobt hatten, wendeten sich von mir ab und suchten sich einen anderen Künstler, den sie feiern konnten. Ich war austauschbar, ein Nichts und Niemand. In einer Sache hatte ich also Erfolg gehabt: Ich hatte meinen inneren Schmerz nach außen getragen, nicht nur in meinen Bildern, sondern auch in mir selbst. Die nächsten zwei Jahre waren die schlimmsten in meinem ganzen Leben. Ich verprasste das gesamte Geld, das ich mit dem Verkauf der Bilder verdient hatte – und es war viel gewesen. *Sehr viel.*

Ich spielte, ich kaufte teure Autos, Klamotten, Drogen. Ich gab mehr Geld aus, als ich besaß, lieh mir sogar welches, nur um an einem Pokerspiel nach dem anderen teilnehmen zu können. Irgendwann war nichts mehr da und ich hochverschuldet. Als ich morgens in einem fremden Bad in meiner eigenen Kotze aufwachte, wurde mir klar, dass ich erledigt war. Und nicht nur das: Ich war auch gefangen.« Er hob den Armreif. »Das war der Morgen, an dem ich das hier bekam und an meinen Auftraggeber gebunden wurde. Der Mann, dem ich eine Million Dollar schulde und die ich seither abarbeite, in der Hoffnung, dass er mich irgendwann wieder gehen lässt.«

Akil pfiff durch die Zähne. Eine Million … er selbst machte sich nicht viel aus Geld, er wusste nicht mal genau, wie viel er eigentlich besaß. Die Seelenwächter wurden vom Rat mit allen nötigen finanziellen Mitteln ausgestattet. »Ich könnte für dich …«

»Nein, kannst du nicht. Er will kein Geld, er will dich.«

»Warum?«

»Weil du etwas Besonderes bist. In deiner und in unserer Welt. Wenn ich dich zu ihm bringe, wird er mir meine Schulden erlassen und ich bin frei.«

»Ich aber vermutlich nicht, oder?«

»Er meinte, dass dir nichts geschehen wird.«

»Und du glaubst ihm das?«

»Er hat es versprochen. Es ist meine einzige Chance, ich … ich kann nicht mehr, Akil. Dieses Ding …« Er strich mit den Fingern über das Metall. »Die Schmerzen. Es ist, als würdest du von innen her verbrennen. Ich will es loswerden, ich will von vorne anfangen. Jeder Idiot bekommt eine zweite Chance, warum nicht auch ich? Ich habe einige falsche Entscheidungen getroffen, und ich habe dafür gezahlt. Jetzt ist es genug.«

»Und deshalb wälzt du deine Scheiße auf mich ab.«

»Dir wird nichts geschehen!«

Akil schnaubte. Er glaubte keine Sekunde daran, dass er sicher war.

Noah blickte zu dem Brief, der sich weit vom Schiff entfernt hatte. »Ich werde den Zettel noch mal ausdrucken, bitte unterschreib ihn. Tom wird ihn bei Geronimo abgeben.«

»Und wenn nicht?«

»Muss ich dich dazu zwingen.«

»Versuch es.«

»Das willst du nicht, glaub mir. Bitte, sei nicht stur. Ich will es nicht schwerer für dich machen, als es …«

»Ach, fahr zur Hölle!« Akil drehte herum, lief zum Heck des Schiffes, starrte auf den Jetski. Er könnte Noah einfach eins überbraten und sich absetzen. Auch ohne Seelenwächterkräfte war er ein ausgebildeter Kämpfer, er war stark, trainiert, er hatte tausend Dämonen getötet. Akil glitt mit den Fingern über den Lenker des Jetskis. Noah machte keine Anstalten, ihn aufzuhalten. »Nur interessehalber: Wie hast du mich gefunden?«

»Mein Auftraggeber hat einen Suchzauber gefertigt. Ich hatte … ich hatte einen persönlichen Gegenstand von dir.«

Akil blickte über seine Schulter, Noah hob den anderen Arm und zeigte ihm ein zweites Armband. Es war aus Leder mit kleinen eingeflochtenen Perlen. Akil hatte es vor fünfhundert Jahren von einer Tänzerin in Moskau bekommen.

»Ich hatte mich immer gefragt, wo ich das verloren hatte.«

»Lag unter meinem Bett.« Noah fuhr mit dem Finger darüber. »Ich habe es nicht fertiggebracht, mich davon zu trennen, und kontaktieren konnte ich dich ja nicht.«

Akil störte nicht, dass Noah es behalten hatte, dass er es verwendet hatte. Um einen Suchzauber zu fertigen, das schon.

»Willst du es zurück?«

»Nein. Ich werde jetzt gehen.«

Noah schluckte trocken. »Das hatte ich befürchtet.«

»Okay, du Sack.« Akil trat näher, bis sie einen halben Meter voneinander entfernt standen. »Fürs Protokoll: Ich lasse niemanden hängen, der meine Hilfe braucht. Nicht nur, weil es mein Job ist, sondern weil ich dich mag, gemocht habe, was auch immer. Aber ich werde mich nicht dazu zwingen lassen. Meine Freunde brauchen mich genauso. Du hattest vollkommen recht: Bei uns geht es im Moment drunter und drüber, ich kann sie jetzt unmöglich im Stich lassen. Wenn du meine Hilfe willst, komm mit zu uns und wir finden gemeinsam eine Lösung – und nimm mir das elende Armband ab.«

»Das kann ich nicht. Beides nicht. Ich bringe dich zu meinem Auftraggeber, ob freiwillig oder nicht, spielt keine Rolle. Wenn du versuchen willst zu fliehen, tu es.« Er deutete auf das Armband an Akils Handgelenk. »Es wird dich sowieso aufhalten.«

Akil kniff die Augen zusammen. Es reichte ihm. Noah schien verzweifelt, das war mehr als deutlich, und er wollte ihm wirklich gerne helfen. Aber nicht so. Er drehte herum, stieg auf den Jetski und drückte den Knopf, damit sich die Plattform aufs Meer senkte. »Du wirst mich tatsächlich nicht aufhalten?«

»Das wird nicht nötig sein.« Noah hatte die Augenbrauen fest zusammengezogen. In seinem Blick lag Bedauern und Mitleid. Er hob das Seil auf, das zu seinen Füßen lag. »Wir sehen uns gleich wieder.«

Akil schnaubte und schüttelte den Kopf. Er war über zweitausend Jahre alt, ein Kämpfer und ein Krieger, er ließ sich nicht von einem Ex auf der Nase herumtanzen. Die Plattform erreichte den Wasserspiegel, der Jetski schwamm. Akil startete den Motor und gab Gas. Er drehte herum und steuerte auf die Insel zu. Akil blickte über seine Schulter zurück. Das Boot entfernte sich rasch von ihm. Noah stand am Heck und starrte ihm nach. Er fasste an sein Armband. Seinen Blick konnte er auf die Entfernung nicht mehr deuten. Akils Brust zog sich zusammen. Verflucht, der Kerl schaffte es tatsächlich, sein Mitleid zu …

… ein heftiger Schmerz schoss ihm durch den Kopf.

Er schrie und griff sich an die Schläfe. Es fühlte sich an, als hätte jemand einen glühenden Stab mitten durch sein Auge getrieben. Akil blinzelte. Die Wellen tanzten, das Glitzerlicht der Sonne blendete ihn. Der Schmerz nahm zu, bohrte sich durch seine Schädeldecke hinten wieder hinaus. Seine Haut brannte, als hätte er ins Feuer gegriffen. Akil hob einen Arm. Er bekam Brandblasen. Sie wurden größer und größer, seine Haut schälte sich ab, die Blasen platzten auf, bildeten sich neu.

Bei allen Göttern, so etwas hatte er noch nie in seinem Leben gespürt.

Der Schmerz umschloss sein Herz, seinen Magen, seine Eingeweide. Akil kochte. Innerlich und äußerlich. Hitze, Druck, Übelkeit: Alles vermischte sich zu einem Brei aus endloser Agonie. Es roch nach verbranntem Plastik, der Jetski ruckelte, stoppte, Rauch stieg von ihm auf. Akil kippte zur Seite. Kurz bevor er im Meer landete, hörte er den Motor der Yacht. Das Wasser empfing ihn. Eigentlich müsste es kühlen, die Hitze abmildern, die Flammen töten, doch das tat es nicht. Es schien, als würde das Wasserelement das Feuer verstärken. Akil schrie erneut, schluckte Flüssigkeit, hustete, keuchte. Er bekam keine Luft, aber das war ein geringeres Übel im Vergleich zu den Schmerzen. Das Wasser um ihn heizte sich auf, als steckte er in einem Kochtopf!

Das überlebe ich nicht.

Nie und nimmer überlebe ich das …

Er riss die Augen auf. Unter ihm lag die endlose Tiefe des Ozeans. Akil trieb ihr entgegen.

Tiefer und tiefer hinein in die Dunkelheit.

5. Kapitel

Madaktu, Persien, 215 v.Chr.

Akil rannte, so schnell er konnte, über den Marktplatz. Er wich Leuten aus, die im Weg standen, bog um eine Ecke und dann um die nächste.

Er war reich! Er wusste es.

Die Münzen klimperten bei jedem seiner Schritte, sangen die verheißungsvolle Melodie eines vollen Magens.

Er presste den Beutel an seine Brust, huschte zwischen Markständen hindurch, sprang in ein Ziegengehege und auf der anderen Seite wieder hinaus. Ein Mann brüllte, schickte ihm einen Fluch hinterher. Sofort spuckte er dreimal aus, um den Fluch abzuwehren. Auch wenn Akil nicht an den ganzen Unfug glaubte: Sicher war sicher!

Endlich gelangte er an den Rand des Markplatzes. Zwei Wachen standen dort und sahen sich um. Der eine war Zal. Er konnte nicht mehr sprechen, weil er als Kind 'ne Krankheit mit Fieber gehabt hatte. Seither brachte er keine vollständigen Sätze heraus. Die andere Wache war neu; ein junger Kerl, der vermutlich eben seine Ausbildung hinter sich gebracht hatte.

Normalerweise achtete Akil darauf, einen ruhigen Rückzug anzutreten, doch wer hätte ahnen können, dass der Fremde so viel Radau machen würde. Zal sah sich um und deutete mit dem Finger auf Akil. Mist! Er drehte sich zurück zum Marktplatz und stürzte sich erneut ins Getümmel.

»Ramin!«, brüllte der Jüngere. »Der Kleine da drüben!«

Akil tauchte gebeugt ab und schob sich zwischen den Menschen hindurch. Je näher er dem Zentrum kam, umso voller wurde es.

»Pass doch auf, du Bengel!«, schrie eine Frau, mit der er fast kollidiert wäre.

»Zal! Rechts von dir!«, rief Ramin. »Das ist der Kleine von Ewa!«

Zal grunzte zur Erwiderung, während Ramin sich einen Weg durch die Menge pflügte und von der anderen Seite zu Akil aufschloss. Sie kesselten ihn ein, versperrten die Fluchtwege. Akil bog nach rechts ab, dorthin, wo das Menschengewusel dichter wurde. Da käme er zwar schlechter voran, konnte sich aber besser verstecken. Als die Menge ihn umschloss, verlangsamte er sein Tempo und passte sich den anderen an, um nicht durch hastige Bewegungen aufzufallen. Ihm war heiß wie noch nie zuvor in seinem Leben, die

Zunge klebte an seinem Gaumen, und er war vollkommen durchgeschwitzt. Doch das Geld im Beutel trieb ihn weiter. Er malte sich aus, was er davon kaufen konnte. Wie viel er essen würde!

Und wenn er erst mal satt war, würde er einfach weiteressen.

Er sollte wohl auch zur Heilerin gehen und sie wegen seiner Mutter ansprechen. Wenn ihr jemand helfen konnte, dann sie. Die Heilerin hatte einen guten Ruf in der Stadt, konnte sogar Flüche umkehren. So sagte man. Akil konnte sich ihre Dienste nicht leisten. Bisher. Mit dem Geld wäre das locker möglich, und danach bliebe sicher genügend übrig, dass er sich ein neues Hemd kaufen konnte oder neue Hosen oder auch beides. Ja, und Seife! Er wollte sich endlich mal mit Seife waschen, er würde Banu einen Besuch abstatten und sie wieder dazu bringen, sich auszuziehen und …

Zal tauchte vor ihm auf. Akil zog den Kopf ein, duckte sich hinter einen Mann und schlich langsam davon. Bei einem Marktstand blieb er stehen und schnaufte kurz durch. Er knautschte den Beutel zusammen und versuchte zu erfühlen, wie viele Münzen drinnen waren. Er zählte drei. Hoffentlich waren sie aus Silber. Von Gold wagte er nicht zu träumen, das sah man nur selten, aber auch mit Silbermünzen hätten sie ausgesorgt.

Er spähte aus seinem Versteck hervor. Zal war stehengeblieben und drehte sich um seine eigene Achse. Er hatte Akils Spur verloren. Sehr gut. Aber dafür kam Ramin näher und schubste jeden beiseite, der ihm im Weg stand. Wenn die Wachen ihn mit dem Beutel erwischten, wäre Akil einen Kopf kürzer. Er musste ihn verstecken und später dafür zurückkehren.

Akil blickte sich um. Ein Ochsenkarren kam von der Seite auf ihn zu. Zeitgleich sah er etwas in der Sonne blitzen. Er blickte in die Richtung und entdeckte Mihra. Sie gab ihm ein Signal mit ihrem Spiegelamulett. Akil nickte, auch wenn er nicht wusste, ob sie das sehen konnte. Auf seine Freunde war eben Verlass! Obwohl ihr Plan ein anderer gewesen war, hatten sie improvisiert und sich Akil angepasst. Der Karren rollte auf ihn zu. Er war mit Säcken beladen. Perfekt. Akil würde den Beutel zwischen den Sachen verstecken, und Mihra konnte sie sich holen. Er schlich in die Richtung. In der Sekunde entdeckte ihn Ramin. Akil fluchte und sprintete los.

Ramin startete zeitgleich, doch er war wegen seiner Muskelberge viel zu langsam. Akil nutzte seinen Vorsprung, zückte sein Messer und rannte auf den Ochsen zu. Auf dem Bock saß ein grimmig dreinblickender Kerl, der das Tier stetig antrieb und sich einen Dreck darum scherte, ob jemand im Weg stand oder nicht. Akil sprang über die Deichsel und landete sicher auf der anderen Seite. Als seine Füße den Boden berührten, drehte er das Messer und schnitt sofort am ersten Lederriemen herum.

»Hey!«, brüllte der Fahrer und holte mit seiner Peitsche aus. »Scher dich weg!«

Der Hieb surrte haarscharf an Akils Ohr vorbei. Er hatte den ersten Riemen gekappt, machte sich sofort an den zweiten. Der Fahrer holte erneut aus und erwischte Akil dieses Mal am Arm.

Autsch!

Akil sah kurz auf seine Haut, auf der sich ein roter Striemen abzeichnete. Nicht der erste, den er in seinem Leben einstecken musste. Er ignorierte den Schmerz und arbeitete so rasch es ging weiter. Der dritte Hieb zielte auf sein Gesicht, er duckte sich nach rechts. Es entstand Unruhe. Ramin war wenige Fuß entfernt. Der Fahrer zog nach, holte das vierte Mal aus und traf dieses Mal den Hintern des Ochsen. Fest. Das Tier schnaubte, beschleunigte sein Tempo, Akil kappte den nächsten Riemen, die Deichsel fiel auf den Sand, es gab einen Ruck am Karren und der Ochse war frei.

Die Aktion zeigte rasch Wirkung. Die Menschen sprangen auseinander, schubsten sich gegenseitig, manche fielen zu Boden. Akil warf den Beutel auf die Ladefläche und tauchte ab. Ramin versuchte, sich durch das Gedränge zu Akil durchzuarbeiten, aber er kam kaum voran. Eine Frau stürzte vor seine Füße, griff nach ihm, um Halt zu finden, und riss ihn dabei fast mit um.

Akil grinste und rannte in die andere Richtung davon.

»Hier ist er!«, brüllte ein Mädchen vom Obststand.

Dumme Ziege! Bei denen hab ich das letzte Mal Äpfel geklaut …

Akil machte sich kleiner und rannte los. Dabei hüpfte er über Körbe, wich Hunden aus, stieß mit einem Bäcker zusammen, der ihn am Kragen erwischte. Akil trat ihm erst auf die Zehen, danach gegen das Schienbein. Heulend ließ er Akil los. So oft wie möglich wechselte er die Richtung, bog zwischen Marktständen ab, schob sich zwischen drei Pferden durch und arbeitete sich so Richtung Tor an der Westseite vor. Wenn er es dort hindurchschaffte, konnte er in den Gassen Madaktus untertauchen.

Er umquerte den nächsten Marktstand, eine Frau plärrte seinen Namen, aber er drehte sich nicht um, sondern huschte hinter die nächste Bretterbude. So zwängte er sich zwischen den Ständen durch, bis er sich an den Rand des Marktes vorgearbeitet hatte. Als er um die letzte Ecke bog, bekam er einen

Schlag ins Gesicht.

Volle Breitseite.

Erst sah er nur schwarz, dann rot, dann ein grelles Licht, dann fiel und fiel er. Sein Atem stockte, in seinem Hirn hallte der Schlag Ewigkeiten nach.

Es dauerte, bis er realisierte, dass er auf dem Rücken gelandet und das grelle Licht die Mittagssonne war. Aus seiner Nase lief etwas Warmes. Er atmete ein – konnte nicht. Blut rann in seinen Mund, er verschluckte sich, drehte sich auf die Seite. Sein Gesicht fühlte sich an, als wäre es plattgewalzt worden. Akil spuckte aus, richtete sich auf und starrte auf seinen Angreifer.

»Genug gespielt«, sagte Ramin und warf das Brett weg. »Schnappt ihn euch.«

Vier Hände packten Akil und zerrten ihn in die Höhe. Zal und der Jüngling hielten ihn fest. Er kickte und trat um sich, doch er hatte keine Chance.

Ramin kam näher und rümpfte die Nase. »Bei allen Göttern, Junge. Wann hast du dich das letzte Mal gewaschen?«

Vorgestern, aber ein Sprint in der sengenden Hitze war eben nicht ohne. Außerdem nutzte waschen nicht viel, wenn man danach die gleichen Klamotten anziehen musste.

Ramin blieb in gebührendem Abstand vor ihm stehen. »Durchsuch ihn!«

Akil blickte zu dem Jüngling, doch der rümpfte nur die Nase.

»Bist Feineres gewohnt, was?«, fragte Akil, zog einen ordentlichen Schleimbollen hoch und spuckte aus. Das Blut-Spucke-Gemisch landete genau auf seinem Schuh. Zum Dank bekam er postwendend 'ne Ohrfeige. Selbst schuld.

»Muss ich mich wiederholen?«, fragte Ramin. »Durchsuch ihn!«

»Aber der hat bestimmt Läuse!«

»Tausende!« Das war eine der Sachen, auf die Akil stolz war. Er war absolut und komplett lausfrei, dennoch rieb er seinen Kopf am Arm der Wache, als wollte er sich kratzen. Der Kerl quiekte angewidert und hätte ihn fast losgelassen. Leider nur fast.

Immer mehr Leute versammelten sich um die kleine Truppe. Die meisten lachten, freuten sich darüber, dass mal wieder einer der Straßenjungs gefangen genommen worden war. Vermutlich hofften sie darauf, dass gleich jede Menge Blut floss.

»Rück raus, was du geklaut hast«, sagte Ramin, da sich die Wachen noch immer zierten, ihn zu durchsuchen. An seiner Stelle würde Akil mal ein ernstes Wörtchen mit denen über Gehorsam sprechen.

»Ich hab nix geklaut«, antwortete er. Hey, einen Versuch war es wert.

»Genau, und ich bin der König von Persien! Muss ich erst handgreiflich werden?«

Akil sah ihn herausfordernd an. Ramin erwiderte seinen Blick. So standen sie sich gegenüber und taxierten sich. Bisher war ihr Verhältnis okay gewesen. Akil gehörte nicht zu denen, die viel Ärger machten. Er klaute nur, was er brauchte, mehr nicht. Aber heute war er übers Ziel hinausgeschossen, und sie beide wussten das.

»Und?«, fragte Ramin noch mal.

Akil würde nicht klein beigeben, auch wenn er keine Chance mehr hatte zu fliehen. Ramin trat näher, verpasste ihm einen Boxhieb in den Magen. Akil krümmte sich vor Schmerz, doch die Wachen hielten ihn aufrecht. Ramin packte Akils Haare und drehte seinen Kopf nach hinten. Mit der freien Hand tastete er das Hemd ab, den Hosenbund, die Taschen. Aber er würde natürlich nichts finden, und ohne Beweise – keine Strafe. Nicht einmal in Madaktu.

»Wo ist der Beutel?«, flüsterte Ramin.

»Ich habe nichts.«

Ramin starrte Akil in die Augen. Seine Haut war wettergegerbt und schmutzig. Sein Atem roch faulig. »Hältst dich wohl für ganz schlau, was?«

Akil zuckte mit den Schultern und konnte sich das Grinsen nicht ganz verkneifen. Ramin musterte ihn verächtlich. »Ich krieg dich schon, Bursche. Früher oder später werdet ihr das Geld eintauschen, und ich werde da sein.«

»Solange musst du gar nicht warten«, rief auf einmal ein Junge aus der Menge. Akil lief es eiskalt den Rücken runter. Die Stimme kannte er nur zu gut: *Tus*. Sein Konkurrent.

Ramin und Akil blickten gleichzeitig in die Richtung. Die Menge teilte sich und ließ Tus durch. Er wurde von seinen zwei Jungs begleitet, die mit einem selbstgefälligen Grinsen neben ihm herliefen, als gehörte ihnen der verdammte Marktplatz. Einer von ihnen hielt Mihra fest, die aussah, als müsste sie gleich anfangen zu heulen. Ihre Lippe war aufgeplatzt. Tus hielt den Beutel in der Hand, den Akil eben geklaut hatte.

»Hier«, rief Tus und warf Ramin den Beutel zu. »Hab ich auf dem Karren gefunden.«

»Schlau«, sagte Ramin und öffnete den Sack. Er stieß einen Pfiff aus, als er den Inhalt betrachtete. »Wirklich schlau. Wem hast du das abgeknöpft?«

»Niemanden, Tus lügt. Ich habe nichts …«

Der nächste Hieb traf Akil noch mal in den Bauch. Er wünschte, er könnte Ramin dafür ins Gesicht kotzen, doch leider hatte er nicht genügend gegessen.

»Du hast Glück, dass ich heute gut gelaunt bin«, sagte Ramin und wendete sich an die Menge. »Der Besitzer dieses Beutels soll sich bei mir melden, solange bleibt er in meiner Verwahrung.«

Akil blickte auf, blinzelte gegen den Schleier, der sich vor seinen Augen ausgebreitet hatte. Tus stand vor ihm und grinste sich einen. Akil hätte ihn am liebsten mit der Macht seiner Gedanken in Stücke gerissen. Tus zwinkerte, seine Hand glitt in seine Tasche. Ganz langsam zog er eine Münze heraus. Akil stockte. Diese Stück Aas hatte sie sich aus dem Beutel genommen, bevor er ihn abgeliefert hatte. Tus hob den Zeigefinger an die Lippen, als wolle er Akil zum Schweigen ermahnen. Die zwei anderen Jungs lachten, drehten herum und verschwanden in der Menge. Mihra blieb allein zurück.

Kurz überlegte Akil, ob er Tus bei Ramin verpetzen sollte. Doch der würde ihm sicherlich nicht glauben, außerdem war Akil nicht so. Er würde keinen aus seinem Viertel verpfeifen. Nicht einmal Tus, und das wusste der kleine Sack genau.

»Ahriman soll dich holen«, flüsterte er.

»Wie bitte?«, fragte Ramin. »Hast du mich gerade verflucht?«

»Nein, nicht dich.« Wobei das auch eine gute Idee wäre.

»Das will ich dir auch geraten haben, sonst schneide ich dir die Zunge heraus.«

Akil schluckte. Das war keine leere Drohung. Einer von Tus‘ Jungs hatte seine auf genau die Art verloren.

»Ganz im Gegenteil«, sagte Akil. »Ich wünsche dir ein langes Leben voller Ruhm und Ehre.«

Ramin tätschelte ihm den Hinterkopf. »So ist's recht. An den Pranger mit ihm! Er wird ausgepeitscht.«

Ein Gegröle ging durch die Menge. Akil machte sich steif. »Was? Was soll das? Ich habe nichts geklaut!«

Ramin lachte. »Sicher Junge, sicher.«

Akil biss dem Jüngling in den Arm. Zal schlug ihm mit dem Ellbogen ins Gesicht, noch mal auf die Stelle, die Ramin vorhin schon getroffen hatte.

»Wenn du nicht still hältst, lassen wir dich ausbluten!«

Akil dachte gar nicht daran, still zu halten. Er wehrte sich aus Leibeskräften. Nie und nimmer würde er sich kampflos dorthin führen lassen.

Ja, er hatte geklaut.

Ja, er hatte gelogen, als er es abstritt, aber er hatte verflucht noch mal Hunger!

»Ich habe nichts gestohlen!«, schrie er erneut.

Ramin zeigte auf die Mitte des Marktplatzes, wo das Podest aufgebaut war. Die Ketten waren an einem Balken befestigt, der von dem vergossenen Blut dunkel verfärbt war. Ab und an tauschten sie ihn aus, wenn das Holz morsch wurde und zu brechen drohte. Neben dem Balken stand der Klotz. Auch der hatte etliche Kerben. Eine für jeden Kopf, der darauf gefallen war. Manchmal machten die Jungs Scherze und legten sich absichtlich dorthin, dann nahm einer von ihnen ein Holzschwert und tat so, als würde er den anderen köpfen. War nur lustig, so lange es nicht zur Wirklichkeit wurde.

Akil stemmte die Füße in den Sand und machte sich so steif er konnte. Die Wachen zogen ihn mit sich, bis sie den Holzbalken erreichten. Der Jüngling riss Akils Arme nach vorne und kettete ihn an. Schließlich trat er hinter ihn und riss sein Hemd auf.

Danke auch! Das war das einzige, das er hatte!

Es wurde stiller um ihn herum. Die Menschen traten näher, wollten nichts von dem Spektakel verpassen.

Langsam umrundete Ramin Akil und rollte dabei die Peitsche auf, die ihm Zal gereicht hatte. Den geklauten Beutel verstaute er am Gürtel. Schließlich blieb Ramin hinter Akil stehen. Seine Nackenhaare stellten sich auf. Er spürte ihn in seinem Rücken, als säße dort Ahriman persönlich. Ramin ließ die Peitsche einmal knallen. Akil zuckte vor Schreck. Sein Blick fiel auf Mihra, die die Hände vor den Mund schlug und voller Entsetzen zu ihm hinaufstarrte.

»Muss mich nur ein wenig warm machen. Nicht, dass ich mir etwas zerre.«

Der zweite Schlag. Dicht an Akils Ohr vorbei.

Der dritte würde sitzen. Akil wusste es. Ramin würde so fest draufschlagen, dass die Wunde tief war. Er würde noch mal zuschlagen und noch mal und noch mal. Akil würde eine fette Entzündung bekommen, so wie fast alle. Er würde elendig daran verrecken. Dahinsiechen wie seine Mutter, weil sie zu arm waren, die Heilerin zu beauftragen.

Akil starrte zu Mihra. Sie ballte die Hände zu Fäusten, bückte sich und hob einen Stein auf. Aber wenn sie Ramin bewarf, wäre sie die Nächste, die hier oben stand. Er schüttelte den Kopf und hoffte, ihr so zu signalisieren, dass sie ruhig bleiben sollte.

Ramin holte aus, Akil schloss die Augen, machte sich auf die Schmerzen gefasst …

6. Kapitel

Die Azoren – vor fünf Tagen

Akil röchelte und schoss hoch.

Sein Körper brannte! Lichterloh!

Er streckte die Arme aus, schlug nach dem Feuer.

Doch da war kein Feuer.

Nicht mehr.

Seine Haut war gesund und braungebrannt. Dabei hatte er den Rauch gerochen, das verbrannte Plastik, selbst das Wasser hatte sich erhitzt.

Scheiße, verdammt.

Akil beruhigte sich nur langsam, strich mit den Fingern über seine Arme. Es kribbelte, aber es schmerzte nicht mehr. Als wäre es nur ein böser Traum gewesen. Genau wie die Erinnerung an Madaktu. Er schluckte, seine Zunge war geschwollen. Der Geschmack seiner Kindheit hatte sich mit dem Salz des Meeres vermischt. Er atmete ein paar Mal tief durch, bis er sich einigermaßen gefangen hatte. Akil war wieder im Bett in der Kajüte. Dieses Mal hatte Noah ihn umgezogen. Andere Jeans und ein anderes Shirt. Langsam richtete er sich auf.

Das Armband ruhte nach wie vor um sein Handgelenk. Das Metall war sauber poliert und schimmerte. Er schob den Finger unter den Reif und drückte nach oben. Noch immer saß das Ding bombenfest, als wäre es mit seinem Knochen verwachsen. Wenn er könnte, würde er Noah dafür einen Kopf kürzer machen!

Allerdings war das nicht sein Stil. Noch nie gewesen. Er war nicht Jaydee …

Es klopfte an der Tür.

»Lass mich in Frieden!«, blaffte Akil.

Noah öffnete trotzdem und schob den Kopf herein. Er trug ein Tablett mit einer Kanne, einem Glas Wasser, einem Stück Weißbrot und einem Teller. »Ich dachte, du hast vielleicht Hunger. Die Suppe wird deinen Magen beruhigen.«

»Hab ich nicht.« Was gelogen war. Akils Magen schnürte sich allein bei dem Geruch des Essens zusammen. Scheiße. Das alles erinnerte ihn viel zu sehr an die Zeit in Madaktu.

Noah kam näher und stellte das Tablett auf dem Beistelltisch neben dem Bett ab. »Trink wenigstens einen Schluck.«

Er reichte ihm das Glas Wasser. Akil nahm es mürrisch entgegen und trank es in drei Zügen leer. »Wie lange war ich weg?«

»Etwa zwei Stunden. Kaffee? Wenn ich mich recht erinnere, magst du ihn schwarz.«

»Immer noch.«

Noah goss ihm ein. Sofort breitete sich der Kaffeeduft im Raum aus. Akil nahm die Tasse entgegen, ohne davon zu trinken. »Wie funktioniert das Armband?«

»Ich kann es mit meinem steuern. Sobald ich es auslöse, geht es los. Je weiter du dich dann entfernst, umso schmerzhafter wird es. Du selbst kannst nicht daran verbrennen, genauso wenig wie deine Kleidung, aber dafür alles, was mit dir in Berührung kommt.«

»Also kann es mich nicht töten?«

»Es selbst nicht, aber wenn du einen Herzstillstand dadurch bekommst oder du ins Meer stürzt und ertrinkst, natürlich schon.«

Akil brummte und nahm einen Schluck Kaffee. »Ich sollte dir das Gesöff überschütten, du Arschloch. Wie werde ich es wieder los?

»Gar nicht. Wenn es erst mal angebracht ist, kann es nur mein Auftraggeber abnehmen. Ich … ich hoffe, du wirst mir das alles verzeihen können. Du bist wirklich meine letzte …«

Akil schleuderte die Kaffeetasse an die nächste Wand. Noah zuckte zusammen. »Ich scheiß darauf! Verflucht noch mal, Noah! Du hast mich aus meinem Leben gerissen, zu einem Zeitpunkt, an dem mich meine Freunde am dringendsten brauchen! Und jetzt hältst du mich mit solchen Mitteln hier fest!«

»Ich habe es mir nicht ausgesucht. Es liegt an dir. An deinem neuen Zustand.«

»Und warum das zum Henker?«

»Keine Ahnung. Mein Auftraggeber wird …«

»… es dir erklären. Jaja. Auch darauf scheiß ich.«

Noah beugte sich nach vorne und legte eine Hand auf Akils Finger. Er zuckte zusammen. Die Berührung war so vertraut, als hätten sie sich gestern erst getrennt. Noah strich sanft mit dem Daumen über Akils Hand. Unwillkürlich stellten sich seine Nackenhaare auf. Akil wollte das nicht. Er wollte sich nicht von Noah beruhigen lassen, er wollte lieber seinem Frust frönen, sich noch 'ne Runde bemitleiden, egal was, aber nicht diese Nähe. Der Mistkerl klopfte ihn gerade weich – und leider funktionierte es.

»Ich würde dir so etwas niemals antun, wenn es nicht wichtig wäre. Ich schätze und achte dich, Akil. Ein Teil meines Herzens hängt nach wie vor an dir. Bitte glaub mir, wenn ich dir sage, dass ich keine andere Wahl hatte. Und bitte, bitte hilf mir. Es war nicht gut, dass ich Tom engagiert habe, dich mitzunehmen, aber ich hätte nicht gedacht, dass er dich k.o. schlägt. Wirklich nicht. Ich wollte nur, dass er dich aufs Boot bringt und fertig. Sobald du den Brief unterschrieben hast, wird Tom uns absetzen und wir können weiter.«

Der Brief …

Noah griff in seine hintere Hosentasche und zog ein zusammengefaltetes Stück Papier hervor. Er hatte den Wisch ein zweites Mal ausgedruckt. Vorsichtig legte er ihn auf dem Beistelltisch ab, zückte einen Kugelschreiber aus seiner Hosentasche und platzierte ihn daneben. »Lese ihn dir in Ruhe durch. Wenn du magst, schau ich, ob ich an Bord eine Brille für dich finde.«

»Das ist nicht nötig. Danke.«

»Und iss bitte deine Suppe. Du brauchst deine Kräfte.«

Akil schnaubte und starrte auf das Blatt Papier.

Noah stand auf. Akil hob den Kopf und blickte direkt auf seinen Hosenbund. Er schluckte. In dieser Position befand er sich nicht zum ersten Mal, allerdings hatten sie früher wesentlich weniger Klamotten angehabt. Noah hielt die Luft an. Er erinnerte sich genauso an die Stunden der Zweisamkeit.

»Ich …« Noah räusperte sich. »Ich komme nachher zurück. Bis dahin hast du den Brief unterschrieben.«

»Und wenn ich mich weigere?«

Noah schloss die Augen und verzog das Gesicht. »Du hast bemerkt, was das Armband kann. Bitte, mach es uns beiden nicht schwerer, als es eh schon ist.«

Noah drehte herum und stürmte zur Kajüte hinaus. Akil hob den Zettel vom Beistelltisch und las erneut die Worte, die für ihn nichts weiter als Kauderwelsch waren:

Mahle malz nuso, sich Indermit obse …

Er starrte auf die Buchstaben, fixierte sie, als könnte er ihnen mit purer

Willenskraft befehlen, sich in die richtige Reihenfolge zu fügen. Akil wusste: Je mehr er sich anstrengte, desto mehr stellten sich die Wörter gegen ihn. Sie wollten sich genauso wenig zu etwas zwingen lassen wie er.

Die Schrift tanzte vor ihm, er schloss die Augen, atmete tief durch und konzentrierte sich …

7. Kapitel

Madaktu, Persien, 215 v.Chr.

»Stopp«, rief jemand durch die Menge.

Akil zuckte zusammen und blickte auf. Er erkannte die Stimme sofort.

Lauf in dein Verderben …

Der Fremde, den er beraubt hatte, schob sich zwischen den Menschen hindurch. Sein Diener folgte ihm dichtauf, den Blick gesenkt, als könnte er es nicht ertragen, das alles mitanzusehen.

»Guter Mann, warum verprügelt ihr das arme Kind?«, fragte der Fremde.

»Weil der Rotzlöffel was geklaut hat, und jetzt verpiss dich«, antwortete Ramin.

Der Fremde verschränkte die Arme vor seinem Bauch und lächelte. »Der Beutel, den Ihr am Gürtel tragt, gehört mir, und der Junge hat ihn nicht geklaut, er hat sich das Geld verdient.«

Bitte was? Akil kniff die Augen zusammen und starrte den Mann an.

»Spinnen die denn alle heute?«, brabbelte Ramin. »Ich glaub dir kein Wort. Jetzt lass mich meine Arbeit machen und schwirr ab, oder du bist der Nächste, der hier oben steht.«

»Aber Ihr sagtet doch, dass sich der Besitzer melden soll. Nun, ich bin der Besitzer des Beutels, und es ist meine Sache, wem ich ihn schenke.«

Der Fremde kam näher, bis er nur wenige Meter von dem Podest entfernt stand. Er zog sein Taschentuch heraus und tupfte sich wieder den Schweiß von der Lippe. »Lasst ihn frei.«

Ramin richtete sich zu seiner vollen Größe auf und trat nach vorne. Er zog sich die Hose zurecht und ließ die Peitsche neben sich baumeln. Seine Finger waren fest um den Griff geschlossen, er war bereit, jederzeit zuzuschlagen. »Wenn du der Besitzer des Beutels bist, kannst du mir auch sagen, was drin ist.«

»Natürlich. Drei Münzen mit Prägungen. Sie zeigen das Wappen meines Hauses. Eine Maske unseres Hüters Agash. Auf der Rückseite einer jeden Münze ist eine Zahl. Die Eins, die Zwei und die Vier.«

Und wo war die drei?

Ramin band den Beutel von seinem Gürtel und blickte hinein. »Ich muss dich enttäuschen, da sind nur zwei Münzen drin. Der Bengel hat also geklaut, und dafür wird er büßen.«

Der Fremde lächelte gütig, als wäre Ramin zu bescheuert zu kapieren, was vor sich ging. »Das liegt daran, weil der andere Junge eine Münze aus dem Beutel genommen hat, bevor er ihn Euch überreichte. Er ist der wahre Dieb. Ihr solltet ihn verfolgen.«

Ramin knurrte. Nicht mehr lange, und er würde die Geduld verlieren.

»Natürlich würde ich Euch einen angemessenen Finderlohn zahlen, falls Ihr ihn fangt«, sagte der Fremde, griff in seine Tasche und zog einen Ring hervor. Er warf ihn Ramin zu, der ihn mühelos auffing. »Ich hoffe, das genügt als Anzahlung. Ihr könnt mich bis übermorgen in der Schenke dort drüben erreichen.« Er verneigte sich vor Ramin. »Bitte, bindet den Jungen los und gebt ihm seinen Lohn. Er war mir zu treuen Diensten.«

»Was hat er denn für dich getan?«, fragte Ramin.

»Er hat mir Madaktu gezeigt und mir den besten Schmied des Dorfes empfohlen. Ohne ihn wäre ich wirklich verloren gewesen.« Er lächelte noch einmal Ramin an, sah zu Akil und zwinkerte.

Akil schauderte.

Lauf in dein Verderben …

Ramin drehte sich zu Akil um. »Stimmt das?«

»Natürlich.« Wäre ja jetzt dumm, etwas anderes zu behaupten.

Ramin verzog das Gesicht. Es passte ihm überhaupt nicht, dass er so vorgeführt worden war, aber er konnte Akil schlecht bestrafen. Vor allen Dingen, weil alle auf dem Markt zuschauten.

»Bindet ihn los«, sagte er zähneknirschend. Ramin griff in den Beutel und nahm eine Münze heraus. »Und die behalte ich für meine Mühen. Immerhin habt ihr meine wertvolle Zeit gestohlen.«

Der Fremde nickte, als hätte er nichts anderes erwartet.

Zal öffnete die Knoten um Akils Handgelenk. Sofort rieb er sich über die Arme und brachte das Blut wieder zum Fließen.

»Hier, du Glückspilz«, sagte Ramin und warf ihm den Beutel zu. Akil fing ihn auf, presste ihn an sich und sprang von dem Podest.

»Und wage es nicht, dich heute noch mal hier blicken zu lassen!«, rief Ramin Akil hinterher.

Das hatte er auch nicht vor, wobei er natürlich so schnell wie möglich das Geld gegen etwas Essbares eintauschen musste.

Akil passierte den Fremden und sah ihn skeptisch an.

»*Lauf, kleiner Mann, lauf*«, flüsterte er lächelnd.

Akil rann ein Schauer über die Haut. Er zog den Kopf ein und tauchte in der Menge unter. Schneller und schneller rannte er, bis der Tumult vom Markt um ihn verblasste. Die Wärme, die vorhin von dem Beutel in seinen Körper gestiegen war, kehrte zurück, schlang sich um sein Herz und presste es zusammen. Die Münze im Beutel schien auf einmal eine Tonne zu wiegen. Akil hatte das Gefühl, als wäre sie ein gigantischer Klotz, den er ab heute für immer mit sich herumschleppen musste.

Endlich entkam er dem Markt und bog in die Gassen seines Viertels ein. Er atmete tief durch, sog den Gestank nach Pisse und Abfall auf. Noch nie war er ihm so willkommen gewesen. Akil rannte weiter, konzentrierte sich auf die vertraute Umgebung. Sollte er zurück und nach Mihra und Azam sehen? Wenn Ramin sie auch erwischte … aber sie waren pfiffig. Bestimmt hatten sie sich schon in Sicherheit gebracht. Das machten sie immer, wenn sie getrennt wurden. Er musste sich nicht sorgen, es ging ihnen gut. Genau das redete sich Akil zumindest ein und rannte, bis er schweißgebadet vor seiner Hütte stand. Er stemmte die Hände auf die Knie und atmete durch.

Kurz zur Ruhe kommen.

Kurz innehalten.

»Warum bei allen Göttern tauchst du erst jetzt auf?« Zareen lehnte an der Hauswand im Schatten und blickte zu ihm.

Akil ignorierte ihn einfach.

»Antworte mir gefälligst!«

Wasser. Ja, Wasser wäre toll. Er lief weiter zu dem Kübel, den sie neben der Hütte aufbewahrten, und beugte sich darüber. Das Wasser roch faul und brackig, die tote Ratte schwamm noch immer darin herum. So viel dazu.

»Was hast du mitgehen lassen? Hast du was zu essen?«, fragte Zareen.

»Nein.« Akil benetzte seine Hände mit dem Wasser und fuhr sich durch den Nacken und über die Nase, die geschwollen war von dem Hieb durch Ramin. Die Versuchung, von dem Zeug zu trinken, war groß, doch er wollte nicht krank werden. Also stand ihm heute ein Fußmarsch zum Brunnen bevor …

»Muss ich dir eigentlich erst die Löffel langziehen?«

Zareen packte Akil am Ohr und zerrte ihn nach hinten. Akil schrie und trat nach seinem Bruder aus. »Lass mich los, du Idiot!«

»Was hast du heute geklaut?«

»Nichts! Es waren zu viele Wachen da.«

Zareen warf ihn zurück gegen die Hauswand. Akil keuchte, wollte sich wegducken, doch sein Bruder pinnte ihn fest. »Was ist mit deiner Nase passiert?«

»Hab mich mit Tus angelegt.«

»Lügner.«

»Du kannst mich mal!«

Obwohl er nur eine Hand hatte, war Zareen verdammt stark. Er legte den Armstumpf auf Akils Kehle und drückte zu. Akil griff danach, wollte ihn von sich ziehen, doch er hatte nicht genügend Kraft. Zareen tastete Akils Hosenbund ab und fand natürlich den Beutel mit der Münze.

»Ist das etwa nichts?«

Akil antwortete nicht. Zareen ließ ihn los und pfefferte ihm den Beutel um die Ohren. »Jetzt scher dich zum Brunnen, du Nichtsnutz! Ich habe Durst.«

»Trink doch deine Pisse!«

Zareen holte noch mal aus, doch Akil duckte sich rechtzeitig. Wenn er nur stärker wäre! Er würde seinen elenden Bruder nach Strich und Faden vermöbeln, bis er nicht mehr wusste, wo oben oder unten war!

»Wir könnten einfach Wasser auf dem Markt kaufen«, sagte Akil. Mit der Münze war das locker möglich. Sie müssten sie nur gegen kleineres Geld eintauschen. »Dann können wir auch gleich die Heilerin für …«

»Was an: *Scher dich zum Brunnen* hast du nicht verstanden, Schwachkopf? Außerdem geb ich mein Geld nicht für eine Halbtote aus.« Zareen schubste den Kübel mit dem Brackwasser um und leerte den Inhalt aus. Die Ratte plumpste in den Sand. Ihr Körper war aufgequollen.

Unfassbar, dass Akil mit diesem Arsch verwandt war.

Zareen griff in den Beutel und holte die Münze heraus. Akil juckte es in den Fingern, ihm das Ding abzunehmen, doch er wusste, dass sein Bruder darauf aufpassen würde. Die Wärme um sein Herz verwandelte sich in ein Brennen. *Soll er es behalten und daran zu Grunde gehen …*

»Komm erst zurück, wenn du frisches Wasser hast«, sagte Zareen. »Sonst kannst du ab heute draußen schlafen.«

Akil hob den leeren Kübel auf und brummte. Es wäre nicht das erste Mal, dass sein Bruder ihn zwang, im Freien zu übernachten. Beim letzten Mal war ein Sandsturm aufgezogen, und Akils Haut hatte sich am Morgen angefühlt, als hätte er sie mit Tonscherben eingerieben. Die Nächte in Madaktu waren eisig und ungemütlich und er hatte wenig Lust darauf, im Freien zu bleiben. Außerdem brauchte seine Mutter tatsächlich frisches Wasser. Er warf einen letzten Blick auf die Münze in Zareens Hand. Das Zeichen von Agash blitzte im Sonnenlicht auf. Es sah aus wie der Schädel einer Katze mit langen spitzen Zähnen und einem diabolischen Blick. Für einen Hüter wirkte er ziemlich furchteinflößend. Zareen drehte sie herum. Auf die Rückseite war eine Zahl geprägt, genau wie der Fremde gesagt hatte. Es war die Nummer Eins.

Ersticke daran …

Akil seufzte, drehte um und machte sich auf den Weg zum Brunnen. Jeder elende Schritt fiel ihm schwerer und schwerer. Sein Körper war heute mal wieder bis an seine Grenzen gekommen, und der Sprint quer über den Marktplatz war anstrengend gewesen. Akil fühlte sich so ausgedörrt wie die Wüste selbst. Er würde sonst etwas darum geben, einen Schluck Wasser zu trinken oder in einen Apfel zu beißen oder …

»Akil«, rief Mihra auf einmal. Akil stoppte und drehte sich um. Sie rannte die Straße entlang, Azam folgte ihr. Akil stellte den Kübel ab, und schon fand er sich in ihren Armen wieder.

»Den Göttern sei Dank, dir ist nichts passiert!«

Akil drückte sie an sich, versenkte seine Nase in ihren Haaren. Mann, sie roch tatsächlich gut. Nach Blume. Das war ihm bisher nie aufgefallen, aber sie hatten sich auch noch nie so innig umarmt.

»Du bist ein Vollidiot!«, blaffte Azam. Akil machte sich von Mihra los und sah zu ihm. Azam ballte die Hände zu Fäusten, funkelte ihn und Mihra böse an. Die Ader an seinem Hals pochte. »Du hast uns einfach hängen lassen!«

»Ich … ich weiß. Es tut mir leid. Ich wollte das nicht, aber der Fremde stand plötzlich da, mit einem Beutel am Gürtel. Der hing vor meiner Nase! Ich musste zugreifen.«

»Wir wären fast erwischt worden! Marek hat uns bemerkt, als Mihra ihre Hände in einer Satteltasche hatte.«

»Es ist ja nichts passiert«, sagte Mihra.

»Ja, aber nur weil wir viel Glück hatten. Hätte der Fremde nicht so einen Radau gemacht, wäre es anders ausgegangen. Abgesehen davon hast du eine abbekommen.« Azam deutete auf Mihras Lippe, die leicht geschwollen war.

»Daran war ich selbst schuld. Ich hätte aufpassen müssen. Tus war dieses Mal schneller.«

»Mein Bruder hat mir das Geld übrigens abgeknöpft«, sagte Akil. »Ich bezweifle, dass ich es wiedersehe.«

»Also war das alles umsonst?«, fragte Azam.

»Leider.«

»Verdammt noch mal, Akil!«

»Hey, du weißt doch, wie es läuft.« An manchen Tagen hatten sie Glück, an anderen eben nicht. Heute hatten sie von beidem etwas abbekommen und standen am Ende trotzdem mit leeren Händen da. »Ich hätte es mir auch anders gewünscht.« Ein Keuchen drang aus der Hütte. Akil drehte sich um und lauschte dem dumpfen Husten seiner Mutter.

»Wie geht es ihr denn?«, fragte Mihra.

»Nicht gut. Ich hoffe, sie hat es bald überstanden.« Alles andere war Quälerei. »Ich hätte ihr ja die Heilerin bezahlt, aber …« Es war nichts mehr da, womit er bezahlen konnte.

Azam griff nach dem Kübel, der vor Akils Füßen lag. »Komm. Wir gehen Wasser holen.«

Akil blickte ihn an. »Echt jetzt? Müsst ihr nicht zum Abendessen?«

»Doch, aber du willst den Weg sicher nicht alleine gehen. Außerdem können wir bei mir Halt machen. Vielleicht gibt es getrocknetes Fleisch, was ich für uns rausmogeln kann.«

Akil hätte Azam am liebsten umarmt, wenn es nicht so unmännlich wäre. Also beschränkte er sich auf ein leises Grunzen. Normalerweise erlaubte es Azams Mutter nicht, wenn er Akil oder Mihra etwas abgab. Sie hatten genug Arbeit, die eigene Familie durchzufüttern. Azam klaute trotzdem öfter Essen für alle.

Akil trat zwischen seine Freunde und fühlte sich wohlhabender als der König von Persien. Er besaß zwar kein Geld und Juwelen und Häuser, aber er war reich an Gesellschaft.

Morgen gäbe es eine neue Chance. Der Markt ging noch drei Tage.

Irgendwann mussten sie Glück haben.

8. Kapitel

Die Azoren – vor fünf Tagen

Akil zuckte zusammen und blickte von dem Zettel auf.

Madaktu.

Der Brunnen.

Nein, das Boot.

Er war auf einem Boot.

Auf dem Atlantik.

Vor den Azoren.

Mann-oh-Mann …

Mit jeder Erinnerung, die zurückkehrte, wurde die Vergangenheit präsenter. Greifbarer. Fast konnte er die Sandkörner auf seiner Zunge schmecken, den Wind in seinen Haaren spüren und den Dreck der Straße riechen. Seine Haut fing an zu jucken, sein Magen zog sich zusammen. Er drückte die Hand darauf, rieb darüber, wartete, bis das Brennen aufhörte.

Srrrrrrrr….

Akil zuckte, wedelte in der Luft herum, aber es waren keine Fliegen da. Nichts von früher war mehr da. Das Boot schaukelte sachte, er hörte die Wellen von außen an die Wand klatschen.

Konzentrier dich, Mann!

Er hatte das im Griff. Seit über zweitausend Jahren war er von Flashbacks verschont geblieben, und er würde nicht zulassen, dass sie jetzt seinen Geist beherrschten. Er petzte sich in den Unterarm, hieß den Schmerz willkommen, fokussierte sich darauf. Das hier! Das war echt. Real. Nicht das andere. Er war erwachsen, er war ein Mann, kein Junge mehr, der fast vor Hunger umkam. Akil atmete ein paar Mal tief ein und aus, bis er das Gefühl hatte, wieder genug in der Gegenwart verankert zu sein. Wenn Anna in ihre Flashbacks stürzte, half ihr normalerweise Jaydee. Bei ihr wurden sie meist durch Angst ausgelöst, so tiefsitzend und traumatisch, dass sie sich nicht dagegen wehren konnte. Jaydee saugte über seine Berührung die Angst aus ihr heraus und sorgte dafür, dass ihr Geist zurückfand.

Wenn bei Anna Angst der Trigger war, musste Akil nur herausfinden, was es bei ihm auslöste. Er war zweimal ohnmächtig geworden, aber da er beim letzten Mal nur den Zettel in der Hand gehalten hatte, konnte es das nicht sein. Er blickte auf das Blatt Papier. Die Worte waren noch immer unverständlich.

Was, wenn Noah ihn bezüglich des Inhalts anlog? Es konnte alles darin stehen, und Akil würde es nie erfahren. Aber Noah wusste nicht, dass Akil kaum lesen konnte, er hatte keinen Grund, ihn deshalb anzulügen.

Er sah zum Nachttisch. Ein Kugelschreiber lag für ihn bereit. Akil nahm ihn und drückte die Miene heraus.

»Bitte, unterschreib ihn.«

»Und wenn nicht?«

»Muss ich dich dazu zwingen.«

Er streckte den Arm aus und betrachtete den Reif um sein Handgelenk. Er war gewiss nicht scharf darauf, dieses Feuer ein zweites Mal zu erleben. So wie Noah gewirkt hatte, würde er ihn tatsächlich dazu zwingen. Es sei denn, Akil könnte ihn vorher überrumpeln …

Mh …

Er klickte die Miene hinein, klickte sie hinaus.

Wäre das eine Option? Er müsste Noah auf alle Fälle mitnehmen. Alles andere war zu riskant. Akil müsste ihn mit zu seinen Freunden schleppen. Will könnte den Armreif womöglich mit einem Zauber entfernen. Akil wäre frei, Noah auch.

Und er würde nie erfahren, wer dieser mysteriöse Auftraggeber war und woher er wusste, dass Akil seine Fähigkeiten verloren hatte.

Klick. Klick.

Wenn Akil den Brief nicht unterzeichnete, würden die anderen ihn suchen kommen. Früher oder später würden sie sich Sorgen machen. Vor allen Dingen Jaydee.

Klick. Klick.

Er war wirklich neugierig, woher dieser Auftraggeber wusste, dass Akil kein Seelenwächter mehr war. Wenn sich jemand so viel Mühe machte, um ihn zu finden, würde er nicht damit aufhören. Auch dann nicht, wenn Akil Noah tatsächlich mit zu sich nahm.

Klick. Klick.

War dieser Kerl vielleicht sogar in der Lage, Akil zu helfen? Könnte er ihm seine Fähigkeiten zurückgeben? Allein bei dem Gedanken daran, wieder mit seinem Element verbunden zu sein, geriet sein Blut in Wallung. Es war die erste greifbare Spur. Ein Hinweis, dem er nachgehen konnte und sollte. Alles was er tun musste, war diesen Zettel zu unterschreiben und seinen Freunden den Rücken zu kehren.

Nur für ein paar Tage.

Klick. Klick.

Er legte den Brief auf den Nachttisch, stand auf und lief in der Kajüte herum.

Mitgehen oder hierbleiben.

Mitgehen oder hierbleiben.

Er glaubte nicht daran, dass es ein gefahrloser Weg war. Aber er würde es nie erfahren, wenn er es nicht probierte, und ein gewisses Risiko gehörte nun mal zum Leben dazu.

Klick. Klick.

Er betrachtete den Kugelschreiber, drehte ihn herum, ließ ihn zwischen seine Finger gleiten.

Er war verflucht neugierig, das musste er zugeben. Und wenn er ehrlich zu sich selbst war, kam sein Widerstand eher aus Trotz, weil Noah ihn entführt hatte.

Klick. Klick.

Er ging zurück zum Nachttisch, setzte den Kugelschreiber an und zeichnete seinen Namen unter den Text. Es waren die einzigen Wörter, die er in jeder Lebenslage schreiben konnte. Die Miene kratzte über das Papier. Akil sah auf seine geschwungene Schrift und hob den Brief an.

Eine Wärme breitete sich um sein Herz aus. Es erinnerte ihn an die Zeit, als er den Beutel mit den Münzen geklaut hatte. Aus Gewohnheit griff Akil an die Stelle und kratzte über die Haut. Sie fühlte sich glatt an, bis auf die kleine Narbe, die Jaydee ihm verpasste, als er in der ersten Nacht bei ihnen im Haus auf ihn eingestochen hatte.

Akil massierte den Muskel, spürte, wie sich weitere Erinnerungen in seinen Geist gruben. Er schloss die Augen und ließ sie kommen …

9. Kapitel

Madaktu, Persien, 215 v.Chr.

Srrrrrrrr….

Akil stöhnte leise und schlug nach der Fliege. Warum konnten diese Mistdinger ihn nicht einfach schlafen lassen? Nur ein wenig, als Ausgleich dafür, dass es gestern so spät geworden war. Azam, Mihra und er waren erst weit nach Einbruch der Dunkelheit zurückgekehrt. Zu Akils Freude war Zareen nicht dagewesen. Vermutlich war er in einer Kneipe oder bei einer Hure gehockt und hatte Akils hart erstandenen Reichtum ausgegeben.

Netterweise hatte Azam etwas Brot von zu Hause abstauben können. Akil hätte es mit seiner Mutter geteilt, aber sie war nach wie vor nicht ansprechbar gewesen. Also hatte er ihr lediglich einige Schlucke Wasser eingeflößt, sie auf die Stirn geküsst und ihr gewünscht, dass sie die Nacht überlebte. Vielleicht hätte er das nicht tun sollen und ihr das Gegenteil wünschen sollen, aber er hatte es nicht übers Herz gebracht.

Srrrrrrrr….

»Ahriman soll euch holen!« Warum hatten die Götter Fliegen erfunden? Sie waren unnötig, nervig, und sie brachten Krankheiten.

Srrrrrrrr….

Er wedelte genervt um sich, patschte sich mit der flachen Hand aufs Gesicht und erwischte tatsächlich eine. Dafür warteten schon hundert andere. Akil richtete sich auf und rotierte seinen Nacken. Wieder mal war alles steif und verkrampft von der kalten Nacht auf dem harten Boden. Außerdem bekam er schlecht Luft. Bestimmt war seine Nase angeschwollen von Ramins Hieb gestern. Er stand auf und schlurfte im Halbschlaf ins Nebenzimmer. Der Geruch nach Verwestem hing nach wie vor in der Luft, vermutlich ging es seiner Mutter schlechter.

»Oh.« Oder auch nicht … Sie saß in der Ecke, in der sie die letzten Tage gelegen hatte, und betrachtete ihre Hand. Den Verband, den Akil gestern erst erneuert hatte, hatte sie abgemacht. Der Finger war abgeheilt, die Haut rosig und gesund, als wäre nie eine Entzündung drin gewesen.

»Mutter?« Akil ging näher.

Sie blickte auf und lächelte. »Ich bin wieder gesund.«

»Das sehe ich … aber … wie geht das?«

Sie zuckte mit den Schultern. »Als ich aufwachte, waren die Schmerzen weg. Einfach so.«

Akil kniete sich vor sie und betrachtete den Finger aus der Nähe. Tatsächlich war kaum etwas von der ursprünglichen Verletzung zu sehen. »Unfassbar.«

Ewa wackelte mit den Fingern und lächelte. »Die Götter haben mich gerettet.«

Naja, wenn sie an die Götter glauben würde, vielleicht.

»Das ist … schön.«

»Ich werde zum Markt gehen.« Sie stand auf. Energetisch und agil, als hätte sie sich tagelang erholt, statt halbtot auf einer stinkenden Matte zu liegen. »Kommst du mit? Ich besorge dir etwas zu essen.«

»Ich …« Er blinzelte, wedelte eine weitere Fliege weg und kratzte sich an der Brust. Seine Haut juckte entsetzlich heute Morgen. »Klar.«

»Sehr gut«, sagte Ewa. »Ich werde dir frisches Brot klauen und Obst und Fleisch. Lass mich dich umsorgen, mein Sohn.«

Okay, die Wunderheilung hatte eindeutig Nebenwirkungen, aber warum sollte Akil sich darüber beschweren? Er stand auf und lief mit ihr nach draußen. Der Geruch nach verwestem Fleisch wurde stärker. Akil schnupperte im Gehen an seiner Mutter, aber es kam nicht von ihr.

Auf einmal stieß Ewa einen spitzen Schrei aus und schlug die Hände vor den Mund. Akil blickte über ihre Schulter und bereute es sofort.

Vor der Hütte lag sein Bruder leblos auf dem Rücken. Zareens Augen waren eingefallen, die Haut hatte sich zum Teil abgelöst. Seine Brust war aufgedunsen, genau wie seine Arme.

»Bei allen Göttern …«

Akils Magen zog sich zusammen. Galle stieg ihm die Speiseröhre nach oben. Sein Bruder sah aus, als wäre er schon vor Tagen gestorben.

»Was ist …« Akil taumelte rückwärts, bis er gegen die Wand der Hütte stieß. Er konnte seinen Blick kaum von der Leiche wenden, obwohl er es sollte. Die Fliegen hatten sich bereits über ihn hergemacht. Zusammen mit der Sonne, die jetzt schon knallte, würde es nicht lange dauern, bis es eklig wurde. Akil presste die Hand auf den Magen. Alles in ihm zog sich zusammen.

Ewa fasste sich als Erste wieder. Sie trat nach vorne, beugte sich über Zareen und griff nach seiner Hand.

»Was machst du denn da?«, fragte Akil.

»Er hält etwas fest.«

Ewa bog seine Finger auf und puhlte so lange herum, bis sie den Gegenstand hatte. Sie richtete sich auf und hielt eine Münze zwischen ihren Fingern. »Perfekt! Heute muss ich nicht betteln.«

In Akil zog sich alles zusammen.

Die Münze.

Er kannte sie.

Er hatte sie gestern erst gestohlen …

»Ewa …« Er fühlte den Drang, sie vor der Münze zu warnen, aber wie sollte er das tun oder begründen?

Sie lachte und küsste das Geld. »Du schaffst besser deinen Bruder weg, bevor er von den Fliegen gefressen wird.« Ohne sich mal umzudrehen, lief sie pfeifend davon.

So viel zu ihren Plänen, ihren Sohn zu umsorgen …

Akil starrte ihr hinterher. Das war seine Familie. Genau das. Eigennützig, wankelmütig und egoistisch.

Er stand eine Weile in der Sonne, bis ihm der Schweiß ausbrach und er es nicht mehr aushielt. Akil zog sein Hemd über den Kopf – es war sowieso nicht mehr zu gebrauchen, seit die Wache es gestern zerrissen hatte – und lief zu dem Kübel, den er mit frischem Wasser gefüllt hatte. Wie in Trance schöpfte er einen Becher heraus und trank in gierigen Zügen. Es war schon warm, aber es schmeckte. Er gönnte sich einen weiteren Becher und noch einen. Am liebsten hätte er sich den Inhalt über den Kopf gegossen, doch dann hätte er wieder zum Brunnen gemusst. Also betrachtete er sein verschwommenes Spiegelbild auf der Wasseroberfläche. Seine Haare standen wirr vom Kopf, seine Augen wirkten matt und leblos. In ein paar Jahren wäre er grau und alt, falls er so lange überhaupt überleben würde. Akil benetzte seine Hände und rieb sich durchs Gesicht. Was sollte er jetzt tun?

Meinen Bruder beerdigen wäre ein Anfang.

Das war eins der ungeschriebenen Gesetze in Madaktu: Kümmert euch um die Toten! Die Dorfhunde stürzten sich auf alles, was sie verwerten konnten. Egal ob das Aas von einem Tier oder einem Menschen kam. Er lief zum Eingang, zog das Tuch herunter, das als Tür diente, und bedeckte seinen Bruder. Es war merkwürdig. Akil sollte mehr fühlen, er sollte traurig sein, vielleicht sogar um seinen Bruder weinen, aber er konnte nicht. War er herzlos? Das war immerhin seine Verwandtschaft.

Mit einem ekelhaften Drücken im Bauch, das dieses Mal nicht vom Hunger rührte, machte er sich auf zu Azam. Er musste ihm beim Begraben helfen, das würde er alleine niemals schaffen. Noch immer juckte seine Haut, Akil wollte sie sich am liebsten von den Knochen schaben. Bis er Azams Haus erreichte, hatte er Blut unter den Nägeln.

Akil lief zur Tür und rief nach Azam. Die Hütte war größer als seine. Azam lebte dort mit seiner Familie zu fünft. Zwei Schwestern, sein Vater und seine Mutter. Wobei Akil glaubte, dass sie schon wieder schwanger war und bald Kind Nummer vier käme. Noch ein Maul mehr zu füttern.

»Azam!«, rief Akil noch mal und rieb die Hände aneinander.

»Hast du nichts zum Anziehen?«, pöbelte eine alte Frau, die die Gasse herunterkam. »Unfassbar, die Jugend von heute.«

Akil drehte sich zu ihr, um etwas zu erwidern.

»Bei Ahriman!« Sie riss die Augen auf, spuckte dreimal aus und verrieb es mit dem rechten Zeh. Was sollte das denn? Warum wehrte sie einen Fluch ab? Die Bewohner Madaktus waren extrem abergläubisch. Den bösen Blick konnte man nur abwenden, indem man die Hand flach auf die Stirn legte und diese danach in den Sand drückte. Eine Klapperschlange bedeutete Zahnausfall, sah man zwei an einem Tag, hieß das, dass man lange leben würde. Es gab Hunderte dieser Mythen, und Akil glaubte an keinen einzigen. Dennoch fuhr es ihm durch Mark und Bein, wie die Alte ihn so entsetzt anstarrte.

Er schlang die Arme um seinen nackten Oberkörper und drehte sich zurück zur Hütte. Wo blieb Azam?

»Hey!«, rief er noch mal. »Es ist wichtig!«

Gedankenverloren kratzte er weiter auf seiner Haut herum.

»Er ist nicht da«, sagte auf einmal eine piepsige Stimme, und das Tuch schob sich zur Seite. Azams kleine Schwester trat heraus, sie hielt eine abgenutzte Holzfigur im Arm und trug ein Kleid, das ihr drei Nummern zu groß war. Sie hatte rabenschwarze lange Haare und war um die fünf Sommer alt. Akil wusste es nicht genau.

»Hallo, Rashna. Wo ist er denn?«

»Bei Mihra. Sie sind heute Morgen ganz früh weg.« Sie trat einen Schritt nach vorne, sah sich um, als wolle sie sichergehen, dass niemand mithörte, und winkte Akil zu sich. Er beugte sich zu ihr hinunter. »Sie haben sich geküsst. So richtig.«

»Na sowas.«

»Ja, und Azam sagte, dass er jetzt nicht mehr warten will und sie sind davongezogen.«

Akil strich sich durchs Gesicht. Er gönnte Azam jeden Spaß dieser Welt, aber er brauchte ihn. Jetzt. »Weißt du, wohin sie wollten?«

»Nein.« Sie deutete auf seine Brust. »Warum hast du dich bemalt? Sieht gruselig aus.«

»Was?« Akil blickte an sich hinab.

»Wie ein Gesicht«, redete Rashna weiter.

Akil hatte Mühe, es zu erkennen, aber die Kleine könnte recht haben. Auf seiner Brust war ein Symbol. Er hatte es blutig gekratzt. Akil fuhr mit den Fingern darüber, es fühlte sich rau und wulstig an, wie die Brandzeichen, die sie den Ochsen aufdrückten. Er drehte den Kopf, versuchte, das Zeichen so besser zu erkennen. War es das gleiche, das auf die Münzen geprägt war? Was hatte der Fremde darüber gesagt?

Eine Maske unseres Hüters Agash …

Akil schluckte trocken. Er wusste nicht, was es bedeutete, aber ihn beschlich das Gefühl, dass es nichts Gutes war.

»Danke, Rashna. Geh wieder rein und spiel was Schönes.«

Er drehte um, ohne sie weiter zu beachten, kratzte dabei über die Ränder des Symbols, das nach wie vor juckte. Wie benommen lief er die Straße entlang. Zwei Frauen kamen ihm entgegen, sahen das Zeichen auf seiner Brust und taten es der Alten von vorhin gleich. Akil legte die Hand auf das Zeichen. Er wollte nicht begafft werden, doch die Straßen wurden voller. Die Menschen machten sich auf den Weg zum Markt. Tag zwei. Die nächste Möglichkeit, einen der Händler zu beklauen.

Tut es besser nicht …

Akil verfiel in einen Dauerlauf. Er brauchte seine Freunde. Jetzt. Bestimmt waren sie zu ihrem Unterschlupf drüben am Berg gegangen. Niemand außer ihnen kam sonst dorthin. Obwohl er es hasste zu rennen, legte er einen Zahn zu und fegte durch die Gassen nach Westen zu der Bergkette.

Nach kurzer Zeit erreichte er die ersten Ausläufer. Akil und die anderen hatten lange nach einem geeigneten Versteck für sich gesucht und es schließlich in einer kleinen Höhle gefunden. Der Eingang war schmal, und Azam hatte mittlerweile Probleme, durchzukommen. In ein paar Jahren wären sie alle zu groß und mussten sich einen anderen Ort für ihre Treffen suchen.

Doch für den Moment genügte es. Akil erreichte den Rand des Berges und lief an der Felswand nach links weiter. Seine Füße brannten von dem heißen Sand. Trotz der dicken Hornschicht, die er hatte, spürte er die Hitze seine Beine hochsteigen. Klitschnass geschwitzt erreichte er endlich die Nische, die zu ihrer Höhle führte. Akil blieb stehen, atmete durch und lauschte.

Die beiden waren tatsächlich da.

Und sie waren voll bei der Sache.

Mist …

Akil lehnte sich gegen den Felsen und wischte den Schweiß von der Stirn. Das Symbol prangte auf seiner Brust, als hätte er es sich mit einem Messer eingeritzt. Mihra keuchte laut. Akil biss sich auf die Innenseite seiner Wange und versuchte es auszublenden, doch das war schwer möglich. Die beiden fühlten sich unbeobachtet. Es gab keinen Grund, sich zurückzuhalten. Azam stöhnte ebenso und rief ihren Namen. Akil stieß sich von der Wand ab. Er musste die beiden stören. Es war wichtig! Das Gekeuche wurde lauter. Intensiver.

Nicht mehr lange.

Unweigerlich erinnerte er sich an seine Zeit mit Banu, was sie mit ihm gemacht hatte, wie sie ihm die Hose herunterzogen und mit ihren Lippen an seinem …

Akil schüttelte sich und schob sich durch die schmale Öffnung.

»Äh, Azam, Mihra! Ich bin es.« Vorwarnen konnte er sie ja wenigstens.

Das Gekeuche endete abrupt.

»Ich komme jetzt rein.«

»Scher dich weg«, brüllte Azam.

»Es ist leider wichtig. Und dringend.« Akil hielt die Luft an, zwängte sich durch den schmalen Spalt und gelangte ins Innere der Höhle. Mihra sprang auf, griff nach ihrem Kleid und hielt es vor ihren nackten Körper. Akil blieb am Eingang stehen und starrte demonstrativ zu Boden, obwohl er schon gerne gespickt hätte.

»Was bei Ahriman hat dich denn geritten?«, brüllte Azam und fischte nach seinen Hosen.

Am besten gleich mit der Tür ins Haus fallen: »Mein Bruder ist tot und halb verwest, meine Mutter wieder gesund. Sie hat sich die Münze geschnappt und ist abgehauen, und ich habe seit heute Morgen dieses Symbol auf meiner Brust.« Genügte das, um die Lust zu dämmen?

Vorsichtig blickte Akil auf. Azam und Mihra standen ihm gegenüber und starrten ihn an.

Er gab ihnen die Zeit, die sie brauchten, doch schließlich hielt er es nicht mehr aus. »Sagt ihr bitte mal was dazu?«

»Lass mal sehen.« Mihra kam näher und deutete auf Akils Brust. Sie roch süß-sinnlich. Nach Seife und Sex.

Oh, Mann …

»Ich kann nichts erkennen. Du musst ins Licht.« Vorsichtig schob sie ihn ein Stück nach hinten, bis er in dem Lichtkegel stand, der durch den Spalt am Eingang in die Höhle geworfen wurde. Mihra streckte ihre Finger aus, um seine Brust zu berühren, doch sie hielt inne, bevor sie seine Haut erreichte. »Akil …«

»Der Fremde sagte, es zeigt den Hüter Agash. Keine Ahnung, wer oder was das sein soll.«

Mihras Finger schwebte vor Akils Brust. »Das ist gruselig.« Sie zog ihre Hand zurück und sah ihn traurig an. »Und es tut mir leid wegen deines Bruders.«

Akil nickte, aber noch immer fühlte er keine Trauer deshalb. Letztlich hatten die beiden eine Zweckgemeinschaft gehabt. Mehr nicht. »Könnt ihr mir bitte helfen? Beim Beerdigen, mein ich.«

»Muss das sein?«, fragte Azam.

»Natürlich.« Mihra funkelte ihn wütend an, drehte sich um und zog ihr Kleid über den Körper. Kurz konnte Akil einen Blick auf ihren Hintern erhaschen.

Verdammt, sie war wirklich heiß. Zu schade, dass er nicht …

»Könntest du wenigstens draußen warten?«, fragte Azam.

»Ja. Klar.« Sofort. »Die Störung tut mir echt leid.« Und dann auch nicht. Das Brennen in seiner Brust kehrte zurück. Zum ersten Mal, seit er die beiden kannte, wollte Akil an Azams Stelle sein … Er schob den Gedanken beiseite und zwängte sich zurück durch den Spalt. Kurz darauf folgten die beiden. Mihra trat vor ihn und griff nach seiner Hand.

»Wenn du darüber reden willst, sag Bescheid, ja?«

»Worüber jetzt genau?«

»Über den Tod deines Bruders …«

»Äh.« Ja. Klar. Das sollte er wohl wirklich. Oder? Mihras Augen schimmerten groß und dunkel, sie sah ihn so eindringlich an, dass er glatt ein schlechtes Gewissen bekam.

»Danke.« Er strich sich über den Nacken und wich Mihras bohrendem Blick aus. Mist. Er war ein gefühlskalter Klotz. Alles, woran er denken konnte, war: *Zieh dein Kleid noch mal aus* und *wir müssen meinen Bruder unter die Erde bekommen, bevor es eklig wird.* Vielleicht war er ja gar nicht in der Lage, zu trauern.

Azam funkelte Akil mal böse an und nahm Mihra an der Hand. Akil blieb hinter den beiden und verhielt sich ruhig. Er wollte nicht für noch mehr Ärger sorgen, aber nach dem halben Weg ertrug er das Schweigen nicht mehr. »Vielleicht sollte ich bei der Heilerin fragen, ob sie etwas über Agash weiß, was meint ihr?«

»Sie wird dir keine Auskunft geben, wenn du sie nicht bezahlen kannst«, sagte Mihra. »Aber einen Versuch ist es wert, zeig ihr doch einfach das Symbol.«

Er fuhr mit den Fingern darüber. Die Ränder fühlten sich heiß vom vielen Kratzen an. Wenn er wenigstens eine der Münzen wiederhätte, könnte er die Heilerin locker bezahlen. Seine Mutter würde sie allerdings nicht freiwillig rausrücken, vermutlich hatte sie sie sowieso schon eingetauscht, und Tus oder Ramin eine abzunehmen, war genauso utopisch.

Akil schluckte gegen die Trockenheit in seinem Mund. Die Temperaturen waren deutlich gestiegen. Das würde ein richtiger Spaß, die Leiche bei der Hitze zu begraben. Er kratzte auf seiner Brust. Der Schweiß hatte sich mit dem Sand der Wüste gemischt und biss unangenehm auf seiner Haut. »Ich wünschte, mein Bruder wäre schon beerdigt.«

»Wem sagst du das?«, sagte Azam. »Eigentlich müssten wir dich das alleine machen lassen, als Strafe für …«

Mihra gab ihm einen Schubs. »Sei nicht so herzlos!«

»Ach, hör auf. Akil juckt es doch gar nicht, was mit Zareen ist.«

Azams Worte schnitten eine Kerbe in Akils Herz. Klar, es tat ihm leid, dass er gestorben war, aber das ginge ihm auch so, wenn es den Nachbarn erwischt hätte. Was war er nur für ein Mensch, wenn ihn der Verlust des eigenen Bruders derart kalt ließ?

Kein guter. Gewiss kein guter …

Nach einem viel zu langen Fußmarsch gelangten sie endlich an seine Hütte.

»Und? Wo ist er?«, fragte Azam.

»Er liegt vor der …« *Hütte.* Lag er zumindest. Vorhin noch. Akil schob sich an den beiden vorbei und musterte die Stelle, an der er seinen Bruder zurückgelassen hatte. Der Sand war dunkler gefärbt, es roch ganz leicht nach Verwesung, ansonsten war nichts zu erkennen. »Das versteh ich jetzt nicht.« Hatten ihn die Dorfhunde schon geholt? Aber dann gäbe es mehr Spuren, die verschlangen doch nicht einfach eine Leiche im Ganzen. Und jemand anderes würde Zareen gewiss nicht klauen. Er hatte nichts bei sich außer den Kleidern am Leib. »Eben war er noch da.«

Azam schüttelte den Kopf, lief in die Hütte und sah sich drinnen um. »Echt, Akil. Verarschen kann ich mich selbst.«

»Ich schwöre es bei allen Göttern dieser und der nächsten Welt.«

Er kam zurück, sah aus, als wollte er Akil in Stücke reißen. »Hier ist keine Leiche.«

»Er lag genau da! Man erkennt sogar die Spuren.«

»Also ist er aufgestanden und davonspaziert oder was?«

»Ich …« Akil ging ebenfalls in die Hütte und sah sich rasch um. Alles war so, wie er es am Morgen mit Ewa verlassen hatte. Er kehrte zurück nach draußen, blickte seine Freunde an. »Ich versteh das nicht.«

Azam griff nach Mihras Hand und zog sie mit sich. »Schön. Kehr mal in dich, und wenn du eine Antwort hast, komm *nicht* vorbei, sondern denke weiter darüber nach. Wir sehen uns morgen.«

»Azam, ich …« Akil wollte ihm hinterher, ihn aufhalten, sich entschuldigen, ihm alles noch mal erklären, aber was sollte es nutzen? Zareen war nicht mehr da. Fertig.

Mihra zuckte entschuldigend mit den Schultern und ließ sich von Azam mitziehen. Vermutlich würden sie dort weitermachen, wo sie aufgehört hatten.

Akil blickte ihnen eine Weile hinterher und verstand die Welt nicht mehr. Er rieb sich über das Symbol auf seiner Brust. Seit dem Marsch von dem Berg hierher hatte es nicht mehr gejuckt. Vielleicht ging es ja genauso weg, wie es gekommen war.

Ein älterer Mann kam vorbei, sah Akil, musterte seinen nackten Oberkörper und spuckte dreimal aus. Akil legte die Hand flach über das Zeichen. Er musste sich wieder etwas anziehen, wenn er nicht ständig angegafft werden wollte. Vielleicht konnte er sein altes Hemd doch noch flicken, oder er könnte eins von Zareen anziehen. Letzte Woche hatte der sein altes hinters Haus geworfen, weil er sich ein neues geklaut hatte. Akil lief um die Hütte herum, um nachzusehen, ob es noch da war. Das, was bei anderen der Garten war,

war bei ihnen ein kleiner Platz, der mit stacheligem Unkraut zugewuchert war. Akil hatte keine Ahnung, was das für Pflanzen waren, aber sie wuchsen überall.

»Was ist denn …« Der Boden war aufgewühlt, als hätte jemand kürzlich ein Loch ausgehoben. Akil blickte sich um, spähte zu den Nachbarhäusern. Wer sollte bei ihm im Garten buddeln? Er lief näher an die Stelle. Das Hemd, das Zareen weggeworfen hatte, hing an einem der Unkrautbüsche. Akil griff danach und zog es über. Der Stoff war speckig und stank, doch immerhin verdeckte er das Symbol auf seiner Brust. Mit der Zeit würde er sich an den Geruch schon gewöhnen.

Akil lief zurück zu der aufgewühlten Erde und kniete sich daneben. Er buddelte darin herum. Da lag etwas. Rasch schob er den Sand zur Seite, bis er ein Gesicht aufdeckte. Er schrie vor Schreck und plumpste zurück auf den Hintern.

»Bei allen Göttern …«

Zareen! Das war Zareen! Er starrte nach wie vor mit dem gleichen leblosen Blick nach oben. Seine Haut war mit Sand und Dreck bedeckt, die Verwesung fortgeschritten und ein Teil des Knochens freigelegt. Akil schluckte den Ekel hinunter und schob weiteren Sand zur Seite. Irgendjemand hatte Zareen tatsächlich beerdigt, aber wer sollte das tun?

Er betrachtete seinen Bruder. Sein Hemd war zur Seite gerutscht und entblößte einen Teil der Brust. Akil zog die Augen zusammen, da war etwas auf seiner Haut. Er wischte den restlichen Sand weg und zog den Stoff beiseite.

Ihm lief es eiskalt den Rücken runter. Trotz der Hitze schüttelte es ihn.

Zareen hatte das gleiche Symbol auf der Brust wie Akil. Das Zeichen des Hüters Agash. Er starrte es eine Weile an, versuchte den Sinn dahinter zu erkennen, doch er kam auf keine Lösung.

Azam! Das musste er unbedingt Azam zeigen. Wenn er die Leiche sah, würde er ihm glauben! Akil sprang auf und rannte ums Haus.

»Kehr mal in dich, und wenn du eine Antwort hast, komm nicht vorbei, sondern denke weiter darüber nach …«

Er hielt inne. Was, wenn er Azam rief und sein Bruder wieder verschwand? Ein zweites Mal konnte er sich das nicht erlauben. Akil sah zurück in den Garten. Diese ganze Sache war so merkwürdig, dass ihm übel davon wurde. Er musste mit jemandem darüber reden, so viel war klar. Die Frage war nur, mit wem. Wobei ihm da eigentlich nur einer einfiel: der Fremde.

Er hatte zu Ramin gesagt, dass er in der Schenke sei.

Dann also zurück auf den Markt. Er drehte um und schlurfte Richtung Zentrum. Je näher er dem Platz kam, umso mulmiger wurde ihm. Diese Nummer war zu groß für ihn. Er spürte es. Er war ein einfacher Junge, der versuchte, in den Straßen Madaktus zu überleben. Er hätte nie den Beutel klauen sollen!

Schließlich erreichte er den Rand des Marktes und blieb unter dem Torbogen stehen. Es war jede Menge los, wie immer. Er spähte über die Menschenmassen, suchte nach Wachen, nach Ramin, nach Tus, aber er fand niemanden. Also sammelte er all seinen Mut zusammen, tauchte in das Gewusel ein und machte sich auf den Weg zur Schenke.

Im Gehen hob er das Hemd und betrachtete noch mal das Symbol auf seiner Haut. Es juckte ganz leicht, aber es war bei Weitem nicht so penetrant wie vorhin. Vielleicht heilte es ja von alleine. Vielleicht gab es für alles eine ganz einfache, logische Erklärung. Vielleicht … auf einmal rumpelte er mit einem großen Mann zusammen. Akil erschrak, machte sich darauf gefasst, gleich beschimpft zu werden. Er spannte die Muskeln, um abzuhauen, doch der Mann griff an seinen Arm und hielt ihn mühelos fest. Der Geruch nach verbrannter Kohle stieg Akil in die Nase. Es war ein angenehmer, intensiver Duft, der ihn auf merkwürdige Art beruhigte.

Der Mann beugte sich zu ihm hinunter. Er war zwei Köpfe größer als Akil, hatte rote schulterlange Haare und ein gütiges Lächeln. Noch ein Fremder. Von denen hatte Akil eigentlich die Schnauze voll. Er zog und zerrte an seinem Arm, um freizukommen, aber der Mann schien die Kraft eines Ochsen zu besitzen.

»Hallo.« Seine Stimme war angenehm tief und hallte in Akils Innerem nach, als hätte seine Seele nur auf diesen Klang gewartet.

»Lass mich los!«

»Keine Angst, ich werde dir nichts tun. Wie heißt du?«

Er wollte nach dem Mann treten, doch der hob die Hand, und auf einmal wurden Akils Muskeln steif. Es war nicht schmerzhaft, fühlte sich eher an, als würde er im Morast feststecken.

»Ilai?«, rief eine Frau von irgendwoher. »Wo bleibst du denn? Safraz wird nicht ewig bei diesem Marek auf uns warten.«

»Ich komme gleich, Callie. Moment.« Ilai wandte sich Akil zu. Er fixierte ihn, die goldbraunen Augen blieben auf Akils Brust hängen, genau an der

Stelle, wo er das Mal trug. »Interessant.«

Akil schauderte. Er konnte nicht sagen, warum, aber Ilai hatte etwas an sich, das ihn magisch anzog. Fast genauso wie bei dem Fremden, als er den Beutel mit den Münzen gesehen hatte. Ilai kniff die Augen zusammen, hob eine Hand, als wolle er das Symbol auf Akils Brust berühren, doch er hielt in der Luft inne.

»Du spielst mit Mächten, denen du nicht gewachsen bist, junger Mann«, sagte Ilai ruhig.

»Bitte, was?«

»Ich kann das nicht von dir abwenden, doch eines solltest du im Kopf behalten: Nichts ist so stark wie der freie Wille. Es liegt in deiner Macht, die Dinge zu beeinflussen.« Ilai legte die Hand auf Akils Brust. Seine Haut wurde warm, aber es war eine angenehme, vertraute und unglaublich schützende Wärme. Akil keuchte leise, schwankte. Er wollte das nicht von diesem Mann annehmen, und gleichzeitig dürstete sein Innerstes nach dieser Energie.

Schließlich nahm er die Hand zurück und zog die Tasche, die er quer über die Schulter trug, über seinen Kopf. Ilai griff hinein und holte einen ledernen Beutel heraus. Er öffnete ihn vorsichtig. »Wir werden uns wiedersehen, wenn deine Seele bereit für mich ist«, sagte Ilai. »Bis dahin muss ich mich aus deinem Gedächtnis tilgen.«

»Was soll das bedeuten?« Wusste der Mann, was mit Akil passiert war? Konnte er ihm womöglich helfen, aus dem Schlamassel herauszukommen? »Wie soll ich …?«

Ilai griff in den Beutel und holte eine Handvoll silbrig glitzernden Staub hervor. Ohne ein weiteres Wort pustete er ihn Akil ins Gesicht. Er wollte sich wegdrehen, doch es war zu spät. Um seinen Kopf legte sich ein Schleier aus feinem Dunst. Er wollte etwas erwidern, doch er wusste nicht mehr was.

Das Pulver vernebelte sein Hirn, ihm wurde duselig, während Ilai sachte mit dem Daumen über Akils Arm rieb. »Du wirst vergessen, dass wir uns begegneten. Diese Erinnerung wird verblassen und tief in deinem Geist zur Ruhe kommen.«

Akil schloss die Augen, der Schwindel nahm zu, der Dunst wurde dichter. Er stieg ihm in die Nase, in die Lungen, in sein Gehirn. Akil nieste, und plötzlich war das Gefühl weg.

Er schüttelte sich und blickte sich um.

Wieso stand er mitten auf dem Marktplatz herum?

Auf einmal bekam er einen Stoß in den Rücken. »Pass doch auf, du Idiot!«, blaffte ein Mann und zog seinen Karren weiter. »Steht hier dumm im Weg! Unfassbar!«

»Ich bin nicht …« Akil drehte sich um seine eigene Achse. War eben nicht noch jemand hier gewesen? Er hätte schwören können, dass es so war.

Er rieb sich über den Arm, der sich merkwürdig warm anfühlte. Womöglich war das auch eine Nebenwirkung dieses Symbols auf seiner Brust. Vielleicht verwirrte es seinen Geist.

Oder er wurde wahnsinnig. Das wäre auch eine Variante.

Plötzlich entstand rechts von ihm Tumult. Eine Frau schrie voller Entsetzen, als hätte sie Ahriman persönlich gesehen.

Akil drehte herum, reckte den Kopf, aber er konnte nichts erkennen. Also ließ er sich von der Menge in die Richtung treiben. Getuschel entstand um ihn herum. Manche spuckten dreimal aus und zogen rasch davon, andere gingen näher, um mehr zu erkennen. Akil bahnte sich einen Weg durch die Leiber hindurch, bis er vorne in der ersten Reihe stand. Neben einem Brotstand parkte der Ochsenkarren, den Akil gestern für seine Flucht benutzt hatte. Der Fahrer wollte eben die Säcke von der Ladefläche werfen und hielt nun mit entsetztem Gesicht inne.

Da lag ein Körper.

Akil reckte den Kopf und erkannte ihn sofort.

Tus …

Er hatte sich das Hemd aufgerissen und sich die Haut blutig gekratzt. Sein Blick ging starr nach oben, seine Finger waren verkrampft, als wären sie im Moment seines Todes eingefroren worden. Akil schloss die Augen, versuchte das Bild zu verdrängen, doch natürlich war es zu spät.

Jemand rempelte ihn an und schob ihn grob zur Seite. Es war Ramin. Er stürmte zum Ochsenkarren und blieb wie angewurzelt davor stehen. Dann spuckte er dreimal aus und verrieb es mit dem Fuß.

»Diese verfluchten Jungen!«, blaffte der Fahrer. »Der muss sich heute Morgen auf den Karren geschlichen haben. Wollte bestimmt mein Getreide klauen!«

»Da ist Akil!«, rief auf einmal eine ältere Frau. Es war dieselbe, die ihn heute Morgen ohne Hemd gesehen hatte. »Er hat das gleiche Symbol auf seiner Brust wie der tote Junge!«

Akil blickte sich um. Plötzlich wichen die Leute vor ihm zurück, als wäre er ein Dämon aus der Hölle.

»Der hat doch den Fremden beklaut«, sagte der Fahrer des Karrens. »Hat mir gestern schon Ärger gemacht! Er hat das Unglück über uns heraufbeschworen.«

»Scher dich fort!«, zischte eine andere.

Ramin drehte sich zu Akil um. »So langsam reicht es mir mit dir!« Seine Lippe zuckte, eine Hand glitt an das Schwert, das er am Gürtel trug. Jemand schubste Akil ins Kreuz, er stürzte nach vorne. Ramin zückte seine Waffe, holte aus und ließ sie auf Akil niedersausen. »Ich mach dich einen Kopf kürzer, du Mistkröte!«

Akil sprang auf den Karren, fiel dabei fast auf Tus' Leiche. Sein Körper verströmte den Gestank von faulen Eiern. Die Haut schlug Blasen, fing an, sich aufzulösen. Akil würgte, wich dem nächsten Hieb von Ramin aus und entdeckte etwas Glitzerndes zwischen Tus' Fingern.

Die Münze …

Ohne sein Zutun streckte er die Finger aus und packte Tus' Hand. Die Haut fühlte sich ekelhaft weich und glibberig an. Akil bog seine Finger mit Gewalt auf. Er wusste nicht, warum er das tat. Sein Verstand sagte ihm, dass es eine schlechte Idee war, das Ding an sich zu nehmen, dass alle, die damit in Berührung kamen, gestorben sind, doch aus einem befremdlichen Grund konnte er nicht widerstehen. Er *musste* die Münze wiederhaben.

Aus dem Augenwinkel bemerkte er, wie Ramin auf ihn zustürmte. Akil zerrte das Geldstück aus Tus' Hand und wich dem Angriff geschickt aus. Erstaunlicherweise eilte niemand Ramin zur Hilfe. Vermutlich trauten sie sich nicht, weil sie glaubten, sie würden genauso verflucht. Akil schloss die Faust um die Münze und suchte das Weite. Ramin stürzte hinterher, stieß dabei wüste Beschimpfungen aus.

»Haltet den Jungen fest!«, brüllte er.

Doch niemand dachte daran. Die Menge teilte sich vor Akil, als wäre er der König von Persien. Er rannte blindlings davon, sprang über Körbe, duckte sich zwischen Ständen durch, bis er untergetaucht war.

10. Kapitel

Die Azoren – vor fünf Tagen

Akil schwankte auf der Treppe. Aus Reflex griff er an das Geländer, um nicht umzukippen. Wie zum Teufel war er hierhergekommen? Er war doch eben auf dem Bett gesessen?

Toll … jetzt schlafwandelte er auch noch während der Flashbacks.

Das wird ja immer schlimmer.

Er gab sich einige Atemzüge, um sich wieder zurechtzufinden. Sein Arm fühlte sich warm von Ilais Berührung an. Er hatte damals keine Ahnung gehabt, was diese Begegnung mit sich bringen würde, aber Ilai hatte an dem Tag einen Gedanken in seinen Kopf gepflanzt, der ihm später helfen sollte: *Nichts ist so stark wie der freie Wille.*

Daran hatte Akil sich geklammert. Und er hatte es bitter nötig gehabt. Agash ließ niemanden aus den Fängen, den er einmal kassiert hatte. Akil sog die frische Luft ein, die von oben herunterwehte, und trat an Deck. Es war Mittag, die Temperaturen angenehm warm, die Sonne stand im Zenit. Mittlerweile tuckerten sie auf dem Meer an einer Insel vorbei. Akil vermutete, dass sie ohne Ziel herumfuhren und Noah nur wartete, bis er endlich einwilligte, ihm zu helfen. Er blickte zum Führerhaus. Kurz überlegte er, ob er reingehen und Tom eins über die Rübe ziehen sollte. Als Rache für die Beule. Jaydee würde das tun. Er würde Tom ohne zu zögern mit dem Kopf gegen die Reling donnern und vermutlich über Bord werfen.

Aber Akil war nicht Jaydee. Auge um Auge, Zahn um Zahn, das war nicht seine Art.

Also lief er über das Deck und fand Noah am Bug des Schiffes. Er hatte sich umgezogen, trug Jeans und eine Lederjacke und blickte aufs Meer. Seine Finger waren fest um die Reling geschlossen. Akil waren schon bei ihrer ersten Begegnung seine gepflegten Hände aufgefallen. Sogar wenn er mit Öl gemalt hatte, entfernte er danach akribisch alle Rückstände unter den Nägeln.

»Ich habe deinen Wisch unterschrieben.«

Noah atmete hörbar aus, seine Schultern sackten einen gefühlten Meter nach unten. »Ich danke dir.« Er drehte sich zu Akil um. Der Wind blies die Locken durch sein Gesicht. Noah wirkte unglaublich jung und verletzlich, auch wenn er in den letzten Jahren Fältchen dazubekommen hatte und sich schon die ersten grauen Haare unter seine braunen mischten. »Wirklich.« Er legte die Hand auf sein Herz. »Danke.«

»Das heißt nicht, dass ich dir diese Aktion vergebe. Ich will nur herausfinden, wer dich auf mich angesetzt hat und was er über mich weiß.«

»Das wirst du schon bald. Tom wird uns auf der nächsten Insel absetzen und den Brief zu Geronimo bringen.«

»Und dann? Wohin gehen wir?«

»Für uns steht ein Flugzeug bereit. Ich kann dir unser Ziel nicht verraten.«

»Natürlich nicht.«

»Es tut mir wirklich leid, Akil.«

»Wie oft willst du das eigentlich noch sagen? Glaubst du, das stimmt mich milder? Ein paar läppische Worte, und ich bin das brave Hündchen, das dir überall hin folgt?«

Noahs Lippe zuckte, diese Art von Gespräch lag ihm nicht sonderlich. Zumindest war das so gewesen, als Akil ihn kennengelernt hatte. Noah gehörte zu der Sorte Mensch, der seine Gefühle offen vor sich hertrug. Er strich die Locken aus seinem Gesicht und bemühte sich um eine selbstsichere Haltung. Es gelang ihm kein bisschen. »Vielleicht wirst du mir ja trotzdem vergeben können. Irgendwann.«

In Akil keimte der Wunsch, ihn in die Arme zu ziehen und festzuhalten. Stattdessen stellte er sich neben ihn an die Reling und wendete sich demonstrativ von ihm ab.

Aus dem Augenwinkel sah er, wie Noah in Richtung Führerhaus winkte. Der Motor heulte auf, der Boden vibrierte und das Boot beschleunigte. Der Wind nahm zu, blies Akil ins Gesicht, nahm ihm die Luft zum Atmen. Er schloss die Augen, genoss es, eins der Elemente auf seiner Haut zu spüren, auch wenn es nicht seins war. Ganz im Gegenteil: Der Wind stand sogar über der Erde.

Die Erde beherrscht das Wasser, das Wasser beherrscht das Feuer, das Feuer beherrscht die Luft und die Luft beherrscht die Erde. Ein Kreislauf. Für immer.

Oder auch nicht.

»Wie ist es für dich?«, fragte Noah leise.

»Was genau meinst du? Den Ex wiederzutreffen? Eine übergezogen zu bekommen? Mit einem magischen Armband herumzulaufen?«

»Ohne deine Fähigkeiten.«

Akil zuckte zusammen. Er wollte nicht darüber sprechen, gleichzeitig spürte er den Drang, sich jemandem anzuvertrauen. In seinem Kopf waren so viele Gedanken, Eindrücke und Gefühle. Am liebsten würde er sie raus in die Welt schreien, Noah erklären, wie behindert, wie unvollständig er sich fühlte, aber er wusste nicht, wie er es in Worte fassen sollte. Wie konnte er einem Menschen erklären, was es bedeutete, eins mit der Natur zu sein? Mit ihr zu atmen, zu leben, ihre Stärke in die eigenen Zellen aufzunehmen. Und von einem Moment auf den anderen nichts mehr davon zu besitzen.

»Es ist, als hätte mir jemand einen Teil meines Herzens herausgeschnitten. Das, was mich definierte, mich ausmachte, ist weg, und zurück ist nur Leere. Der Schmerz, den ich vorhin spürte, als ich über Bord gesprungen bin, war nichts gegen das, was es in mir auslöst, kein Seelenwächter mehr zu sein. Ich würde lieber weitere tausend Mal verbrennen, als eine Minute länger ohne mein Element zu leben.«

Da. Da war es. Vielleicht war es doch nicht so schwer, die richtigen Worte zu finden.

Akil atmete tief ein. Noah schwieg. Lange. Akil hatte keine Ahnung, ob er es verstehen oder nachvollziehen konnte oder schlichtweg albern fand.

Noah kam näher, stellte sich neben ihn und spendete mit seinem Körper Wärme, die sich mit dem frischen Seewind mischte. Ganz langsam glitten seine Finger in Akils Richtung, bis sie seine Hand erreichten und sachte über die Haut strichen. Er ließ die Berührung zu, wartete, ob sich ein Kribbeln einstellen würde, ob sein Körper sich erinnerte und Noah willkommen hieß. Und tatsächlich reagierten seine Zellen auf diese vergrabene Erinnerung. Ein Bitzeln wanderte den Arm nach oben bis in seinen Nacken, wo sich die Härchen aufstellten.

»Ich wünsche dir von Herzen, dass du deine Fähigkeiten zurückbekommst«, sagte Noah leise. »Wenn es in meiner Macht stehen sollte, werde ich dir dabei helfen.«

Noah machte einen weiteren Schritt auf ihn zu. Der Duft seines Aftershaves stieg Akil in die Nase. Er benutzte mittlerweile ein anderes als damals. Noah malte kleine Kreise mit der Fingerkuppe auf Akils Hand. »Ich denke oft an unsere Zeit.«

»Das solltest du nicht.«

»Ich weiß. Wenn du mir verrätst, wie ich es abstellen kann, werde ich es sofort tun.«

Noah war nur eine halbe Armlänge von ihm entfernt. Akil blickte ihm fest in die Augen, sah sein eigenes Spiegelbild in der goldbraunen Iris. Noahs Lippen öffneten sich, Akil blähte die Nasenflügel. Pure Gewohnheit. Früher hätte er durch den Geruch seines Gegenübers den Extra-Kick erhalten. Es ging nichts über das Gefühl, Intimitäten auf allen Sinnesebenen zu erleben. Aber heute war da nichts.

»Du hast dich überhaupt nicht verändert«, flüsterte Noah. »Nicht mal Falten hast du bekommen, als hätte die Zeit dich konserviert.«

Hatte sie nicht. Seelenwächter alterten, wenn auch langsamer als Menschen. »Ab jetzt hole ich auf.«

»War das der Grund, warum du Schluss gemacht hast? Weil du mich überdauert hättest?«

»Nicht nur. Mein Leben ist … war kompliziert. Ich war ein Dämonenjäger, ich trieb mich in der Weltgeschichte herum, ich hatte keine Zeit für Beziehungen. Nicht für eine solche, wie sie dir vorgeschwebt hat.«

»Verstehe.«

Akil spürte den Schmerz, der hinter diesem Wort hing. Noah verstand gar nichts. Er hatte keine Ahnung, wie das Leben eines Seelenwächters war. Wie auch? Vielleicht sollte er ihn mal mit Jess bekannt machen, sie könnte ihm einiges über diese Welt erzählen. Von Mensch zu Mensch.

Das Boot wurde langsamer und drehte nach links ab. Noah sah in die Richtung zu der Insel, die sie ansteuerten. »Da sind wir. Tom wird uns am Hafen rauslassen und mir helfen, dich ins Flugzeug zu bringen.«

»Ich habe zwei gesunde Beine. Ich kann laufen.«

Noah griff in seine Jackentasche und zog eine Spritze heraus. »Selbst wenn ich dir die Augen verbinde, könntest du etwas aufschnappen. Einen Funkspruch, ein Gespräch, egal was.« Er zog die Kappe der Spritze herunter. »Ich kann nicht riskieren, dass du doch jemandem Bescheid gibst, wo wir hingehen.«

»Das ist jetzt nicht das, was ich annehme, oder?«

»Es ist nur, bis wir in der Luft sind. Bitte sei mir nicht …«

Akils Hand schoss nach vorne und legte sich um Noahs Kehle. »Ich habe zugestimmt, diesen Wisch zu unterschreiben, aber du wirst mich auf keinen Fall betäuben, klar?«

»Es … es geht nicht … bitte … lass mich.« Noah schnappte nach Luft, griff an Akils Handgelenk und versuchte, ihn von seinem Hals zu lösen. Mit der anderen Hand hob er die Spritze. Akil wehrte ihn mühelos ab. Noah hatte

Muckis aufgebaut, aber gegen jemanden anzutreten, der Jahrtausende lang Erfahrung im Kämpfen hatte, war eine andere Hausnummer, als Gewichte im Studio zu stemmen. Akil knallte Noahs Hand gegen die Reling, seine Finger öffneten sich, die Spritze fiel ins Meer. Noah keuchte, seine Augäpfel drehten sich nach oben, sein Kopf lief knallrot an.

»Ich kann dir mit Leichtigkeit das Genick brechen.« Was er nie tun würde.

»Ich … ich weiß.« Noah blickte nach unten. »Das Armband … es geht … los … wenn ich …«

Akil verstärkte seinen Griff. Nur ganz kurz, um Noah etwas Angst zu machen. Er krallte sich fester in Akils Hand. Panik stieg in seine Augen.

Schließlich gab Akil ihn frei. Er hustete, griff an seine Kehle und stützte sich an der Reling ab.

»Was ist mit diesem scheiß Armband?«

»Es wird aktiviert.« Noah hustete, massierte seinen Hals. »Wenn mir etwas zustößt.«

Prima. Wirklich prima. »Ich lasse mich trotzdem nicht von dir betäuben.«

Noah ließ seine Kehle los. Akils Abdrücke prangten darauf. Es war kein schönes Gefühl, das zu sehen. Akil hasste es, Gewalt gegen Menschen anzuwenden. Was Jaydee so leicht wie das Atmen von der Hand ging, war für ihn ein Mittel zum Zweck. Vielleicht sollte er sich wenigstens entschuldig…

… auf einmal stach ihn etwas in den Nacken. Er griff an die Stelle, glaubte erst, ein Insekt hätte ihn erwischt, doch es war ein kleiner Pfeil.

»Oh, du elender …«

Ihm wurde schwindelig, das Deck schwankte unter seinen Füßen, er suchte nach der Reling, wollte sich festhalten, aber seine Hände griffen ins Leere. Er fiel nach vorne. Die Stelle, an der der Betäubungspfeil steckte, wurde taub. Seine Haut wurde pelzig, die Schwere zog ihn nach unten. Akil klappte zusammen, stemmte sich kurz mit den Händen ab, aber auch sie gaben nach. Er drehte den Kopf und sah Tom, der oben vor dem Führerhaus stand und das Blasrohr von seinen Lippen nahm, mit dem er den Betäubungspfeil auf Akil geschossen hatte.

»Ich hab dich«, sagte Noah, und schon verschwamm die Umgebung zu einem dunstigen Brei aus Farben und Formen.

11. Kapitel

Madaktu, Persien, 215 v.Chr.

Noch immer betäubt von dem Erlebnis eben, erreichte Akil endlich die Schenke. Die Münze ruhte in seinen Fingern, schickte diese merkwürdige Wärme seinen Arm hoch, genau wie zu dem Zeitpunkt, als er sie geklaut hatte. Mittlerweile juckte auch das Symbol auf seiner Brust wieder entsetzlich. Er kratzte darauf herum, während er die Tür öffnete. Die Schenke stand in einer Reihe von Häusern und war aus weißem Lehm erbaut. Die Fenster waren mit Läden geschlossen, dennoch drang der Geruch von Essen und Schweiß nach draußen. Akil kämpfte das Hungergefühl nieder, auch wenn es schwer war.

Normalerweise durfte jemand wie er nicht hier rein, aber vielleicht machten sie eine Ausnahme, wenn er die Münze vorzeigte. Oder das Symbol auf seiner Brust. Er könnte sagen, dass er alle verfluchen würde. Ja, das war doch ein Plan.

Langsam trat er ein. Es war dunkel im Inneren, die Luft schwül-stickig und kaum zu atmen. Tische standen überall im Raum verteilt, an den meisten saßen Männer und schwatzten miteinander, an einem hing ein Kerl halb über der Platte und schlief.

»Hey, scher dich sofort raus!«, blaffte der bullige Wirt hinter dem Tresen.

Akil blieb stehen, wollte erklären, warum er hier war …

»Schon gut, er ist mein Gast«, sagte eine vertraute Stimme aus einer Ecke. Akil drehte sich herum. Der Fremde saß an einem Tisch und grinste ihn an. Er hatte seine Kleidung gewechselt, fiel mit den dunklen Sachen kaum auf im Dämmerlicht. »Willkommen, junger Freund.«

Sein Diener saß auf einem Stuhl daneben und starrte geflissentlich zu Boden.

»Bitte. Setz dich.« Er deutete auf einen freien Platz vor ihm. Akil folgte der Aufforderung zögerlich. Seine Hände fingen an zu zittern, sein Herzschlag erhöhte sich. Er war auf dem Weg in sein Verderben, er spürte es ganz deutlich, dennoch konnte er nicht mehr umdrehen. Wie von Geisterhand geführt, durchquerte er die Schenke, zog sich einen Stuhl hervor und setzte sich.

Der Fremde verneigte den Kopf, hieß ihn willkommen. »Hast du Hunger?«

»Nein.«

Der Mann schmunzelte und flüsterte seinem Diener etwas ins Ohr. Sofort sprang er vom Stuhl und eilte davon.

»Wir haben uns noch nicht vorgestellt: Mein Name ist Druj Nasu. Es freut mich, dass wir etwas Zeit zum Plaudern finden.« Er lehnte sich zurück und tippte mit den Fingern auf die Tischplatte. »Genießt du deinen Reichtum?«

»Sicher nicht.« Akil legte die Münze vor dem Mann ab. Sie hatte die Nummer Zwei auf der Rückseite. »Ich will es zurückgeben. Die anderen beiden hole ich auch.« Er wusste nur nicht wie, aber eins nach dem anderen.

Druj Nasu betrachtete die Münze, brauchte eine halbe Ewigkeit, bevor er sich rührte. »Sie ist ein Geschenk.«

»Ich will sie nicht.«

»Es ist unhöflich, Geschenke zurückzugeben.«

»Mir egal, diese Dinger sind … sie sind verflucht.«

Druj Nasu schmunzelte. Er hatte nicht den Hauch eines Bartansatzes, seine Haare waren platt nach hinten gekämmt und in einem Pferdeschwanz zusammengehalten. Seine Wangenknochen stachen scharf hervor, als wäre die Haut zu stramm über sie gespannt worden.

»Vielleicht überlegst du es dir, du könntest mit den Münzen ein sorgenfreies Leben führen.«

»Wohl kaum, wenn jeder stirbt, der mit den Dingern in Berührung kommt.«

Druj Nasu beugte sich nach vorne, als wolle er Akil in ein Geheimnis einweihen. »Wenn es so wäre, müsstest du doch längst mausetot sein, oder nicht?«

»Aber … ich …« Mist. Ja. Nein. Vielleicht. Akil rann eine Schweißperle an der Schläfe herunter. »Mein Bruder ist es. Und Tus. Ich habe … ich habe sie beide gesehen. Sie hielten die Münzen in Händen.«

»Natürlich taten sie das, es war ihr Schicksal. Die Münzen hatten dich erwählt, nicht sie. Jetzt mussten sie den Preis dafür bezahlen. So einfach ist das.«

»Das heißt, sie starben, weil sie mir die Sachen weggenommen haben?«

»So in der Art, du wirst es noch begreifen.«

Akil schluckte und wünschte, er hätte ein Glas Wasser, um die Trockenheit in seinem Mund zu besiegen. Er wollte zum Sprechen ansetzen, als der Diener des Fremden neben ihn an den Tisch trat und Akil einen Becher reichte.

»Bitte, Herr.«

Akil starrte auf das Gesöff und nahm den Becher zögernd entgegen. Er roch erst daran. Sah aus wie Wasser.

»Trink«, sagte Druj Nasu. »Hab keine Angst.«

Akil nippte. Das Wasser war kühl und unglaublich erfrischend. Bevor er sich versah, hatte er den Becher auf ex hinuntergekippt. Animiert durch die plötzlichen Reize gab sein Magen ein tiefes Grummeln von sich.

»Wie wäre es, wenn du dir etwas zu essen wünschst?«, sagte Druj Nasu. »Es ist ganz einfach. Sprich es aus und es wird dir gewährt. Ab heute sorgen die Münzen für dein Wohlergehen.«

»Wie das?«

»Das ist ihre Aufgabe. Wenn sie einen Menschen erwählen, muss er nie wieder darben. Um nichts. Du musst nie wieder Hunger leiden.«

Akil rieb über seinen Magen. Die Essensgerüche in der Schenke legten sich auf seine Zunge. Er konnte schon das Fleisch schmecken, spüren, wie seine Zähne sich in einem frischen, dampfenden Stück Brot versenkten. Seit zwei Tagen hatte er nichts Richtiges gegessen. Er biss sich auf die Lippe und blickte sich um. Der Wirt wischte einen Tisch ab, eine Bedienung brachte Bierkrüge an einen anderen.

»Komm schon«, sagte Druj Nasu. »Kein Grund, schüchtern zu sein. Du hast es probiert und Erfolg gehabt.«

»Was?«

»Deine Wünsche. Du hast dir etwas gewünscht und es gewährt bekommen. Denke nach.«

Das Mal auf Akils Brust muckte, als wollte es ihm beim Überlegen helfen. Er kratzte darauf herum, bis seine Haut brannte.

Ich wünsche …

Der Marsch mit Mihra und Azam zurück ins Dorf fiel ihm wieder ein, als sie sich über Zareen unterhielten und wie sie die Leiche fortschaffen wollten.

Ich wünschte, mein Bruder wäre schon beerdigt.

Und genau das war er gewesen, als sie zurückkehrten.

»Oh.«

»Ah, jetzt begreifst du«, sagte Druj Nasu.

»Die Münzen … haben sie … sie erfüllen meine Wünsche?«

»So ist es.«

Akil schloss die Augen. War es wirklich so einfach? Könnte er sich alles herbeisehnen? Sollte er tatsächlich so viel Glück in seinem Leben haben?

»Probiere es«, hauchte Druj Nasu. »Wünsch dir, was dir in den Sinn kommt.«

»Ich … ich wünsche mir Essen.« Ja. Ja, das war gut. »Brot und Fleisch und Gemüse und Obst. So viel, dass ich davon pappsatt werde.«

Druj Nasu seufzte zufrieden. Kaum hatte Akil fertig gesprochen, hörte das Jucken auf seiner Brust auf und ein verführerischer Essensgeruch stieg ihm in die Nase. Er öffnete die Augen und japste. Vor Akil stand genau das, was er sich eben herbeigesehnt hatte. Zack. Einfach so. Da war eine Haxe, von der das Fett tropfte, gedünstetes Gemüse, ein Obstteller, zwei Laibe Brot.

»Bei allen Göttern …«, stammelte er.

»Greif zu«, sagte Druj Nasu. »Du hast es dir verdient.«

Akil lief der Sabber aus den Mundwinkeln. Bevor er sich versah, hatte er das Brot geschnappt. Es war noch warm! Und es krachte zwischen den Zähnen, genauso, wie er es sich vorgestellt hatte. Akil stöhnte genüsslich. Das war … oh das war einfach … er nahm die Haxe, biss ab, legte sie zur Seite, stopfte von dem Gemüse in seinen Mund. Er konnte gar nicht so schnell kauen, wie er essen wollte.

Oh, Mann, das war besser als seine Stunden mit Banu. Besser als alles, was er je in seinem Leben gegessen hatte!

Der nächste Bissen folgte und der vierte und der fünfte, in Windeseile war die komplette Haxe mitsamt dem Brot verspachtelt. Akil aß sich durch die Speisen, konnte nicht fassen, dass es wirklich echt war. Doch sein Magen füllte und füllte sich, bis alles aufgefuttert war.

Zum allerersten Mal, seit er denken konnte, war er satt. Und zwar so richtig.

Und er war nicht geplatzt! Wusste er doch, dass das nicht ginge.

Er lehnte sich im Stuhl zurück, strich über seinen vollen Bauch und rülpste zufrieden. Das Essen lag schwer in seinem Magen. Er hatte schon gehört, das manchen schlecht wurde, nachdem sie zu hastig gefuttert hatten, aber er hatte es sich nie vorstellen können.

»Ab heute kann es immer so sein«, sagte Druj Nasu. »Die Münzen werden dir treu dienen.«

Akil fühlte sich träge und unendlich müde. Er verlagerte sein Gewicht im Stuhl und spürte das schlechte Gewissen nagen. Er hatte das ganze Essen verputzt, ohne seinen Freunden etwas davon abzugeben. Das war noch nie vorgekommen. Wobei er sich später ja auch für sie Essen wünschen konnte.

Ja, das würde ihnen sicher gefallen. Akil könnte Azams Familie versorgen, ihnen auch Kleidung und ein besseres Haus herbeiwünschen. Er wäre im Nu der Star im Viertel.

Druj Nasu spielte mit der Münze, die Akil auf den Tisch gelegt hatte. Das Symbol des Agash blitzte auf, die einprägte Maske wirkte nach wie vor gruselig und grotesk.

»Warum hab ich das Zeichen auf meiner Brust?«, fragte Akil. »Und die Toten. Sie hatten es auch.«

»Das Zeichen ist das Symbol der Vereinigung zwischen dir und Agash. Ab heute bist du durch seine Macht geprägt, und du darfst sie nach deinem Willen nutzen. Verteile die Münzen, gebe sie stets weiter, und du kannst alles haben: Essen, Kleidung … sogar eine gesunde Mutter. Stell es dir einfach vor, und es wird dir gehören.«

Akils Atem stockte. Das Essen wog immer schwerer in seinem Bauch. Er musste aufstoßen, schluckte den bitteren Geschmack runter. »Meine Mutter …«

»Dein erster Wunsch. Ich nehme an, sie genießt ihr Leben? Noch.«

Akil rieb sich durchs Gesicht. Bei allen Göttern, das stimmte! Als er gestern nach Hause gekommen war, hatte er ihr gewünscht, dass sie wieder gesund werden würde. »Ich habe es ausgesprochen.«

»Und sie gerettet. Dumm für sie, dass sie die Münze von deinem Bruder genommen hat. Ab jetzt ist sie Teil des Kreislaufs und wird dafür bezahlen müssen, sobald sie an der Reihe ist.«

»Moment. Moment. Was? Was soll das heißen: *An der Reihe*?«

»Der Preis für deine Wünsche. Natürlich muss jemand dafür bezahlen, oder denkst du, du bekommst die Sachen umsonst? Die Münzen folgen der Nummerierung. Eins, zwei, vier. Jeder, der eine bei sich trägt, kann sie nicht wieder hergeben, bis du deinen Wunsch formuliert hast. Und dann muss er für seine Habgier bezahlen.« Druj Nasu legte eine Hand auf sein Herz. »Agash holt sie alle, und du erhältst als Dank für deine Dienste, was du begehrst.«

Akil schluckte. »Ich … das ist jetzt nicht wahr, oder? Die Münzen erfüllen mir einen Wunsch und töten gleichzeitig denjenigen, der eine besitzt?« Hatte er eben gedacht, er hätte Glück gehabt?

»So ist es.«

Ich wünschte, mein Bruder wäre schon beerdigt.

Der zweite Wunsch, den er ausgesprochen hatte und der zweite, der ihm gewährt worden war. »Tus …«

»Hast du auf dem Gewissen, als du dir gewünscht hast, dein Bruder werde beerdigt. Ach ja, Ramin hat es nun auch erwischt. Jemand musste ja für dein Essen bezahlen.«

Akil rieb sich über die Stirn, die Worte des Fremden hämmerten in seinem Kopf. Hart und grausam. »Ich habe sie getötet.«

»Ach, gräme dich nicht, sie hätten es umgekehrt sicher genauso gemacht. Und bevor ich es vergesse: Es gibt natürlich Regeln beim Wünschen. Du kannst keine Naturgesetze aushebeln. Also nicht fliegen oder unsterblich werden, genauso wenig kannst du jemanden von den Toten zurückholen oder dafür sorgen, dass sich jemand in dich verliebt.«

Die Worte kamen gar nicht mehr richtig bei ihm an. Tus … Zareen … Ramin … alle drei tot. Wegen ihm?

Druj Nasu legte die Münze, die Akil mitgebracht hatte, auf den Tisch. Mit der Rückseite nach oben. Eins, zwei, Vier.

»Wo ist die Nummer drei?«

»Verloren gegangen, manchmal passiert das, aber das ist nicht weiter schlimm. Sie funktionieren trotzdem. Wenn sie einmal in der Reihe durch sind, fangen sie von vorne an, das heißt: Als Nächstes ist deine liebe Mutter dran. Formuliere einen Wunsch, und sie beißt ins Gras.«

Akil wurde schwindelig, der Tisch, der Boden, die Wände, alles tanzte vor ihm. »Ich … ich kann nicht …! Nein. Ich will keinen töten.«

»Du hast keine Wahl, junger Freund. Der Prozess kann nicht aufgehalten werden. Wer einmal die Münze in Händen hält, gehört Agash. Es ist simpel und genial.«

»Nein, nein, nein. Ich … ich werde nicht … Ich sammle die Münzen ein und werde sie vernichten!«

»Sie können nicht vernichtet werden.«

»Dann werde ich mir eben die Umkehr des Fluches wünschen!«

»Das ist natürlich nicht möglich, du Narr.«

»Also gar nichts mehr wünschen.« Es war ganz einfach. Wenn Akil die Füße still hielt, würde niemandem etwas geschehen.

»Das kannst du natürlich tun, wenn du stark genug bist zu widerstehen, doch sei gewarnt: Nach einer gewissen Zeit wirst *du* derjenige sein, der den Preis bezahlen muss.« Druj Nasu deutete auf Akils Brust. »Agash wird deine Lebensenergie nehmen, wenn du ihm keine neue lieferst. Du wirst qualvoll dahinsiechen, bis du den Verstand verlierst und elendig krepierst. Wenn du stirbst, werden alle, die zu dem Zeitpunkt im Besitz einer Münze sind, dir ebenfalls folgen. Du kannst sie nicht retten. Egal was du tust.«

Akil kniff sich in den Nasenrücken. Dieser Typ war irre. So wie das alles hier! Er konnte unmöglich zulassen, dass Menschen wegen seiner Wünsche starben. Egal, wer es war. Akil stand auf. Zu schnell, der Stuhl kippte nach hinten, krachte auf den Holzboden. »Ich … ich werde die Münzen einsammeln.« Und behalten! Er würde sie vergraben. Weit draußen in der Wüste, wo niemand sie finden konnte.

Eine hatte er ja schon. Als Nächstes musste er seine Mutter suchen. Oder besser Ramin. Er war vorhin auf dem Markt gewesen, und wenn er jetzt tot umgefallen war und jemand die Münze fand …

Dann tritt der Nächste in den Kreislauf ein.

Akil wollte nach der Münze auf dem Tisch greifen, aber seine Hand gehorchte ihm nicht. Es war ein ähnliches Gefühl wie vorhin, als er Ilai begegnet war und sich auch nicht hatte rühren können.

Druj Nasu lachte. »Ich glaube, die Münze möchte gerne bleiben. Das ist eine großartige Idee, so wird sie gewiss jemanden finden, und du darfst dir erneut etwas wünschen.«

Akil hielt die Luft an, konzentrierte sich auf seine Hand. *Komm schon!*

Jetzt lachte Druj Nasu noch lauter, so wie gestern, als Akil ihm den Beutel klaute. Seine Finger zuckten. Er wollte die Münze haben. Unbedingt! Aber seine Muskeln waren wie festgefroren.

»Du könntest es dir einfach wünschen«, sagte Druj Nasu und lachte so heftig, dass sich die Leute in der Kneipe nach ihm umdrehten. Er wischte sich die Tränen aus den Augen. »Wie wäre es: *Ich wünsche mir, dass ich die Münze aufheben kann.* Ganz einfach.«

Das Mal auf Akils Brust juckte. Glühte. Brannte. Seine Lippen bewegten sich.

Sag es! Sag es!

Das Brennen sackte tiefer in seinen Körper, rutschte in seinen Magen, seine Eingeweide, zu seinen Füßen, bis Akil glaubte, selbst in Flammen aufzugehen.

Ich wünsche …

So leicht. Nur ein paar Worte, und er hätte das Geldstück. Und seine Mutter wäre tot.

Der Wirt kam am Tisch vorbei und spähte auf die Münze. Wenn er es nahm, war er ebenfalls verflucht.

Druj Nasu wandte sich dem Mann zu, zwinkerte, als wollte er ihn auffordern zuzugreifen. Akil schloss die Augen, blendete den Wirt, die Schenke, alles aus seinem Kopf aus und fokussierte sich auf seine Hand.

»Eines solltest du im Kopf behalten: Nichts ist so stark wie der freie Wille. Es liegt in deiner Macht, die Dinge zu beeinflussen.«

Akil riss die Augen auf. Woher war das gekommen? Diese Stimme? So vertraut und gleichzeitig so fremd. Er sah sich um. Der Wirt kaute auf seiner Lippe, fixierte die Münze, Druj Nasu grinste. Eine unbekannte Kraft durchfloss auf einmal Akils Muskeln.

Nichts ist so stark wie der freie Wille.

Er konnte die Münze nehmen. Es war seine Entscheidung. Er spannte den Arm, trat nach vorne und hob sie auf.

Druj Nasu lächelte. »Ich sehe, du hast es verstanden. Ich wünsche dir viel Glück, junger Freund. Du wirst es brauchen.«

Akils Lippe zuckte. Er wollte etwas darauf erwidern, wusste nicht was. Also presste er die Münze fest an sich und stürmte aus der Kneipe. Die Sonne ging unter, der Himmel war in ein orangefarbenes Licht getaucht. Viele Händler packten ihre Sachen zusammen, der Markt war für heute vorüber. Akil rannte blindlings davon und verschwand in der Menge. Leute rempelten ihn an, andere wichen ihm aus. Er ließ sich treiben. Ziellos. Orientierungslos. Wunschlos.

Erst als er die Tore des Marktes passierte und sein Viertel in Sicht kam, bemerkte er, wo er war. Er verlangsamte sein Tempo, kämpfte gegen die Übelkeit. Das Essen hatte ihm nicht gut getan, in Kombination mit dem Sprint fühlte er sich, als hätte er einen gigantischen Schwamm verschluckt, der bei jedem Schritt auf seine Eingeweide drückte. Akil rieb sich den Bauch. Langsam ging er weiter, er musste würgen, aufstoßen, schmeckte den Haxen und das Gemüse.

Und da passierte es.

Er drehte sich auf die Seite eines Hauses und übergab sich an den Straßenrand.

So viel zu seinem Wunsch nach Essen.

Er erbrach sich ein weiteres Mal, keuchte und lehnte die Stirn gegen die Hauswand.

Er hatte einen Menschen getötet.

Dafür.

Akil würgte und spuckte, bis sein Bauch leer war und eine brennende Leere zurückblieb.

Ramin tot.

Tus tot.

Zareen tot.

Er hatte sie alle drei nicht gemocht, aber den Tod hatte er ihnen nicht gewünscht. Nicht durch seine Hand. Jetzt war er ein Mörder. Ein verfluchter, grausamer Mörder.

»Geht es wieder?«, fragte auf einmal Mihra neben ihm.

Akil drehte den Kopf, blickte ihr in die Augen. »Was machst du denn hier?«

»Hab dich gesucht.« Sie hielt die Hände in den Taschen und wippte auf den Füßen vor und zurück. »Oder eher: Ich bin dir gefolgt. Hab den Tumult auf dem Marktplatz gesehen und Tus' Leiche.«

»Oh. Ja. Ich … ich weiß, hab es auch miterlebt und ich habe mit dem Kerl gesprochen, dem ich den Beutel abgeknöpft habe.«

»Und?«

»Ist Azam auch da?«

»Ja, er ist auf dem Markt und sieht sich um. Es war übrigens seine Idee, dir nachzugehen.«

»Echt?«

Sie nickte. »Als wir zu Hause waren, hatte er ein schlechtes Gewissen, weil er so grob zu dir gewesen war, wir sind zurück zu dir gegangen, aber du warst schon weg. Dafür haben wir deinen Bruder im Garten gefunden. Und … das Symbol auf seiner Brust gesehen.«

»Es ist schlimm, Mihra. Ich stecke richtig in der Scheiße.« Und dann erzählte er ihr alles. Er wiederholte die Worte von Druj Nasu, erklärte, wie er seine Mutter geheilt hatte, was der Preis für seine Wünsche war, dass er eine Münze hatte und die anderen ebenfalls einsammeln musste. Sie hörte aufmerksam zu, starrte ihn mit großen Augen an und vergaß sogar zu blinzeln.

»Bei allen Göttern«, sagte sie, als er fertig war. Sie spuckte dreimal aus und verrieb es mit dem Fuß. »Das heißt, wenn du jemandem die Münze gibst und dir etwas wünschst, stirbt derjenige?«

»Ja.«

»Und wenn du die Münzen behältst, stirbst du?«

»Irgendwann. Genau. Wenn sie nicht weitergegeben werden, wird mich Agash töten.« Je öfter er es aussprach, umso weniger fürchtete er sich davor. Merkwürdig irgendwie, aber Akil wusste, dass er das Richtige tat. Er würde nicht andere für sich selbst opfern.

Er griff in seine Hosentasche und holte die Münze heraus, die er Tus abgenommen hatte. »So sehen sie aus.«

Mihra beugte sich nach vorne, wollte danach greifen, doch Akil zog sofort die Hand zurück. »Du darfst sie auf keinen Fall anfassen! Wenn sie in deinen Besitz gelangt, bist du mit mir verflucht und wirst sie nicht mehr los.«

»Verstehe. Ich …«

»Da seid ihr ja!«, rief Azam. Er rannte die Straße herunter auf sie zu.

Akils Brust fing wieder an zu jucken. Er kratzte darauf herum und verspürte das dringende Bedürfnis, sich zu wünschen, dass es aufhörte. Akil schob den Gedanken sofort beiseite, steckte die Münze wieder ein und wartete auf Azam.

»Hab euch überall gesucht.« Er blieb neben ihnen stehen, gab Mihra einen Kuss auf die Stirn und sah zu Akil. »Alles klar bei dir?«

»Nein, aber das ist eine längere Geschichte.«

»Hab deinen Bruder gesehen.«

»Mihra hat es schon gesagt.«

»Tut mir leid, Mann. Alles.«

Akil nickte. Dieser Streit war so unbedeutend geworden gegen das, was ihm bevorstand.

»Also, ich habe zwei Neuigkeiten«, sagte Azam. »Erstens: Ich hab mich auf dem Markt umgehört. Deine Mutter hat sich heute Abend der Karawane nach Susa angeschlossen. Sie … sie ist abgehauen.«

Akil schloss die Augen. Das war schlecht. Ganz schlecht. Denn jetzt war die Münze außerhalb ihrer Reichweite. Ewa hatte sie sicherlich vorgezeigt, um mitgenommen zu werden. Bezahlt wurde auf halber Strecke, wer sich weigerte, wurde ausgesetzt. Es gab für denjenigen weder einen Weg zurück noch nach vorne. Die meisten starben.

»Hoffe, du bist nicht zu traurig deshalb«, schob er nach.

»Das ist es nicht. Sie hat eine der Münzen. Wenn ich …« mir etwas wünsche und sie stirbt, nimmt sie ein anderer. Verdammt, wie sollte er je in den Besitz dieser Münze kommen?

»Okay, warte. Ich hab ja noch Neuigkeit Nummer zwei: Nach Tus‘ Tod wollte Ramin den Tumult auflösen, der auf dem Markt entstanden war. Ich wollte die Gelegenheit nutzen und ein paar Äpfel mitgehen lassen, als Ramin losplärrte. Er hat in seine Hosentasche gegriffen, die Münze rausgeholt und gewimmert, dann riss er sein Hemd auf und ist umgestürzt wie eine baufällige Hütte. Die Leute haben geschrien, als sie das Symbol sahen. Die meisten hatten Schiss vor 'nem Fluch oder so. Also sind sie weggerannt, sogar die Wachen wollten sich Ramin nicht nähern. Während die also mit sich selbst beschäftigt waren, habe ich gehandelt.« Azam griff in seine Hosentasche und zog etwas heraus.

Mihra und Akil schnappten gleichzeitig nach Luft.

»Nein …« nein, nein, nein. Das durfte nicht sein! Azam hielt Ramins Münze in der Hand. Die Nummer vier. Er war in den Kreislauf des Fluches eingetreten.

Azam strahlte übers ganze Gesicht. Er war sichtlich stolz auf seinen Fang. »Bevor die anderen schnallten, was los war, war ich schon über alle Berge. Eigentlich wollte ich sie gegen etwas Essbares tauschen, aber …«

»Du kannst sie nicht mehr hergeben«, schloss Akil seinen Satz. Mihra japste, schwankte. In Akil zog sich alles zusammen.

»Genauso ist es.« Azam legte die Münze flach auf die Hand und drehte sie um, so dass sie eigentlich herunterfallen musste. »Sie klebt an mir wie getrocknete Scheiße.«

»Und genau in der stecken wir«, sagte Akil. »Bis zur Oberlippe.«

Ich wünschte …

12. Kapitel

Im Flugzeug – vor vier Tagen

Das Summen des Flugzeugs weckte ihn.

»Gut geschlafen?«, fragte Noah. Er saß ihm gegenüber, hatte die Schuhe ausgezogen und die Beine untergeschlagen.

Akil schreckte hoch. Ein bitterer Geschmack lag auf seiner Zunge, die Geräusche kamen nur dumpf bei ihm an, als hätte er Watte in den Ohren.

»Hast du Durst?« Noah goss aus seiner Karaffe Wasser in ein Glas und reichte es ihm.

Akil fasste an die Stelle, an der der Pfeil eingedrungen war. Die Haut war noch immer pelzig. »Betäube mich noch einmal und ich werde dir danach wirklich das Genick brechen.«

»Ich werde dafür sorgen, dass du gefesselt bist, wenn es soweit kommt. Bitte, trink etwas. Es wird dir helfen.«

Akil schnaubte und blickte sich um. Die Maschine war nicht sehr groß. Sie hatte nur zwei Sitzreihen und einen Gang dazwischen. Akil kannte sich nicht aus, aber er vermutete, es war einer dieser stinkteuren Privatjets.

Bestimmt auch von diesem Auftraggeber gestellt.

Noah hielt noch immer das Glas Wasser für Akil bereit. Er ignorierte es, drehte sich zur Seite und sah zum Fenster hinaus.

Und auf einmal vergaß er alles andere um sich herum.

Es war Nacht. Ein schwarzer Teppich mit vereinzelten Glitzerpunkten lag unter ihm. Der Horizont war in der Schwärze nicht zu erkennen. Die Weite schien unendlich, die Lichter der Städte so klein, als könnte er sie in die Tasche stecken. Akil presste die Nase fester an die Scheibe, schaute nach oben zu den Sternen und dem Mond, die aus der Luft so viel näher wirkten als am Boden.

»Bei allen Göttern, ich fliege …«

Zum allerersten Mal in seinem Leben!

Noah folgte seinem Blick. »Stimmt, daran hatte ich nicht gedacht. Als Seelenwächter könnt ihr das ja gar nicht.«

Nein. Die Magie in ihnen legte die Technik lahm. Mit Vorliebe Handys, manchmal blieben auch Uhren stehen oder Aufzüge stecken. Je moderner das Gerät, umso größer die Wahrscheinlichkeit, dass es den Dienst quittierte.

Fliegen war also tabu, wenn nicht alle Menschen an Bord gefährdet werden sollten.

Natürlich war er es gewohnt, um die Erde zu reisen. Mit den Parsumi konnte er binnen Sekunden den Globus umrunden. Auch das war ein Erlebnis, das Akil jedes Mal aufs Neue faszinierte. Aber in einem Flieger zu sitzen und alles aus der Vogelperspektive zu betrachten, verlieh ihm ein Gefühl von … Demut. Ja, das war es tatsächlich. Mit einem Mal schienen seine Probleme nicht mehr so groß zu sein.

Akil sog den Anblick in sich auf, sah nach oben, nach unten, nach rechts, nach links. Am liebsten hätte er das Fenster geöffnet, um den Kopf hinauszustrecken.

Noah lachte leise. »Du wirkst wie ein Kind, das in den größten Spielzeugladen der Welt geführt wurde und sich frei bedienen darf.«

»Was?« Akil schluckte trocken, riss sich von dem Fenster los und sah zu Noah. Er grinste ihn mit diesem verklärten Blick an, wie ihn frisch Verliebte draufhatten, wenn sie den Partner betrachteten. Akil kniff die Augen zusammen, sendete ein böses Funkeln an sein Gegenüber. Noah räusperte sich, das Lächeln gefror, und die Magie des Moments verflog.

Akil zwang sich dazu, sich auf die Fakten zu konzentrieren:

Er war entführt worden.

Von seinem Ex.

Und betäubt.

Er war sauer.

Sollte er zumindest sein.

Bedauerlicherweise spürte er bereits, wie die Wut in ihm abflachte. Es lag einfach nicht in seiner Natur, jemandem lange böse zu sein. »Wie lange, bis wir ankommen?« Akil bemühte sich, kalt zu klingen und merkte selbst, wie schräg sich das anfühlte. Er würde nicht ewig gegen sein Innerstes ankämpfen können. Früher oder später würde er Noah an sich heranlassen. Aber vorerst konnte er ein wenig zappeln.

Noah räusperte sich und sah auf seine Armbanduhr. »Wir landen in etwa zwei Stunden.«

Akil rieb sich über den Nacken. Er sah zum Fenster hinaus, versuchte, an den Umrissen der Landschaft zu erkennen, wo sie waren. Die Gegend war schwach besiedelt, die dunklen Flächen wirkten endlos.

Das könnte eine Wüste sein …

»Trinkst du jetzt endlich etwas?«, fragte Noah und hob das Wasser vor Akils Nase. Er grummelte leise, doch er war tatsächlich durstig. Als er das Glas von Noah annahm, streiften ihre Finger aneinander. Die Berührung jagte kleine Kribbelschauer Akils Arm nach oben. Länger als nötig verharrten sie in dieser Position. Noahs Atem beschleunigte sich. Könnte Akil besser hören, würde er auch seinen Puls wahrnehmen.

Teufelskerl.

Auch Akil ließ die Berührung nicht kalt. Kein Wunder: Sie beide hatten im Bett äußerst gut miteinander harmoniert, als hätten sie von Anfang an gewusst, was sie wollten. Und nicht nur das: Er war ein interessanter Gesprächspartner gewesen. Einer der wenigen, mit denen Akil sich auf einen intensiveren Austausch eingelassen hatte. Normalerweise mied er es, tiefgehende Gespräche mit Menschen zu führen. Zu schnell kamen die üblichen Fragen wie: Was machst du beruflich?, welches Auto fährst du?, kannst du mir deine Telefonnummer geben? … aber Noah hatte nichts dergleichen von ihm wissen wollen. Er hatte ihn weder ausgehorcht noch nachgebohrt. Und diese Zurückhaltung hatte Akil gereizt.

Er zog sich zurück, trank einen Schluck und beobachtete über den Rand des Glases Noah. Andächtig fuhr er über die Stelle, an der sie sich berührt hatten.

»Du … du spürst es auch, oder?«, fragte er leise. »Ich bilde mir das nicht ein.«

Akil nahm einen weiteren Schluck. Ihm blieben nun genau zwei Möglichkeiten, wie er darauf reagieren konnte: Noah bestätigen und zugeben, dass er ebenso in Wallung geriet, dann wäre es nur eine Frage der Zeit, bis die beiden in der Kiste landeten – oder es herunterspielen und einen auf eingeschnappt machen.

Da Akil nicht antwortete, sah Noah auf. Seine Pupillen waren geweitet wegen des Dämmerlichts und schimmerten so tief, als wollten sie Akil in ihr Innerstes ziehen.

Du bist ein gefährlicher Mann, Noah Baker. Und er war sich dessen nicht einmal bewusst. Noahs Waffen waren subtil, ungewollt. Seine Seele besaß eine Reinheit und kindliche Unschuld, die er weder beeinflussen noch steuern konnte. Genau das machte ihn so verflucht interessant.

Noah blinzelte, ein Schweißtropfen perlte von seiner Schläfe. Er wurde nervös, weil Akil noch immer schwieg. Er sollte ihn zurückweisen. Für die beiden gab es keine Zukunft.

Also los … »Lass mich eins klarstellen: Du bist scharf, Noah. Und ja, auch ich spüre ein Kribbeln zwischen uns. Das ändert nichts – aber rein gar nichts – an der Tatsache, dass du mich entführt hast und mich zu all dem zwingst. Wir beide werden nicht mehr zueinander finden, selbst dann nicht, wenn du der letzte Kerl auf Erden bist und ich mit 'nem Dauerständer herumlaufe.«

Noah schluckte und räusperte sich. »Wow.« Er lehnte sich zurück, blinzelte ein paar Mal. Sah zum Fenster hinaus und schüttelte den Kopf. »Der hat gesessen.«

Ja. Verdammt. War vielleicht doch einen Tick zu hart gewesen, aber zurückrudern würde er jetzt nicht. Noah durfte sich ruhig anstrengen, um sein Vertrauen zurückzuerlangen. »Du hast nicht ernsthaft erwartet, dass ich mich von deinem hübschen Gesicht und den Muckis beeindrucken lasse, oder?«

»Ich … vielleicht gehofft, aber ich … ich hätte es besser wissen müssen. Ich dachte nur, dass … dass du mich verstehen würdest … *könntest*. Ich weiß nicht. Egal.« Noah stand auf, stieß dabei die Wasserkaraffe um, aus der er eingeschenkt hatte. Akil beugte sich nach vorne, hob sie auf. Noah blieb stehen, betrachtete ihn dabei und ballte die Hände zu Fäusten. »Entschuldige! Ich hol etwas zum Aufwischen.«

Akil seufzte und sah auf den Wasserfleck, der in den Teppich sickerte und sich langsam ausbreitete.

Unaufhaltsam.

Das Wasser war ein starkes Element.

So wie die Quelle …

13. Kapitel

Madaktu, Persien, 215 v.Chr.

»Bei allen Göttern«, stammelte Azam und ließ sich gegen die Wand sinken. Akil hatte die beiden mit zu sich genommen, damit sie von der Straße weg waren und in Ruhe reden konnten. Akils Brust juckte schlimmer als zuvor. In seinem Kopf tanzten die Gedanken wild umher, ständig lag es ihm auf der Zunge, sich etwas zu wünschen. Es war ein Mischmasch aus banalen Dingen wie Schuhe, neue Hosen oder ein frisches Hemd und setzte sich fort in dem Bedürfnis nach Sicherheit. Vielleicht konnte er sich auch das herbeisehnen. Er könnte sich ein Haus wünschen. Ein großes. Mit Wachen davor. Darin würde er sich einschließen und sich bis zum Ende seines Lebens bedienen lassen …

»Ich werde sterben«, sagte Azam und riss Akil aus seinen Gedanken.

»Erst wenn du an der Reihe bist und ich mir etwas wünsche.« Vor Azam war Ewa dran. Die Münze Nummer zwei hatte Akil ja einstecken. Was würde eigentlich passieren, wenn er sich etwas wünschte, während niemand im Besitz der Münze war? Würde der Wunsch diese überspringen und bei Azam weitermachen?

»Wir müssen etwas tun!«, sagte Azam und sprang vom Boden auf. »Hat Druj Nasu nicht erklärt, wie man den Fluch umkehren kann?«

»Natürlich nicht, sonst hätte ich es doch schon längst …« Auf einmal stürzte sich Azam auf ihn, packte Akil an der Kehle und quetschte ihn gegen die nächste Wand.

»Hey!«, rief Mihra.

»Das ist alles deine Schuld! Weil du deine verdammten Drecksfinger nicht bei dir lassen konntest und den Beutel geklaut hast!«

»Ich weiß. Bei allen Göttern, denkst du, das weiß ich nicht? Mein Bruder, meine Mutter, Ramin, Tus. Du! All das Blut klebt an meinen Händen!«

Das Mal auf Akils Brust flammte auf. Er konnte kaum atmen oder sich rühren, als würde ihn die gesamte Last seiner Tat einschnüren und sämtliche Energie aus dem Körper quetschen. Wenn es Azam auch traf, würde er sich das niemals verzeihen.

»Lass ihn los!«, sagte Mihra. »Er hat es nicht absichtlich gemacht, und er konnte nicht wissen, was passieren wird. Es bringt nichts, wenn wir uns deshalb zoffen.«

Azam schrie seinen Zorn hinaus und schlug gegen die Wand neben sich. »Ich sollte dir dafür den Schädel einschlagen!«

»Ja. Vielleicht solltest du das.«

»Ihr hört jetzt auf der Stelle auf!«, brüllte Mihra. »Hier bringt niemand jemanden um. Wir gehen zur Heilerin. Vielleicht weiß sie, was zu tun ist.«

»Wir können sie nicht bezahlen«, keuchte Akil. Azam drückte zu fest auf seinen Adamsapfel.

»Natürlich können wir das«, sagte Azam. »Du gibst ihr einfach die Münze, die du besitzt.«

»Auf keinen Fall! Sie wäre auch Teil des Fluches.«

»Und sicherlich hochmotiviert, uns zu helfen.«

»Ich werde nicht noch einen mit hineinziehen.«

»Auch gut. Dann wirst du dir das entsprechende Geld eben herbeiwünschen.«

Und Ewa umbringen.

Azam schloss die Finger enger um Akils Hals. Er röchelte, wollte den Griff von seiner Kehle lösen, aber er war nicht stark genug.

Ich wünschte …

Akil bewegte die Lippen, fühlte, wie sich die Worte ihren Weg nach draußen bahnen wollten.

Ich wünschte, ich wäre stark genug, um mich zu wehren.

Nur ein Satz, und er musste sich nie wieder unterdrücken lassen.

»Du bist es mir schuldig, Bruder«, sagte Azam und ließ ihn los.

Akil klappte zusammen, hustete, rieb über seinen Hals.

»Los jetzt«, blaffte Azam und verließ die Hütte.

»Azam! Warte doch mal!« Mihra rief nach ihm, doch er war weg. Sie warf die Hände in die Luft, drehte herum und half Akil, aufrecht zu stehen. Er musste sich an ihr festhalten, seine Beine fühlten sich schwammig an, als wäre er durch Schlamm gewatet. Was war er nur für ein Jammerlappen.

»Wir finden einen Weg«, sagte Mihra.

»Ich glaube, diese Nummer ist zu groß für uns.«

»Und dennoch haben wir keine Wahl. Komm schon. Je schneller wir zur Heilerin kommen, umso besser.« Sie legte die Hände um Akils Wangen, drehte sein Gesicht so, dass er sie ansehen musste. »Du bist nicht allein, hörst du? Wir stehen das gemeinsam durch.«

Du bist nicht allein.

Akil klammerte sich an ihren Worten fest, suchte in ihnen Halt und Sicherheit und Hoffnung.

»Danke.«

Sie lächelte, nahm seine Hand und führte ihn aus der Hütte.

Die Nacht war hereingebrochen, als sie in die Straße gelangten, in der die Heilerin lebte. Unterwegs hatten sie Azam eingeholt, aber er sprach kein Wort, lief stur vor ihnen her und hing seinen Gedanken nach.

Die Heilerin lebte abseits des Dorfes. Ihr Heim war weder den Reichen noch den Armen vorenthalten. Sie bediente jeden, der bezahlen konnte. Da ihre Preise recht hoch waren, kamen ohnehin meist nur die Wohlhabenden zu ihr, wobei einige aus Akils Viertel Geld nur für die Dienste der Heilerin stahlen und ausgaben.

Das Haus kam in Sicht. Es stand am Ende der Straße als einziges Gebäude, hatte zwei Zimmer, soweit Akil das von außen erkennen konnte, und eine echte Eingangstür aus Holz, nicht aus Stoff. Selbst die Fenster hatten Läden. Als Heilerin lebte man also auch nicht schlecht. Akil könnte auch ein Heim wie dieses haben. Er musste es sich nur herbeiwünschen, es war so einfach und so verlockend.

Ich wünsche mir …

Tu es!, rief eine innere Stimme. *Es steht dir zu! Du hast es verdient!*

Er rieb über seine Brust, die entsetzlich juckte. Vielleicht kämpfte er tatsächlich auf der falschen Seite. Er hatte in seinem Leben so viel Scheiße gefressen, wäre es schlimm, wenn er etwas für sich tat? Wenn sich nicht mal die eigene Mutter um ihn scherte, oder der Bruder, warum kümmerte Akil so sehr das Wohl der anderen? Ewa war fort. Sie hatte die Möglichkeit ergriffen und sich abgesetzt. Ihr war es völlig egal, was aus Akil oder einem ihrer anderen Kinder wurde. Warum also sie nicht opfern und sich etwas Schönes wünschen?

Ein älterer Mann kam die Straße herunter. Er trug Lumpen, hatte nur ein Bein, stützte sich auf einem Stock ab. Akils Finger glitten in seine Hosentasche und streiften die Münze darin. Zwei Wünsche. Erst danach wäre Azam an der Reihe. Akil könnte dieses Geldstück dem Alten in die Hand drücken. Der Typ würde sowieso nicht mehr lange leben, früher oder später würde er verhungern oder verdursten und elendig krepieren. Der Alte sah zu den Dreien, hielt inne und überlegte anscheinend, ob er sie anbetteln sollte.

Gib ihm die Münze. Er wird sich freuen.

Jeder andere in diesem Dorf würde es tun. Akil hegte keinen Zweifel daran. Wenn Tus derjenige gewesen wäre, der den Beutel geklaut hätte, würde er ein Leben in Saus und Braus führen.

Der Alte schmatzte, er hatte keine Zähne mehr, vermutlich alle abgefault. Akil schätzte ihn auf Anfang dreißig. Nicht viele erreichten dieses Alter. Der Kerl hatte sein Leben hinter sich, es wäre kein Schaden, wenn er ihm die Münze gab.

Akils Finger krampften, weil er das Geldstück zu fest hielt.

So einfach.

Und dennoch konnte er es nicht. Er war nicht Tus oder ein anderer. Er war kein kaltblütiger Mörder. Es war gegen seine Natur, gegen das, was er im Inneren glaubte. Egal wie sehr Agash ihn dazu verführen wollte: Akil wusste, dass es nicht richtig war. Er würde niemanden mehr opfern. Nicht, wenn es sich vermeiden ließ.

Auf einmal stand Mihra neben ihm und griff nach seinem Arm. »Bereit?«

Akil atmete ein, sog ihren blumigen Duft auf. »Ich glaube schon.«

»Wir sollten ihr wenigstens …« Azam drehte sich um und verstummte, als er Mihra und Akil sah. Sofort lösten sie sich voneinander, als hätte er sie beim Knutschen erwischt. »… die Münze zeigen«, vollendete er den Satz. »Vielleicht stimmt sie das großzügig.«

»Wenn es sein muss«, antwortete Akil und fühlte sich ertappt. Dabei hatte Mihra nur seinen Arm gehalten, mehr nicht.

Azam warf ihm einen finsteren Blick zu, sah zur Tür und klopfte.

Keine Antwort.

»Hallo?«, rief er und lauschte. Er wollte ein zweites Mal klopfen, als die Tür wie von Geisterhand geführt aufschwang. Der Geruch nach Kräutern, gepaart mit einer schwül-warmen Luft, wehte aus dem Inneren.

Azam zuckte die Schultern und betrat das Haus. Akil und Mihra folgten.

»Hier duftet es wie deine Seife«, sagte Akil zu Mihra.

»Das liegt daran, weil die Heilerin sie herstellt. Sie hat sie meiner Tante geschenkt.«

»Echt? Warum das?«

»Weiß ich nicht genau, meine Tante hatte ihr mal einen Gefallen erwiesen.«

»Hallo?«, rief Azam. »Wir brauchen deine Hilfe! Wir können auch zahlen.«

Ha! Klar könnten sie das. Mit Tod und Verderben.

Drinnen waren überall Kerzen aufgestellt. Das Zimmer war spartanisch eingerichtet. Ein Tisch in der Mitte, vier Stühle, ein Regal an einer Wand. Eine Decke hing als Sichtschutz zum Zimmer nebenan. Akil hätte vermutet, dass das Haus voll mit Tiegeln und Töpfen wäre. Oder dass ein Kessel über einem Feuer in der Mitte des Raumes hing und geheimnisvolle Dämpfe verströmte. Doch dieser Raum besaß so viel Magie wie die Schenke, in der er Druj Nasu getroffen hatte.

»Vielleicht arbeitet sie nicht mehr als Heilerin«, sagte Akil.

Die Tür knallte zu. Mihra schrie, Akil fuhr herum. Eine Frau stand hinter ihnen.

»Natürlich tue ich das.« Sie war einen Tick jünger als Akils Mutter. Ihre schwarzen Haare reichten ihr bis zur Hüfte, sie trug ein sauberes Kleid, das ihre Knöchel umspielte, und sie war verdammt hübsch. Akil hatte sie bisher nie aus der Nähe gesehen, stets nur Gerüchte über sie gehört.

»Was führt euch zu mir?«

»Wir sind verflucht«, sagte Azam. »Also, Akil ist es – und ich jetzt auch.«

Die Heilerin seufzte, als hätte sie das schon zigmal gehört. Sie deutete auf den Tisch in der Mitte des Raumes. »Das macht zwei Silbermünzen für die Diagnose und eine weitere für das Lösen des Fluches.«

Beim Ahriman, sie war wirklich teuer. Sie setzten sich. Azam blickte zu Akil und forderte ihn mit Blicken auf, das Geldstück auf den Tisch zu legen. Akils Finger wurden feucht.

Zeit, sich zu entscheiden. Er schob die Münze in seiner Hand hin und her, befühlte die raue Oberfläche, die Gravuren im Metall.

Er konnte es.

Er konnte es.

Er konnte es.

Leg es einfach auf den Tisch!

Akil sah zu Azam, der ihn fast zu Boden starrte. Doch Akil konnte es nicht. Nicht noch eine Person. Nicht noch ein Fluch. Er schüttelte den Kopf und blickte zu Boden.

Azam schnaubte, aber das war Akil egal. Sollte er sauer sein oder sich aufregen. Akil war kein Mörder. Fertig. Er rückte den Stuhl nach hinten und stand auf. »Tut mir leid. Wir … wir wollten nicht deine Zeit verschwenden, aber wir haben kein Geld bei uns.«

Die Heilerin runzelte die Stirn.

Akil wollte gehen, als Azam aufsprang und in seine Tasche griff. »Natürlich haben wir Geld. Hier.«

Er holte die Münze heraus und zeigte sie der Heilerin. Azam konnte sie nicht hergeben, aber er konnte protzen.

Die Heilerin zischte, als hätte er eine Giftschlange in der Hand. Sie sprang von ihrem Stuhl und wich zurück. »Raus!«

»Du weißt also, was das ist?«, fragte Azam.

»Raus! Sofort!«

»Wir brauchen deine Hilfe. Wir müssen den Fluch brechen.«

»Das könnt ihr nicht. Wer einmal Agash gehört, ist verloren.« Sie hatte fast die Tür erreicht, griff nach der Klinke.

»Akil kann dir jeden Wunsch erfüllen«, sagte Azam rasch. »Egal was. Sag es ihm, und er wird es für dich erledigen.«

»Nein!«, rief Akil. Ganz sicher nicht.

Die Heilerin hielt inne, sah zu Akil. Ihm lief es eiskalt den Rücken hinunter. Sie konnte das unmöglich von ihm verlangen!

Azam trat näher an die Heilerin. »Es gibt einen Weg, den Fluch zu brechen, hab ich recht?«

Ihre Oberlippe zuckte. Sie blinzelte.

»Man kann den Fluch lösen.«

»Es ist gefährlich.«

»Das ist mir egal, Hauptsache, ich bin ihn los.«

»Und Akil natürlich auch!«, schob Mihra nach.

Ja, danke, dass du das erwähnst.

Die Heilerin straffte ihr Gewand und reckte das Kinn. »Na schön. Wir können darüber verhandeln.«

»Ich werde mir nichts wünschen und einen anderen töten«, sagte Akil.

»Du hast keine Wahl, Bruder. Ich will diesen verdammten Fluch loswerden. Abgesehen davon wird deine Mutter sowieso nicht mehr lange leben. Die Führer der Karawane werden auf halber Strecke das Geld von ihr fordern, sie wird es nicht hergeben können, genauso wenig wie ich. Entweder hacken sie ihr die Hand ab und lassen sie verbluten, oder sie töten sie auf der Stelle. So oder so: Sie ist erledigt.« Er wandte sich zur Heilerin. »Was willst du haben?«

Sie lächelte. »Eine Karte von einer bestimmten Bergregion oben im Süden.«

Im Ernst jetzt?

»Was willst du damit?«, fragte Mihra. »Das klingt so … banal. Wenn ich das mal so sagen darf.«

»Das ist es gewiss nicht, aber das braucht euch nicht zu interessieren. Du wirst den Wunsch exakt nach meinen Angaben formulieren, dann kommen wir ins Geschäft.«

Akil schluckte, klammerte sich an der Tischkante fest. »Ich … ich kann das nicht.«

»Du hast schon deinen Bruder, Tus und Ramin auf dem Gewissen«, sagte Azam. »Jetzt stell dich nicht so an!«

»Aber ich habe sie nicht mit Absicht getötet! Hätte ich das vorher gewusst, hätte ich nie diese Wünsche formuliert. Du kannst nicht von mir verlangen, dass ich den Nächsten ans Messer liefere.« Obwohl er diese Worte sagte, spürte Akil den Drang danach, sich etwas zu wünschen. Agash forderte ein weiteres Mal sein Recht. Das Mal flammte auf, erinnerte ihn an die Macht, die es besaß.

Azam ballte die Hände zu Fäusten und stapfte auf ihn zu. Er blähte die Nasenflügel wie ein wildgewordener Bulle. »Ich werde die Worte aus dir rausprügeln, wenn es sein muss!«

Akil wich vor ihm zurück.

Mihra sprang ebenfalls auf und schob sich zwischen die beiden. »Stopp! Ihr werdet euch nicht streiten.«

»Geh mir aus dem Weg.«

»Das ist doch totaler Irrsinn!«

»Ich will nicht sterben, verflucht. Akil kann seine Mutter nicht mal leiden!« Er sah über Mihras Schulter zu Akil. »Es sei denn, ihr Leben ist dir mehr wert als meins.«

Oh … oh, das konnte er doch unmöglich … »Tu das nicht. Bitte, stell mich nicht so an die Wand. Du bist mein bester Freund.«

»Genau deshalb schuldest du mir das. Ich habe für dich Essen geklaut, dir den Rücken gedeckt, ich würde für dich durch Scheiße kriechen, wenn es sein müsste. Und ich würde, wäre es umgekehrt, nicht einen Moment zögern und den Wunsch aussprechen, damit du gerettet bist.«

Zack. Der saß.

»Du hast keine andere Möglichkeit mehr, Akil.«

Verflucht. Nein. Die hatte er nicht. Dennoch konnte er nicht einfach so einen Wunsch aussprechen. Wissentlich. Bewusst. Er sah zur Heilerin. »Kannst du uns nicht umsonst helfen? Ausnahmsweise? Um andere zu retten?«

»Meine Dienste kosten, was sie kosten. So ist das Leben, junger Mann. Aber ich kann dir durchaus bei deiner Entscheidung helfen.« Sie griff in die Tasche ihres Kleides und zog einen kleinen Beutel heraus. »Du solltest ihn festhalten«, sagte sie zu Azam.

»Was hast du vor?«, fragte Akil. Er hob die Arme, blickte von ihr zu Azam, wieder zurück. Er stiefelte auf Akil zu, spannte die Muskeln, sprang nach vorne. Akil wich aus, Azam krachte in die Wand dahinter.

Die Heilerin blieb unbeeindruckt, öffnete den Beutel und holte ein graues Pulver heraus. »Es ist nicht schmerzhaft, keine Angst.«

Akil griff nach Mihras Hand. »Komm.« Er musste raus, nachdenken, zu Sinnen kommen.

Sie zögerte erst, ließ sich aber von ihm mitziehen. Er erreichte die Tür, packte die Klinke und … abgeschlossen.

Akil fuhr herum. Azam kam von der einen Seite, die Heilerin von der anderen. Er presste sich gegen die Tür, zog Mihra enger an sich.

»Es tut mir so leid«, flüsterte sie.

Azam hatte sie fast erreicht. »Geh aus dem Weg, Mihra. Ich will dir nichts tun.«

Sie zögerte. Anscheinend wusste sie nicht, auf wessen Seite sie sich stellen sollte. Vielleicht gab es auch keine Seite. Da Mihra nicht wich, packte Azam sie am Arm und zerrte sie weg.

Sie schrie, taumelte nach vorne und konnte sich am Stuhl abfangen. Akil fuhr herum, Azam holte aus, traf ihn gegen das Kinn. Es fühlte sich an, als hätte er ihm sämtliche Zähne mit einem Schlag ausgehauen. Akil keuchte, flog zurück gegen die Tür. Er krümmte sich zusammen, sammelte seine wenigen Kräfte und stürzte sich auf ihn. Azam wehrte die Attacke mit Leichtigkeit ab. Er boxte Akil in den Magen, in die Seite, gegen die Rippen, bis er nicht mehr fühlte, wo genau er zuschlug. Mihra schrie, die Heilerin lachte.

Was taten sie hier eigentlich? Diese gesamte Situation geriet außer Kontrolle. Azam packte Akils Haare, drückte ihn nach hinten gegen die Tür und kesselte ihn ein. Akil zog das Knie hoch, wollte ihn treten, doch die Hiebe waren viel zu lasch.

Er brauchte mehr zu essen. Mehr Kraft.

Oder einen Wunsch …

Es war alles so einfach.

So leicht.

So verlockend.

»Halt ihn fest«, sagte die Heilerin und kam näher.

Azam stemmte sich mit seinem gesamten Körpergewicht gegen Akil und presste den Arm gegen seine Kehle. Akil erblickte Mihra, die mit kreidebleichem Gesicht am Tisch stand und dem Geschehen zusah. Noch immer traute sie sich nicht, sich einzumischen.

Die Heilerin öffnete die Hand und pustete Akil das Pulver ins Gesicht. Er musste niesen, blinzeln, und schon legte sich ein nebliger Schleier um seinen Kopf. Hatte er das nicht schon mal erlebt? Ihm wurde schwindelig, der Raum tanzte, die Kerzen flackerten stärker.

»So ist's gut«, sagte die Heilerin leise. Ihre Stimme säuselte Akil um die Ohren, sie wirkte lebendig, liebevoll, warm. »Sprich mir nach, mein Freund: Ich wünsche mir die Karte der Sa'zay. Zugang zum heiligen Berg, zu einer Stunde, in der das Universum im Einklang ist und die Erde mit der Venus eine Einheit bildet.«

»Ich wünsche mir …« die Worte kamen unglaublich träge über Akils Lippen. Er fühlte sich benommen, nicht mehr Herr seiner Sinne, als wäre er besoffen. Er blinzelte, wollte sich selbst davon abhalten weiterzureden. Die Heilerin beugte sich näher zu ihm, bis er nur noch sie wahrnahm. Sie legte ihre Finger an seine Schläfe, massierte sie leicht. Akil starrte geradeaus.

Sie lächelte. »Du machst das großartig. Konzentriere dich auf mich. Konzentriere dich auf meine Worte.«

Sie kam näher und näher, bis er das Gefühl hatte, von ihrem Körper zugedeckt zu werden. Akil atmete ein, diesen schönen blumigen Duft, der ihn an Mihra erinnerte.

»Komm schon, sag es«, hauchte sie. »Ich wünsche mir die Karte der Sa'zay …«

»Ich wünsche … mir Sa'zay.«

»Ja.«

Arme, Haut, ihren Hals. Es gab nur noch sie. Nur noch ihre Stimme. Akils Blick glitt tiefer in ihren Ausschnitt, er sah den Ansatz ihrer Brüste und ein rotes Symbol in Form zweier Flügel darauf. Wunderschön. Genau wie sie. Alles an ihr war schön. Er würde ihr dienen und sie ehren und tun, was auch immer sie von ihm verlangte.

»Rede weiter.«

»…Sa‘zay. Zugang zum heiligen Berg …« Und so wiederholte er jedes Wort der Heilerin, bis es nichts mehr zu sagen gab.

Ein tiefes Gefühl der Zufriedenheit durchfuhr Akil. Das Zeichen des Agash flackerte ein letztes Mal auf und verstummte schließlich.

Er hatte eine weitere Seele geholt. Auch er war befriedigt.

Vorerst.

14. Kapitel

Im Flugzeug – vor vier Tagen

Akil?«

Er schreckte hoch und blickte in goldbraune Augen. Für eine Sekunde glaubte er, Will stünde ihm gegenüber. Die Farbe war seinen so ähnlich. Akil atmete ein, roch das After-Shave von Noah.

»Hey, ist alles in Ordnung?« Sein Atem streifte Akils Haut. Warm und angenehm.

»Ich glaube schon, was ist denn?«

»Ich rede seit zehn Minuten auf dich ein, aber du warst total weggetreten.«

Scheiße. Diese Flashbacks nervten immer mehr. Und sie kamen wie aus dem Nichts. Eben hatte er doch mit Noah gesprochen.

»Du hast dein Wasser verschüttet.« Er deutete auf Akils Hose, auf der sich ein runder Fleck im Schritt ausgebreitet hatte.

Akil blickte nach unten, runzelte die Stirn. »Mit feuchten Hosen bin ich schon ewig nicht mehr aufgewacht.« Er nahm das Glas und stellte es auf die Ablage neben sich.

»Du hast mir für einen Moment echt Angst eingejagt.« Noah setzte sich auf die Armlehne am Stuhl gegenüber. »Deine Augen waren offen, deine Pupillen starr. Ich dachte erst, du hast einen Herzinfarkt oder einen Schlaganfall oder … keine Ahnung. Wir waren schon dabei zu schauen, wo wir notlanden können.«

»Ich bin nicht krank. Ich …« Achtung jetzt. Vorhin erst hatte er Noah einige üble Worte an den Kopf geworfen, um Distanz zwischen ihnen zu schaffen. Wenn er jetzt einlenkte, machte er sich unglaubwürdig, auch wenn Noah regelrecht danach gierte, an Akil heranzukommen.

»Was?« Noah schluckte so hart, dass sein Adamsapfel auf- und absprang.

»Unwichtig. Wann sind wir da?«

Noah stockte, wirkte für einen Moment irritiert, dann setzte er eine neutrale Miene auf. »Noch etwa vierzig Minuten. Wenn du willst, kannst du duschen und dich umziehen, bevor wir landen. In dem Schrank da drüben sind frische Sachen. Das Bad ist nicht sehr groß, aber ausreichend.«

»Gut.«

»Gut«, wiederholte er und trollte sich in den vorderen Teil der Maschine.

Akil blickte zum Fenster hinaus. Der Himmel färbte sich blassrosa, am Horizont erschien ein heller Streifen. Wenn die Sonne aufging, waren sie also nach Osten geflogen. Womöglich könnte er bei der Landung herausfinden, wo sie waren. Akil kannte sich auf der Erde aus. Er war mit den Parsumi schon Tausende Male um den Globus gereist, hatte mehr Flecken gesehen, als er zählen konnte.

Er drehte sich im Stuhl um und sah nach Noah, der in einer Tasche kramte.

»Solltest du mich gleich wieder betäuben wollen, überlege es dir zweimal.«

»Es wird nicht nötig sein. Ich sagte dir schon: Das war nur eine Sicherheitsmaßnahme, damit du niemandem eine Nachricht hinterlässt. Mittlerweile sind wir weit genug von den Azoren entfernt. Du wirst keine Möglichkeit haben, jemanden zu verständigen. Nicht dort, wo wir hinreisen.«

»Großartig.«

»Akil, ich …

»Ja, ja, lass stecken.«

Akil drehte sich zurück und kratzte sich am Hals. Die Stelle, an der der Pfeil eingedrungen war, brannte unangenehm. Er hielt die Hand drauf, so wie früher, wenn er andere heilte. Natürlich kam keine Energie. Das Element Erde in ihm schwieg eisern.

Er lehnte sich im Sitz zurück und hörte Noah zu, wie er herumwerkelte.

Vielleicht sollte Akil es ihm wirklich nicht so schwer machen. Wenn sie zusammenarbeiteten, könnten sie wesentlich mehr erreichen. Noah wusste möglicherweise Details, die Akil helfen würden. Wenn sie eine Bindung aufbauten, wären sie beide sicherer.

Im Grunde musste er es nur so machen wie bei Jaydee. Akil hatte dem Jungen tausend Chancen gegeben. Er hatte ihn sogar wieder an sich herangelassen, nachdem Jay versucht hatte, ihn zu töten. Vielleicht weil Akil wusste, wie es war, wenn eine fremde Macht den Körper lenkte; wenn man einem Dämon ausgeliefert war und man nichts dagegen tun konnte, egal wie sehr man sich bemühte.

Auch Noah hatte einen Dämon gerufen.

Er hatte keinen Jäger wie Jaydee, aber er war gefangen wegen einer falschen Entscheidung.

Noah hatte ihn entführt.

Aus Verzweiflung.

Aus Furcht.

Aus Hoffnung.

Er wollte frei sein und die Fehler bereinigen, die er begangen hatte.

Akil war eigentlich der Letzte, der darüber urteilen durfte. Er wusste genau, wie sich das anfühlte …

15. Kapitel

Madaktu, Persien, 215 v.Chr.

Akil wachte auf und hatte vollkommen die Orientierung verloren. Seine Nase pochte, die Rippen schmerzten, einzig das lästige Jucken in der Brust war verschwunden. Er öffnete die Augen, wusste im ersten Moment nicht, wo er war. Er saß halb zusammengesackt auf einem Holzstuhl in einem fremden Raum. Das Licht war gedimmt, die Luft schwer durch den Geruch von Kräutern.

»Er wird wach«, sagte Mihra neben ihm. Sie fuhr über Akils Wange, seine Stirn, seine Haare. »Wie geht es dir?«

Er hörte Schritte, blinzelte, rieb sich den Schleier aus den Augen. Der Tisch war mit vier Bechern und einem Stück Brot gedeckt.

»Gib ihm das zu trinken«, sagte die Heilerin. »Das wird seine Verletzungen kurieren.«

Mihra setzte den Becher an Akils Lippen. Mit jedem Schluck Wasser kehrten seine Lebensgeister zurück. Das Pochen in seiner Nase ließ nach, er konnte sogar freier atmen. Gierig trank er das Gesöff bis auf den letzten Tropfen aus. Als der Becher leer war, blickte er sich um. Azam lehnte an der Wand gegenüber und kaute auf seinen Nägeln, die Heilerin ließ sich elegant in den Stuhl neben Akil sinken und legte ihre Hand auf sein Knie.

»Ich danke dir, junger Mann. Die Karte ist perfekt.«

Karte? Welche Kart… und da fiel ihm alles wieder ein. Der Fluch. Azam. Die Münze. Das Pulver. Der Wunsch …

Akil hatte seine Mutter ermordet.

»Wenn du dich stark genug fühlst, können wir anfangen«, sagte die Heilerin. »Ich habe euch viel zu erzählen, und ihr solltet bald aufbrechen, bevor der Drang nach dem nächsten Wunsch in dir aufzieht.« Die Heilerin drehte sich zu Azam. »Setz dich zu uns.«

Er stieß sich von der Wand ab, näherte sich zögerlich dem Tisch und ließ sich Akil gegenüber nieder. Sein Gesicht war verzogen voller Schmerz, Kummer, aber auch Erleichterung. »Es tut mir leid«, hauchte er.

Akil nahm es wahr, aber er wusste nicht, was er darauf antworten sollte. Sie hatten keine andere Wahl, das war ihm klar. Wenn die Heilerin eine Lösung für sie hatte, könnten Akil, Azam und das arme Schwein, das jetzt die

Münze von Ewa hatte, sich retten. Dennoch hatte er gemordet. Wissentlich.

»Dein Freund hat richtig gehandelt«, sagte die Heilerin. »Deine Mutter war von Anfang an nicht mehr zu retten.«

Akil sah zu ihr, blinzelte träge. Er wollte ihren Trost nicht hören, und gleichzeitig tat es gut. Sie lächelte milde, strich ihm eine Haarsträhne aus dem Gesicht. »Lasst uns anfangen. Wenn du Hunger hast, greif zu.«

Tatsächlich hatte er das nicht. Das Essen aus der Schenke war schon lange wieder draußen, trotzdem könnte er gerade keinen Bissen herunterbekommen.

Die Heilerin rückte mit ihrem Stuhl nach hinten, holte tief Luft und begann: »Der Mann, den du ausgenommen hast, gehört zu einem alten Volk. Man nennt sie ›Die Wanderer‹. Sie sind die Hüter von Agash. Ein Dämon aus der Unterwelt. Agash nährt sich von der Wärme eines Menschen.« Sie fasste sich ans Herz. »Ich meine die, die in unseren Herzen lebt und uns zu dem macht, was wir sind. Die Wärme fließt durch unsere Adern, hält unseren Körper zusammen, schenkt Liebe. Man kann sie weder erschaffen noch sie vernichten. Sie ist einfach nur da.

Agash selbst wandelte vor Jahrtausenden auf Erden. Er säte Gier, Neid und Habsucht unter den Menschen und erfreute sich an dem Chaos, das dadurch entstand. Viele Jahre wirkte er, bis er schließlich von einem Engel gefangen und an einen eisigen Ort gebannt wurde, an dem nur Finsternis herrschte. Doch der Engel bemerkte nicht, dass Agash etwas auf der Erde hinterlassen hatte: fünf Silbermünzen. Durch sie hatte er eine Verbindung in unsere Welt, auch wenn er selbst sie nicht nutzen konnte. Erst das Volk der Wanderer belegte sie mit dem Wunschzauber. Eigentlich wollten sie die Münzen selbst nutzen, doch ihre Magie wirkte nicht für sie selbst. Also brauchten sie jemanden, der die Macht kanalisiert. Ein Medium sozusagen.«

»Mich«, sagte Akil.

»Du und schon hundert Andere vor dir. Die Münzen strahlen eine gewisse Energie ab, die den passenden Menschen anlocken und verführen soll.«

Und er war darauf hereingefallen. »Was heißt passend?«

»Er lockt nur besondere Seelen an. Wie genau er auswählt, kann ich dir nicht sagen, aber es muss eine gewisse Magie in ihnen wohnen, ansonsten reagieren sie erst gar nicht auf die Münzen. Sobald sie im Umlauf sind, kann Agash sich an der Wärme der Menschen bedienen. Das Medium ist im Grunde nur dafür da, die Münzen stetig zu verteilen. Als Anreiz darf es sich etwas wünschen, tut es das nicht, wird Agash als Strafe das Medium holen. Dabei sterben ebenfalls alle, die im Besitz der Münzen sind.«

»Und was haben die Wanderer selbst davon?«, fragte Azam.

»Reichtum. Wohlstand und vor allen Dingen: unendliches Leben. Die Wanderer bleiben vom Tod verschont, aber nur so lange, wie sie Agash dienen und die Münzen in Umlauf bringen. Nach einer gewissen Zeit verlieren die Geldstücke ihre Kraft und müssen von den Wanderern eingesammelt und neu aufgeladen werden. Dabei sind bereits zwei verloren gegangen.«

»Also müssen wir nur warten, bis es soweit ist?«, fragte Akil. »Der Fluch verschwindet, wenn sie ihre Kraft verlieren?«

»So einfach ist es nicht. Erst nachdem sie etliche Wünsche erfüllt haben, werden sie unbrauchbar. Ihr steht ganz am Anfang der Kette. Es kann Jahre dauern, bis sie nicht mehr funktionieren, und so lange wirst du nicht durchhalten.«

»Wie ist das generell mit den Münzen, die er nicht weitergibt?«, fragte Mihra. »Akil hat eine einstecken, sie ist die Nächste in der Reihenfolge, aber sie kann von niemandem die Wärme nehmen, weil er sie ja hat.«

»Wenn du dir etwas wünschst, wird dich die Münze schwächen, aber nicht töten. Noch nicht zumindest.«

»Das heißt, ich hätte jetzt einen Wunsch, bevor es Azam trifft?«

»Das nehme ich an. Es kann genauso gut sein, dass der Wunsch deine Münze überspringt und es gleich ihn trifft. So viele Erfahrungswerte habe ich bisher nicht gesammelt.«

Akil stöhnte und rieb sich durchs Gesicht. »Ich werde mir auf keinen Fall noch mal etwas wünschen.« Auch nicht gezwungen. »Lieber werde ich mir die Zunge abbeißen.«

»Unterschätze diese Aufgabe nicht, junger Mann. Je länger du Agash widerstehst, desto stärker wird der Drang werden, dir etwas zu wünschen. Deine Gedanken werden davon beseelt sein, dein gesamtes Sein sich nur darum drehen, was du als Nächstes brauchen könntest. Früher oder später rutscht dir ein Wunsch über die Lippen.«

Vielleicht sollte er das mit der Zunge rausschneiden gleich machen. Wenn er nicht mehr sprechen konnte, wären sie alle gerettet.

»Jetzt schau nicht so deprimiert, ich hatte euch gesagt, dass es womöglich einen Weg gibt.«

»Und dass er gefährlich ist«, sagte Mihra.

Die Heilerin stand auf und verschwand im Nebenraum. Mihra nahm einen Becher und trank einen Schluck. »Sie kann uns bestimmt helfen, ich fühle es.«

Schön, wenn sie zuversichtlich war. Akil war noch nicht ganz überzeugt. Er blickte auf und sah zu Azam. Er hatte seine Münze herausgeholt und spielte damit.

»Dieses Ding ist unglaublich, wirklich. Ich würde sie so gerne einfach auf den Tisch legen und hier lassen, aber es geht nicht. Egal wie sehr ich mich darauf konzentriere, ich kann sie nicht ablegen.«

»Ob schon jemand Ewas Münze gefunden hat?«, fragte Akil. Die Karawane war schon eine Weile unterwegs, vielleicht hatten sie die ersten Bergketten erreicht.

»Womöglich ist sie in der Wüste zusammengebrochen«, sagte Azam. »So bleibt die Münze dort, bis wir den Fluch gelöst haben.«

Oder jemand nahm die Münze genau in diesem Augenblick und freute sich über seinen plötzlichen Reichtum. Willkommen im Kreis des Agash.

»Also«, sagte die Heilerin und kam zurück. Sie hielt ein Holzkästchen, stellte es auf den Tisch und klappte es auf. Im Inneren ruhten ein runder grüner Stein mit hellen Schlieren darin und ein zusammengefalteter Zettel. Sie nahm ihn heraus, glättete ihn. Es war eine Landkarte. »Das ist Madaktu. Etwa einen halben Tagesmarsch von hier entfernt gibt es eine Höhle mit einer gesegneten Quelle.« Sie deutete auf einen Fleck. »Ich brauche dein Blut, junger Mann. Nur ein paar Tropfen.«

Akil reichte ihr die Hand. Sie drehte sie nach oben, zog ein kleines Messer aus ihrem Gewand und schnitt ihm in die Haut.

Autsch.

Dann ballte sie seine Hand zur Faust und ließ das Blut auf die Karte tropfen. Es zischte, das Papier sog Akils Blut auf wie trockener Boden einen Schluck Wasser.

Die Heilerin hielt ihre Finger über das Blatt Papier und schloss die Augen. »Interessant.«

»Was denn?«

»Wirklich sehr interessant.« Ihre Mundwinkel zuckten nach oben, als hätte sie in diesem Moment etwas entdeckt, das ihr gefiel. »Deine Seele ist wirklich etwas ganz Besonderes, du bist absolut perfekt.«

Sie blickte kurz zu Mihra, die daraufhin die Schultern einzog und zusammensank. Verpasste Akil hier gerade was?

»Dein Blut wird als Schlüssel fungieren«, sagte die Heilerin. »Die Karte ist nun auf dich programmiert. Nur du kannst die Höhle öffnen. Sucht den Eingang, dort gibt es einen Felsspalt. Du legst die Hand, in die ich dir eben geschnitten habe, darauf, und die Tür wird sich öffnen. Danach geht ihr bis zum Zentrum weiter. Die Quelle wird auf euch warten. Der Stein hier …« Sie deutete auf das Kästchen. »… ist ein Kabamba. Akil muss ihn in die Quelle legen, und zwar nur Akil. Das ist wichtig! Niemand außer ihm darf den Stein berühren. Das Wasser wird sich mit der Energie des Steins aufladen. Der Kabamba ist ein Stein der Magie. Er wirkt unter anderem gegen Flüche. Sobald das Wasser sich grün verfärbt hat, musst du es trinken, doch auch hier gibt es einiges zu beachten: Das Wasser kann nur mit einem bestimmten Gefäß aus der Quelle geschöpft werden, alles andere wird die Magie nicht halten können.«

»Und wo finden wir dieses Gefäß?«

»Ihr erinnert euch an die Gefahr, von der ich berichtete?«

Sie nickten.

»Es wird von einem dreiköpfigen Drachen behütet. Ihr müsst es ihm abnehmen.«

»Das klingt ja nach riesigem Spaß«, sagte Akil. Er war nicht mal stark genug, Azam abzuwehren, wie sollte er gegen einen Drachen kämpfen?

Die Heilerin griff in die Tasche, aus der sie vorhin den Beutel mit dem Pulver genommen hatte. Sie warf ihn auf den Tisch. »Probiert es hiermit. Das Pulver macht den Geist träge, suggeriert ihm etwas Angenehmes und lässt ihn willig werden. Mit etwas Glück könnt ihr es schaffen.«

Glück. Das klang völlig irreal in Akils Ohren.

Sie faltete die Landkarte zusammen und reichte sie Akil. »Eine Sache noch: Die Quelle füllt sich nur alle tausend Jahre mit Wasser. Ihr habt nur diesen einen Versuch. Wenn ihr ihn nicht nutzt, gibt es keinen mehr. Es sei denn, ihr wartet bis zur nächsten Füllung in den nächsten tausend Jahren.«

Toller Witz, wirklich.

Die Heilerin klappte das Kästchen zu und schob es Akil hin.

»Ich wünsche euch alles Gute.«

16. Kapitel

In der Wüste – vor vier Tagen

Alles Gute.

Die Stimme der Heilerin hallte in Akils Innerem nach. Er riss die Augen auf und starrte auf den leeren Sitz vor sich.

Von draußen schien ihm die Sonne ins Gesicht, der Flieger ruckelte nicht mehr.

Sie waren gelandet.

Akil rieb sich durchs Gesicht, verscheuchte die letzten Spuren der Vergangenheit, aber er spürte, dass es ihm mit jedem Mal schwerer fiel. Das Blut rauschte in seinen Ohren, ihm war schwindelig und leicht übel. Vielleicht vom Fliegen. Vielleicht von den Erinnerungen. Wer wusste das schon.

Er sah zum Fenster hinaus. Sie standen auf einem Rollfeld in einer unwirklich wirkenden Geröll- und Wüstenlandschaft. Akil war es gewohnt, sich binnen Sekunden auf einen neuen Ort einzustellen. Von der Hitze Arizonas zu der Kälte Grönlands, von Wald zu Wüste, von einer Insel in die Berge. Alles schon dagewesen.

»… gehe mal nachsehen, ob er wach ist«, sagte Noah von weiter hinten.

Akil atmete ein, straffte sein Hemd und stand auf. Geduscht hatte er immer noch nicht, vermutlich war dafür auch gar keine Zeit mehr. Er drehte herum und lief nach vorne.

Noah betrat gerade in dem Moment die Maschine, als Akil sie verlassen wollte.

»Hey«, sagte er leise. »Wie geht es dir?«

»Geht schon.«

»Soll ich einen Arzt auftreiben?«

»Der wird mir nicht helfen können.«

Noah musterte Akil von oben bis unten. Er wirkte besorgt. Vorsichtig kam er näher, stützte sich rechts und links am Geländer ab und versperrte ihm so den Weg. »Rede bitte mit mir. Ich will dir helfen. Bist du krank?«

»Nein. Ich habe …« Eine warme Windböe streifte seine Nase. Akil atmete tief die Luft ein, nahm die Gerüche, die Atmosphäre, die Umgebung in sich auf. Es roch nach Sand, nach Wildnis und … nach *Heimat.*

Konnte das sein? »Wo sind wir?«

»Im Iran.«

»Verflucht, was hast du vor?« Es war eine ungeschriebene Regel unter Seelenwächtern: *Kehre nicht an den Ort zurück, an dem du als Mensch gelebt hast.* Zu groß war die Gefahr eines Flashbacks.

Auf einmal erschienen Noahs Finger vor seiner Nase. Akil zuckte zurück.

»Entschuldige«, sagte Noah rasch. »Ich wollte dich nicht erschrecken. Du hast nur so ausgesehen, als würdest du gleich umkippen.«

Tatsächlich fühlte er sich wackelig. Wenn Anna in einen Flashback fiel, brauchte sie oft Tage, um sich zu regenerieren.

»Ich komm schon klar. Mach dir keine Mühe. Warum hier?«

»Das weiß ich nicht. Wirklich nicht. Ich habe nur den Auftrag, dich herzubringen.«

»Du bist so ein Volltrottel.« Akil schob sich an Noah vorbei. Langsam lief er die Treppe am Flugzeug hinunter, sog dabei alles von seiner Umwelt auf, was er konnte. Seine Sinne waren ein Witz im Gegensatz zu früher. Sobald seine Füße die Erde berührt hätten, hätte das Element mit ihm gesprochen, ihn willkommen geheißen, ihn in seine Arme gezogen. Akil war nirgendwo auf alleine. Die Natur wirkte überall. Selbst in Großstädten fand sie ein Fleckchen, an dem sie sich nach oben arbeiten konnte.

»Warum hier?«, wiederholte er mehr zu sich selbst und drehte sich dabei um die Achse. Akil war früher viel unterwegs gewesen, aber diesen Ort kannte er nicht. Der Iran war groß, es war unmöglich, jeden Fleck zu erkunden. Vor allen Dingen dann, wenn man sich von dem Land fernhielt, so wie er es die ganze Zeit getan hatte.

»Akil?«, fragte Noah und riss ihn aus seinen Gedanken. »Wir müssen los. Bitte.«

Er nickte wie betäubt und folgte Noah zu einem weißen Geländewagen, der neben der Landebahn parkte. Die Scheiben waren getönt, ein Nummernschild gab es nicht. Noah lief zum Wagen und hielt ihm die hintere Tür auf. »Du hast es bald überstanden.«

Akil blickte ins Innere. Ein Fahrer saß vorne. Er blickte starr geradeaus, schien ihn nicht mal zur Kenntnis zu nehmen.

»Hallo«, sagte Akil, doch er erhielt keine Antwort.

»Er ist nicht dazu da, um sich mit uns zu unterhalten«, sagte Noah.

»Stimmt, man kann sich ja auch einen dabei abbrechen, wenn man höflich zu anderen ist. Ich kenne da jemanden, mit dem er sich bestimmt gut verstehen würde.«

Akil ließ sich auf die Rückbank sinken. Das Polster war angenehm, es duftete nach Holzpolitur und Leder. Die Klimaanlage sorgte für eine angenehme Temperatur.

»Noch zwei Stunden Fahrt ungefähr«, sagte Noah und setzte sich neben ihn.

Akil rückte ans andere Fenster und sah hinaus.

Der Motor startete, das Auto lenkte nach links und folgte einer unebenen Geländestrecke mitten durch die Geröllandschaft. Früher mussten sie zu Fuß solche Wege gehen.

Sie waren heiß und lang und beschwerlich …

17. Kapitel

Madaktu, Persien, 215 v.Chr.

Der Weg zur Quelle zog sich ewig. Die Hitze knallte auf sie herunter, es gab weder Schatten noch Wind noch sonstige Kühlung.

Mihra hatte die Führung übernommen und lotste sie, mit der Karte in der Hand, durch die Wüste. Keiner von ihnen konnte lesen oder schreiben, aber die Zeichnung auf dem Papier bestand zum Glück nur aus Strichen und Formen.

Akil war mehrere Male kurz davor sich zu wünschen, dass sie endlich da wären. Die Worte brannten auf seiner Zunge, wollten unbedingt ausgesprochen werden. Die Heilerin hatte völlig recht gehabt: Es würde sehr schwer werden, dem zu widerstehen.

Nach etwa zwei Dritteln der Strecke konnte er sich kaum aufrecht halten. Azam musste ihn stützen.

»Erzählt mir was«, sagte Akil. »Irgendwas. Ihr müsst mich ablenken. Ich bin kurz davor, mir was zu wünschen.«

»Kennst du die Geschichte der drei Schwestern?«, fragte Mihra.

»Nein, raus damit.«

»Es waren einmal wunderschöne Drillinge. Ananka, Tyche und Moira. Ananka hatte schwarze Haare wie die Nacht, Tyche rote wie das Feuer und Moira blonde wie die Sonne. Eine war hübscher als die andere, niemand war in der Lage, ein Urteil darüber zu fällen, welche der Drei die schönste war. Der Vater der Drei war König über sieben Reiche und einer der mächtigsten Männer in dem Land. Doch all seine Macht und sein Reichtum hatten ihn vor einer Sache nicht bewahrt: einer tödlichen Krankheit. Niemand wusste genau, was dem König fehlte, doch er verlor von Tag zu Tag Lebensenergie. Also rief er seine Töchter zu sich. Er brauchte einen Nachfolger. Da kein männlicher Erbe da war, würde die Wahl auf eine der drei fallen. So wie niemand sagen konnte, wer von ihnen schöner war, gelang es auch dem König nicht zu wählen, welche seiner Töchter die beste für den Thron war.«

»Warum hat er nicht einfach die älteste genommen?«, fragte Azam.

»Weil er nicht wusste, welche es war. Seine Frau war kurz nach der Geburt der Drillinge gestorben, und sie hatte ihrem Mann verschwiegen, welche der Töchter zuerst auf die Welt gekommen war. So wollte sie vermeiden, dass eine bevorzugt behandelt wurde.

Da im Reich des Königs viele Unruhen unter der Bevölkerung herrschten und er Angst um seine Familie hatte, stellte er seinen Töchtern eine Aufgabe: Diejenige, die es schaffen würde, ihm die eine Sache zu bringen, die sein Haus vor Feinden beschützen konnte, würde seinen Platz einnehmen.

Ananka zog los und kam mit einer Armee der besten und stärksten Krieger des Landes zurück.

Tyche kaufte eine Festung auf einem Berg, der fast den Himmel küsste. Dort oben wäre die Familie unangreifbar.

Moira hingegen brachte ein Weizenkorn. Sie sagte, wenn er das säen würde, müssten seine Untertanen nie mehr Hunger leiden. Sie würden ihn dafür lieben und verehren und keiner würde es je wagen, Hand an seine Familie zu legen. Respekt verdiente man sich nicht mit Gewalt, sondern durch Vertrauen.

Der König dachte drei Tage und drei Nächte über den Wettbewerb nach. Schließlich wählte er Moira zur Siegerin und starb in dem Moment, als er das Urteil verkündet hatte.

Blind vor Neid und Eifersucht überredete Ananka Tyche dazu, sich an Moira zu rächen. Wenn sie aus dem Weg geräumt war, könnten sie beide herrschen. Tyche zögerte erst, doch schließlich gab sie dem Drängen ihrer Schwester nach. Noch in derselben Nacht rammten sie Moira einen Dolch ins Herz. Was sie nicht wussten: Ihr Vater war in den Künsten der Magie bewandert gewesen. Er hatte einen Zauber über Moira gelegt. Statt zu sterben, verwandelte sie sich in eine große silberne Spinne.«

»Iih«, rief Azam. »Warum eine Spinne? Das ist eklig.«

»Sag bloß, du hast Angst vor den kleinen Krabbeltieren?«

»Nein, aber er hätte sie doch in ein schönes Wesen verwandeln können. Spinnen sind hässlich.«

Mihra schüttelte den Kopf und erzählte weiter. »Von nun an war Moira dazu erkoren, die Schicksalsfäden für die Menschen zu spinnen und so ihre Zukunft vorherzusagen. Und tatsächlich schaffte sie es, dass niemand mehr Hunger leiden musste. Doch wegen ihrer absonderlichen Gestalt …« Mihra warf Azam einen bösen Seitenblick zu. »… zog sie sich in die Katakomben des Schlosses zurück und sprach fortan nur zu ihren engsten Beratern. Ananka und Tyche wurden mitsamt ihren Bediensteten aus dem Reich verbannt. Nur einmal alle tausend Jahre durften sie zusammenkommen. Man sagte, dass

Tyche vor Kummer über ihre Tat drei Sommer lang geweint hatte, bis sie sich selbst in ihren Tränen auflöste.«

»Und Ananka?«

»Das weiß niemand genau. Gerüchte behaupten, dass sie sich selbst auf ein Schloss zurückgezogen hatte und dort zu Ehren eines fremden Gottes bei jedem Vollmond eine Jungfrau opferte.«

»So ein Quatsch«, sagte Azam. »Das hast du jetzt erfunden.«

»So wie ich die ganze Geschichte womöglich erfunden habe.« Mihra zwinkerte ihm zu. »Auf jeden Fall soll Ananka auch heute noch unter den Menschen weilen und nach wie vor Menschen opfern, bis sie eines Tages mehr Macht erlangt als die Götter selbst.«

»Klingt doch nett«, sagte Azam. »Oder, Akil?«

»Prima.« Er hatte aufmerksam zugehört und war Mihra dankbar für die Geschichte. Sie hatte ihn tatsächlich abgelenkt. »Warum waren die Schwestern unsterblich? Auch Teil der Magie des Vaters?«

»Vermutlich. Wir sind übrigens da«, sagte Mihra, faltete die Karte zusammen und deutete auf den Felsen vor ihnen.

Sie standen in einem Tal, in dem sich die Hitze staute. Rechts und links reckten sich die Steinwände in den Himmel. Akil drehte sich um die eigene Achse. Der Boden war voller Geröll, ganz anders als bei ihnen in Madaktu, wo er aus feinem Wüstensand bestand. Auch die Luftfeuchtigkeit war höher, unangenehmer.

»Sehr gut«, sagte Azam und band den Trinkschlauch von seiner Hüfte. Er nahm einen Schluck und bot ihn den anderen an. Das Wasser war pisswarm.

»Jetzt müssen wir nur noch die Eingangstür finden«, sagte Akil und lief an der Felswand entlang. »Danke übrigens für die Geschichte.«

»Gern geschehen. Ich liebe es, zu erzählen. Sollte ich mal Kinder haben, werde ich ihnen immer eine Gute-Nacht-Geschichte schenken.«

Azam stockte. Das war das erste Mal, dass die beiden in Akils Gegenwart über Kinder sprachen. Eigentlich war es ganz logisch. Azam und sie kamen sich näher, da war es klar, dass Mihra bald schwanger wurde und sie eine Familie gründen mussten. Die meisten im Dorf bekamen mit elf oder zwölf Sommern Nachwuchs. Mihra war also schon fast eine Oma in der Hinsicht.

»Ich habe etwas gefunden«, rief Akil. »Hier ist eine Nische.«

Die beiden schlossen zu ihm auf. Akil legte die Hand mit dem Schnitt auf die Stelle, genau wie es die Heilerin gesagt hatte. Der Fels vibrierte dumpf, das

Wummern setzte sich in seinem Arm fort, bis der Boden grollte und kleine Steine von der Felswand bröckelten. Es ruckte und polterte, und im nächsten Moment schob sich eine Platte zur Seite und offenbarte den Durchgang.

»Perfekt«, sagte Azam und spähte hinein. »Ziemlich dunkel, aber weiter hinten schimmert etwas bläulich. Könnte die Quelle sein.«

Akil kratzte sich über die Brust. Er würde sich so gerne wünschen, dass sie schon dort wären und das Gefäß von diesem dreiköpfigen Drachen hatten.

»Ich gehe voran.« Azam schob sich in den Eingang und spähte um die Ecke.

»Sei bitte vorsichtig«, sagte Mihra. Sie hielt sich dicht an Akil gepresst. Er fühlte ihre angenehme Körperwärme, atmete ihren süßlichen Duft ein. Langsam suchte ihre Hand nach seiner. Er griff danach, hielt die Luft an und folgte Azam in einigem Abstand.

»Siehst du schon was?«, fragte Akil. Dreiköpfige Drachen zum Beispiel?

»Nein. Der Gang wird schmaler, aber sonst scheint alles ruhig zu sein.«

Es ging nur langsam voran, der Boden war an einigen Stellen rutschig, als hätte jemand eine Ladung Schleim darübergekippt. Es roch nach Salz und altem, vergammelten Fisch. Je näher sie der Quelle kamen, umso lauter wurde das Rauschen von Wasser und umso kühler die Luft. Es war angenehm nach dem Marsch durch die sengende Sonne.

Auf einmal blieb Azam stehen. Akil und Mihra schlossen zu ihm auf und traten neben ihn. »Wahnsinn.«

Sie standen am Durchgang zu einer großen Höhle. In der Mitte war ein Springbrunnen in Form einer Säule. Das Wasser sprudelte oben heraus, sammelte sich unten in einem Becken. Alles schimmerte bläulich. Von der Decke drang Licht ins Innere und ließ das Wasser glitzern, als würden tausend Funkelsteine darin schwimmen.

»Die Quelle!«, sagte Akil. Sie waren tatsächlich bis hierhin gelangt.

»Wo ist der Drache?«, fragte Mihra und blickte sich um.

Wollten sie das wirklich wissen?

Sie gingen langsam näher. Die Luft wurde angenehm leicht, die Energie in den Wänden greifbar. Akil schluckte, ging ein paar Schritte und kam sich so klein vor, als wäre er eine Ameise in der Wüste. Ein tiefes Gefühl der Zufriedenheit umschlang ihn, ließ ihn für einen Moment alle Sorgen, Wünsche und Flüche vergessen. Am Rand der Quelle blieb er stehen und sah in das blaue Wasser. Es war kristallklar und strömte eine leichte Kühle aus.

»Da drüben ist ein weiterer Gang«, sagte Azam. »Ich geh mal nachsehen, was da drinnen ist.«

»Ich komme mit«, sagte Akil.

»Nein«, sagte Mihra. »Du sollst doch den Stein in die Quelle legen. Vielleicht muss es schnell gehen, wenn wir das Gefäß haben.«

»Schon gut«, sagte Azam. »Gib mir das Pulver, ich kümmere mich um den Drachen.«

Akil nahm die Tasche ab, die er quer über die Schulter trug, und kramte darin nach dem Pulver, das die Heilerin ihnen überlassen hatte. »Sei bitte vorsichtig.«

»Immer doch.« Er schloss die Finger um den Beutel, nickte den beiden zu und schlich in den Gang.

Akil sah ihm nach. Er würde wirklich gerne mitkommen und seinem Freund helfen. »Ich wünschte, wir wären schon …«

Mihra schoss nach vorne und presste die Hand auf Akils Mund. Sie riss die Augen auf. Akil hörte auf zu atmen, starr vor Schreck über das, was er eben fast getan hätte. Er fing an zu zittern, wollte Mihras Hand am liebsten wegreißen und den Wunsch in die Höhle schreien, so laut, dass er bis nach draußen zu hören war. Das Mal versengte seine Brust. Schlimmer als je zuvor. Agash wollte ihn. Er wollte seine Wünsche, seine Sehnsüchte, alles, was Akil brauchte, aber nicht haben konnte. Akil legte die Hand auf sein Herz, keuchte vor Schmerz. *Bei allen Göttern …*

Ganz vorsichtig löste Mihra ihre Hand von seinem Mund. »Schon gut«, flüsterte sie. »Schon gut …« Sie lehnte sich an seine Schulter, zog ihn in eine Umarmung. »Alles ist gut. Du schaffst es.«

Er ließ die Tasche los, umschlang ihren Rücken. Sie verwob ihre Finger mit seinen Haaren, zog ihn näher an sich. Und er ließ sich fallen. Einen Moment. Nur einen kleinen Moment. Anlehnen. Zur Ruhe kommen. Nicht nachdenken. So standen sie da und atmeten im Einklang, bis das Brennen einigermaßen nachließ.

Sie löste sich von ihm, legte ihre Stirn gegen seine. »Geht es wieder?«

»Ich weiß nicht.«

Sie reckte ihr Kinn, kam ihm entgegen. Akil lief ein Schauer das Rückgrat hinunter. Sie war nah. Viel zu nah, und sie war mit Azam zusammen. Er atmete ihren blumigen Duft ein, genoss ihn, sog ihn tief in seine Lunge. Ihr Atem kitzelte auf seiner Wange. Die Wärme ihres Körpers schloss ihn ein, hielt ihn, genau wie ihre Hände es taten. »Du musst durchhalten, Akil. Hörst du?«

»Ich gebe mir alle Mühe.« Und am liebsten würde er sie jetzt an sich ziehen und küssen. Er war sich ihres Körpers viel zu sehr bewusst, spürte ihre Nähe, ihre Atemzüge, ihre Seele.

Für einen Moment war er sich nicht sicher, ob sie das gleiche dachte wie er. Ob sie den ersten Schritt wagen würde, denn er würde es ganz sicher nicht. Azam war sein Freund. Akil würde ihm nicht dazwischenfunken.

»Komm. Wir haben zu tun.« Langsam entfernte sie sich von ihm, griff nach seiner Hand und zog ihn nach vorne zu dem Becken. Akil fühlte sich so benebelt wie vorhin, als die Heilerin ihm dieses Pulver ins Gesicht gepustet hatte. Er hob die Tasche auf und legte sie auf den Beckenrand. Kurz sah er zu dem Gang, in dem Azam verschwunden war und in dem es verdächtig still blieb.

»Mach dir keine Sorgen, er schafft es«, sagte Mihra, nur klang ihre Stimme bei Weitem nicht so zuversichtlich wie ihre Worte. »Los.« Sie zeigte auf das Wasser, ihre Finger zitterten, ihr Atem kam schneller.

»Alles klar?«

»Ja, ich bin nur aufgeregt.«

»Geht mir auch so.« Akil griff ins Innere seiner Tasche und holte das Kästchen mit dem Kabamba heraus. Er öffnete es, nahm den grünen Stein zwischen die Finger und warf ihn ins Wasser. Sofort bildeten sich kleine Wellen, die Oberfläche schimmerte, erst bläulich, dann grün, bis sie die Farbe des Steins angenommen hatte.

Mihra schnappte nach Luft und schlug die Hände vor den Mund. »Du bist wahrhaftig etwas Besonderes.« Rasch packte sie ihr Kleid am Saum und zog es über den Kopf.

»Äh …«

Sie griff in die Innenseite ihres Oberteils und holte ein kleines Messer heraus, das sie dort offenbar versteckt hatte. Splitterfasernackt stieg Mihra über den Rand in das Becken.

»W-was tust du denn da?«

Mihra drehte sich herum. Akil starrte sie an, musterte ihren nackten, wohlgeformten Körper. Es war unmöglich, nicht hinzusehen. Als er bei ihren Brüsten ankam, traf es ihn wie ein Gongschlag. Das war doch nicht möglich!

Auf Mihras rechter Brust prangte ein Symbol. Eins, das er schon mal gesehen hatte. Es war gar nicht lange her.

»Die Flügel.« Die Heilerin. Es war genau dasselbe Zeichen, mit dem Unterschied, dass Mihra nur einen Flügel besaß und bei der Heilerin waren es zwei gewesen.

»Du hast ja keine Ahnung, in was du da reingeraten bist, Akil. Sie hat das alles geplant.« Mihra setzte das Messer an ihre Handgelenke und ritzte sie der Länge nach auf.

»Stopp!« Er wollte in die Quelle springen, doch als er den ersten Fuß über den Rand setzte, stieß er gegen eine unsichtbare Wand.

»Du kannst mich nicht retten. Der Stein, den du eben ins Wasser geworfen hast, hält eine Schutzmauer um mich gerichtet. Das hier ist mir vorherbestimmt, und ich bin bereit dafür. Ich muss es sein.«

»Wovon bei Ahriman sprichst du?«

»Die Geschichte, die ich euch vorhin erzählt habe. Von Ananka und ihren Schwestern …«

»Ja.«

»Sie ist wahr. Die Heilerin ist Ananka und sie will ihre letzte Schwester finden. Die Spinne, die noch immer tief in den Katakomben eines Berges versteckt haust. Deshalb solltest du ihr auch die Karte herbeiwünschen. Ananka will sie finden und ihr eigenes Schicksal von Moira erfahren. Ich bin nichts weiter als ein Werkzeug. Ein dummes, einfältiges Werkzeug.« Sie setzte das Messer auch an ihrem anderen Handgelenk auf und ritzte ebenfalls hinein. Das Blut floss rasch, bildete kleine, verästelte Bahnen auf ihrer Haut und färbte das Wasser rot.

»Mihra!« Akil hämmerte gegen die unsichtbare Wand vor sich.

»Mein Name ist nicht Mihra«, sagte sie und ließ sich langsam in die Quelle sinken. »Das ist nur ein Körper. Meine Seele ist eine andere. Das was ich dir von Ananka erzählte, die Menschenopfer – auch das war wahr. Ich war eins davon. Eine der Jungfrauen vor über tausend Jahren. Sie hat mich getötet und meine Seele dann in diesen Körper gebannt, um zu sehen, ob ihre Experimente von Erfolg gekrönt waren. Verstehst du? Meine Tante und ich sind wegen ihr in die Stadt gezogen. Es war alles vorherbestimmt. Ich sollte mich unter die Straßenjungs mischen, um einen zu finden, der etwas Besonderes ist. Jemanden wie dich, der so viel Güte in seinem Herzen trägt. Ananka hat nur auf so eine Seele gewartet; damit sie ihr den Weg in die Quelle ebnen würde, denn sie ist nicht fähig, diesen Ort alleine zu betreten.«

»Ich verstehe absolut nicht, wovon du sprichst.«

»Das musst du nicht, es lässt sich sowieso nicht mehr ändern.«

Akil fühlte sich zurückversetzt in die Schenke, als er mit Druj Nasu geredet hatte. Da war er sich schon wie ein Spielball vorgekommen, der hin- und hergeschoben wurde. Es hatte sich nichts geändert. Er wurde benutzt – und zwar von allen Seiten.

»Was ist mit dem Gerede von dem Fluch?«, fragte Akil. »Stimmt es denn überhaupt? Stimmte irgendetwas davon?«

»Ja. Die Wanderer gibt es, genau wie den Fluch. Sie verteilen die Münzen, so wie es dir Ananka erklärt hat. Aber das wird dir alles nichts mehr nützen.« Sie sank langsam nach hinten, ließ ihren Körper von dem Wasser umspielen und sich treiben. »Denn ich werde die Macht der Quelle kanalisieren und Ananka zur Verfügung stellen, damit sie das Versteck von Moira betreten kann. Die Quelle, die mit allem verbunden ist und die einst ihre zweite Schwester war.« Sie blickte Akil fest in die Augen, eine Träne löste sich.

»Tyche.«

»Sie weinte drei Sommer lang, bis sie sich selbst in ihren Tränen auflöste …«

Und zur Quelle wurde …

»Es tut mir leid. Ich wünschte, ich hätte eine Wahl, aber dieser Körper gehorcht nicht meinem Willen. Ananka bekommt immer, was sie will.«

Plötzlich erklang ein tiefes Grollen wie von einem großen Tier, das erwachte.

»Der Drache«, sagte Mihra. »Er wird euch töten.« Sie sank tiefer, das Wasser reichte ihr jetzt bis zum Kinn. Das Blut hatte sich um sie herum verteilt wie ein Farbklecks. »Das Pulver, das sie euch mitgegeben hat, beeinflusst den freien Willen, das hast du ja schon selbst bemerkt. Statt ihn gefügig zu machen, hat sie es darauf eingestellt, euch zu töten.«

Akil fuhr herum, starrte in den Gang, in dem Azam verschwunden war. »Nein …« Das Ausmaß dieser Aktion wurde ihm nur langsam bewusst, sickerte beständig in ihn. Wie das Wasser im Brunnen.

»Niemand soll wissen, wo die Quelle ist und wie man sie betreten kann. Ihr seid lästige Zeugen. Ihr müsst sterben. Leb wohl, Akil.« Mihra sank unter die Oberfläche, Luftblasen stiegen aus ihren Nasenlöchern, die Quelle waberte auf, das Grün wurde intensiver und das Wasser so trübe, bis er Mihra nicht mehr sah. An der Stelle, an der sie eingetaucht war, entstand ein orangener Lichtkreis, als hätte sie eine Lampe angemacht.

Verflucht noch mal, das durfte doch alles nicht wahr sein!

Das nächste Grollen riss Akil von dem Anblick los. Die Decke und der Boden vibrierten, Steine lösten sich von oben und regneten herab.

»Azam.«

Akil rannte los und stürmte zu dem Gang, in dem Azam verschwunden war. Vielleicht konnte er ihn warnen, hier herausschaffen, in Sicherheit bringen.

Er könnte es sich einfach wünschen.

Er könnte sie retten.

Akil erreichte den Eingang, stützte die Hände rechts und links auf die Felswände und spähte in die Dunkelheit. Es roch modrig faul, und jetzt wusste Akil auch, woher der Fischgeruch kam, den er vorhin wahrgenommen hatte. Vorsichtig machte er den ersten Schritt. Wasser tropfte irgendwo weiter hinten auf einen Stein.

Plopp. Plopp.

Akil ging weiter. Der Untergrund war aus demselben glibbrigen Schleim wie am Eingang der Höhle. Seine Fußsohlen schmatzten bei jedem Schritt, der Schleim wurde dichter, je tiefer er in den Flur eindrang.

Plopp. Plopp.

»Azam?«, flüsterte er. Vor ihm war es stockfinster. Einzig das Licht von der Quelle draußen spendete ein wenig Orientierung.

»Azam?« Verdammt, wo war er denn?

Das Grollen erklang erneut. Lauter dieses Mal. Dunkler. Bedrohlicher.

Oh, scheiße.

Akils Muskeln wurden steif, er krallte die Finger in die Höhlenwand, wollte nicht weitergehen, zwang sich dennoch. Seine Brust hämmerte, schmerzte, brannte.

Wünsch dich hier raus.

Wünsch dich hier raus.

Wünsch dich …

Auf einmal streifte ihn etwas an der Hand. Er schrie vor Schreck, schlug um sich. Akil fuhr herum, trat nach dem vermeintlichen Angreifer, bis ein Teil der Felswand herauskrachte und auf ihn einstürzte.

Das Geräusch hallte laut im Flur nach. Akil hustete, schüttelte das Geröll ab und streifte die verdorrten Schlingpflanzen von seinem Arm.

So viel zu seinem Angreifer.

Er richtete sich auf und lauschte.

Hörte er Schritte? Oder war das noch das Echo von dem Einsturz eben? Er rieb sich über das Zeichen auf seiner Brust.

Wünsch dir ein Licht. Eine Fackel. Ein Messer. Ein Schwert. Einen Drachentöter!

Akil massierte die Stelle, zwang sich, an etwas anderes zu denken. Langsam ging er weiter. Schritt für Schritt in die Dunkelheit.

Der Untergrund wurde pappiger. Akil hatte Mühe, seine Füße überhaupt vom Boden zu heben. Alles in ihm schrie danach zu fliehen. Die Dunkelheit hatte ihn mittlerweile komplett verschluckt, er erkannte nicht mal seine Hand vor Augen. Noch immer tropfte irgendwo das Wasser, mischte sich mit dem schmatzenden Geräusch seiner Schritte.

Und dann sah er ihn.

Akil stockte. Vor ihm erschienen zwei glühend rote Augen und blickten ihn an. Sie schwebten hoch über der Erde. Er musste den Kopf in den Nacken legen.

Ein leises Knurren erklang, vibrierte in Akils Bauch nach.

»Bei Ahriman …«

»Was machst du denn hier?«, flüsterte Azam auf einmal neben ihm. »Ich habe ihn fast soweit, er hat das Pulver eingeatmet und müsste gleich müde werden.«

Denkst du. »Ich wollte dich warnen. Mihra hat uns …«

Ein zweites Paar Augen erschien und ein drittes. Akil stockte. Die Worte blieben ihm im Halse stecken.

Dreiköpfiger Drache.

»Wir müssen sofort raus!«, sagte Akil. »Das Pulver macht ihn nicht müde, sondern wütend.«

»Was? Das ist doch totaler …«

Der Drache stieß einen markerschütternden Schrei aus. Akil hielt sich die Ohren zu, der Boden bebte, neben ihm krachte ein Stein aus der Wand.

»Lauf!«

Azam stieß gegen Akil. Sie verhakten sich ineinander, der eine wollte nach rechts, der andere nach links.

Der Drache brüllte, stampfte auf die Erde. Azam packte Akil am Arm und zerrte ihn mit sich. Das Glibberzeug auf dem Boden erschwerte das Vorankommen, doch Azam entwickelte Kräfte für sie beide und schleifte Akil unerbittlich nach draußen.

»Wir brauchen noch immer das Gefäß von ihm«, rief Azam. »Hat das mit dem Stein geklappt?«

»Nicht so, wie wir hofften. Wir haben ein …« *Problem* … wollte er eigentlich sagen, doch er bekam einen Schlag ins Kreuz und stürzte nach vorne. Sein Rücken fühlte sich an, als hätte ihm jemand die Haut abgezogen. Akil keuchte, stemmte sich nach oben. Azam zerrte ihn am Arm, hebelte ihn auf die Füße und zwang ihn weiter auf das Licht am Ende des Ganges zu. Der Drache folgte ihnen mit schweren Schritten. Der Gang erzitterte, überall stürzten Felsbrocken herunter. Durch einen Spalt drang Sonnenlicht, tauchte die Höhle in einen mystischen Schein aus Nebel und Schatten.

Akil blickte zurück. Der Drache trat in den Lichtkegel. Erst ein Kopf, zwei, der dritte. Er war so hoch wie die Aussichtstürme in Madaktu. Die langen Hälse führten zu einem fetten Leib, seine Haut war mit grau-grünen Schuppen überzogen, wie bei Fischen. Er ging auf vier Beinen, die Füße waren mit langen Klauen bestückt.

»Bei allen heiligen Göttern …«

»Komm weiter!« Azam zog Akil erbarmungslos mit sich. Wenn er fester zerrte, würde er ihm den Arm auskugeln.

Endlich erreichten sie die große Höhle. Die Quelle strahlte in den schillerndsten Orange- und Grüntönen. Ein faszinierendes Spektakel, das Akil nur zu gerne bewundert hätte, doch das nächste Brüllen zwang ihn dazu, sich umzudrehen. Jetzt sah auch Azam hin.

»Ach du …«

Der rechte Kopf schob sich als erstes aus der Höhle. Er blickte die Jungs an. Geifer troff aus seinem Maul.

Sie wichen rückwärts, Richtung Quelle.

»Was sollen wir jetzt tun?«, fragte Akil. Sie hatten keine Waffen, nichts, um sich zu verteidigen.

»Wo ist Mihra?«

»Tot.«

»WAS?«

»Sie hat sich umge…!«

»Pass auf!« Azam stieß Akil zur Seite. Der mittlere Kopf sauste auf sie hinab, schlug mit den Zähnen an der Stelle ein, an der sie eben gestanden hatten. Akil spürte einen Windhauch, roch den faulen Gestank nach Fisch. Er drehte sich auf den Bauch, stemmte sich nach oben und rannte weiter.

Der Drache fuhr herum, holte mit dem schuppigen Schwanz aus und traf ihn voll auf die Brust. Akil flog nach hinten, stieß mit dem Hinterkopf gegen den Rand des Beckens. Es bekam einen kleinen Sprung, der sich durch das Gestein nach oben zog. Für einen Moment sah er nur schwarz, dann alles doppelt.

Der Drache warf einen Kopf in den Nacken, brüllte markerschütternd. Akil hatte das Gefühl, dass das Geräusch seine Augäpfel nach außen quetschte, so sehr wummerte es in seinem Körper nach. Er blickte hoch, am mittleren Kopf des Drachens baumelte eine Kette wie ein Halsband, und daran hing tatsächlich ein kleiner Becher.

Akil griff nach dem Beckenrand, zog sich nach oben. Ihm war schwindelig und schlecht, und am liebsten hätte er sich zusammengerollt und sich verkrochen.

»Hey, du Mistvieh!«, brüllte Azam. Er war auf der anderen Seite der Quelle, hob abgebrochene Steine auf und pfefferte sie auf den linken Kopf. Der Drache fuhr herum, brüllte, stapfte auf ihn zu.

Akil griff sich ans Herz. Atmete tief ein. *Wünsche dir den Drachen weg.*

Er verzog das Gesicht, zwang den Wunsch mit aller Macht zurück in seine Eingeweide.

Azam schrie, schleuderte ein Geschoss nach dem anderen auf das Vieh. Er traf ein Auge, das Ohr, der Drache schüttelte sich, holte mit der Pranke aus. Azam sprang zur Seite, doch der Drache erwischte ihn mit der Klaue an der Hüfte und riss eine tiefe Furche in seine Haut.

Akil torkelte los, er stolperte über Geröll, hob einen Stein auf, warf ebenfalls, um den Drachen wieder von Azam abzulenken. Der rechte Kopf schoss herum, fixierte Akil, während sich der linke auf Azam konzentrierte. Akil schluckte, entschied sich für die Flucht und rannte los. Der Kopf sauste hinterher, Akil wollte wegspringen, doch sein Fuß verhakte sich in einer Schlinge und er legte sich der Länge nach hin. Der Drache hatte nicht mit dem Sturz gerechnet, seine Zähne schnappten in der Luft zusammen. Akil blickte nach unten. Sein Fuß hing in der Schlaufe seiner Tasche fest. Er befreite ihn, schüttelte das Ding ab. Der Inhalt fiel heraus, klimperte. Es war die Münze mit der Nummer zwei.

Die herrenlose, die Akil von Tus an sich genommen hatte. Er griff nach dem Ding und machte einen Hechtsprung nach vorne. Der Drache erwischte ihn am Bein, senkte seine Fangzähne in den Oberschenkel. Akil schrie vor

Schmerz. Er versuchte sich zu befreien, doch der Drache biss fester zu. Akil trat mit dem freien Fuß nach ihm, erwischte erst nur die Schnauze, die Nasenlöcher, bis er höher zielte und ein Auge traf. Der Drache schüttelte den Kopf, riss das Maul auf und gab ihn frei. Akil zog das Bein nach, es schmerzte, als hätte er es in Feuer getaucht. Er wollte aufstehen, doch er konnte nicht. Der Muskel schien taub, nicht mehr zu gebrauchen. Mit der Münze in der Faust rutschte er auf dem Hintern zurück.

Der nächste Stein flog. Akil blickte sich um. Azam hatte sich aufgesetzt, eine Hand hielt er an der Hüfte, mit der anderen warf er seine Geschosse ab. Er verzog das Gesicht vor Schmerzen, seine Klamotten waren blutdurchtränkt.

Der Drache veränderte die Position, stellte sich breitbeinig auf, so dass er Akil und Azam gleichzeitig einkesseln konnte. Die Köpfe waren überall. Akil sah nur Zähne und Augen und Klauen. Ein letztes Mal testete er sein Bein, aber es gehorchte ihm nicht. Würde er es nicht mit eigenen Augen sehen, würde er sagen, er hätte gar kein Bein mehr. Akil hatte schon mal davon gehört, das manche Tiere eine Art Betäubungsmittel in ihrem Geifer hatten. Auch Azam verlangsamte seine Bewegungen, knickte immer wieder in der Hüfte ein.

Die beiden blickten sich an. Azam schluckte, klappte zusammen. Er öffnete den Mund.

»Wünsch dich hier raus.«

Der Drache stellte eine Pranke auf Azams Oberkörper, quetschte ihn in den Boden. Er schrie, schlug nach ihm, aber es nutzte nichts.

Sie waren erledigt. Der rechte Kopf kam näher, die rote Iris zog sich zusammen. Akil schloss die Augen, atmete tief ein und hielt die Luft an.

Wünsch dich hier raus.

Und töte Azam.

Seine Finger umschlossen die Münze fester, die er eben aufgesammelt hatte.

Ein Wunsch.

Nur ein Wunsch.

Und da kam ihm eine Idee.

Er öffnete die Augen, der Kopf des Drachen war eine Armeslänge entfernt. Er riss das Maul auf, spie Akil seinen stinkenden Atem entgegen. Die gespaltene Zunge schoss hervor, streifte Akils Wange, er drehte das Gesicht weg, holte aus und schleuderte die Münze dem Drachen in den Rachen.

Vor Überraschung schluckte er sie tatsächlich hinunter.

»Ich wünsche mir, dass Azam und ich unbeschadet hier rauskommen!« Das Mal auf Akils Brust flammte auf. Er nahm die Wärme an, gab sich der Zufriedenheit hin, die ihn durchflutete, sobald ein Wunsch erfüllt wurde.

Der Drache keuchte. Er zog die Köpfe zurück, starrte auf seine Brust, auf der sich die ersten Linien abzeichneten und zu einem Kreis formten.

Akil richtete sich auf, wartete, ob es funktionieren würde, ob Agash mit seiner Beute zufrieden war oder ob er sie verschmähte und sich doch Azam holen würde.

Die Schuppen des Drachen wurden matt, einige fielen aus, er taumelte, seine Haut fiel in sich zusammen, als hätte jemand von innen das Blut abgezogen. Das Symbol wurde größer, bis es die gesamte Vorderseite ausfüllte. Die katzenartigen leeren Augen Agashs entstanden auf der Brust des Drachen. Sie starrten Akil an und er starrte zurück.

»Guten Appetit.« Hoffentlich reichte die Wärme des Drachen lange, bevor er den Drang verspürte, einen weiteren Wunsch auszusprechen.

Ein Kopf nach dem anderen sank hinab, der Drache torkelte nach vorne, ein Bein knickte ein, er stürzte auf Akil zu. Mit einem letzten Sprung zur Seite brachte er sich in Sicherheit. Die Köpfe regneten nacheinander zu Boden, einer landete fast auf Akils Fuß, der mittlere schlug am Beckenrand der Quelle ein und der linke in der Nähe von Azam. Der Drache gab einen tiefen, erstickten Laut von sich – und dann war es vorbei.

Akil zog das verletzte Bein an, probierte aufzustehen. »Azam!« Er konnte seinen Freund nicht sehen, der Drache versperrte die Sicht. »Ist alles okay?« Oder hatte der Drache ihn beim Sturz verletzt?

Akil griff an das Bein des Viehs und zog sich an der stinkenden Haut nach oben. Neben ihm krachte es, als würde Stein brechen. Er stockte, blickte zurück. Der Riss am Beckenrand wurde größer, Wasser sprudelte heraus. Akil stützte sich an dem toten Drachen ab und humpelte weg vom Brunnen. Er wusste nicht, wie sich sein Wunsch erfüllen würde, aber er war sicher, dass er das tat. Er fühlte es.

Die Erde bebte, das Becken hinter ihm brach, das Wasser schoss mit einem Schwall heraus. Akil riss es von den Füßen, er flog, atmete Flüssigkeit ein, hustete sie wieder aus. Er krallte sich am Drachen fest. Der Sog war enorm, als bräche ein gesamter Fluss über ihm zusammen. Akil hob den

Kopf. Aus dem Brunnen schoss eine Fontäne. Das Wasser schwappte auf ihn zu, er drehte das Gesicht weg. Seine Armmuskeln krampften, er hielt mit allem dagegen, was er an Kraft übrig hatte.

Schließlich war der erste Schwall vorüber und das Wasser sickerte langsamer. Der Boden der Höhle war bedeckt, der Pegel reichte Akil bis zum Knöchel. Er richtete sich auf, strich sich über das Gesicht und setzte seinen Weg um den Drachen herum fort. Ob Mihra auch noch da drinnen war? Oder hatte sie sich in der Quelle aufgelöst? Er würde ihren Körper suchen, aber erst musste er zu Azam.

Er wollte los, doch das Wasser hielt ihn zurück. Akil blickte an sich hinab, bemerkte erst jetzt, dass er ja auf beiden Beinen stand und nicht mehr nur auf einem. Selbst das Gefühl war in seine Zehen zurückgekehrt. Das Wasser kletterte langsam höher, suchte nach seinen Wunden, benetzte sie mit einer angenehmen Kühle. Selbst der Biss des Drachen hatte aufgehört zu bluten. Ein feiner, bläulich schimmernder Film bedeckte die Wundränder, dämmte das Pochen ein und zog den Schmerz heraus. Probeweise belastete er das Bein. Nichts.

»Unglaublich.«

»Nichts ist unglaublich, wenn meine Macht entfesselt wird.«

Akil zuckte vor Schreck zusammen und blickte herum. Im Zentrum der Quelle stand eine Frau. Ihr Körper war halb durchsichtig, geformt aus bläulichem Wasser. »Deine Wunden waren nicht tief, es war ein Leichtes, sie zu heilen. Sei gegrüßt, Akil.«

»Ich … äh … was? Woher kennst du meinen Namen?«

»Ich bin die Hüterin der Quelle. Ich bin Tyche, mir bleibt nichts verborgen.«

Tyche lächelte, als wäre das alles vollkommen logisch. Vielleicht sollte Akil sich langsam daran gewöhnen, nichts zu verstehen. Er hatte das Gefühl, dass sein Leben in den letzten Tagen an ihm vorbeigezogen war, dass er mit seinem Verstand hinterherhinkte.

»Ich muss meinem Freund helfen. Wir wollen nur …«

»Ich weiß, warum du hier bist. Deinem Freund und dir wird nichts geschehen, immerhin hast du es dir gewünscht.«

»Und Mihra?«

»Sie ist verloren. Es war ihre Wahl – oder eher die meiner Schwester.«

»Ananka.«

»So viel Zeit ist schon vergangen, und sie ist noch immer nicht zufrieden.«

Akil schwirrte der Schädel. Das war eindeutig zu viel für ihn.

»Nun, da du hier bist, solltest du nehmen, was du begehrst. Hole den Kelch.«

Akil hielt die Luft an. »Und dann? Ich … ich habe mir gewünscht, dass wir rauskommen. Azam und ich.«

»Das weiß ich. Daher werde ich dir helfen, und ich werde dir das geben, wofür du gekommen bist.«

»Der Fluch. Kannst du … wirst du ihn auflösen?«

»Ja. Nimm den Kelch.«

Also schön. Vorsichtig lief Akil auf den Drachen zu. »Der ist wirklich tot, oder?«

Tyche nickte.

Akil lief zum mittleren Schädel, spähte um das Vieh herum, um Azam zu finden.

»Wie ich sagte: Dein Freund ist in Sicherheit. Sorge dich nicht.«

Sollte er ihr glauben – oder selbst nachsehen?

»Du musst dich beeilen, bevor sich das Wasser zu sehr verteilt.«

Also gut. Mit spitzen Fingern griff Akil an die Kette, die um den mittleren Hals hing, und zog sie langsam über den Schädel. Er achtete auf die Zähne, machte sich darauf gefasst, dass er jeden Moment zubeißen konnte, doch er blieb tatsächlich tot. Schließlich gelang es ihm, den Becher zu holen. Er war schlicht und aus Holz.

»Sobald du ihn ins Wasser hältst, wird er sich füllen. Du musst es bis auf den letzten Tropfen austrinken.«

»Und dann? Bin ich befreit?«

»So ist es. Ich werde den Fluch von dir lösen, aber eigentlich benötigen meine Dienste eine Bezahlung. Ich kann nicht geben, ohne zu nehmen. Das Gleichgewicht muss gewahrt bleiben.«

»Ich besitze nichts, außer den Klamotten, die ich trage.« Und die wollte sie ganz sicher nicht haben.

»Der Fluch wiegt so viel wie ein Leben, das dir wertvoll ist. Normalerweise würde ich das nehmen.«

Akils Finger krampften um den Kelch. Es gab nur einen, der ihm etwas bedeutete. »Azam.« Auf keinen Fall würde er ihn dafür opfern, dass er selbst frei war. «Was… was ist mit meinem Wunsch? Ich wollte, dass wir beide unbeschadet herauskommen."

Die Quelle nickte. »Deshalb sagte ich *normalerweise*. Ich kann mich nicht über Agash stellen, doch ich muss einen Preis fordern. Ihr dürft beide leben, ihr werdet beide von dem Fluch befreit, dafür werde ich eine Sache in deinem Leben ändern.«

»Inwiefern ändern?«

»Das wirst du sehen. Es ist der Preis, den du zahlen wirst, doch wenn ich deinen Weg betrachte, wird es dir ebenfalls eine Möglichkeit bieten. Du bist zu Großem auserkoren, es liegt an dir, es zu nutzen.«

»Was meinst du? Welche Möglichkeit? Sorgst du dafür, dass ich erst gar nicht verflucht werde?«

»Das kann ich nicht. Agash wird ab heute ein Teil von dir sein, das lässt sich nicht mehr beeinflussen. Ich kann den Fluch unterbinden, aber du wirst eine Narbe auf deinem Herzen zurückbehalten. Bist du bereit dafür?«

»Was ist mit Mihra?«

»Ich sagte dir schon, dass sie verloren ist. Es tut mir leid.«

Und ihm auch. Er blickte auf die Wasseroberfläche rings um sich herum und fühlte einen dumpfen Schmerz um sein Herz. Wie ein lebendiges Wesen breitete er sich in seinem Inneren aus und füllte seinen Bauch. Es nahm ihm die Luft zum Atmen, zog sich wie eine Kette enger und enger um sein Innerstes. Akil seufzte, ohne sein Zutun rann eine Träne über seine Wange. Fühlte es sich so also an, wenn man jemanden verlor, der einem nahestand? War das Trauer?

Tyche lächelte mild. »Hab Vertrauen, junger Akil. Es kommt alles, wie es kommen muss. Nun trinke und tauche in deine neue Realität ein.«

Er sah auf den Becher, drehte ihn in seiner Hand. »Aber Azam wird definitiv überleben? Wir beide werden das?«

»So ist es.«

Akil atmete tief durch und tunkte den Kelch ins Wasser.

Ein Sog entstand. Nicht so stark wie vorhin, aber Akil fühlte ihn an seinen Beinen. Das Wasser floss rasch in das Gefäß. Es lief und lief und lief, ohne dass der Becher voll wurde.

Akil blickte zu Tyche, die langsam in sich zusammensank, als würde sie schmelzen. »Denke immer daran: Egal wie dunkel die Nacht ist, die Sonne wird wieder aufgehen.«

Bevor er weiterfragen konnte, verschwand sie im Wasser, das nach wie vor in den Becher gezogen wurde. Der Pegel sank rapide, bis zu seinen Waden, seinen Knöcheln, seinen Füßen. Bis nichts mehr übrig war und der Kelch tatsächlich vollgelaufen war.

Akil blickte sich um. Die Fontäne war vertrocknet, das Becken komplett geleert. Wüsste er es nicht besser, hätte er gesagt, dass es hier niemals Wasser gegeben hatte. Nicht mal der Boden war feucht.

Er sah in den Becher, der bis zum Rand gefüllt war.

»Also runter mit dem Zeug.«

Und so setzte er an und trank ihn bis auf den letzten Tropfen aus …

18. Kapitel

In der Wüste – vor vier Tagen

Ein heftiger Schmerz schoss durch Akils Kopf. Er riss die Augen auf, blickte sich um, schmeckte Blut. Noah war ganz dicht neben ihm, er hielt ein Taschentuch mit roten Flecken in der Hand. Seine Finger zitterten. Der Wagen hatte gestoppt.

»Was ist denn?«, fragte Akil.

»Du hast Nasenbluten«, antwortete Noah.

Akil griff sich an die Oberlippe und tupfte das Blut ab.

»Und nicht gerade wenig.« Noah zeigte ihm das Taschentuch, das auf einer Seite komplett durchtränkt war. Akil nahm es ihm ab, drückte es auf seine Nase, prüfte, ob die Blutung gestillt war.

»Ich werde meinem Auftraggeber Bescheid geben, dass er einen Arzt bereithält, wenn wir zurückkommen.«

Akil stöhnte und lehnte sich gegen die Nackenstütze. »Das liegt an den Flashbacks. Mir wird kein Arzt helfen können.«

»Was sind Flashbacks?«

»Reisen in die Vergangenheit. Sie sind für den Körper sehr anstrengend.« Für den Geist noch viel mehr. Manche Seelenwächter wurden sogar verrückt dadurch. Akil hatte im Laufe seiner Zeit zwei Wächter getroffen, die dem Druck nicht standgehalten hatten. Einer hatte sich kurz darauf von einem Schattendämon aussaugen lassen, der andere war bei seiner Familie geblieben. Soweit Akil wusste, dämmerte er unter starken Beruhigungszaubern vor sich hin. Niemand wusste, was er von seiner Umgebung wahrnahm, welche Qualen seine Seele durchlitt. Niemand hatte den Mut, ihn davon zu befreien.

Ob Akil auch so enden würde?

Gefangen in seiner Vergangenheit? Für immer verdammt dazu, durch die Straßen Madaktus zu streifen. Auf der Suche nach Essen, das ihn nie satt machen würde, auf der Suche nach Schutz, der ihm nie gewährt werden würde, auf der Suche nach seinen Freunden, die ihn verlassen hatten.

Akil schmeckte das kühle Wasser der Quelle auf seiner Zunge, roch den fischigen Gestank des Drachen, spürte die Kälte an seinen Füßen, die langsam seine Beine hochkroch.

Hab Vertrauen, junger Akil. Es kommt alles, wie es kommen muss …

Er nahm das Taschentuch von der Nase. Es blutete noch immer, wenn auch nicht mehr so stark.

»Wie kann ich dir helfen?«, fragte Noah.

»Gar nicht.« Akil war müde. Er schloss die Augen, wollte so gerne schlafen, doch er spürte, wie die Wogen der Vergangenheit ein weiteres Mal gegen ihn schwappten und versuchten, ihn in ihre Tiefe zu ziehen.

Den Scheißer holen wir uns!

Verpiss dich!

Wir zeigen dir, wer ab heute das Sagen hat …

Er schüttelte sich, klopfte gegen seine Wangen, um wieder zu Verstand zu kommen.

Noah griff an Akils Unterarm, drückte zu. Er nahm die Berührung an, hielt sich daran fest.

Gegenwart. Gegenwart. Gegenwart.

Er musste nicht mehr zurück.

Er musste nicht mehr in die Straßen Madaktus.

Er musste keinen Dreck mehr fressen.

Er musste keine Prügel mehr einstecken.

Das is ja gar nich das Klo! Dabei stinkt es hier genauso …

»Akil …«

Benommen bemerkte er, dass Noah sich auf ihn zubewegte, dass er ihm über die Haare strich und beruhigend auf ihn einredete. Aber seine Stimme schwebte davon. Entfernte sich von Akil.

Die Quelle.

Agash.

Die Lösung.

Oder nicht?

Akil hatte geglaubt, verflucht zu sein wäre schlimm gewesen.

Er sollte sich irren …

19. Kapitel

Madaktu, Persien, 215 v.Chr.

S*rrrrrrrr….*

Akil schoss aus dem Liegen hoch. Die Fliegen schwirrten um seine Nase, er scheuchte sie weg und blickte sich um.

Zu Hause! Er war tatsächlich zu Hause! Wie bei allen Göttern war er hierhergekommen? Eben war er doch bei der Quelle gewesen.

Er saß auf seiner Schlafecke, auf dem löchrigen Lumpen, der ihm als Decke diente. Die Sonne schien durch das Fenster. Nach ihrem Stand zu urteilen war es Morgen. Er tastete seinen Körper ab, die Klamotten waren getrocknet, die Wunden geheilt, und er fühlte sich … *gut.*

Ja, tatsächlich.

Er.Fühlte.Sich.Gut.

Wunschlos zufrieden, sozusagen. Es hatte also tatsächlich geklappt! Rasch zog er das Hemd über den Kopf und sah auf seine Brust.

Es war weg.

Das Symbol Agashs hatte sich aufgelöst. Akil lachte vor Erleichterung. Er strich mit den Fingern über die Haut. Sie fühlte sich wärmer an als der Rest, aber weder juckte sie noch spürte er sonstige Effekte. Er hatte nicht mal Lust, sich etwas zu wünschen!

»Ich habe es geschafft! Ich habe es wirklich geschafft!«

Er sank gegen die Wand und lachte einfach weiter. Die Erleichterung, die Freude, das Glück schlugen mit voller Breitseite zu. Noch nie hatte er sich dermaßen losgelöst gefühlt.

»Ich habe es geschafft.« Akil konnte gar nicht aufhören, sich diesen Satz vorzusagen. Er wiederholte ihn weiter und weiter, bis ihm vor Lachen der Bauch weh tat und er nicht mehr konnte.

»Danke!«, sagte er in den Raum. Er wischte sich die Tränen aus den Augenwinkeln, gab sich der Erleichterung hin. Die Quelle hatte Wort gehalten. Sie hatte den Fluch von ihm gelöst.

Er dachte über die vergangenen Ereignisse nach, rief sich alles ins Gedächtnis. Sofort schlang sich ein Kloß um seine Kehle.

Mihra.

Sie war tot. Gestorben. Geopfert. Für eine Sache, die er nicht verstand.

Die Menschenopfer. Auch das war wahr. Ich war eins davon.

Akil schüttelte es bei dem Gedanken. Er hatte keine Ahnung, was das alles zu bedeuten hatte, aber er musste mit Azam darüber reden. Wenn Akil zurück zu Hause war, war er es sicherlich auch. Immerhin hatte die Quelle versprochen, dass ihnen nichts geschehen würde. Akil stand auf und trat hinaus in die Morgensonne. Was sollte er Azam sagen? Wie ihm begreiflich machen, was Mihra getan hatte, wenn er es selbst gar nicht verstand?

Sie war nicht sie selbst. Sie war ein Werkzeug. Sie konnte nicht anders.

Nein, das klang alles so unglaubwürdig, dass er selbst daran zweifelte.

Er gab sich einige Atemzüge, um darüber nachzudenken, und lief los. Vielleicht sollte er einfach drauflosreden. Azam hatte die Geschichte der drei Schwestern auch gehört, Akil könnte es ihm erklären, wie Mihra es ihm erklärt hatte. Gemeinsam mussten sie den Sinn dahinter erkennen. Sie könnten auch zur Heilerin gehen, sie danach fragen … ja, das wäre eine Möglichkeit.

Akil erreichte Azams Hütte und hörte schon von Weitem Gelächter. Es klang nach Azam und zwei anderen Jungs. Akil lauschte. Waren das Bahar und Sahid? Tus' Jungs? Was machten die denn bei Azam? Er bog um die Ecke und stockte. Azam lehnte an der Wand seiner Hütte, hielt ein Mädchen im Arm, das Akil nur vom Sehen kannte, und gestikulierte wild, während er erzählte. Bahar und Sahid standen ihm gegenüber und kringelten sich vor Lachen. Akil ging näher. Azams Geschichte ging um einen Tag, den er auf dem Markt erlebte, wie er ein lebendes Ferkel klaute, es an Ramin und den anderen Wachen vorbeischmuggelte und schließlich mit nach Hause nahm.

Jetzt kam er an die Stelle, wo er ihm den Hals durchschnitt und es ausbluten ließ. Dazu machte er Gurgelgeräusche, als wäre er derjenige, dem die Kehle durchtrennt worden war. Das Mädchen wendete sich angewidert ab, doch Azam zog sie wieder an sich und drückte ihr einen Kuss auf die Lippen.

Okay, so viel zur Trauerbewältigung wegen Mihra.

Azam blickte auf, als er Akil sah. »Wen haben wir denn da?«

Akil winkte ihm zu und ging näher. Mal sehen, was das Getue hier sollte.

»Gehörst heute wohl zu den ganz Mutigen, oder?«, fragte Azam.

»Bitte?«, antwortete Akil.

»Na, warum sonst kommst du an meiner Hütte vorbei?«

»Ich will dich abholen, wir … wir müssen reden.«

Azam zog die Augenbrauen hoch, als hätte Akil ihm eben einen Heiratsantrag gemacht. »Reden. Wir?«

»Äh, ja?«

Auf einmal warf Azam den Kopf in den Nacken und lachte schallend. Die anderen beiden stimmten mit ein. Akil fühlte sich unbehaglich. Beobachtet. Und absolut fehl am Platz.

Azam ließ das Mädchen los, das sich mit gesenktem Kopf hinter ihn verkroch. Die beiden Jungs schlossen rechts und links zu ihm auf. Zu dritt bildeten sie eine Mauer aus Muskeln. Überhaupt hatte Akil die beiden nicht ganz so kräftig in Erinnerung. Auch Azam wirkte breiter, erholter. Selbst die Haare trug er ein Stück länger.

»Na schön, du Fatzke. Rede«, sagte Azam und verschränkte die Arme vor der Brust.

»Ich … können wir das … geht das alleine? Ich muss mit dir über Mihra reden.«

»Mihra? Und wer bei Ahriman ist Mihra?«

Akil fiel die Kinnlade runter.

Sahid lachte. »Der sieht aus, als hätte er zu viel Sonne abbekommen. Guck dir das an.«

»Was …«, stammelte Akil. »Du … du weißt genau, wer das ist. Sie war mit uns gemeinsam an der Quelle.« Das musste er ihm doch nicht ernsthaft erklären!

»Stimmt, Sahid. Der hat wirklich zu viel Sonne abbekommen.«

Okay, irgendetwas lief hier gehörig schief.

Es ist der Preis, den du zahlen wirst.

War es das, was die Quelle meinte?

»Was weißt du von den letzten Tagen?«, fragte Akil.

Azam legte den Kopf zur Seite. Ein leichtes Lächeln umspielte seine Mundwinkel. »Lass mich mal ganz kurz überlegen.«

Bahar prustete los.

»Sht«, machte Azam, doch es klang eher gespielt getadelt als ernsthaft. »Ihr lenkt mich ab.«

Die beiden strafften die Schultern und gehorchten. So halb. Sahid lief rot an, weil er mit aller Macht versuchte, sich das Lachen zu verkneifen, und Bahar biss sich auf die Faust.

»Ah!«, rief Azam plötzlich.

Akil zuckte vor Schreck zusammen.

»Jetzt weiß ich wieder, was in den letzten Tagen passiert ist. Richtig bescheuert, dass ich das vergessen habe.«

Das Grinsen auf Azams Gesicht erstarb, er trat einen Schritt auf Akil zu, die Augen zu Schlitzen verengt. Akil wich instinktiv zurück. Er wusste nicht, was hier abging, aber es war nichts Gutes. Schritt um Schritt lief er nach hinten, doch Bahar und Sahid kesselten ihn von der Seite ein.

»Vorgestern …«, fuhr Azam fort. »… schlenderte ich über den Markt und dachte an nichts Böses. Als auf einmal dieser Ochse auf mich zugebrettert kam.«

Der Ochse … Akil hatte ihn losgemacht, als er mit dem Beutel auf der Flucht gewesen war.

»Standest du schon mal Angesicht zu Angesicht mit einem wildgewordenen Ochsen?«

Akil schüttelte den Kopf.

»Du spürst die Kraft und auch die Angst des Tieres. Sie ist da. In seinen Augen, die dich anfunkeln. Erst glaubst du, dass er dich sieht, dass er womöglich ausweichen wird, aber warum sollte er das tun? Er ist stärker, besser, schneller als jeder Mensch. Nur weil er tagtäglich einen dämlichen Karren hinter sich herzieht, heißt das nicht, dass er ein Schwächling ist. Und genau das wurde dem Vieh in dem Moment klar. Glaub mir. Ich habe es gesehen. Der Ochse war umringt von Leuten, und er wusste, dass er jeden Einzelnen einfach so niedertrampeln konnte, dass ihm nichts und niemand die Stirn bieten würde. Er ist losgerannt und er hat nicht mehr angehalten. Ziemlich dumm, das ausgerechnet ich im Weg stand.«

Akil wusste nicht, was der Ochse alles angerichtet hatte, er war zu sehr mit seiner eigenen Flucht beschäftigt gewesen.

»Ich rannte mit den anderen quer über den Marktplatz. Der Ochse trieb uns vor sich her wie ein Bauer seine dummen Schafe. Ich wurde geschubst, getreten, geboxt. Hier.« Er hob sein Shirt. Auf der Seite hatte er einen fetten dunklen Bluterguss. »Tut bei jeder Bewegung tierisch weh.«

»Tut mir leid.«

»Es tut dir leid. Sieh mal einer an.« Azam kam näher, genau wie Bahar und Sahid. Sie kreisten ihn ein wie Raubtiere ihre Beute.

Akil wurde immer heißer, er hatte keine Ahnung, wie er aus der Nummer rauskommen sollte.

Der Preis, den du zahlen wirst.

»Dieses Mistvieh hetzte uns über den Markt, ich landete in einem seiner

Scheißhaufen, die er vorher dort gelassen hatte. Die Leute rannten einfach weiter, über mich hinweg. Meine Kleidung war ruiniert, ich hab Prügel von meinem Vater bezogen, durfte die ganze Nacht mein Hemd schrubben, um es von dem Dreck zu befreien, während mir die Rippen bei jedem Atemzug schmerzten. Und du sagst, es tut dir leid?!«

Akil schluckte. Das konnte doch nicht alles passieren. Was war geschehen? Was hatte Tyche getan? »Das war keine Absicht. Ich hatte … wir wollten …« Offenbar wollten sie gar nichts. Azam schien nicht mehr zu wissen, dass sie sich vorher bei Marek verabredet hatten und ihn ausnehmen wollten. Vielleicht war das nie geschehen. »Was ist mit Tus? Und Mihra? Und meinem Bruder? Druj Nasu. Der Quelle.«

»Der verarscht dich voll«, sagte Sahid.

»Ja, das Gefühl hab ich langsam auch«, antwortete Azam. Er rieb die Finger aneinander, drückte einen Knöchel nach dem anderen ab, bis es krachte. »Zeit, ihn mal wieder daran zu erinnern, wo er hingehört.«

Sie stürmten von drei Seiten zugleich auf ihn ein. Akil riss die Hände zum Schutz hoch, sprang nach hinten, aber es war zwecklos. Er bekam Tritte in die Seite, gegen die Arme, den Kopf.

Sie zerrten ihn nieder, schlugen, traten, bespuckten ihn, bis er sich irgendwann zusammenrollte und alles über sich ergehen ließ …

20. Kapitel

In der Wüste – vor vier Tagen

»Achtung!«

Ein Rucken fuhr durch Akils Körper. Der Schmerz in seiner Brust drohte ihn zu zerreißen. Der Fluch war wieder da! Agash hatte ihn gepackt, die Finger um sein Herz geschlossen, um alles Gute aus Akil zu saugen.

Ich wünsche …

Ich wünsche …

Ich wünsche …

Sein Herz raste. Er war durchgeschwitzt, konnte kaum sehen, nicht atmen. Der Druck um seine Brust nahm zu, drohte ihn zu zerquetschen.

»Okay. Moment. Er ist wieder da!«, rief Noah und beugte sich über ihn. »Akil!«

Er blinzelte. Es war grell. Viel zu grell. Der Himmel. Die Sonne. Alles brannte auf ihn nieder. Noah packte ihn am Kinn, schüttelte ihn. »Komm zu dir!«

»Lass mich los …« Er war kein Opfer mehr, er würde sich nie mehr verprügeln lassen. Nie mehr klein beigeben. Ohne darüber nachzudenken, schoss seine Faust nach vorne und traf Noah auf die Nase. Er flog zurück, keuchte. Sofort war jemand anderes bei Akil, drückte ihn zurück in den Sand.

Der Fahrer.

Was will der von mir?

Akil schrie, schlug um sich. Trat und kickte und wehrte sich aus Leibeskräften. Er verhedderte sich in Kabeln, die an seiner Brust angebracht waren. Akil riss sie von sich, blickte an sich hinab. Sein Shirt war hochgerollt, neben ihm stand ein Defibrillator. Akil lag im Sand, das Auto parkte mit laufendem Motor vor ihm.

Noah kam von der anderen Seite. Blut tropfte aus seiner Nase. Er setzte sich halb auf Akil und drückte ihn in die Erde. »In dem Koffer ist ein Beruhigungsmittel.«

Oh, nein! Auch das würde er nicht mehr zulassen. Er packte Noahs Arme und warf ihn von sich herunter. Zusammen rollten sie über den Sand.

»Du musst zu dir kommen!«, schrie Noah und versuchte verzweifelt, Akils Schlägen auszuweichen.

Akil sah verschwommen. Noahs Gesicht verwandelte sich in Azam. Er grinste ihn an, forderte ihn heraus, härter zuzuschlagen.

»Wehr dich, du Memme!«, rief er. »Nichtsnutziger, dreckiger Feigling! Du hast Mihra getötet. Und mich. Zareen. Deine Mutter. Blut. Blut. Blut. All das Blut an deinen Händen!«

Akil donnerte Azams Schädel auf den Boden. Er lachte, wieder verformte sich sein Gesicht, bis Zareen unter ihm lag. Seine Haut blätterte ab, legte erst die Muskulatur, dann das Skelett darunter frei. Fliegen stoben aus der Wunde herauf, sie umkreisten Akil, krabbelten in seine Augen, seine Nase, seinen Mund. Er schlug nach ihnen, schrie, doch es wurden immer mehr. Zareen riss die Augen auf, bis sie so groß waren, dass sie einfach aus dem Schädel kullerten. Er roch faulig, modrig. Verwest.

Die Fliegen krochen weiter aus Zareens Kopf. Nahmen Akil die Sicht, den Atem, die Sinne.

Er wedelte um sich, wusste nicht, wohin er zuerst schlagen sollte.

Hände packten ihn, warfen ihn nach hinten.

»Akil!«, rief eine vertraute Stimme, und schließlich holte ihn die Vergangenheit zurück.

21. Kapitel

Madaktu, Persien, 215 v.Chr.

Scher dich von meinem Stand weg, du Rotzlöffel!«

Akil zog den Kopf ein und wich der Pfanne aus, die die Bäckerin nach ihm geworfen hatte. Das war der dritte Versuch, etwas zu klauen. Das dritte Mal, bei dem er fast erwischt wurde.

»Hast du nicht gehört!« Sie griff nach dem nächsten Geschoss: einem metallenen Kübel.

Akil duckte sich und suchte sich den Weg zurück an den Rand des Marktes.

Seit dem Erlebnis mit der Quelle waren zwanzig Tage vergangen. Der letzte Markt war gegangen, der nächste gekommen. Das Leben hatte seinen eigenen Rhythmus gefunden, und Akil war nichts anderes übriggeblieben, als sich diesem anzupassen. Azam und die Jungs mieden ihn nach wie vor. Akil hatte noch ein paar Mal versucht, mit ihm zu reden. Er hatte von Mihra gesprochen, von der Heilerin, doch Azam erinnerte sich an nichts mehr. Akil wollte ihn sogar mit zur Heilerin schleppen oder sie zu ihm holen, aber auch sie war weg. Und so war die Letzte gegangen, die Mihra gekannt hatte.

Akil hatte keine Ahnung, was er tun sollte, was Tyche getan hatte. Es schien, als hätten er und Azam sich nie gekannt, als wäre nichts von den Dingen passiert, die sie gemeinsam erlebt hatten. Wieder und wieder wollte er mit seinem Freund reden. Ab einem gewissen Punkt verlor Azam bei diesen Gesprächen die Geduld, und es endete, dass sie ihm entweder Prügel androhten oder sie umsetzten. So wie vorgestern. Da hatten sie ihn in eine Gasse gedrängt und auf ihn eingedroschen. Jetzt konnte er seine rechte Hand kaum gebrauchen, nachdem Sahid ihm mit voller Wucht draufgetreten war. Die Seite schmerzte von den Tritten, und sein linkes Auge war zugeschwollen. Immer wieder setzten sich die Fliegen nachts darauf. Mittlerweile fühlte sich das Auge heiß und ungesund an. Akil war kein Experte, aber er wusste, wann sich eine Wunde entzündete; und sein Auge tat genau das. Entweder sein Körper schaffte es, damit umzugehen, oder er würde bald dahinsiechen, wie es Ewa zuletzt getan hatte, bevor er sie freiwünschte.

Ewa. Zareen. Tus. Mihra.

Akil sagte sich ihre Namen immer wieder vor, vielleicht aus Angst, dass er ebenfalls vergessen konnte, so wie Azam. Doch er tat es nicht. Er erinnerte sich an jede Einzelheit der letzten Tage, ging sogar alles ganz genau durch, in der Hoffnung, die Quelle hätte ihm einen Hinweis hinterlassen, den er nicht gefunden hatte. Doch da war nichts. Was blieb, war die Sehnsucht nach seinem besten Freund, der sich benahm, als wären sie Todfeinde.

Der Preis, den du zahlen wirst.

Akil wusste nicht, was besser war: dem Fluch von Agash zu erliegen oder so zu leben. Er war zum Außenseiter geworden, an einem Ort, an dem niemand lange als Außenseiter überlebte.

Er ließ sich gegen eine Hauswand sinken und legte den Kopf auf die Knie. Sein Magen war ein einziger Klumpen aus Schmerz und Leere.

Ich wünschte, das alles hätte ein Ende …

Ein gequältes Lachen kam über seine Lippen. Vor einer Weile noch wäre das ein Satz des Verderbens gewesen, und jetzt war er einfach nur dumm.

Tyche hatte ihn verarscht. Aber so richtig. Sie hatte einen Fluch gegen einen anderen getauscht. Womöglich war das die Rache, weil Akil ihrem Drachen zugesetzt hatte oder weil die Quelle ein gehässiges Wesen war und Spaß daran hatte, wenn andere litten, oder …

Auf einmal traf ihn etwas Feuchtes ins Gesicht, gefolgt von Gelächter. Akil blickte auf. Vor ihm stand Sahid mit heruntergelassenen Hosen und erleichterte sich. Akil hob die Hand, drehte sich zur Seite, aber er hatte die volle Ladung abbekommen. Die Jungs bogen sich vor Lachen, als Akil sich nach oben schraubte und sich das Gesicht abwischte.

»Ups!«, sagte Sahid und zog die Hose wieder hoch. »Das is ja gar nich das Klo! Dabei stinkt es hier genauso.«

Wieder Lachen.

Akil stützte sich an der Wand ab und wünschte den Jungs die Krätze an den Hals!

Azam trat zwischen ihnen hervor und betrachtete Akil. Er nagte an einer Fleischkeule herum und nickte. »Stimmt. Hier stinkt es tatsächlich.«

Akil erwiderte seinen Blick. Er sah alles verschwommen, das verletzte Auge war kaum zu gebrauchen.

»Hübsch siehst' aus.« Azam grinste ihn an, während er das Fleisch aß. Akils Magen zog sich zusammen. Die Jungs waren erfolgreich gewesen auf ihrem Beutezug. Sahid hatte einen Trinkschlauch umhängen, aus dem es nach Alkohol roch, und Azam hielt einen Korb, aus dem der verführerische Duft nach Gegrilltem und frischem Brot stieg. Sämtliches Blut in Akils Körper floss in seinen Bauch und zog sich da zusammen. Es hatte eine Zeit gegeben, da hätten sie geteilt … Azam puhlte ein Stück Fleisch zwischen seinen Zähnen heraus und schnippte es weg. »Kommt weiter. Von dem Mief vergeht mir der Appetit. Außerdem wird unser Essen kalt. Was äußerst bedauerlich wäre.«

Die beiden anderen lachten, klopften sich gegenseitig auf die Schultern und zogen davon.

»Azam …«, stammelte Akil. Er wusste nicht, was er sagen sollte, aber so konnte es nicht weitergehen. »Lass uns bitte miteinander reden.« Er vermisste seinen Freund so wahnsinnig. Merkte er denn nicht, dass sie füreinander da sein mussten? Gerade jetzt!

Azam hielt inne und drehte sich zurück zu Akil. Sein Blick wurde weich, vielleicht ein wenig mitfühlend. Er nickte, nagte die Keule weiter ab und rülpste laut, als er fertig war. »Hier.« Azam warf Akil den Knochen vor die Füße. »Rede mit dem! Den interessiert's vielleicht.« Er grinste, drehte um und ging feixend mit den anderen beiden davon.

Akil schloss die Augen, drückte sich fester an die Wand und wartete, bis sie weg waren. Als er sicher war, dass sie sich verzogen hatten, stürzte er sich auf den Knochen und puhlte die letzten Stücke Fleisch herunter. Sandkörner knirschten zwischen seinen Zähnen, doch es war ihm egal. Er kaute auf dem Knochen herum, bis er vollkommen abgenagt war. Gegen den Hunger half es nicht. Sein Magen fühlte sich sogar schlimmer an. Akil musste den Tatsachen gegenübertreten: Er war am Ende; körperlich und geistig.

Er griff in den sandigen Boden, nahm eine Handvoll und stopfte sie sich in den Mund. Er kaute nicht, schluckte einfach willenlos das Zeug, bis das elende Hungergefühl nachließ. Er würgte trocken, stemmte sich mit einer Hand auf und wartete, ob der Sand wieder rauskam, doch das tat er nicht.

»Hey, Bursche!« Zwei Füße schoben sich in sein Blickfeld. Sie steckten in ledernen Sandalen, die zwar alt, aber gepflegt waren. Im Gegensatz zu den Zehen. Die Nägel waren schmutzig und so lang, dass sich einer umbog und in die andere Richtung wuchs.

Akil sah auf und blinzelte gegen das grelle Licht des Himmels.

Marek. Akil erkannte ihn sofort, allein schon wegen seiner fetten Wampe.

»Was machst'n da?«, fragte er.

»Nichts. Wollt mich nur ausruhen.«

Marek kratzte sich am Bauch. »Dein Auge sieht nich gut aus.«

»Ich weiß.« Fühlte sich auch nicht gut an, aber vielleicht wäre das alles gar kein Problem mehr in ein paar Tagen. Er würde zum Fliegenfutter werden.

»Ich hab Medizin, wenn du willst.«

Wollte er? Keine Ahnung.

»Musst nur mit zu mir kommen.«

Die Worte hallten in Akils Innerem nach. Ihm war durchaus bewusst, was Marek als Gegenleistung verlangen würde.

»Kannst auch was zu essen haben und dich waschen. Muss sowieso sein.« Er kratzte sich mit einem Fuß an der Wade des anderen Beines. Kleine Hautschuppen rieselten herab. »Körperpflege is wichtig.«

Akil stützte sich an der Wand ab und zog sich nach oben. Ihm war schlecht, der Sand lag schwer in seinem Magen. Er sah zu Marek. Der Schmied roch nach Feuer, verbrannter Kohle und Pferd. Seine Arme waren rußgeschwärzt, unter den Nägeln hatte er dicke Ränder, seine Haare waren fettig. Sicher würde er auch vorher ein Bad nehmen. Hoffte Akil zumindest.

Marek blickte sich um, ob niemand in der Nähe war, und beugte sich zu ihm. »Komm schon, Kleiner. So schlimm wird es nich. Mit den Neuen bin ich ganz vorsichtig.«

Akils Magen hob sich.

»Wir lassen es langsam angehen, den meisten gefällt es sogar.«

Er hielt sich an Marek fest, krallte die Finger in seine Schultern und kotzte ihm den Sand vor die Füße.

Marek stieß einen derben Fluch aus und schubste ihn weg. »Herrje, immer diese Memmen.« Er hob den Fuß, schüttelte ihn aus, wischte ihn an seiner Hose ab. »Du wirst schon klein beigeben, Bursche. Das tun sie alle. Weißt ja, wo du mich findest.« Er drehte herum, fluchte eine Weile vor sich hin und verschwand um die nächste Ecke.

Akil wartete, bis er nicht mehr würgen musste, und taumelte in die andere Richtung davon. Zeit, nach Hause zu gehen.

Er kam nur mühselig voran. Jeder Schritt schmerzte in seinen Füßen, seine Haut fühlte sich an, als wäre sie wundgescheuert, das Auge pochte dumpf, verursachte ihm Kopfschmerzen.

Dennoch schleppte er sich weiter, auch wenn er nicht wusste warum. Er würde sich auf seine löchrige Decke legen, schlafen und morgen ein weiteres Mal sein Glück versuchen, um Essen zu klauen. Vorausgesetzt, er hatte die Kraft dazu. Wenn nicht, musste er sich an den Straßenrand setzen, betteln und darauf hoffen, dass jemand Mitleid hatte, was unwahrscheinlich war. Dazu war Akil nicht krank genug. Vielleicht wäre das Auge ja bis morgen dicker, geschwollener, damit könnte er eventuell Eindruck schinden.

Akil bog in seine Straße ein und stockte. Er hörte sie schon von Weitem. Azam und seine Jungs. Sie lachten und jubelten, sogar der Geruch nach gegrilltem Fleisch stieg ihm in die Nase.

»Oh, bitte nicht…« Er ging weiter, bis er seine Hütte sah. Sie war belagert. Azam und die anderen hatten vorne dran ein kleines Feuer angezündet, jemand spielte eine Flöte, zwei Mädchen tanzten im Kreis. Die halbe Nachbarschaft war versammelt und nahm an dem Fest teil.

Azam hielt einen Krug in der Hand. Da er ziemlich schwankte und seine Wangen knallrot waren, war er wohl besoffen. Er stieg auf eine umgedrehte Kiste und schrie in die Menge. »Seid mal kurz still!«

Das Flötenspiel hörte auf, die Köpfe drehten sich in seine Richtung.

»Es freut mich außerordn… außeroooordennn … es freut ich extrem …, dass ihr alle hier seid!«

Die anderen lachten und klatschten. Akil blieb im Dunkeln stehen, drückte sich an eine Hauswand, suchte Halt.

»Das hier«, Azam zeigte nach hinten auf Akils Hütte, »is ab heute meine neue Bleibe. Merkt es euch gut!« Er trank einen weiteren Schluck, rülpste. »Denn hier werden mehr Fese steiiiigen.«

Akil grub die Nägel in die Handinnenfläche, bis der körperliche Schmerz den inneren überlagerte.

Der Preis, den du zahlen wirst.

»Ihr dürft jeeddderseit vorbeikommen.« Azam verlagerte das Gewicht, trat dabei ins Leere und stürzte von der Kiste. Bahar fing ihn auf, klopfte ihm auf den Rücken und füllte seinen Krug nach.

Akil schloss die Augen, blendete das Szenario vor sich aus. Wenn er es nicht wahrnahm, war es nicht echt, oder? Leider konnte er seine Ohren nicht abstellen. Er hörte das Gelächter, die Trinksprüche, den Gesang, die Freude … und da wurde ihm klar, dass er wirklich alles verloren hatte. Das es nicht tiefer ging.

Er war obdachlos geworden.

»Fahr zu Ahriman.« Akil stieß sich von der Wand ab und torkelte zurück in die Dunkelheit. Er brauchte eine Bleibe für die Nacht. Eine, in der er geschützt vor der Witterung war, sich auch ein Feuer machen konnte.

Unsere Höhle.

In der er vor ein paar Tagen Azam und Mihra überrascht hatte. Erst so kurz her und trotzdem ewig weit weg wie die Sterne von der Erde.

Er wusste nicht mal, ob er es bis dahin überhaupt schaffen würde. Der Weg war normalerweise kein Problem, doch er müsste dazu die geschützten Mauern Madaktus verlassen und ein Stück durch die Wüste laufen. In seinem Zustand, bei der anziehenden Kälte und den Raubtieren, die nachts aktiv wurden, wäre das womöglich keine gute Idee.

Oder ich lasse das Schicksal entscheiden und wage es einfach.

Wenn es so weiterging, würde Akil sowieso nicht mehr lange durchhalten.

Er legte den Kopf in den Nacken und sah in den Himmel, auf dem die ersten Sterne schimmerten. Sein Atem wurde als kleine Wolke vor ihm sichtbar. Es würde eisig werden. Wie immer. Akil zog sein Hemd enger vor der Brust zusammen. Er trug noch immer das alte von seinem Bruder. Mittlerweile war es so verdreckt, dass die Farbe des Stoffes kaum zu erkennen war.

Was sollte er jetzt tun?

Das kranke Auge wummerte im Rhythmus seines Herzschlags. Die Hitze stieg ihm in den Kopf und benebelte seine Gedanken.

Geh ich in die Wüste oder …

… zu Marek.

Es war eine Option.

Womöglich die letzte.

»Wir lassen es langsam angehen, den meisten gefällt es sogar.«

Akil schüttelte es bei dem Gedanken, aber was war eine Nacht des Ekels gegen sein Leben? Er stand mit dem Rücken an der Wand, ihm gingen die Optionen aus. Wenn er überleben wollte, musste er es tun. Und wenn nicht, konnte er jetzt in die Wüste und nie mehr zurückkehren.

Es war so einfach. Seine Entscheidung. Sein Wille.

Er atmete tief durch, drehte um und lief zum Marktplatz. Marek wohnte am anderen Ende der Stadt, bei den Reichen, aber meistens war er noch lange in seiner Schmiede zu finden. Dort, wo Akil, Azam und Mihra ihn vor ein paar Tagen ausnehmen wollten.

Hätte ich es doch nur getan, statt diesen Scheiß-Beutel zu klauen.

Nach einem weiteren beschwerlichen Fußmarsch, bei dem er viermal anhalten musste, kam er endlich bei der Schmiede an. Das Zelt, das Marek für die fremden Pferde aufgebaut hatte, war weg. Das Haus hatte einen kleinen

Vorbau, unter dem eine ausgebrannte Feuerstelle war und die Werkzeuge lagen. Es hatte eine Eingangstür und ein größeres Tor. Marek beherbergte auch die Pferde der Reisenden in seinen Unterkünften. Da die meisten schon weg waren, dürfte nicht mehr viel los sein.

Akil sammelte all seinen Mut, strich sich durch die Haare und lief auf das größere Tor zu. Unter der Schwelle flackerte Licht. Akil hörte gemurmelte Worte, Marek war also noch da. Und nicht allein.

»Der is nicht zum Verkauf«, sagte Marek. »Das habe ich dir schon am letzten Markttag gesagt. Hättest dir die erneute Reise sparen können.«

Akil schob mit einer Hand das Tor auf und spähte hinein. Die Pferde standen in zwei Reihen rechts und links nebeneinander mit Schnüren getrennt und kauten Heu.

Sogar die Gäule bekamen Nahrung …

»Ich bin hier, um mein Angebot zu verdoppeln.«

Marek und ein Mann standen ganz hinten vor einem schwarzen Pferd. Er hatte den Fremden schon mal gesehen. Er war am letzten Markt da gewesen und hatte sich mit Marek über irgendwelche Eisen für die Füße der Pferde unterhalten.

Auch heute trug er den Reisemantel. Seine Schuhe waren sauber poliert, trotz des ganzen Staubes, der hier überall lag.

»Überlegt es Euch. Dafür könnt Ihr fünf neue Hengste kaufen«, sagte der Fremde.

Akil wusste nicht, was er jetzt machen sollte. Noch könnte er verschwinden. Niemand hatte ihn bemerkt.

»Könnte ich«, sagte Marek. »Aber das ist mein bester.«

»Dabei ist sein Körperbau alles andere als gelungen. Mit dem Rücken wird er keinem Reiter lange Freude machen.«

»Warum willste ihn dann haben?«

Der Fremde antwortete nicht, er streichelte dem Pferd nur über die Stirn und lächelte zufrieden. »Manchmal zählen die inneren Werte mehr.«

Akil würde das Biest nicht mal anfassen, wenn er Geld dafür bekäme. Na gut, das war gelogen. Für ein Stück Brot würde er sogar nackt auf ihm durch die Gassen Madaktus reiten. Oder für einen Apfel oder das Gehäuse eines Apfels. Sein Magen grummelte lautstark. Akil presste die Hand darauf und wich zurück.

»Hey!«, rief Marek. »Bursche!«

Zu spät. Akil drehte herum, wollte abhauen, doch Marek war mit wenigen Schritten bei ihm und zerrte ihn an den Haaren zurück in den Stall. »Hiergeblieben, du Bengel.«

»Au!«

»Was machs' du denn hier?«

Jetzt galt es. Hungrig bleiben oder Mareks Bettgeselle werden.

»Ich … ich komme wegen …«

Marek zog ihn dichter an sich. »Ja?«

Akil blickte Marek fest in die Augen. Er wusste, warum Akil da war, das gierige Funkeln in seinen Augen verriet ihn.

»Na?«

Ich kann das nicht …

»Ich … ich möchte das Angebot annehmen.«

»Welches Angebot?«

Das war Absicht, dieser Drecksack. »Ich … das von … unserem Gespräch … vorhin.«

Marek rieb sich über die Nase, als müsste er erst darüber nachdenken. »Ah, ich erinnere mich ganz dunkel. Das gilt allerdings nur, wenn du mich höflich bittest.«

Oh, Mann.

»Ich … ich … darf ich bitte heute Nacht bei dir bleiben?«

Marek grinste. »Willst du das denn wirklich?«

Akil nickte, auch wenn ihn innerlich alles dazu zwang, den Kopf zu schütteln.

Marek lachte und klopfte ihm auf den Rücken. »Geht doch. Wir beide werden viel Spaß miteinander haben, glaub mir. Ich mag die Unterwürfigen.«

Und mir wird schon wieder schlecht.

Der Fremde räusperte sich. »Verzeiht, ich möchte mich nicht in Eure Verhandlungen einmischen, aber ich habe gleich eine Verabredung und muss zudem morgen vor Sonnenaufgang weiter. Ich möchte den Hengst gerne mitnehmen.«

Marek zerrte Akil an den Haaren mit sich. Er schrie, hielt dagegen, doch natürlich hatte er keine Chance.

»Müsst Ihr den Jungen so grob behandeln?«, fragte der Fremde und musterte Akil von oben bis unten.

»Is nich deine Sache. Zurück zu dem Klepper.«

Der Fremde zog die Augenbrauen missbilligend zusammen. Ohne den Blick von Akil zu wenden, sprach er weiter. »Mein Vorschlag sieht folgendermaßen aus: Ich kaufe den Hengst und die beiden Stuten, die da vorne stehen, und zahle zwanzig Silbermünzen. Weitere fünf lege ich für den Jungen drauf.«

»Bitte, was?«, fragten Marek und Akil gleichzeitig.

»Stalljungen sind stets willkommen bei mir.«

»Hast du dir den Knilch mal angesehen?«, fragte Marek. »Der is mager und schwach, seine Hand ist zu nix zu gebrauchen, und so wie das Auge aussieht, is er in ein paar Tagen blind. Oder tot. Außerdem hat er Schiss vor Pferden.«

Der Fremde lächelte milde, griff in seinen Umhang und holte einen Beutel heraus. Bei Akil schellten sämtliche Alarmglocken. Von Beuteln und deren Inhalt hatte er genug. Endgültig. Der Fremde warf Marek das Ding zu, der es mühelos auffing. Im Inneren klimperten die Münzen.

Marek zog die Nase hoch, spuckte aus und öffnete. »Hol mich der …« Er nahm eine Silbermünze heraus und biss darauf herum.

»Nehmt Ihr mein Angebot an?«, fragte der Fremde unbeeindruckt.

Marek sah zu Akil. Ein Hauch des Bedauerns streifte seine Züge, und Akil wollte schon erleichtert aufatmen. »Du kannst ihn morgen früh abholen. Er kann sich bei mir waschen und umziehen.«

»Nein!«, rief Akil. »Ich … ich meine … das ist doch nicht mehr … ähm, nötig?« Ha! Genau.

Der Fremde kam näher. Er war so groß, dass Akil den Kopf leicht in den Nacken legen musste. Er beugte sich zu ihm hinunter, griff an Akils Kinn. Erst wollte er zurückzucken, doch der Fremde berührte ihn nur sachte. »Hab keine Angst. Ich will mir nur dein Auge ansehen.«

Akil drehte den Kopf leicht.

»Das muss so schnell wie möglich versorgt werden, und deine Hand …« Er griff nach Akils Arm, hob ihn an, drehte die Hand nach oben, nach unten. Sie war nach wie vor geschwollen und die Finger fühlten sich steif an. »… auch das können wir beheben.« Er richtete sich wieder auf. »Es ist allerdings nötig, dass er gleich mit mir kommt, bevor die Entzündung tiefer in seinen Körper greift. Wenn es zu viele Umstände macht, lege ich gerne fünf Silbermünzen drauf.«

Marek stockte der Atem. »Zehn Münzen für diesen …!« Er räusperte sich, schluckte mit aller Kraft seine Freude hinunter.

Eigentlich hatte er gar kein Recht dazu, für Akil Geld zu nehmen. Er stand weder in seinen Diensten noch gehörte er ihm sonst auf eine Art. Aber Akil würde sich da sicherlich nicht einmischen.

»Also gut.« Marek schubste Akil nach vorne. Er musste sich an dem Fremden abfangen, um nicht zu stolpern. »Hier ist der Knilch. Was is mit den Gäulen?«

»Meine Diener werden sie nachher abholen, so müssen wir Euch morgen früh nicht mehr behelligen.«

»Ich bin einverstanden.« Marek spuckte in seine Hand und streckte dem Fremden die wulstigen Finger hin, er ergriff sie und schloss den Handel mit dem Schmied ab.

»Ich bin hocherfreut.« Der Fremde drehte sich zu Akil. »Komm, junger Mann. Als Erstes versorgen wir deine Wunden.«

Akil brauchte einen Moment, bis er das realisierte. Er war soeben verkauft worden wie ein Stück Vieh. Der Fremde legte sachte eine Hand auf Akils Schulter und führte ihn zum Stall hinaus. Beim Gehen glaubte er, Mareks Blick in seinem Rücken zu spüren. Akil würde sich nicht umdrehen.

»Mein Name ist übrigens Safraz.«

Der Name hallte in Akils Innerem nach. Den hatte er schon mal gehört. Nur wo? »A-Akil.«

»Sehr schön. Mein Lager ist außerhalb der Mauern Madaktus aufgeschlagen. Du kannst dich frisch machen, und sicherlich haben wir auch passende Kleidung. Wie alt bist du?«

»Weiß ich nicht genau.«

Safraz schmunzelte. »Okay, ist nicht schlimm.«

Gemeinsam liefen sie zu den Stadttoren Madaktus. Akil war nur wenige Male dort gewesen. Normalerweise wimmelte es da von Wachen, drum hielt er sich davon fern. Außerdem war es ihm bisher nie in den Sinn gekommen, Madaktu zu verlassen.

Nicht ohne seine Freunde zumindest.

Die nicht mehr seine Freunde waren …

Im Gehen kramte Safraz in seinen Taschen herum. Er zog etwas heraus und hielt es Akil vor die Nase.

»Brot!«

»Bitte, kau langsam, sonst kommt dir alles wieder hoch. Leider ist mein Wasser leer, du bekommst welches, sobald wir im Lager sind. Zuerst werden wir jedoch deine Wunden versorgen.«

Akil stopfte ein Stück Brot in den Mund. Es war frisch und knackig, wobei er es auch gegessen hätte, wenn es uralt gewesen wäre. Endlich Essen! »Dr Azzt scn zu.« Er schluckte den Bissen hinunter. »Ich meinte: Der Arzt hat bestimmt schon zu.«

»Wir brauchen keinen Arzt.« Safraz hielt mit Akil vor den Toren Madaktus an. Der Mond hing satt und klar am Himmel, tauchte die Umgebung in ein angenehmes Silberlicht. Akil aß sein Brot weiter und musste wirklich an sich halten, nicht das ganze Ding auf einmal in sich zu quetschen.

Safraz beobachtete ihn schmunzelnd dabei. »Morgen früh reisen wir ab. Gibt es etwas, das du von zu Hause holen musst?«

Akil blickte über seine Schulter zurück. Vor wenigen Tagen hätte er diese Frage mit *Ja* beantwortet. Nie im Leben wäre er ohne Azam oder Mihra gegangen, nicht einmal, wenn er Geld geboten bekommen hätte. Sie waren alles für ihn gewesen. Seine Freunde, seine Familie, sein Heim.

»Nein«, sagte Akil leise. »Es gibt nichts mehr.«

»Gut.« Safraz führte Akil an der Stadtmauer entlang. Er blickte sich um, als würde er auf jemanden warten. »Sie sollte gleich da sein, dann hast du das Schlimmste überstanden.«

»Wer? Und warum haben Sie überhaupt so viel für mich ausgegeben? Marek hatte Recht: Ich kann nicht mit Pferden umgehen.« Vielleicht sollte Akil das nicht explizit erwähnen, aber es erschien ihm unfair, es nicht zu tun. »Aber wenn Sie mich bis zur nächsten Stadt mitnehmen, werde ich mich dort niederlassen und für mich sorgen.«

»Du wirst bei mir wohnen und du wirst die Pferde lieben lernen, glaub mir. Was deine Frage betrifft ...« Er drehte sich zu Akil um. »Sagen wir mal so: Du hast Eindruck bei jemandem hinterlassen. Er würde nicht wollen, dass du bei diesem Schmied verkommst.«

»Was soll das ...?«

»Ah, da ist sie.« Safraz zeigte hinter Akil. Er drehte sich um. Eine Frau lief auf sie zu. Sie trug einen Umhang und hatte die Kapuze weit ins Gesicht gezogen, so dass Akil nicht viel davon erkennen konnte. Aber sie besaß eine Ausstrahlung, wie er sie nie zuvor bei jemandem gesehen hatte.

Fremd und vertraut.

»Ich grüße dich, Callie.«

»Safraz.« Sie nickte ihm zu und sah zu Akil. »Das ist doch der Kleine, in den Ilai beim letzten Markt gerannt ist.«

»Wer ist Ilai?« Auch dieser Name löste etwas in Akil aus. Ein Erkennen, eine Erinnerung, ohne zu wissen an was.

Callie blieb neben ihm stehen. Schwarze Locken lugten unter ihrer Kapuze hervor, sie verströmte einen angenehmen Duft nach feuchter Erde. Akil sog ihn tief in seine Lungen und hatte das Gefühl, nach Hause zu kommen.

»Ilai sagte, wenn er mir über den Weg laufen sollte, muss ich ihn mitnehmen. Könntest du ihn bitte heilen? Ich bin mir nicht sicher, ob ich mit konventionellen Mitteln die Entzündung im Auge in den Griff bekomme.«

Callie seufzte. »Seelenwächter mischen sich nicht in menschliche Belange ein, das weißt du doch.«

»Ich denke, wir können bei ihm eine Ausnahme machen. Du kannst das natürlich erst mit Ilai besprechen.«

»Schon gut. Ich habe Federnstaub dabei, er wird sich an nichts mehr erinnern. Bist du denn bei Marek fündig geworden?«

»Er hat einige Tiere mit Potenzial. Ob ich es wecken kann, werden wir sehen. Sag Ilai, dass ich mich bei ihm melden werde, sobald ich Näheres weiß.«

»In Ordnung.«

Akil blickte zwischen den beiden hin und her und verstand – mal wieder – überhaupt nichts. »Darf ich auch mal? Wer ist Ilai und was geht hier vor sich? Warum soll ich mit Safraz mit? Welche Heilung, was soll das …«

»Sht!«, sagte Callie, beugte sich zu ihm, und bevor Akil sich versah, lag ihre Hand auf seiner Stirn.

Der Geruch nach Erde intensivierte sich, warme Energie floss von ihren Fingern in Akils Kopf. Sie legte eine Hand an seinen Nacken, um ihn besser zu stützen. Akil keuchte. Es fühlte sich an, als würde sie in seinen Schädel greifen. Die Wärme intensivierte sich, sie rann in sein Auge, löste den Druck, das Pochen, die Hitze; floss tiefer in seine Brust, in seine Arme, seine Hand. Er spürte, wie das Leben in seine Finger zurückkehrte, wie die Verletzungen sich zusammenfügten, wie alles heilte, was kaputt war. So ähnlich wie bei der Quelle.

Callie lehnte sich nach vorne. Ihr Umhang rutschte auf und bot ihm einen Ausblick direkt auf ihre Brüste. Obwohl es so dunkel war, erkannte er die Umrisse der hellen Haut.

»Ich weiß, dass du mir in den Ausschnitt glotzt«, sagte sie leise, aber es klang nicht nach einem Vorwurf.

»Kann nix dafür«, stammelte er. Hey, die Dinger hingen vor seiner Nase!

»Das sagen alle.« Sie verstärkte den Druck und sog zischend die Luft ein. »So viel Schmerzen … Was ist nur mit dir passiert?«

Akil würde antworten, wenn er könnte, doch er wurde davongetragen auf einer Welle der Entspannung.

Alles um ihn herum verschwand, er fühlte sich frei, losgelöst – nicht mehr als Teil dieser Welt.

22. Kapitel

In der Wüste – vor vier Tagen

Ich falle … tiefer und tiefer und tiefer. Immer weiter in die Unendlichkeit.

Akil schnappte nach Luft. So tief und hastig, als wäre er unter Wasser gewesen und hätte es gerade so an die rettende Oberfläche geschafft. Doch er war nicht unter Wasser. Er lag in einem Bett, in einem Zelt. Sein Mund war staubtrocken, die Glieder schmerzten.

Rasch tastete er sein Gesicht, die Ohren, die Nase ab. Fliegen! Da waren Fliegen gewesen. Vorhin. Oder hatte er sich das eingebildet? Er wusste es nicht mehr. Vergangenheit, Gegenwart, Zukunft. Alles geschah auf einmal.

»Verflucht, ich schnappe über.«

Etwas regte sich in der Ecke. Es war Noah, der sich in einem Stuhl zusammengekauert hatte und jetzt aufblickte. »Hey, wie geht es dir?«

Akil strich seinen Körper abwärts, fuhr über seine Brust, die glatt und fest war. Kein Brandmal. Keine Wunden. Nichts. Seine Hände waren stark und gesund. Callie hatte alle Verletzungen behoben. Damals. Heute. Vorhin. Wann auch immer.

»Sind wir da?« Er blickte sich um. Das Zelt war rechteckig, mit zwei Feldbetten, in einer Ecke standen zwei Schüsseln mit Wasser bereit. Frische Klamotten lagen auf einem zweiten Stuhl.

»Ja.«

Akil starrte zur Tür. Sie war einen Spalt offen, ließ warme Luft und Licht von draußen herein. »Wie lange war ich weg?«

»Etwa sechs Stunden. Es ist früher Nachmittag.«

»Sechs …?« Stunden … Soweit Akil wusste, gab es keine bestimmte Regel, wie lange die Reisen in die Vergangenheit dauerten. Anna hing von ein paar Minuten bis zu ein paar Tagen in ihrem Geist fest.

»Sag mir, wie ich dir helfen kann«, sagte Noah leise. »Ich will das nicht noch mal erleben, ehrlich gesagt.«

»Ich bin auch nicht scharf drauf, glaub mir!« Er zog die Beine an, fokussierte sich auf seinen Körper. Es war das einzige, was er tun konnte. Sich seiner selbst bewusst werden, die Muskeln spüren, die Haut, die das Bettlaken berührte, die Klamotten, die er trug.

Er war im Hier und Jetzt.

»Es gibt nichts, was du tun kannst. Flashbacks sind weder aufzuhalten noch kann man sie heilen.«

Noah stand auf und setzte sich zu ihm aufs Bett. Er sah blass aus. Seine Nase war geschwollen, das Shirt hatte Flecken und ein Loch an der Seite. Akil hatte ihm ordentlich eingeschenkt.

»Das tut mir leid.« Er deutete auf Noahs Nase. »Ich wollte dich nicht schlagen.«

»Mach dir keinen Kopf deshalb. Erstens hast du genügend bei mir gut, und zweitens bin ich froh, dass du es geschafft hast. Dafür kannst du mir hundert Mal die Nase brechen. Du hast mir einen Heidenschreck eingejagt.«

»Und du mich wiederbelebt.«

Noah nickte. »Zum Glück hatten wir den Defi dabei. Ich hätte nicht … es ging alles so schnell. Im einen Moment hast du zum Fenster hinausgesehen, und im nächsten kippst du um.« Er legte eine Hand auf Akils Unterarm. »Ist das normal? Sind diese Flashbacks so gefährlich?«

»Manchmal. Vielleicht. Ich … ich hab keine Ahnung. Ich hatte zuvor nie welche. Und wenn Seelenwächter einen bekommen, bleibt nicht sofort ihr Herz stehen. Wir sind … *sie* sind hart im Nehmen.« Er nicht mehr. Sein menschlicher Körper war überfordert, genau wie sein Geist. Jede Stunde, die er länger in diesem Zustand verbrachte – in dem Fehlen seines Elements – wurde ihm bewusster, wie sterblich er war. »Wann treffe ich deinen Auftraggeber?«

»Sobald du dich fit genug fühlst, wird er dich empfangen.«

»Gut.« Akil entzog Noah den Arm und schob die Beine aus dem Bett. »Ich bin fit.«

»Du solltest dich vielleicht besser …«

Akil hob den Zeigefinger. »Ich verpass dir noch eine, wenn du mich bemutterst.«

Noah lehnte sich zurück, musterte Akil skeptisch. Für eine Sekunde erinnerte er ihn an Jess. Sie hatte ihn genauso angesehen, als er ihr vor ihrem ersten Ritt auf einem Parsumi sagte, er würde sie k.o. schlagen. Noah kniff die Augen zusammen, ein scheues Lächeln schlich auf seine Züge. »Das war ein Scherz.«

»Natürlich. Aber ich will den Typen kennenlernen. Und am liebsten, bevor mir erneut die Lichter ausgehen.« Wer wusste, ob er beim nächsten Mal überhaupt zurückkehrte.

»Kann ich verstehen.« Noah erhob sich vom Bett und lief zur Tür. Er zog den rechten Fuß leicht nach und verzog das Gesicht vor Schmerz, als er die Seite belastete.

»Hab dich ganz schön erwischt, oder?« Akil folgte ihm, er wollte bereit sein, wenn es losging.

»Deine Rechte kann sich zumindest sehen lassen, aber wie gesagt: Mach dir keinen Kopf. Ich habe es verdient.«

»Wenn ich könnte, würde ich dich heilen.«

Noah hielt inne und blickte ihn an. »Du warst ein Wächter der Erde. Die Heiler.« Er schloss die Augen, als würde er sich eine Erinnerung ins Gedächtnis rufen. »Ich hatte mich früher oft gefragt, warum du so gut riechst. Nach Erde, nach Moos, nach einem Spaziergang im Wald. Ich liebte diesen Duft, er war so … erfrischend und gleichzeitig beruhigend. Als würde die Natur einen umarmen und auffangen. Und jetzt …« Er öffnete die Augen wieder, hob vorsichtig die Hand und legte sie auf Akils Brust. »Jetzt ist es weg. Du fühlst dich sogar kühler an.« Seine Finger glitten an Akils Ausschnitt, strichen über die Haut darunter. Schon wieder jagte die Berührung Hitzewellen durch Akils Körper. Er wollte nicht so intensiv auf Noah reagieren, aber er tat es. »Du warst immer so warm wie in Radiator. Perfekt zum …«

»… wenn du jetzt *kuscheln* sagst, hau ich dich aber wirklich.«

Noah lächelte, es wirkte allerdings eher traurig als belustigt. »Stimmt. Mit Romantik hast du es ja nicht so.«

Was nicht an der Romantik an sich lag, sondern an ihrem Beiwerk. Salbungsvolle Worte, innige Zweisamkeit, intensive Gespräche. All das zog nur Ärger mit sich. Noah betrachtete seinen Finger, der auf Akils Haut ruhte und ihm viel zu deutlich machte, wie nah sie sich waren.

»Wie ist es eigentlich passiert? Warum sind deine Fähigkeiten weg?«

Tja, warum? So genau wusste er es nicht. »Ich vermute, es lag an dem, was Jaydee mit mir gemacht hat. Wir haben gemeinsam trainiert, und da hat er meine Fähigkeiten aus Versehen entzogen. Kurz danach wurden wir von einer Schattendämonin mit einem Zauber überwältigt, der genau auf unsere Elemente abgestimmt war. Ich habe lange gebraucht, um mich von ihrer Attacke zu erholen. Als sie ein zweites Mal bei uns einbrach und den gleichen Zauber noch mal anwendete, waren meine Fähigkeiten weg.« Sein Element schwieg und tat es seither.

»Das tut mir so leid.«

»Muss es nicht. Wenn überhaupt, dann müsste ich Jaydee und Joanne dafür verantwortlich machen, aber was bringt es?!«

»Dieser Jaydee … er ist ein Freund von dir?«

»Ja.«

Noah zog die Augenbrauen hoch. Akil sah ihm an, dass es ihm auf der Zunge brannte, mehr über ihn zu erfahren.

»Jay steht ausschließlich auf Frauen, keine Bange.« Und selbst wenn es anders wäre, würde Akil nie auf die Idee kommen, etwas mit ihm anzufangen, auch wenn er ein scharfer Kerl war. Jay war wie ein Bruder für ihn. Ihre Beziehung war zu eng, um sie mit ein wenig Spaß in der Kiste zu gefährden.

Noah lächelte und strich mit den Fingern weiter über Akils Haut.

»Können wir eigentlich gehen, oder willst du weiter meinen Körper bewundern?«

Sofort nahm er die Hand weg, das Lächeln verschwand. »Ich … natürlich.« Er streckte den Kopf zur Tür hinaus und redete mit jemandem. Als er fertig war, drehte er sich zurück zu Akil. »Wir können sofort los.«

Kaum hatte er ausgesprochen, hörte Akil ein Ratschen. Der Reißverschluss der Tür wurde geöffnet. Ein Typ in grünen Cargos und dazu passendem Shirt stand vorne dran. Um seine Hüfte war eine Glock geschnallt. Er trug schwere Springerstiefel, hatte kurz geschorene Haare und einen Gesichtsausdruck, als hätte er seit Tagen Verstopfung. Auf seiner Brust war ein Name aufgenäht: Henry.

»Hallo, Henry«, sagte Akil, aber auch von ihm erhielt er keine Antwort. Genau wie bei dem Fahrer. »Ihr müsst echt alle an euren Manieren arbeiten.«

Henry deutete nach draußen. Akil schüttelte den Kopf, trat ins Freie und wurde fast vom Schlag getroffen.

»Bei allen heiligen Göttern …« Ihm wurde schwindelig, das grelle Sonnenlicht blendete ihn, trieb ihm die Tränen in die Augen.

»Durchatmen«, sagte Noah.

»Du hättest mich vorwarnen können.«

»Ich wusste nicht wie.«

»Scheiße, Noah …«

Akil wusste sofort, wo sie waren.

Der Sog der Vergangenheit schlang sich erneut um seine Eingeweide, zerrte ihn nach unten. Noah legte eine Hand auf seine Schulter, hielt ihn sachte.

»Du schaffst es.«

Madaktu.

Sein ehemaliges Zuhause.

Seine Vergangenheit.

Seine Gegenwart.

Nichts war mehr, wie es einst war, und doch erkannte Akil alles. Gerade jetzt, da er in den letzten Stunden wieder und wieder diesen Ort besucht hatte. Er taumelte einige Schritte, drehte sich um die eigene Achse. Fünf Zelte waren zwischen den Ruinen aufgebaut.

»Die Stadt gilt heute als verschollen«, sagte Noah. »Madaktu ist nur ein Gerücht im Sand der Zeit. Niemand weiß, dass diese letzten Überreste einst zu dem Dorf gehörten.«

Dabei war es so offensichtlich. Selbst ohne die Häuser, den Brunnen, die Mauer ringsum. Das war Madaktu! Von den einstigen Bauten waren nur noch die Grundfeste übrig. Obwohl es kaum einen Anhaltspunkt gab, wusste Akil genau, wo sie waren: auf dem ehemaligen Marktplatz, wo einst der Brunnen gewesen war.

Er schloss die Augen, hörte die Menschen um sich herumwuseln, wie sie sich gegenseitig anmaulten oder ihre Waren feilboten. Er hörte den Ochsenkarren, das Schlagen der Peitsche, roch das gebratene Fleisch und fühlte den bohrenden Hunger in seinen Eingeweiden; genau wie die Hand auf seinem Rücken. Akil fuhr herum, wollte schon nach ihr schlagen, aber es war nur Noah.

Er stand dicht neben ihm, das Gesicht verzogen von Sorge. »Fällst du zurück?«

»Ich …« Keine Ahnung. Akil schluckte gegen die Trockenheit in seinem Mund. »Da … da drüben war die Schenke, und dort hinten hab ich das erste Mal Brot geklaut.« So lange her. Alles so lange her und gleichzeitig so präsent, als wäre es gestern gewesen. »Da vorne hatte Marek sein Zelt während des Marktes aufgebaut.« Dort hatte sich Akils Schicksal entschieden. Dort hatte er die Kehrtwende geschafft. »Ich bin …« Er kniff sich in den Nasenrücken, schüttelte den Kopf.

»Brauchst du eine Pause? Willst du dich lieber ausruhen?«

»Nein. Ich will …« Er drehte sich um die eigene Achse. Obwohl kein Haus mehr stand, fühlte er sich eingeengt. Erdrückt und zerquetscht von dem, was einst hier geschah. Er griff sich an sein Herz und atmete durch. »Ich will deinen Auftraggeber kennenlernen. Sofort!«

»Dort entlang«, sagte Henry und zeigte nach links.

Akil folgte ihm wie gelähmt. Sie überquerten den Marktplatz Richtung Mareks Stall, von dem natürlich nichts mehr übrig war. Dort, wo eins der Stadttore gewesen war, befand sich ein Steinquader als Begrenzung.

»Ganz weit da hinten hab ich gewohnt.« Er deutete nach rechts. »Da war meine Hütte.«

»Hast du alleine gelebt?«

»Nein. Zumindest nicht zu Beginn.« Akil hatte nie jemandem die wahre Geschichte seiner Herkunft erzählt. Wie sollte er das auch plausibel darstellen? Wie konnte er von Flüchen und Dämonen und mystischen Quellen berichten? Wie erklären, dass sein bester Freund auf einmal nicht mehr wusste, wer Akil war und ihm dafür das Leben zur Hölle machte?

Das is ja gar nich das Klo! Dabei stinkt es hier genauso …

Die ganze Zeit über hielt Noah Akils Hand, drückte alle paar Schritte fester zu, vermittelte ihm mit seiner Nähe Halt in der Gegenwart. Akil klammerte sich an seine Präsenz, atmete das After-Shave ein.

Das ist vorbei.

Ich bin kein Opfer mehr.

Ich bin kein Opfer mehr.

»Pass doch auf! Elender Rotzlöffel.«

Akil zuckte, sprang zur Seite und rempelte dabei Noah an. Er packte ihn an den Schultern, hielt ihn fest. »Alles klar?«

»Ich …« Akil drehte herum, suchte nach der Stimme, die er eben gehört hatte. »Ja.« Nein. Nichts war klar. Er konnte nicht hier sein. Nie und nimmer würde er das lange durchhalten.

»Ich bin bei dir«, flüsterte Noah. »Du bist nicht allein.«

Das war er aber gewesen: *allein.* Nachdem Azam nicht mehr wusste, wer er war, was ihre Freundschaft bedeutet hatte, war er allein gewesen.

»Was auch immer du hier erlebt hast, es ist vorbei.«

»Das ist es nicht.« Das würde es nie. Im Gegenteil: Akil hatte das Gefühl, dass es von vorne anfing.

Sie liefen an zwei Zelten vorbei, die auf Mareks ehemaliger Schmiede aufgebaut waren. Vor einem saßen zwei Männer und grillten Fleischspieße. Sie grüßten Henry, musterten Akil. Er prägte sich alles ein, suchte nach weiteren Menschen, nach Waffen, nach Fluchtmöglichkeiten. Er musste vorbereitet sein. Auch wenn Noah ihm sagte, dass ihm nichts passieren würde, glaubte er nicht daran. Von Anfang an nicht.

Sie steuerten das größte Zelt an. Es war so lang, dass locker ein LKW hineinpasste. Hintendran parkte ein weiterer Geländewagen. Jetzt war es also gleich soweit. Akils Hände wurden feucht. Er war eigentlich nicht der Typ, der schnell nervös wurde, er behielt selbst in schwierigen Situationen Ruhe, doch das hier war anders. Es ging um ihn.

Um etwas Persönliches.

Noah hielt vor dem Zelt an. »Bereit?«

Akil nickte, hätte aber am liebsten den Kopf geschüttelt. Seine Finger tippten gegen seine Oberschenkel. Sein Herz klopfte so stark, dass er den Puls in seinen Ohren hörte.

Noah öffnete, trat zur Seite und ließ Akil eintreten. Erst sah er nur eine Tafel mit etlichen Stühlen. Die Luft war stickig, roch nach Räucherwerk. Akil trat ein, drei Lampen waren aufgestellt, sorgten für indirekte Beleuchtung, das restliche Licht drang durch die Fensterschlitze auf der Seite. Ein langer Tisch stand in der Mitte des Zeltes, an der kurzen Seite war eine weitere Tür, sie stand offen, ließ das Sonnenlicht ein. Davor wartete ein Mann mit verschränkten Armen.

»Darf ich dir meinen Auftraggeber vorstellen«, sagte Noah.

Akil ging näher, legte den Kopf schräg, fixierte sein Gegenüber. Es dauerte einige Zeit, bis sich seine Augen an das Licht gewöhnt hatten. »Kennen wir uns?«

»Ja und nein.« Der Mann war hager, hatte dunkle Haare und einen Vollbart. An seinem rechten Arm zog sich ein Tattoo von einer Schlange nach oben und verschwand unter seinem hochgekrempelten Shirt. »Ich heiße Peter Montgomery. Aber du kennst mich unter einem anderen Namen.«

»Bitte?«

Peter breitete die Arme aus, als wollte er sich selbst anpreisen. »Sieh genau hin.«

Akil trat näher, scannte Peter ab. Doch es klingelte nicht bei ihm. Klar hatte er schon viele, viele, viele Menschen getroffen, aber Seelenwächter hatten ein gutes Gedächtnis und vergaßen selten ein Gesicht.

Peter lächelte. »Es ist nicht mein Äußeres, das du wiedererkennen wirst.«

Akil blieb dicht vor ihm stehen, sah ihm in die Augen. Sie waren dunkel, fast schwarz, was auch an dem Dämmerlicht liegen konnte.

»Siehst du mich?«, fragte Peter und lehnte sich näher zu Akil. »Oder müssen wir erst gegen einen Drachen kämpfen, muss ich dich mit Dreck bewerfen? Dir dein Heim wegnehmen? Dich verprügeln? Oder dich gar anpissen lassen? Lässt sich alles einrichten, wenn du Wert darauf legst.«

Akil schoss es heiß und kalt das Rückgrat runter.

»Mein Name ist nicht Peter.«

»Mein Name ist nicht Mihra. Das was ich dir von Ananka erzählte: die Menschenopfer. Auch das war wahr. Ich war eins davon.«

»Das ist nicht möglich …«, stammelte Akil.

»Genauso wenig wie es möglich sein sollte, dass Menschen in einen Tempel gehen und ihn als Seelenwächter verlassen. Dein Geist müsste doch groß genug sein, um das Übernatürliche zu akzeptieren.« Peter griff an sein Shirt und zog es ein Stück herunter, bis er einen Teil seiner Brust entblößt hatte. Dort prangte ein Symbol, das Akil nur zu gut kannte: ein Flügel. Der gleiche, den auch Mihra hatte, der gleiche, den die Heilerin besessen hatte.

»Du bist …« *Das ist nur ein Körper. Meine Seele ist eine andere.*

»Ananka hat mich gefunden und in diesen Körper inkarniert. Ich bin ihr Werk. Ich lebe. Dank ihr.«

Das konnte nicht sein, und dennoch sprach alles dafür. Akil hielt die Luft an, ließ es sacken, versuchte, den Sinn dahinter zu greifen. »Das kannst nicht du sein.«

»Soll ich es beweisen? An dem Tag, als der Fluch dich getroffen hatte, standen wir ungefähr da drüben.« Er zeigte nach links. »Mihra und ich sollten die Satteltaschen ausnehmen, während du Marek ablenken wolltest. Wir hatten erst gekabbelt, wer dieses Mal bei dem Schmied dran wäre, und du hast verloren. Statt deiner Aufgabe nachzukommen, hast du einen Fremden bestohlen. Sein Name war Druj Nasu. Er war ein Wanderer, der …«

»Genug.« Akils Magen krampfte. Er musste sich am Stuhl festhalten, um nicht zusammenzuklappen. Noch nie hatte er einer Seele davon erzählt. Keiner konnte es wissen. Keiner außer Azam und Mihra. Und selbst Azam hatte nach dem Besuch der Quelle alles vergessen.

»Sprich es aus«, sagte Peter und trat neben Akil. »Sag meinen Namen. Meinen echten.«

Akil wurde übel, obwohl er nichts gegessen hatte. Sein Hirn weigerte sich, diese Tatsache zu akzeptieren, aber sein Herz wusste Bescheid. »Azam.«

Er nickte zufrieden. »Es ist schön, dich wiederzusehen, alter Freund.«

Natürlich gab es Mittel und Wege, das eigene Leben zu verlängern. Akil hatte im Laufe der Zeit einige Wesen getroffen, die das Alter bezwungen hatten, aber das hier war abstrus. Genau wie es schon bei Mihra abstrus gewesen war.

»Wie geht das?«

»Willst du dich vielleicht setzen? So spricht es sich leichter.«

»Nein. Ich will wissen, was los ist und warum du mich hast entführen lassen.«

Azams Blick verdüsterte sich. Für einen Moment blitzte der Junge in ihm auf, der ihm in der Zeit nach der Quelle das Leben zur Hölle machte, der ihn durch die Straßen trieb und demütigte, wo er nur konnte. Akil richtete sich auf. Sammelte all seine Kraft und verschränkte die Arme vor der Brust. Absichtlich drückte er seinen Bizeps nach oben und streckte sein Rückgrat. Vielleicht konnte er so wenigstens den Anschein erwecken, als hätte er die Situation im Griff.

Azam musterte ihn, nickte anerkennend. »Du hast dich sehr verändert. Der Hänfling ist erwachsen geworden. Körperlich habe ich dir sicher nichts entgegenzusetzen. Du könntest mir das Leben aus dem Leib prügeln, ich wäre nicht in der Lage, dich aufzuhalten. Nun bist du der Stärkere.«

»Gut, dass du das bemerkt hast. Rede endlich! Was willst du von mir?« Akil hörte Geraschel hinter sich. Er spähte über die Schulter. Eine zweite Wache war hereingekommen. Er war genau wie Henry angezogen. Akil konnte sein Namensschild auf die Entfernung nicht erkennen.

»Soll mir das etwa Angst machen?«

»Vielleicht ein wenig zahm halten, falls du Ärger machen willst – und irgendwie bin ich mir sicher, dass du das vorhast. Hast du das Armband eigentlich schon ausgelöst?«

Akil strich über das Metall und schluckte.

»Das heißt wohl ja«, sagte Azam. »Wie hat es sich angefühlt?«

»Leck mich.«

Azam lachte. »Ja. Das ist der Akil, den ich kenne.«

»Hast du dir das ausgedacht?« Er hob die Hand, hielt Azam das Armband direkt vor die Nase.

»Nein, das war die Heilerin. Sie hat mich mit allem ausgerüstet, was ich brauchte, um dich zu überwältigen. Nachdem sich dein Schicksal erfüllt hatte und du deine Fähigkeiten verloren hast.«

»Woher wusstet ihr davon?«

»Eine Spinne hat es vorausgesehen. Aber vielleicht sollte ich von vorne anfangen.«

Das klang vernünftig. Akil schwirrte der Schädel.

Azam nahm auf der Tischkante Platz. »Es begann viele Jahre, nachdem du Madaktu verlassen hattest. Das Leben in unserer Stadt ging weiter. Wir stahlen, wir aßen, wir überlebten. Damals glaubte ich, dass du irgendwo draußen in der Wüste verrottet bist, weil du nicht mehr zurückkamst, später erfuhr ich, dass ich mich getäuscht hatte. Hast das ganz große Los gezogen und bist ein Seelenwächter geworden.«

»Immerhin hast du mich vorher durch den Dreck gezogen.«

»Das stimmt. Es war nicht schön, wie wir dich behandelt haben, aber so war das Gesetz der Straße: Friss oder du wirst gefressen, doch das muss ich dir nicht erklären. Du weißt, wie es sich anfühlt. In letzter Zeit mehr als sonst. Ich habe gehört, dass die Flashbacks heftig sein sollen. Es tut mir leid, aber diese Maßnahme ist notwendig.«

»Soll das heißen, du bist für den Scheiß verantwortlich?«

Er deutete auf das Armband. »Es schickt Impulse in deinen Körper, die die Flashbacks auslösen. Dein Körper muss in das Stadium zurückkehren, in dem er damals war. Jetzt, da deine Fähigkeiten weg sind, muss diese Information bis tief in deine Zellen gelangen, und das funktioniert nur, indem du dich daran erinnerst, wie es ist, ein Mensch zu sein. Nicht mehr viele, dann hast du es hinter dir.«

»Der letzte hätte ihn fast umgebracht«, sagte Noah. »Das kannst du nicht mit ihm machen!«

»Es ist ein notwendiges Risiko, und du bist nicht gefragt. Danke, dass du ihn hergebracht hast, alles andere regeln wir später. Pascal.« Azam nickte der Wache zu, die neben Noah stand. Pascal packte ihn am Arm und wollte ihn nach draußen bringen.

»Lass mich los! Ich will hierbleiben.«

»Akil und ich klären das unter uns«, sagte Azam. »Wenn alles überstanden ist, bist du ein freier Mann.«

»Ich …«

»Geh schon, Noah«, sagte Akil. »Es ist okay.« Er blickte ihn an. Tatsächlich war es ihm lieber, wenn er sich zurückhielt. Diese Sache ging ihn nichts an. »Wir reden später.«

Noah befreite sich aus Pascals Griff und zog sein Shirt glatt. »Du hast versprochen, dass ihm nichts passieren wird, wenn ich ihn herbringe.«

»Das habe ich.«

Aber er würde sich nicht daran halten.

»Geh!«

Noah wollte nach vorne springen, wurde aber postwendend von Pascal aufgehalten. Er schlug um sich, trat nach der Wache, erwischte ihn am Schienbein.

»Hey!«, brüllte Akil und wollte ihm helfen.

»Ich würde an deiner Stelle ruhig bleiben«, rief Azam ihm nach. Akil drehte sich zurück. Sein alter Freund hielt einen Sender in der Hand, der aussah wie eine kleine Fernbedienung. »Damit kann ich dein Armband auslösen. Wenn du scharf darauf bist, noch mal in Flammen aufzugehen, dann nur zu: Geh und hilf ihm. Falls du doch kein Brathähnchen spielen willst, schlage ich vor, du setzt dich artig hin und verhältst dich ruhig.«

Akil biss auf seinen Kiefer, so hart, bis es schmerzte. »Du bist ein Arschloch.«

»Ich weiß.«

»Wenn ich das Armband los bin, werde ich dich zusammenfalten, bis du nicht mehr weißt, wie du heißt. Peter. Azam. Es wird keine Rolle spielen!«

Azam nickte. Kurz flackerte Traurigkeit in seinem Blick mit. »Dein gutes Recht, doch bis dahin wirst du tun, was ich dir sage. Pascal! Bring Noah in sein Zelt.«

»Natürlich.« Pascal zerrte Noah nach draußen. Er rief weiter Akils Namen, wehrte sich dagegen, doch er hatte keine Chance. Das war nicht Noahs Gebiet. Er war kein Kämpfer.

»Also schön«, sagte Akil. »Machen wir weiter: Wie ist es dazu gekommen?« Er deutete auf Azams Brust. »Wie kommt deine Seele da rein?«

»Viele Jahre nachdem du weg warst, hatte ich mich verletzt. Ich hatte mich bei einer Flucht verschätzt und stürzte vom Dach. Die Folge war ein offener Bruch an meinem Arm, und du weißt ja, wie solche Sachen ausgingen.«

»Zur Heilerin konntest du nicht.« Sie war ja nach der Sache an der Quelle aus der Stadt verschwunden.

»So ist es. Die Wunde endzündete sich natürlich, und mir ging es von Tag zu Tag schlechter. Bahar übernahm die Führung der Truppe, vergrößerte sie um zwei weitere Jungs und zog mit ihnen durch die Gassen. Ich hörte sie ab und an vorbeilaufen, aber sie ignorierten mich. Niemand braucht einen

Schwächling.«

»Ich weiß.« Und wie er das wusste!

»Nach vier Tagen war ich fast am Ende. Ich fühlte die Götter nach meiner Seele greifen, und ich war bereit zu gehen. Doch dann kam *sie*.«

»Die Heilerin.«

»Ananka war weggezogen, aber sie hatte mich die ganze Zeit unter Beobachtung und nur auf den Moment gewartet, bis ich kurz davor war, mein Leben auszuhauchen. Sie kam in die Hütte, zündete ihr Räucherwerk an und kniete sich neben mich. Als sie ihren Zauber startete, kamen die Erinnerungen zurück. Ich sah mein Leben rückwärts an mir vorbeiziehen. Die letzten Jahre ohne dich, die Zeit, in der wir dich hänselten, und schließlich sah ich das Ereignis an der Quelle. Auf einmal war es, als hätte sich ein Schleier gehoben. Ananka zeigte mir das andere Leben, das ich zuvor hatte, das, in dem Mihra und ich zusammen und wir drei beste Freunde waren. Ich hatte keine Ahnung gehabt, Akil. Die Quelle hatte mir alles genommen.«

»Der Preis für unser beider Rettung.«

»In dem Moment wurde mir so viel klar.« Azam kratzte über die Tischplatte, puhlte ein Stück Dreck aus einer der Ritzen im Holz. »Ich … es tut mir so leid, was wir dir angetan haben. Wir hätten dich fast umgebracht.«

Akil sagte nichts darauf. Es gab keine Entschuldigung, auch wenn Azam nichts dafür konnte. »Weiter. Warum hat sie dich gerettet? Immerhin hatte sie uns beide erst mal bei der Quelle töten wollen und den Drachen auf uns gehetzt. Warum die Mühe, dich zu retten?«

»Weil mir erst danach klar wurde, wie wichtig Azam und alle anderen Menschen sind, die einmal mit euch Seelenwächtern in Kontakt treten würden«, erklang eine weibliche Stimme.

Akil blickte auf. Die hintere Tür wurde geöffnet, und eine Frau in einem langen Gewand trat ein.

»Hab mir fast schon gedacht, dass du noch auftauchen wirst.«

»Ich grüße dich, junger Akil.« Ananka kam mit schwebendem Gang auf ihn zu. Sie hatte sich kaum verändert. Die schwarzen Haare reichten ihr nach wie vor bis zur Hüfte. Nur ein paar graue Strähnen und wenige Falten um die Augen herum zeigten die Spuren der Zeit. Sie schritt zu Azam, blieb neben ihm stehen und legte eine Hand auf seine Schulter. »Erwachsen bist du geworden. Und gutaussehend. Wer hätte gedacht, dass solche Muskeln in dir schlummern.«

»Jaja, lass stecken. Was willst du von mir? Und was meinst du mit: Alle Menschen, die mit uns in Kontakt treten?«

Sie lächelte. »Es ist die Verbindung, die ihr einst hattet, die Freundschaft oder auch die Feindschaft, die euch zusammengeschweißt hat. Und genau diese Verbindung ist die Grundlage meines Zaubers.«

»Ich verstehe kein Wort von deinem Gefasel.«

»Natürlich nicht. Dein Geist ist noch zu beschränkt dafür.« Sie grinste, als hätte sie etwas hochphilosophisches von sich gegeben. »Hat Mihra dir eigentlich gesagt, was sie war?«

»Eines deiner Experimente.«

»Sie war die Erste ihrer Art, die erste Seele, die ich aus einem Körper kurz vor dessen Tod genommen hatte und Jahrhunderte später in einen anderen einsetzte. Ich wollte wissen, ob es funktioniert. Ob mir dieser neue Mensch gehorchen würde, und Mihra hat meine Erwartungen übertroffen. Sie hat nicht nur dich zu mir gebracht, sondern auch die Verbindung zwischen uns Schwestern hergestellt.«

Moira, Tyche, Ananka. Akil erinnerte sich sehr gut an die Geschichte.

»Dank deiner Karte wusste ich, wo Moira sich aufhält, aber ich konnte ihr Versteck nicht betreten, ohne eine Verbindung zu ihr zu haben. Dafür war Mihra notwendig. Sie war das Bindeglied zwischen uns allen.«

»Und wofür, zum Henker, hast du mich gebraucht?«

»Natürlich hatte sich auch Tyche gegen mich geschützt. Ohne dein Blut wäre es nie gelungen, die Pforte im Felsen zu öffnen. Ich bin dir wirklich sehr dankbar.«

Verflucht noch mal. Sie waren alle Instrumente dieser Frau gewesen. Mihra. Er. Jetzt Azam.

Ananka will sie finden und ihr Schicksal von Moira erfahren.

Das hatte Mihra zu ihm gesagt, kurz bevor sie sich umgebracht hat. »Du hast also Moira gefunden.«

»So ist es, und sie hat mir sehr geholfen. Ansonsten stünden wir heute nicht hier. Sie hat das alles vorhergesehen, den Verlust deiner Fähigkeiten, die Narbe, die du behalten hast, weil der Fluch nie ganz von dir genommen werden konnte. Du bist einzigartig, Akil. Ein Seelenwächter mit einem Hauch Bösen auf dem Herzen. Und jetzt bist du wieder ein Mensch und sterblich. Absolut perfekt. Du und Azam werden meine neuen Bindeglieder für den mächtigsten Zauber, den ich je gesprochen habe. Du wirst der Erste deiner

Art sein. Weitere werden folgen.«

Akil bekam eine Gänsehaut. Es lag ein Unterton in ihrer Stimme, der ihn beunruhigte. Vor ihm saß eine mächtige Frau, er spürte es bis tief in seine Zellen. Auf keinen Fall durfte er sie unterschätzen. »Also warst du es? Du hast mir meine Fähigkeiten genommen.«

»Nein. Ich wusste nur, dass und wann in etwa es passieren würde. Erst wollte ich nicht so lange warten. Du weißt sicher noch, was ich dir über die Quelle erzählt habe? Wie lange sie benötigt, um sich zu füllen.«

»Tausend Jahre.«

Ananka nickte. »Hätte ich schon früher auf dich zurückgreifen können, hätten wir das alles tausend Jahre vorher hinter uns gebracht. Doch ich musste bis heute warten.«

»Wie überaus bedauerlich.«

»Wenn wir fertig sind, wird es auch keine Rolle mehr spielen. Jetzt, da ich dich gefunden habe, wirst du mein Prototyp werden.«

»Träum weiter.«

»Du wirst ein weiteres Mal mit deinem Blut die Quelle öffnen. Du bist nun menschlich, es wird kein Problem sein, das Prozedere zu wiederholen. Danach wirst du dich gemeinsam mit Azam opfern. Ich werde euch beide ausbluten lassen und mir den Funken Magie holen, den du den Seelenwächtern damals geschenkt hast. Mit euren Gäulen werde ich anfangen, die Parsumi werden ausgelöscht, danach hole ich mir einen Wächter nach dem anderen, bis eure gesamte Magie mir gehört und ihr nichts weiter als gewöhnliche, elende Menschen seid.«

Akil sprang vom Stuhl auf. Sofort richtete sich auch Azam auf und griff in seine Tasche, um den Sender zu holen. »Ich hab keine Ahnung, was du dir einwirfst, aber du solltest dringend damit aufhören. Ihr könnt mich mal. Alle beide.«

»Dein Schicksal steht nicht zur Debatte. Du wirst dich fügen.« Ananka hob die Hand. Ein grelles Licht erschien vor ihm, nahm ihm die Sicht und blendete alles andere um ihn aus. »Du brauchst eine letzte Erinnerung, dann können wir beginnen.«

Er roch Sand. Wüste. Pferde.

Es war alles wieder da.

Die Vergangenheit wurde lebendig.

Mit jedem Atemzug.

23. Kapitel

Susa, Persien, 210 v.Chr.

Oh, bei allen Göttern! JA!« Laila krallte sich in Akils Schulter, bohrte ihre Nägel in seine Haut. Er ignorierte den Schmerz, bewegte sich ein letztes Mal in ihr und fand ebenfalls zu seinem Höhepunkt.

Allerdings mit nicht ganz so viel Getöse.

Erschöpft klappte er auf ihr zusammen, vergrub sein Gesicht an ihrem Hals und atmete den süßlichen Duft aus Parfüm und Schweiß ein.

Die Frau war eine Wucht.

Ohne Frage.

Sie war leidenschaftlich, sinnlich, hingebungsvoll, und sie liebte es, zu experimentieren. Akil war jetzt das fünfte Mal mit ihr zusammen, und bei jedem ihrer Treffen hatte sie sich tiefer fallen lassen und ihre Hemmungen abgelegt.

Sie lachte, packte seine Haare und drückte ihn enger an sich. »Du bist grandios, Akil.«

Er brummte gegen ihren Hals. Mittlerweile hatte er den Dreh heraus, wusste, wo er Frauen anfassen musste, um sie in Fahrt zu bringen. Und vor allen Dingen musste er nicht mehr dafür bezahlen.

Es hatte sich viel verändert, seit er bei Safraz lebte, auch wenn die ersten Wochen voller Zweifel gewesen waren. Akil hatte lange das schlechte Gewissen geplagt, weil er gegangen war, ohne sich von Azam zu verabschieden. Er hätte es wenigstens noch mal versuchen sollen, ein letztes Mal erklären, was passiert war. Dabei wusste er – tief im Inneren – dass es unnötig gewesen wäre. Dass er wieder verspottet worden wäre oder sie ihn womöglich totgeschlagen hätten.

Seit seiner Abreise aus Madaktu waren nun vier Jahre vergangen. Akil erinnerte sich nicht mehr genau daran, was passierte, nachdem sie die Stadt verlassen hatten. Safraz erklärte ihm später, dass er Fieber von den Entzündungen gehabt hatte und deshalb nicht mehr alles wusste. Akil zweifelte daran, ohne zu wissen warum, aber irgendwann hörte er auf, darüber nachzudenken. Ihm fehlte schlichtweg die Zeit dazu. Safraz ließ ihn hart arbeiten. Jeden Tag, von Sonnenauf- bis Sonnenuntergang. In der Nacht fiel Akil halbtot ins Bett und wachte am Morgen völlig gerädert auf. So ging das über zwei elend lange Sommer, und zu Beginn dachte Akil mehr als einmal darüber nach, abzuhauen.

Aber dann war da die andere Seite. Er bekam anfangs sieben kleine Mahlzeiten über den Tag verteilt, später reduzierten sie auf fünf, jetzt auf drei. Ihm stand täglich frische Kleidung zur Verfügung, er hatte sein eigenes Zimmer, mit seinem eigenen Bett. Wenn sie unterwegs waren, bekam er sogar ein eigenes Zelt. Safraz war streng und gleichzeitig gütig. Er verlangte viel, gab aber im Gegenzug alles, was ihm zur Verfügung stand. Niemand musste bei ihm frieren, hungern oder sonst irgendwie leiden. Er behandelte Mensch und Tier gleichermaßen mit Respekt und zollte ihnen Anerkennung, wenn sie gute Arbeit leisteten.

Dreimal die Woche durfte Akil zudem mit den Wachen trainieren. Er entwickelte ein gutes Körpergefühl und baute endlich die langersehnten Muskeln auf. Durch das gute Essen schoss Akil geradezu in die Höhe und in die Breite und hatte Safraz im zweiten Sommer mit seiner Körpergröße eingeholt.

Jeden Tag war er mit den Pferden beschäftigt, und wie Safraz vorhergesagt hatte, verlor er schon bald seine Angst vor den Tieren. Mehr noch: Er hatte Gefallen daran gefunden, sich um sie zu kümmern.

Safraz besaß ein Anwesen in der Nähe von Susa. Es bestand aus mehreren Häusern und weit verzweigten Stallungen. Akil sah nicht viel davon, denn sie waren fast nur unterwegs, kauften Pferde ein und brachten sie nach Hause. Dort wurden sie von Safraz' Trainern ausgebildet und geprüft. Auf was genau wusste Akil nicht, auch nicht, nach welchen Kriterien Safraz die Tiere auswählte. Der Hengst zum Beispiel, den er von Marek ergattert hatte, lief auf krummen Beine und hatte einen Senkrücken, wie Akil mittlerweile beurteilen konnte.

»Ich glaube, du kannst von mir runter«, sagte Laila und lachte dabei. »Es sei denn, du willst noch mal.«

»Keine schlechte Idee, aber ich habe Arbeit.« Er zog sich aus ihr zurück und setzte sich auf die Bettkante. Zu Beginn hatte er nur auf dem Fußboden geschlafen, weil ihm die Unterlage zu soft war. Mittlerweile hatte er sich daran gewöhnt oder er war verweichlicht. Konnte auch sein.

Er blickte über seine Schulter zum Fenster hinaus. Sein Zimmer lag im oberen Stock mit Blick auf die Ställe. Am Horizont zeichnete sich der erste helle Lichtstreifen ab. Nicht mehr lange bis zum Sonnenaufgang. Akil freute sich auf den Tag. Heute wollten Safraz und er nach Bischapur aufbrechen und sich zwei Stuten ansehen, die er kaufen wollte. Sie wären allein für den

Hinweg fünf Tage unterwegs.

Laila schlang von hinten ihre Arme um Akil, schmiegte sich an seinen Rücken und ließ ihre Finger seine Brustmuskeln hinabwandern. Er genoss ihre Berührung, legte seine Hand auf ihre und führte sie tiefer. Sie gurrte genüsslich.

»Du bist ganz schön heiß, weißt du das?«, fragte sie.

»Ja.«

Sie lachte, ihre Stimme vibrierte in seinem Nacken. »Und eingebildet.«

»Eher selbstbewusst.« *Ich bin kein Opfer mehr.*

Es hatte gedauert, bis Akil das begriffen hatte. Im ersten Jahr nach Madaktu konnte er keine Nacht durchschlafen, aus Angst, Azam oder einer der anderen stünde auf einmal vor ihm. Erst als er kräftiger wurde, als Akil spürte, was sein Körper leisten konnte, wuchs sein Selbstvertrauen.

Laila zwickte ihn in den Bauchmuskel. Er zuckte zusammen und drehte sich zu ihr nach hinten. Sofort fanden ihre Lippen seine. Akil ließ sich darauf ein, griff in ihren Nacken und küsste sie zurück. Ihre Finger wanderten zielstrebig in tiefere Regionen. Akil schnappte nach Luft. Eigentlich hatte er keine Zeit für eine zweite Runde. Er musste die Sättel einfetten, die Vorräte verstauen, die Hufe der Pferde kontrollieren, sein Morgenritual abhalten – und das alles am besten vor Sonnenaufgang.

Laila stöhnte in seinen Mund, zog ihn an sich und weckte geschickt seine Lust mit ihren Fingern.

Mist.

Das war … gut.

Zu gut.

Sie packte fester zu. Er stöhnte. Das war's. Er hatte verloren, und sie wusste das. Akil drehte sich herum und warf sie aufs Bett. Laila lachte, umschlang ihn mit den Beinen und hieß ihn willkommen.

»Das muss schnell gehen«, keuchte er.

»Ich hab das Gefühl, dass es das wird …«

Die Sonne war aufgegangen, als Akil zerzaust und äußerst befriedigt über den Hof hetzte. Er schnürte seine Hose im Gehen zu und zog sich das Hemd darüber. Nicht mal zum Frühstücken hatte er Zeit gehabt, also hatte er sich einen Apfel aus einer der Obstschalen genommen und aß ihn unterwegs. Das war eine der Sachen, die er hasste: in Hektik essen. Am Anfang hatte Akil alles willenlos in sich hineingeschaufelt. Bis ihm so übel davon wurde, dass er tagelang Magenkrämpfe und Durchfall hatte. Danach hatte er sich beherrscht und sich dazu gezwungen, seine Nahrung zu kauen. Sie schmeckte vor allen Dingen auch besser, wenn er sich mehr Zeit ließ.

Akil riss die Stalltür auf und hielt inne. Er wurde erwartet. Natürlich.

Das gibt Ärger.

Safraz stand vor seinem Pferd und zurrte die Sattelgurte fest. Akils Stute war ebenfalls fertig und abreisebereit, genau wie eins der vier Packpferde, das die Zelte trug.

»Tut mir leid. Ich weiß, dass ich zu spät bin.«

Safraz biss den Kiefer aufeinander. Ein Zeichen dafür, dass er kurz vorm Platzen stand.

Akil gab das Apfelgehäuse seinem Pferd und kontrollierte rasch alle Gurte, auch wenn es nicht nötig war. Safraz war äußerst gründlich bei dem, was er tat.

»Was sind das für Stuten, die wir uns ansehen?«, fragte Akil, um ein Gespräch anzufangen. »Hast du eine Vorstellung von ihnen?«

Safraz stieg wortlos auf und ritt zum Stall hinaus.

Großartig!

Die Reise würde sicherlich angenehm. Akil zog sich ebenfalls in den Sattel, nahm das Packpferd an den Strick und folgte Safraz. Irgendwann würde er sich abregen. Sie waren immerhin lange genug unterwegs, und wenn nicht, würden es einige sehr stille Tage in der Wüste werden.

Akil ritt in den Hof und blickte hoch zu seinem Zimmer. Laila stand am Fenster, das Laken um ihre üppigen Kurven geschlungen. Sie winkte ihm zu und lehnte sich gegen den Rahmen. Akil spürte sofort das Zwicken zwischen seinen Beinen. Wenn er zurückkehrte, könnten sie sich weiter amüsieren. Laila wohnte in der Innenstadt von Susa und betrieb dort eine kleine Näherei. Sie hatten sich bei einem seiner Streifzüge kennengelernt. Akil hatte die Angewohnheit entwickelt, regelmäßig durch die Gassen zu ziehen. Es erinnerte ihn an das, was er hinter sich gelassen hatte und machte ihm bewusst, was er jetzt besaß.

Vor allen Dingen konnte er sich einfach so etwas kaufen, wenn er wollte. Safraz zahlte einen Grundlohn, der sich von Jahr zu Jahr erhöhte, aber Akil machte sich nicht mehr viel aus Geld. Für ihn war es wichtig, dass er einen Ort zum Schlafen und Essen auf dem Teller hatte. So kam es öfter vor, dass er die Münzen, die er als Lohn erhielt, den erstbesten Straßenjungen in die Hände drückte. Akil erkannte die Armen sofort, er wusste, in welchen Vierteln sie wohnten, sah ihnen an, wenn sie auf Beutezug waren. Denn auch in Susa gab es Armut; vermutlich schlimmer als in Madaktu. Die Stadt war groß und laut und bisweilen hektisch. Ein Teil von ihm fühlte sich mit ihnen verbunden. Er würde es nie vergessen.

Safraz beschleunigte sein Tempo und riss Akil aus seinen Gedanken. Er schloss zu ihm auf und ritt neben ihm zum Tor hinaus, wo sich vier Wachen mit weiteren Packpferden zu ihnen gesellten.

Die Wüste wartete auf sie.

Safraz hielt das Schweigen bis zum Abendessen. Sie hatten ihr Lager unterhalb einer Düne aufgeschlagen. So waren sie wenigstens von einer Seite gegen die Witterung geschützt. Die Wachen hatten ihre Posten bezogen und würden sich mit der Schicht ablösen. Akil hatte ein Feuer gemacht, das etwas Wärme spendete. Die Pferde standen dicht an dicht nebeneinander und fraßen ihr Futter. Safraz könnte für die Reisen durch die Wüste auch auf Kamele umsteigen, aber er war ein Pferdemann durch und durch. Außerdem wurde ihm von dem Geschaukel auf einem Kamelrücken schlecht.

Akil saß vor dem Feuer und drehte einen Hasen auf einem Holzspieß, den er vorhin geschossen hatte.

Das Fleisch duftete köstlich, Fett tropfte in die Flammen, ließ es zischen. Akil lief das Wasser im Mund zusammen. Eigentlich hatten sie genug zu essen dabei, aber Akil nutzte gerne die Gelegenheit und fing frisches Fleisch.

Safraz setzte sich neben ihn und betrachtete den Hasen. »Sieht gut aus.«

»Ich teile gerne.« Er mochte es noch immer, anderen von seinem Essen abzugeben.

Safraz nickte und wärmte seine Finger an dem Feuer.

»Es tut mir leid wegen heute Morgen«, setzte Akil an.

Safraz reagierte nicht, er starrte in die Flammen, drehte seine Hände, um sie von allen Seiten zu wärmen.

Akil verhielt sich ruhig, wartete, ob Safraz mit ihm reden wollte oder nicht. Aus Erfahrung wusste er, dass er ihn nicht drängen konnte. Safraz verschwand oft in seiner eigenen Welt, manchmal schloss er sich tagelang im Stall oder in seinem Zimmer ein und war nicht ansprechbar. Was genau er machte, wusste niemand. Manche behaupteten, er würde mit den Göttern sprechen, andere sagten, er komponiere neue Lieder auf seiner Flöte. Akil konnte sich letzteres sehr gut vorstellen. Safraz war ein begnadeter Spieler, und wann immer sich die Möglichkeit ergab, stimmte er eine Melodie an. Die Flöte hatte er aus einem Knochen seines ersten Pferdes geschnitzt und hütete sie wie seine Augäpfel.

»Das Fleisch ist gleich durch«, sagte Akil.

Safraz nickte, griff in seinen Mantel und zückte das Instrument. Akil lauschte, während er den Hasen drehte.

Das waren die Augenblicke im Leben, die er besonders schätzte. Wenn alles zur Ruhe kam, außen und innen. Wenn es nichts weiter zu tun gab, außer im Moment zu sein und das Leben zu spüren. Da wurde ihm bewusst, wer er war und was er hinter sich gelassen hatte. Akil war dankbar. Mit seinem Herzen und seiner Seele dankte er Safraz für die Chance, die er ihm geschenkt hatte. Und doch war da eine kleine Sehnsucht in ihm, die er sich nicht erklären konnte. Sie wurde wach, wenn er nachts in die Sterne blickte, wenn er der Sonne zusah, wie sie sich dem Horizont näherte, wenn er bei den Pferden arbeitete und ihren ruhigen Geräuschen lauschte. Dann kam da eine kleine Stimme in ihm hoch, die sagte, dass es das noch nicht gewesen war. Dass noch mehr auf ihn wartete. Er wusste nicht, was es bedeuten sollte, und er hatte Angst davor. Akil konnte sich nicht vorstellen, etwas anderes zu tun, als für Safraz zu arbeiten. Es machte ihn … glücklich. Und gleichzeitig befriedigte es ihn nicht komplett.

Seine Seele wartete auf etwas.

Das Fett zischte, eine Flamme stob auf. Akil schüttelte sich und nahm den Hasen vom Spieß.

Wie versprochen teilte er mit Safraz. Auch beim Essen redeten sie kein Wort, doch mittlerweile war das Schweigen zwischen ihnen angenehmer geworden. Friedlicher.

Als sie fertig waren, räumte Akil auf, sah nach den Pferden und breitete seine Decken für die Nacht aus. Ab und an hörte er die Wachen miteinander reden. Sie patrouillierten abwechselnd um das Lager, hielten wilde Tiere oder Plünderer fern. Obwohl sie mitten in der Wüste waren, konnte es vorkommen, dass man überfallen wurde. Akil und Safraz bewegten sich auf einer der üblichen Handelsrouten, das ging schneller, war aber auch gefährlicher, da sich hier besonders gerne Diebe zusammenrotteten und auf die Reisenden warteten.

Akil kniete sich auf seine Decke und blendete die Gedanken aus. Er zwang seinen Geist zur Ruhe, atmete tief die Nachtluft ein und aus, ließ sie in seinen Lungen wirken und holte die Bilder hoch. Er rief sich seine Mutter ins Gedächtnis, seinen Bruder, Tus, Ramin und natürlich Mihra und Azam. Er ließ sie in seinem Kopf lebendig werden, bis er das Gefühl hatte, sie würden sich vor ihm materialisieren. Akil fokussierte sich auf ihre Stimmen, ihre Körperhaltung, ihre Gerüche – fast glaubte er, dabei die Seife von Mihra wahrzunehmen. Süß und blumig. Er machte weiter, bis sie so real wie nur möglich wurden. Seine letzten Gedanken galten dem oder der Unbekannten, der sich die Münze von Ewa genommen hatte und vielleicht auch an dem Fluch gestorben war.

Vielleicht auch nicht.

Akil hatte es nie in Erfahrung bringen können.

»Ich wünsche euch Frieden, wo auch immer ihr seid.«

Er atmete tief ein, gestattete sich einen inneren letzten Blick auf alle und schickte sie davon.

»Bis morgen früh.«

Es war das einzige, was er tun konnte, um sie zu würdigen. Die einzige Möglichkeit, sie lebendig zu halten und ihrer zu gedenken.

Akil kroch unter die Decke und machte es sich bequem. Die Nacht würde eisig werden, wie immer in der Wüste, aber das Feuer spendete angenehme Wärme. Genau wie die Menschen, die ihn auf dieser Reise begleiteten.

Der Rest des Weges verlief routiniert.

Nach weiteren vier Tagen erreichten sie Bischapur. Akils Glieder waren steif vom langen Reiten, seine Kehle staubig, seine Haare verfilzt, aber er fühlte sich pudelwohl.

»Rafá lebt dort oben«, sagte Safraz und deutete zum Gipfel des Berges neben der Stadt.

»Das sieht hoch aus.«

»Wir werden einen halben Tag für den Aufstieg brauchen. Tränke die Pferde, der Weg ist beschwerlich.«

Safraz sollte recht behalten. Die Tiere ermüdeten rasch. Sie waren es nicht gewöhnt zu klettern. Irgendwann stiegen alle ab und gingen den Rest zu Fuß weiter. Bis sie endlich oben ankamen, war Akil so erschöpft, dass er sich am liebsten auf der Stelle zusammengerollt hätte.

»Willkommen, meine Freunde!« Ein Mann kam mit ausgebreiteten Armen auf die Gruppe zu. Er war klein und hager mit graumelierten Locken und wettergegerbter Haut. Akil schätzte ihn auf Mitte zwanzig, aber er konnte auch älter sein. Er wurde von zwei jungen Kerlen begleitet, die sich sofort um die Pferde kümmerten und sie wegführten.

»Sicher möchtet Ihr euch erst ausruhen?«

»Ich würde lieber meine Stuten sehen.«

»*Deine* Stuten?«, fragte Akil. »Noch haben wir sie ja nicht gekauft.«

Safraz klopfte den Staub vom Mantel. »Das wird auch nicht nötig sein, denn sie gehören mir bereits. Ich habe sie gezüchtet und in die Obhut von Rafá gegeben, damit er sie in diesen Bergen großzieht. Sie sind jetzt seit zehn Jahren bei ihm.«

»Und sie haben sich prächtig entwickelt.« Rafá deutete nach links zu einem großen Gebäude. »Meine Männer fangen sie eben von den Koppeln ein.«

Akil folgte den beiden in einigem Abstand und blickte sich um. Diese Gegend war unwirklich. Ihm war schwindelig. Obwohl er tief ein- und ausatmete, hatte er das Gefühl, nicht genügend Sauerstoff in seine Lungen zu bekommen.

Warum in aller Welt hatte Safraz seine Pferde hierher zur Aufzucht gegeben? Der Boden war hart und voller Geröll. Akil konnte sich nicht vorstellen, dass gute Nahrung für die Tiere wuchs, und jedes Mal den weiten Weg hoch und runter vom Berg zu laufen, erschien ihm mühsam.

»Sie sind selbstständig, aber auch eigensinnig«, redete Rafá weiter. »Wie ihr gewünscht habt, ließen wir sie in Frieden aufwachsen und haben nicht mit ihnen gearbeitet. Lediglich das Seil kennen sie, um sie zu führen. Wobei auch das nur bestimmte Stallburschen können. Alle anderen beißen sie weg. In letzter Zeit sind die beiden zu wahren Bestien mutiert. Ich habe noch nie so viele Krankheitsausfälle gehabt.«

»Perfekt«, sagte Safraz. »Natürlich werde ich für etwaige Ausfälle aufkommen und Euren Lohn verdoppeln. Ihr habt alles richtig gemacht. Es ist wichtig, dass die Stuten sich frei entfalten können. Nur so können sie ihr Potenzial entwickeln.«

Rafâ schüttelte den Kopf, und Akil musste ihm beipflichten. Am liebsten hätte er Safraz zur Seite gezogen und gefragt, was das soll. Wie bei Ahriman sollten sie zwei unerzogene Pferde den beschwerlichen Weg mit nach Hause nehmen?

»Stellt mir am besten eine Liste zusammen mit den Dingen, die ich ersetzen soll. Geld spielt keine Rolle.«

Rafá verneigte sich. »Jawohl, Herr.«

Sie erreichten den Stall. Es war eine große Halle, die aus dem rötlichen Gestein des Berges erbaut war; als wäre das Gebäude hier gewachsen. Rafá öffnete die Tür für die beiden und ließ ihnen den Vortritt. Eine kräftige Windböe strich Akil durchs Gesicht und nahm ihm kurzzeitig die Orientierung. Er musste sich am Türrahmen festhalten, um nicht umzukippen.

»Alles in Ordnung?«, fragte Safraz.

»Ja, mir ist nur … schwindelig.« Schon wieder.

»Das liegt an der Höhenluft«, sagte Rafá. »Bekommt nicht jedem. Du solltest nicht so viel herumlaufen. Gerne kann dich einer meiner Diener …«

»Geht schon.« Akil wollte das nicht verpassen. Er war viel zu neugierig auf die Stuten.

Sie liefen durch das Stallgebäude. Eine längliche Halle, rechts und links waren Boxen abgetrennt, und es roch nach frischem Heu. Wo auch immer Rafá das hier oben herbekam.

Drei Männer waren beschäftigt, sauber zu machen, sie neigten ihre Köpfe, als die Gruppe vorbeilief. Akil hatte sich noch immer nicht daran gewöhnt, dass sich andere vor ihm verbeugten.

Rafá unterhielt sich mit den Männern in einer Sprache, die Akil nicht verstand. Einer verzog das Gesicht, als stünde ihm der Gang in die Hölle bevor, dennoch legten sie alle ihre Mistgabel zur Seite, verließen die Boxen und nahmen sich Stöcke von der Wand.

»Sie werden gleich da sein«, sagte Rafá zu Akil und Safraz. »Vielleicht solltet Ihr zur Seite treten. In der Regel müssen wir sie rasch in ihre Boxen scheuchen. Ich will nicht, dass Ihr unter die Hufe kommt.«

»Sie werden uns nichts tun«, antworte Safraz gelassen. Er hatte ein Händchen für Pferde, das hatte Akil schon viele Male erlebt, aber er fragte sich, ob Safraz etwas zu selbstsicher an die Sache heranging. Einer der Männer zitterte so stark, dass er kaum den Stock halten konnte.

»Was sind das für Teufel?«, fragte Akil leise.

»Das wirst du gleich sehen«, antwortete Safraz.

Oder eher hören. Denn sie kündigten sich an. Akil lauschte dem Hufgetrappel, das von außerhalb des Stalles kam. Sie waren ziemlich schnell unterwegs. Auf einmal flog die hintere Tür auf und ein junger Mann kam hereingestürmt. Er rief den anderen wild gestikulierend Befehle zu und schloss zu den drei Kerlen auf, die in Position standen.

Safraz, Rafá und Akil blieben hinter der menschlichen Mauer.

Einer rief etwas von draußen. Es polterte. Jemand schrie wütend. Ein Pferd wieherte.

Und dann kamen sie hereingestürmt.

»Bei allen Göttern«, stammelte Akil.

Safraz hielt die Luft an. »Großartig.«

Sie waren schneeweiß, ohne Abzeichen, ohne den Hauch eines dunklen Haares. Reif glitzerte in ihren Mähnen, auch wenn Akil keine Ahnung hatte, wodurch er entstanden war. Beide waren grazil, fast schon anmutig, wenn man das von einem Pferd behaupten konnte. Akil hatte Zweifel, ob sie einen schweren Mann für längere Ritte überhaupt tragen konnten.

»Sie sind absolut perfekt«, sagte Safraz und lief langsam auf sie zu.

Eine Stute legte die Ohren an, stürzte nach vorne, um einen der Männer zu beißen, der verzweifelt versuchte, sie in die Box zu treiben. Ein zweiter kam ihm zu Hilfe, wehrte die Stute mit einem Hieb seines Stockes ab.

Akil trat neben Safraz. »Wie willst du die überhaupt nach Hause bringen? Die lassen sich nicht mal führen.«

»Sie werden uns folgen, hab keine Sorge.«

Die Stute, die eben treten wollte, fuhr herum, holte mit dem Hinterbein aus und erwischte einen der Männer voll am Oberschenkel. Er flog zurück, sofort preschten die anderen Jungs vor, drängten die Stute nach hinten.

»Herrje, das ist doch Irrsinn!«, sagte Akil, schob sich an Safraz und Rafá vorbei und rannte zu den beiden Pferden.

Aus der Nähe wirkten sie noch beeindruckender. Ihre Augen waren so tiefbraun, dass sie fast schwarz schimmerten. Ihre Muskeln waren gespannt, die Nüstern gebläht. Sie schnaubten wie der wildgewordene Ochse, den Akil einst über den Marktplatz gejagt hatte. Diese Tiere strahlten eine Wildheit aus, die gleichermaßen beängstigend wie anziehend war.

Akil schnappte sich den Stock, den der Mann fallen gelassen hatte, und ging langsam auf die Stuten zu. Zusammen mit den anderen kesselten sie die Tiere ein, trieben sie Schritt für Schritt zu den freien Boxen. Die ganze Zeit über spürte er Safraz‘ Blick in seinem Rücken. Er beobachtete Akil. Vielleicht war das ein Test, um zu sehen, wie weit er im Umgang mit Pferden war. Akil hob eine Hand, redete beruhigend auf eins der Tiere ein. Nur leider hatte es genau die gegenteilige Wirkung. Je näher Akil kam, umso wilder wurden die beiden. Eine Stute warf den Kopf in den Nacken, stieg auf die Hinterbeine und trat nach ihm, während die andere mit aufgerissenem Maul auf ihn zustürmte. Er sprang zur Seite, um nicht von dem Huf getroffen zu werden. Das hatte allerdings zur Folge, dass er der anderen vors Maul sprang. Sie versenkte ihre Zähne in seinem Oberarm, schien sich durch den Muskel bis auf den Knochen zu beißen. Akil schrie, schlug auf sie ein. Gleichzeitig schossen die Männer vor, drängten die beiden Stuten zurück und bildeten vor Akil eine Art Mauer. Stück für Stück schafften sie es schließlich, die beiden in eine Box zu scheuchen.

Bis sie fertig waren, war Akil klatschnass geschwitzt. Das Blut rann an seinem Arm hinab. Die Wunde war tief und sie brannte. Ein ekelhaftes Gefühl der Enge legte sich um seine Brust. Es erinnerte ihn an damals. An den Fluch. An Agash. An das Zeichen, das ihn gebrandmarkt hatte.

Safraz kam auf ihn zu. In seiner Miene spiegelte sich eine Mischung aus Stolz und Sorge. »Lass mich deine Wunde sehen.«

Akil schnappte nach Luft. Ihm war schwindelig. Diese Luft. Diese Tiere. Diese Enge. Er krallte sich an Safraz Schulter fest, sah sein Gesicht vor seinen Augen tanzen.

»Akil?« Safraz drehte sich zu ihm, hielt ihn fest. »Wir werden dich …«

Und dann stürzte er in die Dunkelheit.

24. Kapitel

In der Wüste – vor vier Tagen

Bei allen Göttern!«

Azams Stimme weckte ihn.

Akil blinzelte. Sah das Zeltdach über sich, Azams Gesicht. So nah und doch so fern.

»Ich wusste nicht, dass es so schlimm ist.« Azam beugte sich zu ihm hinunter, strich über seine Wange. »Akil? Hörst du mich?«

Ja, aber wo war er? Er wusste es nicht. Er fühlte den kühlen Boden im Rücken, roch den Sand, das Alte und das Neue.

Azam.

Und die Heilerin.

»Das ist zu viel für ihn.« Jemand packte Akils Gesicht mit beiden Händen, zwang ihn, ihm in die Augen zu schauen. »Sein Herz rast!«

Der Flashback war noch nicht vorüber. Akil fühlte es. Wie eine Welle kam er auf ihn zugerauscht. Bedrohlich. Unaufhaltsam.

»Du wirst es nicht stoppen können«, sagte Ananka. »Er braucht die Erinnerung.«

»Aber doch nicht so!«

Akil keuchte. Er suchte Azams Hand. Fand sie. Klammerte sich daran fest.

Die Gegenwart.

Die Gegenwart.

Die Gegenwart.

Srrrrrrrr….

Die Fliege tanzte vor seiner Nase. Akil wollte nach ihr schlagen, doch er konnte nicht. Sein Körper fiel. Schon wieder. Immer noch. Für die Ewigkeit.

25. Kapitel

Bischapur, Persien, 210 v.Chr.

Srrrrrrrr….

Akil wachte mit einer Übelkeit auf, wie er sie schon ewig nicht mehr gespürt hatte. Sein Magen krampfte, seine Knochen taten weh, die Brust schmerzte.

Srrrrrrrr….

Er schlug nach der penetranten Fliege, die sich auf seinem Arm niedergelassen hatte, und rollte sich auf die Seite. Er lag auf einem harten Untergrund, das Licht war gedimmt.

Ich bin wieder in Madaktu!

Sofort schoss er hoch und blickte sich um. Für einen Moment sah er sein altes Heim, die dreckigen Wände, die löchrige Decke, die als Tür diente, roch das leicht faulige Aroma, das ihn am Morgen geweckt hatte, als er Zareen tot vor dem Haus fand. Akil rieb sich die Augen, spürte die Muskeln in seinen Oberarmen dabei arbeiten, sein Bauch spannte sich. Fest und stark und durchtrainiert. Er war kein kleiner Junge mehr. Er war kein Opfer mehr. Er hatte das alles hinter sich gelassen.

»Verflucht noch eins …« Er zog die Beine an, stemmte die Ellbogen auf die Knie und gab sich kurz Zeit, sich zu sammeln.

Natürlich war er nicht in Madaktu, sondern noch auf dem Berg. Er saß in einem fremden Bett, in einem fremden Zimmer. Akil blickte sich um. Es war ein spartanischer Raum, mit nur einem Fenster, das auf einen Innenhof zeigte. Draußen dämmerte es. Hatte er wirklich die Nacht verschlafen? Die Möbel waren aus dunklem Holz, auf einer Kommode stand ein handgeschnitztes Pferd.

Srrrrrrrr….

»Hol euch Ahriman!« Akil hob den Arm und betrachtete den Verband. Er war durchgeblutet, unter dem Stoff lugten grüne Blätter hervor. Sachte drückte Akil darauf herum. Es schmerzte dumpf, doch es war auszuhalten. Er spannte den Muskel, wackelte mit den Fingern. Alles funktionierte. Er war schon vorher von einem Pferd gebissen oder getreten worden. Gehörte dazu, genau wie das Herunterfallen. Dennoch kratzte es jedes Mal an Akils Ego. Und an seinem Ehrgeiz. Jetzt wollte er erst recht mit diesen Stuten arbeiten.

Er schwang die Beine aus dem Bett. Die Matratze war mit Abstand die härteste, auf der er seit Jahren geschlafen hatte. Dieses ganze Anwesen kam ihm vor, als würden die Bewohner nicht viel Wert auf Gemütlichkeit legen. Der Wind pfiff durchs Dach, es zog aus einer Ecke, und die Temperaturen waren alles andere als kuschelig. Akil war froh, wenn sie den Rückweg antreten konnten.

Auf einem Stuhl neben dem Bett lagen frische Klamotten für ihn bereit. Rasch zog er sich um und verließ das Zimmer. Er gelangte in einen Flur, von dem eine Treppe nach unten führte. Zwei Männer sprachen miteinander. Safraz und Rafá. Akil folgte ihren Stimmen und fand sich in einem größeren Raum mit Tischen wieder. Sah aus wie ein Speisesaal.

»Ah, du bist wach«, sagte Safraz. Er klopfte Rafá auf die Schulter, der sich verneigte und zurückzog.

»Wie geht es deinem Arm?«

»Ganz okay. Ich kann ihn gut bewegen.«

»Das freut mich. Wir sind übrigens abreisebereit, wenn du dich fit genug fühlst. Ich habe etwas zu essen für dich aufgehoben.« Er deutete auf einen Tisch in der Ecke, der mit Brot, einer Suppe und etwas zum Trinken gedeckt war.

»Wie sollen wir die beiden Bestien denn mitnehmen?«

»Wie gesagt: Sie werden uns folgen.«

»Ich hoffe, ohne einen von uns zu töten.«

Safraz schmunzelte. Irgendwie wurde Akil das Gefühl nicht los, dass er ihm etwas verheimlichte. In Safraz Augen lag ein Funkeln, das Akil so noch nicht bei ihm gesehen hatte. Als würden die Tiere all seine Erwartungen übertreffen.

Warum auch immer.

Er griff an Akils Schultern und drückte zu. »Diese Stuten sind mein Durchbruch. Ich fühle es. Hab Vertrauen.«

»Wenn du es sagst.« Dann würde er ihm glauben. Safraz hatte ihn in der ganzen Zeit nicht ein Mal angelogen oder ihm falsche Versprechungen gemacht.

Erstaunlicherweise verlief die Rückreise gut. Die Stuten folgten tatsächlich brav dem Tross und verhielten sich weitestgehend ruhig. Nur wenn Akil in ihre Nähe kam, wurden sie aggressiv und wollten ihn beißen. Also hielt er sich von ihnen fern. Die Wüste war nicht der richtige Ort, um das mit den Tieren auszudiskutieren. Sobald sie daheim waren, würde er sich um sie kümmern und sich bemühen, ihr Vertrauen zu gewinnen.

Safraz hatte sie auf Sál und Fara getauft. Es war schwer, die eine von der anderen zu unterscheiden; Fara war ein Stück größer, sonst glichen sie sich fast bis aufs Haar.

»Sie sind Zwillinge«, erzählte Safraz unterwegs. »Das ist höchst außergewöhnlich bei Pferden.«

»Warum hast du sie zur Aufzucht an Rafá gegeben?«

»Damit sie in ihrem Element, der Luft, großwerden. Es wirkt stark dort oben auf dem Berg.«

Akil hatte keine Ahnung, wovon Safraz sprach, aber vielleicht musste er das auch nicht. Er war einfach nur froh, wenn sie zu Hause waren, die Stuten sicher in ihren Boxen standen und er in den Armen von Laila lag.

Nach einem ruhigen Ritt erreichten sie das erste Nachtlager. Es war dasselbe, dass sie auf dem Hinweg gewählt hatten, sogar die Feuerstelle war noch vorhanden. Während die anderen absattelten und die Pferde versorgten, bereitete Akil das Essen vor und behielt dabei die Stuten im Blick.

»Sind sie nicht wunderschön?« fragte Safraz und breitete seine Decke für die Nacht aus.

»Ja. Schon.« Und gefährlich. Er spürte es. Noch immer hing der Tau in ihren Mähnen, obwohl sie einen Marsch durch die sengende Hitze der Wüste hinter sich gebracht hatten.

Akil teilte das Brot und das getrocknete Fleisch, das Rafá ihnen mitgegeben hatte, mit Safraz. Heute war er nicht auf der Jagd nach Hasen gewesen. Obwohl die Wunde in seinem Arm gut heilte, würde er damit keinen Bogen halten können.

Sie aßen schweigend, jeder in seinen eigenen Gedanken versunken. Während der ganzen Zeit fixierte Fara Akil. Sie war diejenige gewesen, die ihn gebissen hatte. Ihr Blick ging ihm durch und durch, bohrte sich bis auf den Grund seiner Seele.

»Was erhoffst du dir von den beiden?«, fragte Akil.

»Magie.«

Das Wort ließ ihm die Nackenhaare zu Berge stehen. Er hatte seit seinem Erlebnis bei der Quelle nichts mehr mit Magie zu tun gehabt und nicht vor, jetzt damit anzufangen. »Ich hoffe, du brauchst mich nicht dafür.«

Safraz antwortete nicht, holte seine Flöte heraus und stimmte eine Melodie an. Akil schluckte den letzten Bissen hinunter, zog die Beine in den Schneidersitz und lauschte den Tönen. Sie klangen nach Sehnsucht und Ferne, nach unerfüllten Träumen und tiefsitzender Hoffnung. Nach einem Ende und einem Neuanfang, und irgendwie hatte Akil das Gefühl, dass Safraz nur für ihn spielte.

Während des gesamten Liedes beobachtete Fara ihn mit gespitzten Ohren. So, als würde sie etwas von Akil erwarten, als hoffte sie, dass er zu ihr kam.

Magie.

Akil schüttelte den Kopf, fuhr an seine Brust, über die Stelle, an der er mit dem Symbol von Agash geprägt gewesen war. Fühlte sie sich wärmer als sonst an? Er schluckte trocken. Nein, das konnte nicht sein. Der Fluch war gelöst und würde es auch bleiben. Die Quelle hatte gesagt, er würde eine Narbe behalten, aber er hatte in all den Jahren nichts davon gespürt.

Safraz legte die Flöte weg und nickte ihm zu. »Gute Nacht, Akil. Schlaf gut.«

»'Nacht.« Er sah noch mal zu den Stuten, drehte sich auf die Seite und zog die Decke über sich. Dabei konnte er nicht aufhören, auf seiner Brust herumzudrücken, als hätte er Angst, das Symbol könnte jeden Moment zurückkehren.

Der Fluch ist gelöst. Er ist gelöst … für immer …

Fara beobachtete ihn … er fühlte, wie sich ihre Augen als sengender Punkt in seinen Rücken gruben. Erst ignorierte er es, doch mit jedem verstreichenden Augenblick brannte es mehr.

Blödsinn!

Das sind Pferde, Mann. Sie beobachten niemanden!

Dennoch sah er über seine Schulter zurück. Fara stand mit hängendem Kopf neben ihrer Schwester und döste. Akil kniff die Augen zusammen, sah zu Safraz, der es sich mittlerweile auch unter seiner Decke bequem gemacht hatte. Die leisen Atemgeräusche zeigten, dass er eingeschlafen war.

Vielleicht brauchte Akil nur etwas Ruhe. Sobald er zu Hause war, würde er fragen, ob er ein paar Tage freimachen durfte. Er könnte mit Laila herumhängen, es sich gut gehen lassen, das Leben genießen.

Ja, das klang nach einem ausgezeichneten Plan.

Akil drehte sich zurück, wickelte sich bis zum Kinn in die Decke und versuchte, einzuschlafen. Kaum war er zur Ruhe gekommen, hatte er schon wieder das Gefühl, dass er beobachtet wurde. Er fuhr herum, starrte zur Stute. Doch wie zuvor stand sie mit hängendem Kopf da und hielt die Augen geschlossen.

Das bildete er sich doch nicht ein! Auf seine Sinne hatte er sich schon immer verlassen können. Sie hatten in Madaktu sein Leben gesichert, dafür gesorgt, dass er nicht erwischt worden war. Er *wusste*, wann er beobachtet wurde.

»Ich krieg dich schon …«, flüsterte er, drehte sich dieses Mal nicht mit dem Rücken zur Stute, sondern behielt sie im Blick.

Ab und an zuckte ein Ohr oder sie schlug mit dem Schweif nach Fliegen, doch sonst rührte sie sich nicht. Akil starrte sie an. Die weiße Fellfarbe wirkte wie ein Leuchtsignal im Dunkel der Nacht. Das Feuer zauberte schemenhafte Schatten auf ihre Muskeln, der Tau glitzerte in ihrer Mähne. Es wirkte gespenstisch und … ja, vielleicht auch etwas magisch.

Akil fielen die Augen zu. Er riss sie wieder auf, sah zur Stute.

Nichts. Sie ignorierte ihn weiterhin.

Wieder nickte er ein und fiel schließlich in einen traumlosen Schlaf …

… aus dem er von einer wunderschönen Melodie geweckt wurde.

Safraz spielte seine Flöte. Das Lied hatte Akil noch nie zuvor gehört. Es hing in der Luft, vibrierte in Akils Zwerchfell nach und brachte etwas tief in ihm zum Summen. Er richtete sich auf und blickte sich um. Safraz Platz war leer, die Decke zurückgeschlagen. Akil sah zu den Stuten …

»Scheiße!«

… sie waren weg.

Sofort warf er die Decke von sich und rannte zu der Stelle, an der sie angebunden gewesen waren. Die Stricke lagen am Boden, als hätte sie jemand aufgeknüpft. Also hatten sie sich nicht von sich aus befreit, sonst wären sie gerissen.

»Safraz!« Akil drehte sich um die eigene Achse, suchte nach den anderen Wachen, doch es war niemand zu sehen. Das Lager war wie ausgestorben.

»Safraz!«, rief er und irrte herum.

Wieder hörte er die Melodie der Flöte. Sie schwebte über seinem Kopf, lullte ihn ein, als wollte sie ihn zu sich rufen. Akil lauschte, suchte nach der Richtung, aus der das Lied kam. Schließlich lief er los. Weg vom Lager, hinaus in die Dunkelheit der Wüste, die nur vom Mond und den Millionen von Sternen durchbrochen wurde.

Er stiefelte durch den Sand, folgte lediglich seinem Gehör, bis er auf der

Spitze einer Sanddüne stand.

Safraz saß im Schneidersitz und spielte. Beide Stuten standen bei ihm. Völlig entspannt lauschten sie seiner Musik. Akil ging langsam näher. Mit jedem weiteren Herzschlag wurde er von einer außergewöhnlichen Energie gepackt. Sie streckte ihre Finger nach ihm aus, zog ihn zu sich, als wollte sie ihn umschließen und nie wieder loslassen.

Fara blickte auf und fixierte Akil. Er blieb sofort stehen, um sie nicht zu erschrecken. Safraz hingegen spielte unbeeindruckt weiter, erfüllte die Nacht mit seinen wundervollen Klängen.

Plötzlich schnaubte Fara, legte die Ohren an und schoss nach vorne. Es ging so schnell, dass er kaum reagieren konnte. Akil sprang zur Seite. Fara senkte den Kopf, als wollte sie ihn aufspießen. Er duckte sich. Die Wunde in seinem Arm pochte, er fühlte das warme Blut unter dem Verband heraussickern. Auf einmal bekam er einen Tritt in den Rücken. Es war Sál, die ihn von hinten umrundet und angegriffen hatte. Er landete bäuchlings auf der Düne, keuchte, atmete eine Ladung Sand ein. Aus dem Augenwinkel sah er Fara, die wendete und einen zweiten Angriff startete. Akil blickte herum. Safraz beendete sein Spiel und sah den Dreien zu. Unbeeindruckt legte er die Flöte in den Schoß.

Na prima. »Ein wenig Hilfe wäre toll«, presste Akil heraus.

»Alles geschieht, wie es geschehen muss. Hab Vertrauen«, sagte Safraz ruhig.

»Hab Ver…?« Plötzlich sah er nur Hufe um sich herum. Fara stieg in die Höhe, holte mit den Vorderbeinen aus, schnellte auf ihn nieder. Akil rollte zur Seite. Sál war schon da, schnappte nach ihm, biss daneben. Akil nahm eine Ladung Sand, schleuderte sie Sál ins Gesicht. Sie zuckte wegen der hastigen Bewegung, schüttelte den Kopf. Er bekam einen Tritt gegen die Brust, flog durch die Luft, landete diesmal auf dem Rücken. Fara hatte ihn voll erwischt. Für einen Moment konnte er weder atmen noch denken noch agieren. Auf einmal war sie über ihm. Sie schoss mit dem Kopf herunter, biss ihm in den Brustmuskel, genau in die Stelle, an der einst das Symbol von Agash seine Haut prägte. Akil schrie, ballte die Hand zur Faust und schlug ihr gegen die Nüstern. Sie ließ von ihm ab, er rappelte sich nach oben, stürzte, stand wieder auf. Alles vor ihm tanzte. Der Schmerz in seiner Brust war die Hölle. Er taumelte um seine eigene Achse, sah schon wieder das weiße Biest auf sich zuschießen. Akil fokussierte seine Sinne auf sie, kniff die Augen zusammen und wartete, bis sie fast bei ihm war. Er machte einen Satz nach rechts, griff in ihre Mähne und zog sich, in einem Anflug von Wahnsinn, auf ihren Rücken.

Sie fuhr herum, wollte ihn weiter beißen, bockte. Seit zwei Sommern war er nicht mehr vom Pferd gestürzt, er würde seinen Lauf heute nicht unterbrechen. Fara schüttelte sich, zielte nach seinem Fuß, aber erreichte ihn nicht.

Und dann startete sie durch.

Sie galoppierte die Düne hinunter, am Lager vorbei, sprang über einen Sattel und verschwand mit Akil in der Nacht. Endlich wurden auch die Wachen aufmerksam. Zwei von ihnen riefen, rannten ihm hinterher, aber Akil konnte nichts weiter tun, als sich festzuhalten und zu hoffen, dass der Stute bald die Puste ausging.

Die Frage war nur, wann.

Sie steigerte das Tempo, rannte schneller und schneller. Der Wind peitschte Akil ins Gesicht, er war eisig kalt, als würde er den Kopf in das Wasser eines Bergsees tauchen. Seine Augen tränten, er bekam kaum Luft, seine Finger wurden klamm. Dennoch hielt er sich fest. Mit allem, was er hatte. Fara wurde noch schneller. Die Umgebung verlor ihre Formen, die Sanddünen vermischten sich zu einem schwarzbraunen Brei, die Sterne zogen an ihm vorüber, selbst der Mond verschwamm.

Wie bei allen Göttern konnte ein Pferd so schnell werden?

Mit einem Mal fühlte es sich an, als bekäme er eine Verbindung zu dem Tier. Als würde ihr Herzschlag mit seinem gekoppelt, ihre Muskeln mit seinen verwachsen. Sie atmeten im gleichen Rhythmus, ihre Körper verschmolzen, er hörte Blut durch die Adern rauschen. Seins, ihres … er wusste es nicht.

Vor ihm tauchte ein Licht auf. Erst dachte Akil, es wäre ein Feuer, doch es war viel zu hell dafür.

Wie ein Stern, der vom Himmel gefallen ist.

Verdammt noch mal, was passierte hier? Seine Finger krampften, die Stute galoppierte unbeirrt auf das Licht zu. Kurz überlegte Akil, sich einfach von ihrem Rücken fallen zu lassen, doch das wäre bei dem Tempo reiner Irrsinn. Also hielt er sich fest, bis sich das Licht über beide stülpte …

…. und verschluckte.

26. Kapitel

In der Wüste – vor vier Tagen

Jemand schüttelte ihn heftig. In Akils Schädel hämmerte der Schmerz. Alles flog quer durcheinander. Er fühlte den Wind in sein Gesicht peitschen, roch den Schweiß des Pferdes, sah die Sterne an sich vorbeifliegen.

Er war auf einer Reise. Auf einer immerwährenden, ewig langen Reise. Ohne Anfang und ohne Ende.

Akil hatte das Gefühl für seinen Körper verloren. Die Lichter tanzten um ihn herum, wirbelten in den unterschiedlichsten Farben durcheinander.

Der Puls der Stute hämmerte laut in seinen Ohren. Oder war es sein eigener? Der von Azam? Der Heilerin? Von wem? Wo? Wann?

Er spürte ein Brennen an seinem Arm.

»Wir müssen es ihm abnehmen!«, sagte Azam.

Die Stimme war so nah und so fern.

»Wir werden nichts dergleichen tun«, sagte Ananka. »Nicht so kurz vor dem Ziel. Es ist wichtig, dass die Informationen in sein Bewusstsein gelangen. Er ist kurz davor zu erkennen, welche Magie in ihm haust. Nimm ihm Blut ab und bringe es in mein Zelt. Ich bereite den Zauber vor, damit wir die Quelle betreten können.«

Hände strichen über Akils Kopf, sein Gesicht, seine Haare.

»Akil. Es ist bald vorüber. Hörst du mich? Es ist bald vorüber!«

27. Kapitel

In der Wüste, Persien, 210 v.Chr.

Akil war gefangen in einem Strudel aus wirren Lichtern und Eiseskälte. Seine Finger krallten sich in der Mähne fest, er presste das Gesicht dicht an Faras Fell und atmete flach. Wind peitschte ihm entgegen. Sein Magen schlug Kapriolen. Akil war übel, gleichzeitig fühlte er sich so frei wie noch nie in seinem Leben.

Er hatte jegliche Orientierung verloren. Er wusste weder, wo oben oder unten war, wie weit sie vom Lager entfernt waren oder ob sie je wieder dahin zurückfinden würden.

Erstaunlicherweise kümmerte es ihn nicht. Zu sehr genoss er den Moment, als hätte seine Seele nur auf ein Erlebnis wie dieses gewartet.

Auf einmal gab es einen lauten Knall, und das Licht um ihn veränderte sich. Aus Helligkeit wurde Finsternis. Die nächtliche Wüste hatte sie wieder.

Fara verlangsamte ihr Tempo zum Schritt. Sie schüttelte die Eiskristalle aus ihrem Fell, die sich während des Rittes gebildet hatten. Akil ließ ihre Mähne los und betrachtete seine Hand. Auch auf seiner Haut glitzerte der Frost. Was bei Ahriman war eben geschehen?

Zielstrebig stakste das Pferd durch den Sand und überquerte eine Sanddüne. Akil hob den Kopf, sah sich um.

Unfassbar. Wir sind wieder im Lager!

Fara hatte zurückgefunden.

Safraz saß am Feuer und schürte es, als hätte er nur darauf gewartet, bis Akil zurückkehrte und er sich daran wärmen konnte.

»Willkommen«, sagte er und strahlte übers ganze Gesicht.

Fara blieb vor Safraz stehen und senkte den Kopf. Auch Sál war wieder sicher angebunden und döste friedlich vor sich hin.

Safraz strich Fara über die Nase und tätschelte ihr die Stirn. »Ich denke, du kannst absteigen.«

Akil blinzelte. Er war steifgefroren, seine Muskeln ein einziger Krampf, die Rippen schmerzten von den Tritten und seine Brust von dem Biss. Allein der Gedanke, von der Stute zu kommen, erschien ihm als Ding der Unmöglichkeit. Noch immer pulsierte ihr Blut in seinem Körper nach, schlug sein Herz im Einklang mit ihrem.

»Warte, ich helfe dir«, sagte Safraz, kam auf Akils Seite und bugsierte ihn vorsichtig vom Pferd. Sobald er festen Boden unter den Füßen spürte, klappte Akil zusammen wie eine kraftlose Puppe. Er krallte sich an Safraz' Schulter fest, der ihn langsam auf eine Decke manövrierte und ihm beim Hinsetzen half. »Das ist normal. Glaube ich zumindest. Noch gibt es keine Erfahrungswerte beim Reisen zwischen den Welten. Unglaublich, dass es funktioniert hat!«

»Beim Reisen von … bitte, was?«

»Komm erst mal zu dir. Ich erkläre dir alles. Wobei wir gleich Besuch bekommen werden. Er wird es besser in Worte fassen können als ich.«

Akil verstand kein Wort. Er starrte ins Feuer, wartete darauf, dass die Wärme seine gefrorenen Glieder auftaute.

»Möchtest du etwas trinken? Apfelschnaps vielleicht? Du siehst aus, als könntest du einen brauchen.

»Ich … weiß nich.«

Safraz schenkte einen Becher für ihn ein und reichte ihn Akil. Er trank ihn mit wenigen Schlucken leer, ohne darüber nachzudenken. Das Gebräu breitete sich sofort in seinem Magen aus und vertrieb die Kälte aus seinen Gliedern.

Safraz kniete sich neben ihn und tastete Akils Rippen ab. Dabei streifte er den verletzten Brustmuskel. Akil zischte vor Schmerz. »Tut mir leid, der Biss war tief, aber die Blutung hat aufgehört. Vermutlich ist alles an dir schockgefrostet.«

»Ich …« Akil blickte an sich hinab. Erstaunlicherweise hielten sich die Schmerzen in Grenzen. »Was meintest du mit: Reisen zwischen den Welten?«

»Die Seelenwächter nennen es so.«

Akil zuckte zusammen. Das Wort kam ihm bekannt vor. Das hatte er schon mal gehört, oder?

»Eine Reise zwischen Zeit und Raum. Du bist einmal um die Erde und zurück geritten.« Safraz deutete auf die beiden Stuten. Fara hatte sich zu ihrer Schwester getrollt. »Mal sehen, ob wir es in Sál auch wecken können. Von jetzt an werden wir diese Tiere hüten, verstanden, Akil?«

Klar doch. Alles war ganz klar. Akil blickte in seinen leeren Becher, griff nach der Flasche, die Safraz stehen gelassen hatte, und goss sich nach.

Reisen zwischen den Welten … Seelenwächter …

Auf einmal knallte es in der Stille der Nacht. Akil zuckte zusammen, die Pferde ebenso. Ein greller Schein zerriss die Dunkelheit. Akil schirmte die

Augen gegen das grelle Licht. Zwei Gestalten standen plötzlich vor ihm. Ein großgewachsener Mann mit dunkelroten schulterlangen Haaren und ein jüngerer. Akil hatte noch nie ein derartiges Wesen gesehen. Er hatte lange weiße Haare, ein hageres Gesicht und einen ebenso schmächtigen Körperbau. Akil konnte nicht mal genau sagen, ob es ein Mann oder eine Frau war.

»Danke, Akio. Ich melde mich, wenn du mich wieder abholen kannst«, sagte der Rothaarige.

Akio verneigte sich und verschwand.

Zack. Einfach so. Als wäre er gar nicht dagewesen.

»Beim Ahriman!«, sagte Akil und sprang auf. Safraz legte eine Hand auf seine Schulter.

»Hab keine Angst. Das ist ein Freund von mir. Sein Name ist Ilai Malachai. Ilai, das ist …«

»… Akil. Ich weiß. Wir hatten das Vergnügen, auch wenn er sich nicht mehr erinnert.«

Akil glotzte von einem zum anderen. Was lief in seinem Leben eigentlich falsch, dass er ständig in solche Situationen geriet?

Ilai lächelte, griff in seine Tasche und kam näher. »Vielleicht erlaubst du mir, dein Gedächtnis aufzufrischen.« Er holte ein Pulver heraus, das er Akil ins Gesicht pustete.

»Nicht!«, rief Akil, doch es war zu spät. Er hatte das Zeug schon eingeatmet.

»Erinnere dich«, flüsterte Ilai.

Akil wedelte in der Luft herum, hielt den Atem an, doch es breitete sich bereits in seinen Lungen aus. Kurz sah er alles verschwommen, wie durch einen Schleier hindurch. Merkwürdige Bilder flackerten in seinem Kopf auf. Er sah sich selbst als Junge in Madaktu. Auf dem Markt. Er war auf der Flucht und rempelte mit jemandem zusammen …

»Was passiert hier?«, stammelte er. Die Bilder gingen weiter. Eine Frau tauchte auf, sie legte Akil eine Hand auf die Stirn, aber er hatte nur Augen für ihre Brüste, und dann war er davongeschwebt, auf einer Woge aus Erholung …

»Wie … wie geht das? Ich habe das … ich habe das alles erlebt. Oder?« Aber er hatte es vergessen.

»Es war nötig, bitte verzeih«, sagte Ilai.

»Seelenwächter …«, sagte er. »Callie. Ilai. Der Markt. Meine Verletzungen.« Akil erinnerte sich schwach. Er blickte zu Ilai und zog die Augenbrauen zusammen. »Du warst dort. Ihr habt … Callie hat mich geheilt. Vor den Stadttoren von Madaktu.« Er sah zu Safraz. »Das war in der Nacht, in der du mich von Marek freigekauft hast. Warum hab ich das vergessen?«

»Es war eine Vorsichtsmaßnahme«, sagte Ilai. »Ich sagte dir ja, dass ich wiederkomme, wenn deine Seele bereit für mich ist.«

»Und ist sie das jetzt?«

»Nachdem was du eben vollbracht hast, würde ich sagen: Bereiter wird sie nicht mehr.«

»Soll ich euch alleine lassen?«, fragte Safraz.

»Wenn es dir nichts ausmacht«, antwortete Ilai.

Safraz drückte Akils Schulter. »Ich bin sehr stolz auf dich. Hab keine Angst.«

Erstaunlicherweise hatte er die nicht. Akil strich über seinen Arm, über die Stelle, an der Ilai ihn damals auf dem Markt festgehalten hatte. Er erinnerte sich sehr gut an das Gefühl der Vertrautheit.

Ilai kam näher. Der Geruch nach Feuer intensivierte sich. »Du weißt nicht, wie du die Stute dazu gebracht hast, zwischen den Welten zu reisen, oder?«

Akil schüttelte den Kopf. »Ich weiß nicht einmal, von was du überhaupt sprichst.«

Ilai lächelte und zeigte auf die Decke, auf der Akil vorhin geschlafen hatte. »Lasse es mich dir erklären. Ich bin ein Seelenwächter und ich lebe schon sehr, sehr lange auf dieser Erde.«

Das Gespräch wurde das interessanteste, das Akil jemals mit einem anderen geführt hatte. Ilai erläuterte ihm, dass die Seelenwächter vor Tausenden von Jahren von einer Zauberin erschaffen worden waren, dass sie die Schattendämonen bekämpften, die sich von den Seelen der Menschen ernährten, und dass jeder von den Wächtern einem Element zugeordnet war. Ilai war das Feuer, deshalb roch er auch so, Callie gehörte der Erde. Sie hatte unter anderem die Fähigkeit, andere zu heilen, während Ilai sich auf die Künste der Magie verstand.

»Akio, den du vorhin gesehen hast, ist ein Wächter der Luft. Sie können sich selbst und andere teleportieren«, erklärte Ilai weiter. »So können wir binnen Sekunden um die Welt reisen. Bestimmte Menschen dürfen uns auch kontaktieren, so wie Safraz. Dazu besitzt er eins von denen hier.« Ilai griff in seine Tasche und zog eine Phiole mit einer durchsichtigen Flüssigkeit heraus.

Sie glitzerte in allen möglichen Farben. »Wir nennen es Sternenstaub. Wird sie geöffnet, bekomme ich ein Signal und kann es bis zu der Phiole zurückverfolgen.«

Akil nahm die Phiole zwischen die Finger und drehte sie im Licht des Feuers, das noch immer brannte, obwohl sie gar nichts nachgelegt hatten. Seelenwächter. Schattendämonen. Das alles klang so verwirrend und gleichzeitig so logisch. Als hätte Ilai ihm die Geheimnisse des Universums offenbart, die zu komplex waren, um sie zu verstehen, aber so simpel, dass das Herz sofort wusste, um was es ging. »Was hat das alles mit den Pferden zu tun? Oder mit mir?«

»Ab und an werden Menschen mit einer sehr reinen Seele geboren. Sie tragen die Gabe in sich, einer von uns zu werden. Diese Gabe habe ich in dir erkannt, als wir uns zum ersten Mal auf dem Markt begegnet waren, doch da war noch mehr. Eine dunkle Macht hatte von dir Besitz ergriffen und sich über das Gute in dir gestülpt.«

»Also hast du auf dem Markt bereits gewusst, dass ich verflucht war?«

»Ich habe das Dunkle an dir gespürt, aber es stand mir nicht zu, einzugreifen. Du musstest selbst deinen Weg finden, und damals war die Entscheidung klar: Entweder du nutzt diese dunkle Macht aus, oder du besiegst sie und wirst stärker, als du dir es je zu träumen gewagt hast. Ich bin froh, dass du dich für letzteres entschieden hast.«

»Ich auch.« Obwohl es ihn alles gekostet hatte, was ihm einst wichtig gewesen war.

»Du bist etwas Besonderes, Akil. Menschen, die mit der Gabe geboren werden, sind unbefleckt. Genau das macht einen Seelenwächter aus. Tief in unserem Herzen ist nur pure und reine Energie. Durch den Fluch des Agash hat diese Reinheit einen Schatten bekommen. Auf deinem Herzen ist eine Narbe.«

Tyche hatte damals das gleiche zu ihm gesagt, dass Agash immer ein Teil von ihm bleiben würde. Akil fuhr sich an die Brust und drückte den Muskel, in den Fara vorhin gebissen hatte. Erstaunlicherweise fühlte sich die Verletzung mit jedem Atemzug besser an. »Was bewirkt diese Narbe?«

»Da der Fluch gebrochen wurde, kann Agash dich nicht mehr aktiv beeinflussen. Doch deine Blutzellen haben die Information gespeichert, sie tragen einen Hauch der schwarzen Magie von Agash in sich.«

»Das klingt ja richtig vielversprechend.«

»Mach dir keine allzu großen Gedanken darüber. Das Licht in dir ist stark, und Licht obsiegt immer über die Dunkelheit. Außerdem war dein Zustand heute ausschlaggebend für unseren Erfolg. Die Stute hat das Böse in dir gewittert und hat darauf reagiert. Es war dieser kleine Funke aus schwarzer Energie, gemischt mit deiner Reinheit, den wir brauchten, um die Magie in der Stute zu entfachen.«

Akil kniff sich in den Nasenrücken. Entweder sein Kopf wurde von dem Gerede schwer – oder vom Apfelschnaps.

»Brauchst du eine Pause?«, fragte Ilai. »Soll ich Callie bitten, dich zu heilen?«

»Nein. Es geht. Danke. Ist nur etwas viel auf einmal. Wie passt Safraz in dieses Bild?«

»Er stammt aus einer alten Familie aus Wüstennomaden. Auf der ganzen Welt gibt es nur fünf wie ihn. Sie sind sehr langlebig und haben sich auf übernatürliche Aufgaben spezialisiert. Sie schmieden Amulette, erfinden Zaubersprüche oder verwurzeln Magie in Tieren. Ich habe ihn angeheuert, damit er für die Seelenwächter eine besondere Rasse an Pferden züchtet. Wir nennen sie Parsumi, und du hast soeben den ersten geritten. Das ist ein Meilenstein in unserer Entwicklung. Ab heute werden wir schneller agieren, die Welt rascher umrunden können.«

Akil blickte zu Fara. Sie hatte sich hingelegt und schlief den Schlaf der Gerechten. »Du sagtest, dass die dunkle Energie in mir dafür gesorgt hat, dass die Magie in ihr erwachte. Ich verstehe es ehrlich gesagt nicht. Warum ich?«

»Weil deine Seele auf beide Seiten der Medaille geblickt hat. Sie kennt das Gute und das Böse. Alles auf der Welt muss im Gleichgewicht sein, dafür braucht es einen Gegenpol. Der Tag braucht die Nacht, der Winter den Sommer, die Hitze die Kälte und das Gute das Böse. Seit vielen Jahren wählt Safraz die besten Pferde aus, die er finden kann, die, die ebenso eine reine Seele besitzen wie die Seelenwächter. Mit den beiden Stuten war ihm das erste Mal ein Durchbruch gelungen. Er fütterte sie mit Magie, ließ sie im Element des Windes großwerden, damit sie seine Kraft aufnahmen und die Stärke entwickelten, die sie für ihre Aufgabe brauchten. Aber es genügte nicht. Sie waren *zu* gut, zu rein. Der Gegenpol – das Böse – fehlte, und du hast ihnen diesen in Form deines Blutes geschenkt.«

Akils Brust zwickte. In seinem Kopf schwirrten die Eindrücke wild durcheinander. »Okay. Ich muss … Lass mich das kurz verdauen, ja?«

»Nimm dir alle Zeit, die du brauchst.«

Akil stand auf, atmete tief die kühle Nachtluft ein, die heute so anders roch als sonst. Als wäre er kurz davor, etwas Großes zu erleben, das seinen Verstand herausfordern und zu ungeahnten Erlebnissen führen würde. Ilai trat hinter ihn, legte eine Hand auf Akils Arm. Die Berührung war so angenehm und wärmend wie das Feuer, das im Lager prasselte.

»Du bist auserwählt, Akil. Komm mit mir, und ich werde dir eine Welt zeigen, in der du dein Potenzial voll ausschöpfen kannst. Komm in meine Familie. Werde ein Seelenwächter.«

Ilais Worte vibrierten tief in Akils Seele nach. Es war, als hätte sein Innerstes nur auf diesen Moment gewartet. Als wäre alles, was bisher in seinem Leben passiert war, nur dafür dagewesen, um ihm diesen einen Moment zu schenken.

Hab Vertrauen, junger Akil. Es kommt alles, wie es kommen muss …

Das hatte die Quelle damals zu ihm gesagt, als sie seine Realität änderte und Azam und ihn voneinander trennte. Eine kleine Sache mit einer großen Wirkung. Akil hätte Madaktu nie verlassen, wären er und Azam Freunde geblieben. Er wäre nie an diesen Punkt hier gekommen.

Hab Vertrauen …

»Okay«, flüsterte er so leise, dass er sich selbst kaum vernahm.

Er stand vor einem Wendepunkt. Zum zweiten Mal in seinem Leben würde sich alles ändern.

Und er wusste, dass es gut so war.

28. Kapitel

In der Wüste – vor vier Tagen

Akil öffnete die Augen. Wie so oft in den letzten Stunden lag er. Mal wieder. Dieses Mal in dem Feldbett im Zelt, in dem sie vorhin schon gewesen waren.

Das wird langsam zum Dauerzustand.

Er hatte gewiss nichts dagegen, in fremden Betten aufzuwachen, aber bitte ohne Klamotten und mit der entsprechenden Gesellschaft. Wobei das mit der Gesellschaft schon mal in die richtige Richtung ging. Ein warmer Körper drückte sich gegen seinen Rücken.

Noah.

Er hatte einen Arm um Akils Bauch geschlungen, wie ein Rettungsseil um den Ertrinkenden. Sein Atem ging ruhig und gleichmäßig. Akil drehte sich herum, blickte über seine Schulter zu ihm. Zum ersten Mal, seit sie sich wieder getroffen hatten, wirkte Noah entspannt. Die Härte in seinen Zügen war verschwunden und hatte einen verletzbaren jungen Mann zurückgelassen. Seine Augenlider zuckten, er öffnete den Mund, keuchte leise.

Hoffentlich hat er keine Albträume …

Akil betrachtete ihn eine Weile. Noah hatte sich wirklich verändert. Damals war er ein Träumer gewesen. Unbeherrscht und so voller Leidenschaft, dass die Funken nur so sprühten. Jetzt wirkte er gesetzter. Er war gereifter, aber auch trauriger. Sein Wesen explodierte nicht mehr, es war überschattet von seinen Erfahrungen, den Entscheidungen, die er getroffen hatte, und dem Unheil, das er über sich gebracht hatte. Vielleicht hatte Noah auch eine Narbe auf seinem Herzen behalten. Vielleicht taten das alle Menschen, wenn sie in die eigenen Abgründe geblickt hatten.

Vielleicht kann man es heilen.

Vorsichtig löste Akil den Arm um seinen Bauch und stand auf. In der Ecke standen eine Schüssel zum Waschen und ein Kanister mit Wasser. Daneben lagen saubere Kleidung, Handtücher, Gläser und Zahnbürsten. Akil schnappte sie sich, nahm ein Glas Wasser und öffnete die Tür, um nach draußen zu gehen. Die Sonne stand tief am Horizont, hatte fast den Berg erreicht, der Madaktu eingrenzte. Er war also einige Stunden im Flashback gewesen. Henry und Pascal standen vor dem Zelt und hielten Wache.

Akil zwinkerte ihnen zu, während er seine Zähne putzte. »Ich musss maa inkeln.«

»Was?«, fragte Henry.

»Er muss aufs Klo«, antwortete Pascal und deutete hinters Zelt. »Da sind die Toiletten.«

Akil spülte sich den Mund, spuckte das Wasser aus und stellte die Zahnbürste ins Glas. Beides überreichte er Henry, der ihn angewidert ansah.

»Ich bin nicht dein Bediensteter.«

»Dabei würde dir eine weiße Schürze ganz ausgezeichnet stehen.«

Henry pfefferte das Glas weg und ballte die Hände zu Fäusten.

»Ruhig«, sagte Pascal. »Er will dich nur provozieren. Geh pinkeln, oder du kannst dir in die Hosen machen.« Er schubste ihn vorwärts. Akil grinste und ließ sich von den beiden begleiten. Das Geplänkel half ihm dabei abzuschätzen, zu welcher Sorte Mensch sie gehörten. Ließen sie sich leicht provozieren, oder behielten sie die Ruhe, waren sie beherrscht oder ungestüm. Alles Dinge, die ihm später helfen würden. Denn sobald sich die Gelegenheit ergab, wären sie weg. Er und Noah.

Während sie gingen, blickte Akil sich im Lager um. Er entdeckte auf dem Weg zwei Geländewagen sowie einen kleineren LKW. Wachen gab es nicht viele: Henry, Pascal, den Fahrer, der sie hergebracht hatte. Vermutlich hatten Azam und Ananka so viel Zuversicht in ihr dämliches Armband, dass sie keine Flucht fürchteten. Bedauerlicherweise war das auch ein großes Problem, denn Akil würde keine zwei Meter weit kommen, solange er das Ding trug.

Er erleichterte sich in einer der bereitgestellten Toiletten und kehrte mit Henry und Pascal zurück in die Unterkunft. Bald zog die Nacht herein, vielleicht sollten sie die Dunkelheit für ihren Abgang nutzen. Akil trat zurück ins Zelt und sah zu Noah. Er schlief, hatte mittlerweile das Kissen vor seinem Körper zusammengeknautscht, auf dem Akil eben gelegen hatte. Henry schloss das Zelt hinter ihm. Akil zog sein Shirt aus, ging zur Wasserschüssel und wusch den Dreck und das Blut von seinem Oberkörper. Auch seine Jeans hatte bei den vielen Flashbacks gelitten, außerdem war sie zu unbequem für dieses heiße Wetter. Er zog sich komplett aus und schnappte sich die bereitgelegten Klamotten. Es waren luftige Cargos in grün, feste Stiefel und ein dunkles Shirt. Akil wollte sich gerade die Hose anziehen, als es hinter ihm raschelte.

»Oh«, stammelte Noah.

Akil drehte sich herum, gewährte ihm einen Blick auf seine nackte Vorderseite.

Noah erstarrte, seine Wangen liefen rot an.

»Ach, komm schon. Da ist nichts, was du nicht schon gesehen hast.«

»Ich …« Er schluckte hart. »Ich … weiß. Du bist … ich …« Seine Hände gruben sich ins Laken und knautschten es so fest zusammen, dass seine Finger weiß wurden.

»Ernsthaft jetzt? Dich verunsichert ein nackter Kerl?«

»Nein! Ich meine, doch … also bei dir ist es anders. Irgendwie.«

Akil rollte mit den Augen. »Okay. Mir reicht's. Zieh dich aus.«

»Was?«

»Du. Deine Klamotten. Weg damit.«

Seine Augen wurden größer, der Mund klappte auf. Noahs Hirn kam nicht ganz mit, aber das würde es gleich.

Akil lief zurück zum Bett und blieb davor mit verschränkten Armen stehen. »Wir werden das hinter uns bringen und diese sexuelle Anspannung töten. Es sei denn, du willst mich noch eine Weile bewundern, was du auch gerne tun kannst. Aber bitte mach den Mund dabei zu, sonst fängst du an zu sabbern.«

Noah schüttelte sich, schluckte, blinzelte. Doch noch immer reagierte er nicht. Akil seufzte, kletterte ins Bett. »Du machst jetzt nicht wirklich einen auf *schwer-zu-haben*, oder? Du bist spitz wie Nachbars Lumpi.«

»Ich … nein! Das bin ich …«

»Noah!«

»Das geht doch nicht! Du bist so … ich habe nicht … außerdem stehen die Jungs draußen.«

Herrgott, war das schwer mit dem Kerl. Akil packte ihn am Kragen seines Shirts und zog ihn an sich. »Ich gebe dir diese Chance, und ich weiß, dass du sie willst. Nutze sie – oder lass es.«

Sie fixierten sich. Noahs Pupillen weiteten sich, er atmete Akils Duft ein, keuchte leise.

»Die Uhr tickt, mein Freund«, schob Akil nach.

Noah hielt die Luft an, lehnte sich zurück und zog sein Shirt über den Kopf.

Verflucht. Der Typ hatte wirklich ordentlich trainiert. Er blickte zur Tür. »Sie werden uns hören.«

»Und? Gönn denen ruhig ein wenig Spaß.«

»Aber wir können doch nicht … ich meine: Die.Hören.Uns! Und was ist mit deinem Spruch aus dem Flugzeug? Dass du mich nicht mal anfassen würdest, wenn du einen Dauerst…«

»Willst du eigentlich labern oder f…«

Noah griff in Akils Nacken und zog ihn auf seine Lippen. Akil gab ein tiefes Brummen von sich und drückte ihn in die Matratze. Das Bett quietschte unter ihrem gemeinsamen Gewicht. Hoffentlich hielt das Klapperding sie beide in Aktion aus. Noah küsste ihn energisch, ließ die Anspannung der letzten Tage heraus. Es war erstaunlich, wie schnell sie zurück in ihren Rhythmus fanden, als wüssten ihre Körper ganz genau, was sie zu tun hatten. Ohne von dem Kuss abzulassen, nestelte Noah an seinen Jeans und zog sie umständlich herunter. Seine Beine verhakten sich, er ruckte und zuckte und steckte schließlich mit halb heruntergelassener Hose fest.

Akil stemmte sich auf die Arme und blickte ihn schmunzelnd an. »Brauchst du vielleicht Hilfe?«

»K-kann sein.«

Akil grinste, küsste Noahs Brust, biss zaghaft in die Haut. Er zuckte und sog zischend die Luft ein. Langsam arbeitete er sich Zentimeter um Zentimeter mit dem Mund nach unten …

29. Kapitel

In der Wüste – vor drei Tagen

Als Akil am nächsten Morgen aufwachte, fühlte er sich erstaunlich erholt. Und das, obwohl er kaum geschlafen hatte. Nachdem er Noah endlich von der Hose befreit hatte, war alles recht schnell gegangen. Der angestaute Druck der letzten Tage musste raus. Es hatte auch nicht lange gedauert, bis Noah vergaß, dass die Wachen vor der Tür standen und er Akil mit der gleichen Leidenschaft wie früher entgegengekommen war.

Sex mit einem Kerl ohne die geschärften Sinne eines Seelenwächters zu erleben, war eine neue Erfahrung gewesen. Als Mensch hatte er es nie geschafft, mit einem Typen ins Bett zu gehen. Das kam erst viele Jahre später, nachdem er zum Seelenwächter geworden war. So war dieses Erlebnis fast wie ein erstes Mal für ihn gewesen. Ein Herantasten an sein Gegenüber, ein Ausloten voller Überraschungsmomente. Und es hatte Akil erstaunlich gut gefallen. Vor ein paar Tagen noch hätte er sich nie im Leben vorstellen können, auf seine Sinne zu verzichten, und jetzt war es fast schon normal geworden.

Gewöhnte er sich so schnell ans Menschsein? Waren womöglich die Flashbacks dafür verantwortlich?

Ein Stich fuhr ihm durchs Herz. Er wollte seine Seelenwächterseite nicht vergessen. Er *durfte* es nicht!

Akil schloss die Augen, rief sich die Erinnerungen wach, wie die Natur in ihm wirkte. Wie das Gras mit ihm sprach, wenn er darauf ging, wie er die Energien der Pflanzen, der Tiere um sich herum spürte, wie sie ihre Kraft mit ihm teilten, wie er sich mit der Erde verwurzelte und daraus seine Stärke zog. Akil öffnete die Augen, streckte die Arme aus, betrachtete seine Hände, die so unzählig viele Menschen und Wächter geheilt hatten. So viele schon gerettet. So viele könnten kommen. Er konzentrierte sich auf das Gefühl, wie es war, einem anderen die Hand auf die Stirn zu legen. Auf die Verbindung, die zwischen ihnen entstand, auf den Ruf der Zellen eines fremden Körpers.

Jemanden zu heilen erforderte viel Konzentration und absolute Hingabe. Akil musste all seine Liebe und seine Güte dafür einsetzen. Nicht jeder Erdwächter war dazu von Anfang an in der Lage. Auch bei Akil hatte es fast fünf Jahre gedauert, bis er das erste Mal Wunden bei einem anderen kurieren konnte.

Er ballte die Hand zur Faust, strich mit den Fingern über die Knöchel. Die ganzen Jahre über war das alles so präsent und selbstverständlich gewesen, und jetzt war nichts mehr da. Das Element Erde schwieg beharrlich.

Ich verliere meine Seelenwächterseele.

Noah seufzte leise und drehte sich auf den Bauch. Akil blickte zu ihm, strich mit den Fingern über seine nackte Schulter. Es war gut mit ihm gewesen, und es tat ihm jetzt schon leid, wenn sie sich wieder trennen mussten.

Wenn du ein Mensch bist, musst du es nicht.

Langsam beugte er sich über ihn und küsste Noahs Haut. Er wollte nicht weiter darüber nachdenken, was er verloren hatte. Sich nicht die Erinnerungen wachrufen, wie es war, ein Seelenwächter zu sein – wenn er das tat, würde er durchdrehen.

Noah schauderte, öffnete die Augen und lächelte träge. »Guten Morgen.«

»Das ist er in der Tat.« Akil glitt mit der Hand unter die Decke, wanderte tiefer. Ablenkung. Er brauchte Ablenkung. Jetzt.

»Haben wir das tatsächlich getan heute Nacht?«

»Yep.«

»Während draußen die Jungs Wache hielten?«

»Mh …«

»Und sie haben uns gehört.«

»Hundertpro. Es sei denn, sie hatten Ohropax dabei.« Akil kniff in Noahs Pobacke. Er zuckte zusammen.

»So wie es aussieht, willst du es noch mal tun.«

»Es sei denn, du hast etwas dagegen.«

Noah grinste, kam ihm entgegen. Akil fischte die Decke zwischen ihren Körpern heraus und drückte ihn zurück in die Laken. Er drehte den Kopf, damit Akil Zugang zu seinem Hals fand. Er fuhr erst mit der Zunge, dann mit den Zähnen über die empfindliche Haut. Noah keuchte, drückte Akil an sich.

Überall wo Noah ihn berührte, fühlte er sich selbst. Seine Haut reagierte, machte ihm die Grenzen seines eigenen Körpers bewusst. Und vielleicht auch die seines Geistes. Seines beschränkten menschlichen Geistes … *nicht nachdenken* … Akil presste sich fester an Noah, glitt mit der Hand zwischen ihre Körper, tiefer und tiefer, schloss die Hand um …

»Aufstehen!«, brüllte Henry und öffnete die Tür. »Das Schäferstündchen ist vorbei.«

Akil blickte auf. »Wollt ihr nicht noch mal zuhören? Dabei hab ich mir solche Mühe gegeben heute Nacht.«

Henry presste die Lippen aufeinander. Er stand kurz vorm Platzen. Seine Hand glitt zur Glock. »Ihr kommt sofort aus dem Bett.«

»Kein Problem.« Akil löste sich von Noah, stand auf und stellte sich splitterfasernackt vor Henry. »Bin schon draußen.«

Henry hielt die Luft an. Er hörte sogar auf zu blinzeln.

»Das ist absolutes Neuland für dich, oder?«

»Anziehen. Mitkommen. Der Spaß ist vorüber.«

Akil machte einen Schritt auf ihn zu. Sofort spannte Henry die Schultern, lehnte sich nach hinten und schloss die Finger fester um die Glock. Akil fixierte ihn, musterte genau, was in seinem Gesicht stattfand.

»Du bist einer von der Sorte, die nach außen hin so tun, als würde es sie anwidern, wenn Kerle miteinander rummachen, sich in Wirklichkeit aber einen dabei runterholen. Hab ich recht?«

»Halt die Klappe, oder ich schlag dir alle Zähne aus.«

Oh, und wie er recht hatte … »Das Hörspiel hast du doch bestimmt genossen.«

Henry spannte die Schultern. Akil machte sich bereit zur Verteidigung, doch wenn er sein Gegenüber richtig einschätzte, würde er ihn nicht schlagen, solange er nackt war. Das war zu intim.

»Die dummen Sprüche werden dir noch vergehen.« Seine Augen huschten nach unten auf Akils Mitte. Nur ganz kurz, doch er bemerkte es trotzdem. »Zieh dir was an. Wir fahren in einer Viertelstunde los. Frühstück ist gestrichen! Und du! …« Er zeigte auf Noah. »… kannst dich ebenfalls fertigmachen. Brody fährt dich zurück in die Stadt. Sobald er das Okay bekommt, bist du frei.«

Henry trat zur Tür hinaus und ließ Akil und Noah zurück. Ein dumpfes Pochen breitete sich in Akils Bauch aus.

… bist du frei.

Natürlich. Noah hatte seine Schuldigkeit getan und den Auftrag erfüllt.

»Akil, ich …«

»Ich zieh dir die Löffel lang, wenn du das Angebot nicht annimmst.« So war wenigstens er aus der Schusslinie. Akil strich über das Metallarmband. Bestimmt würden sie es Noah abnehmen. Wenn es eine Möglichkeit gab, das Ding loszuwerden, musste Akil es mitbekommen.

»Ich werde dich nicht alleine lassen.«

»Und wie du das wirst.« Akil drehte herum, fischte seine Sachen vom Boden und zog sich an.

»Aber, ich kann nicht ohne …«

»Zieh dich an.« Akil hob die Jeans auf, die er gestern Noah ausgezogen hatte, und warf sie ihm hin. »Du wirst die Flatter machen.«

»Und du?«

Akil blickte zur Tür und senkte die Stimme. »Ich werde die Chance ebenfalls nutzen, aber dabei darfst du mir nicht im Weg rumstehen.«

»Wenn ihr nicht sofort rauskommt, könnt ihr nackt gehen!«, brüllte Henry.

»Das würde dir so passen!«, rief Akil.

Noah schüttelte den Kopf und zog sich ebenfalls an. Akil bemerkte seine Unsicherheit und dass es ihm nicht recht war zu gehen. Er hatte selbst keine Ahnung, wie er aus einem Lager mit bewaffneten Kerlen entkommen sollte. Schließlich war er nicht mehr kugelfest. Aber eines war klar: Noah musste zuerst weg.

Akil schob die Tür auf und trat hinaus zu Henry. »Wir wären soweit.«

»Schön.« Henry wartete, bis Noah ebenfalls draußen war und deutete zu einem bereitgestellten Jeep. »Wir fahren dich zurück in die Stadt. Brody ist gleich da und nimmt dir das Armband ab.«

»Und wo ist Aza.. äh, Peter?«, fragte Akil.

»Schaff dich da rüber.« Henry packte ihn am Arm und zerrte ihn nach links. Er blickte über seine Schulter zurück und warf Noah einen eindringlichen Blick zu. Hoffentlich machte der Kerl keine Dummheiten. Aber immerhin folgte Noah Brody zu einem der Geländewagen.

Henry ging neben Akil her, eine Hand an seinem Ellbogen, die andere an seiner Glock. »Solltest du dich nicht benehmen, schieße ich dir in den Fuß. Oder ins Knie. Lass dich überraschen.«

»Bin schon ganz freudig erregt.« Akil konzentrierte sich auf den Weg. Er musste warten, bis Noah weg war. Alles andere war zu gefährlich.

Brody öffnete die hintere Tür des Geländewagens und schubste Noah. »Einsteigen.«

Auch Akil erreichte das Auto. Henry öffnete die hintere Tür. »Rein da.«

Akil griff an den Rahmen und blickte ins Innere. Pascal saß vorne. Wenn er drinnen war, musste er erst verhindern, dass Henry einstieg, danach könnte er sich um Pascal kümmern. Er ließ sich absichtlich Zeit, lauschte auf den davonfahrenden Wagen, in dem Noah saß und Meter für Meter Abstand zwischen sich und Akil brachte.

Perfekt.

»Geht das auch schneller?«, fragte Henry und packte Akils Genick, um ihn ins Wageninnere zu drücken.

Jetzt oder nie.

Er fuhr herum, zog die Beine an und trat zu. Er erwischte Henry voll am Brustkorb. Keuchend stürzte er nach hinten, griff an seine Glock, doch er war zu langsam.

Pascal bellte einen Befehl, Akil rutschte auf die Rückbank und zog die Tür zu. Pascal drehte sich im Sitz herum, genau in der Sekunde schlug Akil ihm eins auf die Nase, packte seinen Schädel und donnerte ihn gegen die Scheibe. Sie sprang, ein langer Riss zog sich quer durchs Glas. Die hintere Tür wurde aufgerissen, Henry legte die Waffe an, doch Akil kickte nach seinem Arm. Ein Schuss löste sich, traf das Wagendach. Pascal erholte sich schneller als gedacht, er griff ebenfalls an seine Waffe, aber im Auto war der Platz zu begrenzt, um ordentlich zu schießen. Akil sprang nach vorne, landete auf Henry, warf ihn zurück in den Sand und blieb auf ihm sitzen. Sofort schlug er auf ihn ein, traf seine Rippen, die Nieren, den Solarplexus. Henry keuchte, Akil griff nach der Waffe, bekam selbst einen Schlag gegen die Seite und flog quer durch die Luft. Pascal war aus dem Auto gekommen und stürzte sich auf ihn.

Akil sprang auf die Beine, wehrte einen Hieb von Pascal ab. Sie rangelten miteinander. Pascal verlor seine Waffe. Er war nicht schlecht im Nahkampf, Akil war besser. Er verpasste ihm einige gute Tritte und beförderte ihn zurück in den Sand. Sofort ließ er von ihm ab, stürmte zurück zum Auto. Ein Schuss streifte sein Ohr. Haarscharf. Er schlug im Wagenblech ein.

»Stehenbleiben!«, rief Henry.

Klar doch. Ich pack auch das Teegedeck aus.

Henry schoss ein weiteres Mal. Akil machte einen Hechtsprung auf die Seite, die Kugel verfehlte ihn nur knapp. Henry legte schon wieder nach, kam näher, zielte erneut. Akil rollte herum, griff nach Pascals Waffe und feuerte zurück. Sein Schuss ging einen Meter daneben. Er hatte noch nie mit einer Glock gefeuert. Seelenwächter benutzten ausschließlich geschmiedete Waffen aus Titanium.

»Fallenlassen«, rief Pascal von rechts. Er hielt eine Ersatzwaffe in der Hand und zielte auf ihn. Auch Henry fixierte ihn. Akil war eingekesselt.

Scheiße.

Zögerlich ließ er die Waffe fallen und hielt die Hände hoch.

»Jetzt reicht es mir echt mit dir!«, brüllte Henry, drehte die Waffe herum und verpasste Akil einen Kinnhaken mit dem Griff. Der Schlag wummerte durch seinen Schädel, für einen Moment sah er rot, schmeckte sein Blut.

Er torkelte, fing sich am Auto ab, fuhr herum, bekam den nächsten Hieb.

»Du wirst angekettet, du Arschloch!«, brüllte Henry und holte noch mal aus. Akil schwang sich zur Seite, trat mit dem Fuß nach Henrys Kniescheibe und erwischte sie.

Er stieß einen markerschütternden Schrei aus.

Akil rappelte sich auf, wollte zum Auto, Pascal schoss, erwischte fast seinen Arm.

Auf einmal röhrte ein Motor hinter ihm auf. Akil lief es eiskalt den Rücken herunter. Er konnte sich denken, was das bedeutete.

Ich hab dir doch gesagt, dass du abhauen sollst!

Er fuhr herum. Noah kam mit dem Jeep angebrettert, riss dabei fast ein Zelt um und schob sich zwischen Akil und die Wachen.

»Steig ein!«, brüllte er durch das offene Fenster.

Akil schüttelte den Kopf, doch er gehorchte. Streiten konnten sie später darüber. Er zog sich auf den Beifahrersitz, als der nächste Schuss fiel. Henry kam hinkend auf ihn zu, feuerte, ohne großartig zu zielen. Zorn und Schmerz sprangen ihm aus den Augen. Noah gab Gas, noch bevor Akil die Tür richtig geschlossen hatte.

»Was habe ich dir gesagt?«

»Ich konnte dich unmöglich …«

»Pass auf!«

Brody hatte sich ihnen in den Weg gestellt. Blut rann von seiner Schläfe die Wangen hinab. Er legte die Glock an und zielte auf sie.

»Schätze, der ist sauer, weil ich ihm eine verpasst habe«, sagte Noah und riss das Lenkrad herum.

In der Sekunde löste sich der Schuss. Die Windschutzscheibe sprang, Splitter regneten auf die beiden hinab. Noah verriss das Steuer, der Wagen kam ins Schleudern, krachte in ein Zelt und verhedderte sich darin. Akil krallte sich am Armaturenbrett fest, bis sie standen. Er schüttelte die Splitter von seinem Körper und hustete. »Alles okay?«

Statt einer Antwort erhielt er nur ein Stöhnen.

Oh, scheiße.

»Noah!«

Ein Blutfleck breitete sich über seiner rechten Brust aus. Er keuchte, presste die Hand darauf. »Ist nicht so schlimm.«

Akil rutschte zu ihm rüber, sah nach der Wunde. Das Blut sickerte zwischen Noahs Fingern durch. Es war viel. *Zu viel.*

»Ey, mach bloß keinen Quatsch!«

Draußen hörte er Rufe, Lärm. Die Wachen kamen, um sie zu holen. Akil legte die Hand auf Noahs Stirn, konzentrierte sich auf seine ehemaligen Fähigkeiten, versuchte, in den fremden Körper zu hören, aber es kam nichts.

Alles schwieg.

Noah verdrehte die Augen nach hinten. »Tolle Rettungsaktion, oder?«

»Du bist ein sturer Bock!«

Die Tür wurde neben ihm aufgerissen. »Aussteigen.«

Akil nahm einen der Splitter, fuhr herum und stach zu. Er erwischte Pascal am Arm.

»Sei artig, oder ich puste deinem Stecher das Hirn weg«, sagte Henry.

Akil blickte zurück. Henry stand neben Noah und hatte die Glock an seinen Kopf gesetzt.

»Das ist mein voller Ernst. Wir brauchen den Knilch sowieso nicht mehr.«

»Schon gut!«, sagte Akil und hob die Arme. »Schon gut.«

Brody kam auf ihn zu. In seiner Hand hatte er ein Paar Handschellen, in der anderen einen Schlagstock.

»Aussteigen! Umdrehen!«

Akil gehorchte, ohne den Blick von Noah abzuwenden. »Er braucht einen Arz…«

Brody zog ihm den Schlagstock über den Schädel. Das letzte, was Akil mitbekam, war Noahs panischer Blick, dann gingen ihm die Lichter aus.

30. Kapitel

In der Wüste – vor drei Tagen

»Wach auf!«

Kaltes Wasser spritzte Akil ins Gesicht. Er schüttelte den Kopf, kam nur langsam zu sich. Sein Hirn hämmerte. Ein kupferartiger Geschmack lag in seinem Mund.

Kupfer. Blut. *Noah.*

Akil fuhr herum, wurde von Fesseln gebremst. Sofort schoss ihm der Schwindel in den Schädel.

»Langsam«, sagte Azam. »Du hast 'nen ziemlichen Schlag abbekommen.«

»Ich hab …« Eben war er doch noch im Auto gesessen. Zusammen mit … »Noah. Wo ist er?«

»Keine Ahnung.«

Und wo war er überhaupt? Seine Beine waren nass bis an die Knie, die Arme vor seinen Körper mit Schnüren gefesselt, mit den Handflächen nach oben. Kühler Stein drückte ihm in den Rücken. »Die Quelle.«

So wie Ananka es angekündigt hatte.

Er und Azam standen an der Fontäne, die in der Mitte entsprang. Sie waren Rücken an Rücken gebunden. Akil rüttelte an den Fesseln, konnte aber kaum atmen, weil sie so stramm saßen.

»Hab ich auch schon versucht, kannst du vergessen«, sagte Azam.

Akil zog weiter, spannte die Muskeln, bis sie vor Anstrengung zitterten.

Ohne Erfolg.

Akil ließ sich gegen die Fontäne fallen und blickte sich um. Das Geröll, das der Drache damals heruntergeschlagen hatte, lag an der selben Stelle; zusammen mit jeder Menge Staub. Akil meinte sogar, einen Knochen aus dem Schutt spitzeln zu sehen. Der Drache … Der Hüter des Bechers. Akil hatte keine Ahnung, was damit passiert war, nachdem er aus der Quelle getrunken hatte. Er war ja sofort in seiner Hütte aufgewacht. Vermutlich hatte Tyche ihn damals teleportiert, anders konnte er es sich nicht erklären. Genauso wenig wie er sich erklären konnte, warum jetzt der Brunnen wieder intakt war, nachdem er ihn damals zerschlagen hatte. »Wo ist Ananka?«

»Sie meditiert, um sich vorzubereiten. Ihre Zauber kosten sie viel Kraft.«

Okay. Das war erst mal gut. Es gab ihnen mehr Zeit.

Er probierte noch mal die Fesseln zu lösen, ruckte und zerrte, bis sie sich in seine Arme gruben. Immerhin konnte er ein Stückchen den Oberkörper bewegen.

»Das kannst du dir sparen. Ananka macht keine halben Sachen. Wir werden nicht rauskommen.«

»Dein Optimismus ist kaum auszuhalten.« Er drehte den Kopf, so weit er es aus der Position schaffte. Außer Azam und ihm war niemand in der Höhle. »Keine Wachen?«

»Nicht, während sie ihre Zauber spricht. Keine Seele darf die Prozedur stören.«

»Gut.«

»Akil, ich … ich muss mich bei dir entschuldigen.«

»Ach, wirklich? Hatten wir das nicht vorhin schon?«

»Ich hatte wirklich keine Ahnung. Damals nicht und heute auch nicht. Ich bin nur … verflucht noch mal … ich … ich habe es nicht gewusst. In Madaktu. Das mit uns. Es war alles weg und du für mich eine lästige Fliege, die meinen Dunstkreis störte.«

»Das hast du klar und deutlich gemacht.« Akil verlagerte sein Gewicht, drehte die Hände. Das metallene Armband schabte über die Schnüre.

»Als du den Flashback hattest und ich es miterlebt habe … ich hätte dir so gerne geholfen.«

»Hm …« Akil spannte die Unterarme, drückte gegen die Schnüre.

»Aber ich konnte nicht. Verstehst du? Ananka hatte es nicht gestattet, und ich muss tun, was sie sagt. Mein Körper gehört mir nicht mehr.«

»Jaja, ist gut jetzt.«

»Nein, das ist es nicht! Ich muss es dir erklären. Bitte. Ananka ist …« Ein Geräusch ließ ihn innehalten.

Akil lauschte ebenfalls, aber es war nur ein Stein gewesen, der sich von der Decke gelöst hatte.

»Es gibt mehr wie mich! Inkarnationen, mein ich. Keine Ahnung, wie viele es sind oder wo sie sich aufhalten, aber ich spüre sie. In dem Moment, in dem ich mir meiner selbst bewusst geworden war, schienen Hunderte von Stimmen in meinem Kopf zu schreien. Auch jetzt kann ich sie wahrnehmen. Die vielen fremden Seelen. Sie begleiten mich wie ein Echo. Sie benutzt uns, um ihre Magie über uns zu kanalisieren. Verstehst du? Wir sind ihre Instrumente. Ihre Werkzeuge.«

Etwas Ähnliches hatte Mihra damals auch gesagt. Es war in der Magie durchaus üblich, Gegenstände oder Instrumente für Zauber zu verwenden. Vielen half es, die eigene Energie besser zu leiten und auf einen Punkt zu fokussieren. Das war zumindest das, was Akil bisher von der Magie kennengelernt hatte. Für Will wäre dieses Gespräch weitaus aufschlussreicher.

»Sie sucht nur Seelen aus, die früher mit den Seelenwächtern im engen Kontakt standen. Als ihr noch Menschen wart.«

»Warum?«

»Das weiß ich nicht. Vielleicht, um euch an euren Schwachstellen zu packen. Freunde, Feinde, sie macht keinen Unterschied; Hauptsache, ihr standet euch einst nahe. So wie bei uns. Wir waren schließlich auch mal beste …« Er zögerte »… Freunde.«

»Das klingt echt schal aus deinem Mund.«

»Ich weiß. Wenn ich könnte, würde ich alles rückgängig machen. Jede Gemeinheit zurücknehmen, jeden Schlag heilen, jede Erniedrigung vergessen lassen. Aber ich kann es nicht. Das einzige, was mir bleibt, ist auf deine Vergebung zu hoffen.«

Akil ließ die Worte sacken. Vielleicht wäre er auch so geworden an Azams Stelle. Wenn er stärker, besser, schneller gewesen wäre. Vielleicht hätte er sich auch so entwickelt, hätte eine Bande um sich geschart und auf die Schwächeren eingeprügelt.

Friss, oder du wirst gefressen …

Er schloss die Augen. Die Bilder von damals hallten in seiner Seele nach. Alles so echt. Alles so präsent.

Ab und an werden Menschen mit einer sehr reinen Seele geboren. Sie tragen die Gabe in sich, einer von uns zu werden. Ilai hatte das zu ihm in der Wüste gesagt. Die Worte sickerten in Akils Eingeweide. Sie breiteten sich in ihm aus, wärmten ihn von innen her, so wie das Feuer ihn gewärmt hatte, an dem er gemeinsam in dieser Nacht mit Ilai gesessen hatte. Und in dem Moment wurde Akil klar: Er wäre nicht so geworden. Es lag nicht in seiner Natur. Er war gar nicht dazu in der Lage, jemand anderem absichtlich Leid zuzufügen, egal wie die Umstände waren. Akil würde immer das Gute wählen, immer für – statt gegen – andere kämpfen. Jedem Menschen stand es offen, das zu sein, was er sein wollte. Nicht die Umstände prägten ein Wesen, sondern das, was er daraus machte. Genauso wie Akil jetzt entscheiden konnte, ob er Azam vergeben oder weiter sauer sein wollte. »Lass uns nicht mehr darüber reden. Es ist vorbei und vergessen.«

Azam atmete vor Erleichterung aus und erinnerte ihn dabei schmerzlich an Noah. Er hatte genauso gehofft, dass Akil ihm die Entführung verzeihen würde.

»Danke.«

»Ich muss zu Noah kommen. Er wurde angeschossen. Weißt du etwas darüber?«

»Nein. Nachdem du den letzten Flashback hattest, habe ich dir Blut genommen und die Quelle damit geöffnet. Ich bin seit heute Morgen hier. Tut mir leid um deinen Freund.«

»Du hättest ihn erst gar nicht mit reinziehen sollen.«

»Ich weiß. Auch das bedauere ich. Erst sollte ich dich zu Ananka locken, aber sie hatte Angst, dass du mich erkennen könntest. Also bat sie mich, jemanden zu suchen, der dir nahestand, den man leicht formen konnte und der dir wichtig gewesen ist. So war die Chance höher, dass du mit ihm kommst und wenig Ärger machst.«

»Naja, zum Ärger machen hatte ich nicht viel Spielraum. Immerhin habt ihr mich mit diesem Scheiß-Armband ausgestattet.«

»Ja, aber bei jemand anderem als Noah wärst du vielleicht auf die Idee gekommen, ihm die Hand abzuhacken und das Armband so zu entfernen.«

»Ey, für was hältst du mich denn? Ich bin doch kein Barbar!«

»Ich wollte einfach kein Risiko eingehen. Noah war leicht zu finden. Er schuldete einigen Leuten eine Menge Geld. Ich kaufte die Schulden ab und übertrug sie auf mich. Danach hatte ich ihn in der Hand.«

Und jetzt hing er mit in der Scheiße. Akil stieß einen frustrierten Brüller aus. Wenn er doch nur hier rauskäme! Wenn er seine Fähigkeiten noch hätte! Wenn … wenn … wenn. Scheiße, verdammte!

»Spar dir die Mühe. Wir werden diese Höhle nicht mehr lebend verlassen. Weder du noch ich.«

Akil blickte ihn an. Er konnte den Kopf nur so weit drehen, um Azams Wange zu sehen. »So schnell gebe ich nicht auf.«

Azam schnaubte. »Du kennst Ananka nicht. Sie ist unerbittlich. Ich bin nicht mehr als ihr Werkzeug, mein freier Wille wurde mir in dem Moment genommen, als sie mich in diesem Körper erweckt hatte.«

»Was bezweckt sie denn überhaupt mit der ganzen Show? Wozu die Flashbacks, warum ich?«

»Weil du ein Seelenwächter warst und jetzt deine Fähigkeiten weg sind. Dein Körper ist menschlich geworden, dein Geist musste nachziehen. Deshalb die Erinnerungen, damit alles aus deiner menschlichen Zeit präsent wird und diese Information in deine Zellen sickert. Erst dann konnte sie dein Blut verwenden, um die Quelle zu öffnen.«

»Du sagtest, dass sie nur Menschen für ihre Inkarnationen auswählt, die mit den Seelenwächtern einst in Kontakt standen. Weißt du, warum oder was sie mit ihnen vorhat?«

»Nein. Ich weiß nur, dass sie euch ausbrennen lassen will, eure übernatürliche Energie in sich aufnehmen. Sie will …«

»Ich denke, du hast genug geplaudert«, sagte Ananka. Sie kam aus dem Gang, der nach draußen führte. Mittlerweile trug sie eine weiße Robe, die vorne mit einer silbernen Schnalle in Form des Flügelmals zusammengehalten wurde. Ihre Haare fielen ihr offen über die Schulter. »Ich hatte dir gesagt, dass du der Erste deiner Art bist. Weitere Seelenwächter werden folgen. Wenn ich diesen Zauber heute beendet habe, werde ich mir einen Wächter nach dem anderen holen und seine Fähigkeiten rauben.«

»Und was hast du davon?« Akil konnte sich nicht vorstellen, dass die Elemente in ihr wirken würden. Außer bei Jaydee hatte es bisher noch kein Wesen gegeben, in dem alle vier Elemente hausten, und selbst bei ihm waren sie nur zum Teil ausgeprägt.

Sie lächelte. »Perfektion. Es gibt nur eine Sache auf dieser Welt, die perfekt ist – vielleicht ist sie sogar die einzige im ganzen Universum: die Seele. Das Reinste an Energie, das je erschaffen wurde. Jede individuell, jede genau richtig, so wie sie ist. Unser sterblicher Körper schränkt diese Perfektion ein, beleidigt sie geradezu, aber ich werde mich darüber erheben. Ich werde die Erste sein, die das Innere nach außen kehrt.«

»Ich weiß nicht, was für ein Zeug du dir einwirfst, aber du solltest damit aufhören.«

Ananka warf den Kopf in den Nacken und lachte. »Ich dachte mir schon, dass dein beschränkter Geist es nicht verstehen wird, aber das ist egal. Ich werde vollkommen sein. Eine Göttin.«

Klar doch.

»Lasst uns anfangen!«

Akil spannte die Oberarme, stemmte sich gegen die Schnüre. Ein klein wenig rutschten sie zur Seite, aber es brachte nicht viel.

Ananka bemerkte es und quittierte sein Versagen mit einem Grinsen. »Nicht mal, wenn du deine Seelenwächterkräfte noch hättest, würdest du dich befreien können. Sie ziehen sich fester zu, je mehr du dagegen ankämpfst.« Sie griff in ihre Robe und holte ein silbernes Messer heraus. Ananka streifte ihr Gewand ab, darunter war sie nackt.

Die ganze Szene erinnerte Akil schmerzlich an das Erlebnis mit Mihra. Sie hatte es genauso gemacht, bevor sie sich die Pulsadern aufschnitt.

Ananka breitete ihre Arme aus. Zwischen ihren Brüsten verliefen die Flügel, die er schon früher entdeckt hatte. Sie hatten sich verändert, die Schwingen waren größer geworden, bedeckten jetzt auch die Seite und reichten hinunter bis zum Bauchnabel. Bei jedem ihrer Atemzüge hoben und senkten sie sich, als wollten sie Schwung holen, um zu fliegen. Ananka kletterte auf den Beckenrand. Sie verströmte einen süßlichen Geruch, ihre Haut glänzte ölig. Akil hatte nicht viel Ahnung von Magie, und er hatte nie wirklich Zugang dazu gefunden. Es war die Fähigkeit der Feuerwächter und somit zu weit von seiner eigenen Natur entfernt.

Ananka ritzte sich in die Hand und ließ das erste Blut ins Wasser tropfen. Es zischte, kleine Wellen entstanden, die sich rasch zur Mitte hin ausbreiteten.

Das Wasser wurde wärmer, schwappte gegen Akils Oberschenkel. Er drehte sich in der Hüfte, konnte so seine Position verändern. Aber Ananka hatte Recht: Es half ihm nicht weiter. Er konnte zwar innerhalb der Fesseln herumrutschen, doch er bekam keinen Arm nach draußen.

Sie machte den ersten Schritt ins Wasser und verfiel in einen leisen Singsang. Als ihr Zeh die Oberfläche berührte, rauschte eine Energiewelle durch Akils Beine bis nach oben in seinen Kopf.

Ananka stieg weiter in die Quelle hinein, bis der Pegel ihre Knie erreichte. Das Blut, das sie zuvor ins Wasser getropft hatte, breitete sich wie eine Scheibe um sie aus, vergrößerte sich mit jedem ihrer Atemzüge. Akils Brust zog sich zusammen. Er fühlte den alten Stich im Herzen, dort wo einst das Mal von Agash gesessen hatte. Der Schmerz wanderte von dort aus nach unten, in seinen Rumpf, seine Beine, seine Zehen. Ananka kam langsam näher. Sie bewegte sich, ohne Wellen auszulösen. Lächelnd griff sie nach Azams Handgelenk und drehte es nach oben. Er zuckte kurz, ansonsten hielt er still.

»Heute kein Kabamba?«, fragte Akil.

»Der war nur nötig gewesen, damit du Mihra nicht stoppen kannst und den Zauber störst.«

Ananka legte eine Hand auf Azams Stirn, mit der anderen ritzte sie ihm der Länge nach den Arm auf. Die Wunde war nicht sehr tief, das Blut tropfte langsam. Ananka wischte das Messer auf Azams Stirn ab und ging weiter zu Akil. Er ruckte an den Fesseln, zog und zerrte, doch je mehr er sich wehrte, umso mehr verfing er sich darin.

»Süßer Akil. So viel kämpfen und so wenig Erfolg. Aber das ist deine Natur. Du hast dich damals gegen mich gewehrt, als ich dich aufforderte, mir meinen Wunsch nach der Karte zu erfüllen.«

»Zu recht.«

»Und wie damals wirst du auch heute keine Chance haben, mir zu entfliehen. Ich bekomme immer, was ich will.«

Sie legte auch ihm die Hand auf die Stirn. Ihre Haut fühlte sich eiskalt an, so als würde gar kein Leben mehr durch sie fließen. Der süßliche Geruch ihres Öls benebelte seine Sinne. Der Duft war penetranter aus der Nähe, stieg ihm ins Hirn und verschleierte seine Gedanken. Das Gefühl war ähnlich wie damals, als er das Pulver eingeatmet hatte.

Ananka setzte ihren Singsang fort und rieb dabei über Akils Stirn. Er wollte den Kopf wegdrehen, doch er konnte nicht. Sein Körper war wie gelähmt, betäubt durch den Geruch oder ihre Stimme oder ihre Magie. Er sackte gegen die Fontäne, ließ sich fallen. Etwas anderes konnte er sowieso nicht tun. Ananka nahm auch seinen Arm und setzte das Messer an. Nicht mal den Schmerz durch die Klinge spürte er. Etwas Warmes sickerte seine Haut hinab. Ananka wischte mit dem Blut über seine Stirn und beendete auch diesen Zauber.

»Jetzt seid ihr zwei verbunden. Meine Magie wird in und durch euch fließen.«

Akil blinzelte. Ihm war schwindelig, er hatte Mühe, die Höhle zu erkennen. Plötzlich flackerten Bilder in ihm auf. Nicht so intensiv wie bei den Flashbacks, es war eher, als würde er sich einen Film anschauen. Er sah sich selbst, wie er mit Safraz redete, von ihm aus Madaktu geführt wurde, mit Ilai am Feuer saß. Die Eindrücke waren zeitlich durcheinandergewürfelt, prasselten völlig wirr auf ihn nieder.

Ananka stand vor den beiden. Mit dem Dolch in der Hand wiederholte sie Worte, die er nicht verstand. Sie schwankte leicht hin und her, ihre Haut schimmerte grünlich, als wäre sie mit einer fluoreszierenden Farbe überzogen. Akil schüttelte sich, versuchte so, die Benommenheit loszuwerden.

»Punkt eins deiner Reise«, sagte Ananka. »Das Geschenk an die Seelenwächter.«

Ein heftiger Schmerz schoss durch Akils Herz. Er fühlte den Biss von Fara, wie sie sich in seinem Muskel verankerte, an ihm zerrte.

»Ich will diesen Funken Magie!«

Akil keuchte, er biss die Zähne aufeinander, stemmte sich gegen den Schmerz, als könnte er so den Zauber von Ananka abwehren.

»Azam?«, presste er hervor

Als Antwort erhielt er ein dumpfes Stöhnen. Akil blickte nach hinten. Azam hing schlaff in den Fesseln, seine Haut war blass, der Arm blutete stark. Er war kurz davor, das Bewusstsein zu verlieren. Akil drehte die Hand. Das Blut vermischte sich mit seinen Fesseln, ließ sie rutschiger werden. Wenn er weiter zog, sich nur ein Stück befreien konnte …

Ananka hob die Arme, der Schmerz wurde so stark, dass Akil alles doppelt sah. Er bekam kaum Luft, konnte nicht mehr denken … dennoch zog er weiter an seiner Hand, bis er Azams Hosentasche erreichte.

Ananka öffnete die Augen und drehte sich zu ihm um. »Es ist gleich soweit.« Die Flügel zwischen ihren Brüsten waren dunkler geworden, als hätten sie sich auf ihre Haut gebrannt.

Kurz ebbten die Schmerzen ab, gaben ihm die Chance durchzuatmen. Langsam kam sie näher, drehte den Dolch, damit sie zustechen konnte. »Die letzte Zutat fehlt.« Sie sah auf sein Herz. Die Stelle, an der Agash ihn gezeichnet hatte, an der Fara ihn gebissen hatte. Immer wieder lief es auf diesen Fleck in seinem Körper hinaus.

Ananka trat vor ihn. Er lehnte sich nach hinten, tastete mit den Fingern weiter an Azams Hose herum. Ihr Kopf tanzte vor seinen Augen, das Blut rauschte in seinen Ohren, dämpfte jedes Geräusch. Er wusste, dass er nicht ewig dagegen ankämpfen konnte. Sein Körper musste kapitulieren. Mit einem Lächeln setzte sie die Spitze des Dolches über sein Herz und ritzte den Stoff auf. »Ich werde euren Gäulen die Magie entreißen und zu meiner machen. Ab heute werden sie nicht mehr als gewöhnliche Klepper sein. Und das ist erst der Anfang …« Sie fuhr über sein Herz, verharrte über der kleinen Wölbung. »Woher hast du diese Narbe?«

»Was?« Akil schüttelte sich, zwang sich, wach zu bleiben.

»Antworte mir! Wer hat dich dort verletzt?«

Sein Kinn sackte kraftlos nach unten. »Jaydee …« Die war von Jaydee. Als er in der ersten Nacht nach dem Brand versuchte zu fliehen und dabei Akil ein Messer ins Herz trieb.

Ananka legte die Hand flach auf die Stelle und sog die Luft zwischen den Zähnen durch. »Das ist interessant. Wirklich sehr interessant. Ich glaube, diesen Jaydee muss ich mir näher ansehen, aber eins nach dem anderen. Erst machen wir mit dir weiter.«

Akils Finger gruben sich in Azams Hosentasche.

Ananka schloss die Finger um den Griff, drückte die Spitze fester auf.

Er tastete sich tiefer in die Tasche, suchte nach dem einen Gegenstand, der ihm jetzt noch helfen konnte.

»Das wird leider weh tun«, sagte sie und klang dabei kein bisschen mitfühlend.

Da! Da war er. Akil hatte ihn gefunden. »Is nich schlimm …«, stammelte er. »Das hier auch …«

Er drückte den Knopf des Senders und löste das Armband aus.

Die Flammen schossen durch seinen Körper. Er schrie erstickt, schloss die Augen.

Ananka riss die Arme hoch, um sich gegen das Feuer zu schützen. Der Dolch ritzte in Akils Haut, ohne tief einzudringen. Die Flammen arbeiteten sich um seinen Körper herum, fraßen sich durch die Seile. Es zischte auf seiner Haut. Seine Hand schloss sich fester um den Sender. Er schabte mit dem Nagel über die Oberfläche, fand ein Rädchen, drehte daran und verstärkte die Wirkung.

Ihm wurde schwarz vor Augen, seine Beine knickten ein, sein Herz raste. Noch ein bisschen, und es würde explodieren.

Ananka schlug nach den Flammen, die nach ihr lechzten. Akil beugte sich nach vorne, spürte, wie die Seile nachgaben.

»Du entkommst mir nicht!«, brüllte sie und drückte den Dolch auf sein Herz. Den Stich bekam er schon gar nicht mehr richtig mit. Die Schmerzen durch das Feuer lenkten ihn zu sehr ab.

Völlig blind holte er aus. Das Seil gab nach, ein Arm kam frei. Er schlug Anankas Hand weg, der Dolch plumpste ins Wasser.

Akil warf sich nach vorne, stürzte sich auf sie, ohne zu wissen, was er da tat. Die Schmerzen raubten ihm alle Sinne.

Sie fielen.

Beide.

Für ewig lange, wie es schien.

Und dann schlugen sie auf der Wasseroberfläche auf. Akil klammerte sich an ihren Körper, suchte Halt, wo keiner war. Sie schlug nach ihm, krallte ihre Finger in seine Schulter. Aus Reflex wollte er einatmen, aber es war kein Sauerstoff da. Wie zuvor im Meer trieb er orientierungslos herum. Nicht einmal das Wasser konnte das Feuer ersticken. Es brodelte und blubberte um ihn herum, wurde heißer und heißer und heißer.

Ananka schlug ihm mit dem Ellbogen ins Gesicht. Der Hieb war schwach und unkontrolliert, aber er half ihm, sich zu finden.

Schalte den Sender ab!

Akil ließ den Knopf los. Sofort verebbten die Flammen. Gleichzeitig griff er nach Anankas Kehle und drückte zu. Nur langsam schwanden die Schmerzen. Ananka trat nach ihm, ihre Hiebe wurden gebremst durch die Trägheit des Wassers. Sie wirbelten gemeinsam herum, ohne auf Grund zu stoßen. Dabei war die Quelle nicht tief, sie müssten schon längst unten angekommen sein.

Es war, als würde Tyche sie festhalten, als würden die beiden sich im schwerelosen Raum befinden. Umschlungen, kämpfend. Vielleicht für immer.

Das Wasser drang in Akils Körper. Er atmete ein, schluckte mehr und mehr Flüssigkeit. Sie breitete sich in seinen Lungen aus, seinem Bauch, füllte ihn mit einer Wärme, wie er es nur von der Energie der Seelenwächter kannte.

Das Brennen auf seiner Haut ließ nach, die Kraft kehrte in seine Muskeln zurück.

Wie damals, als die Quelle ihn heilte, nachdem er mit dem Drachen gekämpft hatte.

Auf einmal spürte Akil den Grund unter seinen Füßen. Er rollte herum, zog die Füße an und richtete sich auf. Ananka fand ebenfalls Halt. Gemeinsam schossen sie aus dem Wasser. Sofort zielte sie mit den Fingern nach seinen Augen. Er wich ihr aus, schlug ihr mit der Faust ins Gesicht. Ananka stürzte nach hinten, fing sich am Beckenrand ab und fixierte ihn mit finsteren Augen. Der Geruch nach verbranntem Fleisch und Blut waberte schwer durch die Luft. Akil sah sich nach Azam um. Er war weg, die Überreste der Seile hingen an der Fontäne.

Plötzlich schoss ein beißender Schmerz durch Akils Stirn. Er griff sich an die Schläfen, sank auf die Knie. Es fühlte sich an, als würde sein Hirn geröstet. Ananka kam mit erhobener Hand auf ihn zu.

»Dein Blut klebt an meinen Fingern. Du wirst dich mir beugen!« Ihre

Stimme klang verzerrt, als würde sie durch ein metallenes Rohr sprechen. Akil keuchte, stemmte sich gegen den Druck, der von seinem Kopf ausging. Seine Augen verdrehten sich nach hinten.

»Ob gefesselt oder nicht spielt keine Rolle. Ich bekomme dein Herz!« Sie kam näher. Der Druck in seinem Schädel wanderte tiefer in seinen Brustkorb, legte sich um sein Herz wie ein eiserner Ring. Ananka ballte langsam die Hand zur Faust. Je weiter sich ihre Finger schlossen, umso stärker engte es ihm das Herz ein. Fester und fester schnürte sie es zusammen. Akil spürte ihre Berührung in seinem Inneren. Er griff an seine Brust, als könnte er so ihre Finger lösen, doch natürlich war es unmöglich.

Ananka lachte. Ihre Stimme troff vor Gier. »Niemand hat eine Chance gegen mich. Niemand!«

Akil sah nur noch helle und rote Lichtflecken vor sich herumblitzen. Er saß da wie versteinert, unfähig, sich zu rühren oder zu verteidigen.

Auf einmal schoss etwas hinter ihm aus dem Wasser. »Was passiert eigentlich, wenn ich vor ihm sterbe?«, fragte auf einmal Azam. »Stört das deinen Zauber?«

Ananka blickte auf, verlor kurz den Kontakt zu Akil. Er atmete tief durch, blinzelte die Lichtflecken weg.

»Was tust du da?«, schrie Ananka und schoss an Akil vorbei.

Er stützte sich mit einer Hand an der Fontäne ab, um nicht umzukippen.

»Finden wir es heraus«, sagte Azam. Er hatte sich Anankas Dolch an seine Kehle gesetzt und zog die Klinge durch. Sofort schoss das Blut aus der Wunde.

»Nein!«, brüllte Ananka vor Verzweiflung, und am liebsten hätte Akil mit ihr geschrien! Das war sein Freund. Damals. Jetzt. Immer noch. Azam. Mit dem er durch die Straßen Madaktus gezogen war, mit dem er kämpfte, stahl und lachte und dem er die schwerste Zeit seines Lebens zu verdanken hatte. Azam sah zu Akil. Ein letztes Funkeln blitzte aus seinen Augen. Es sprach von Freundschaft. Von Liebe. Von Brüdern, die keine waren, und von allem, das sie miteinander erlebt hatten.

Akil sprang auf, doch er wusste, dass es zu spät war. Der Moment dauerte nicht länger als eine Sekunde, aber ihm kam es vor, als wäre die Zeit stehengeblieben. Als hätten die beiden diesen Augenblick der Klarheit geschenkt bekommen, um sich voneinander zu verabschieden.

Die Quelle hatte damals Azams Leben gewollt, als Gegengewicht für das

Lösen des Fluchs. Jetzt sollte sie ihn bekommen.

Azam klappte zusammen, plumpste ins Wasser und versank. Ananka stürzte sich auf ihn, pflügte durch die Fluten, als könnte sie ihn so zurückholen. Sie schrie vor Zorn und Verzweiflung, drehte sich im Kreis und wurde von Sekunde zu Sekunde verzweifelter.

Der Druck um Akils Herz ließ nach, je länger Ananka tobte. So war das in der Magie: Wenn die Aufmerksamkeit fehlte, entglitt der Zauber.

Ananka fuhr herum. Ihre Augen waren rot unterlaufen, ihre Züge verzerrt. So etwas war Akil noch nie begegnet, als würde das, was sie im Inneren ist, nach Außen kommen.

Wie sie es sich wünschte. Nur bezweifelte er, dass sie im Inneren perfekt war.

»Ich werde dich in Stücke reißen.« Sie stürmte auf ihn zu, er wich zurück, machte sich zur Verteidigung bereit. Noch einmal hob sie die Hand. Akil spähte an den Fleck, an dem Azam eingetaucht war. Dort irgendwo musste der Dolch liegen. Wenn er schnell genug an ihr vorbeikäme … Ananka war keine zwei Meter von ihm entfernt, als eine Wasserwand nach oben schoss und die beiden voneinander trennte.

»Genug!«, donnerte die Stimme der Quelle von den Wänden.

Akil sah sich um, drehte sich um die eigene Achse, aber es war niemand zu sehen.

»Lass mich durch!«, brüllte Ananka.

»Deine Macht wurde gebrochen«, antwortete Tyche.

»Ich will, was mir zusteht!«, brüllte Ananka.

»Eine Chance in tausend Jahren! Sie ist vertan.«

Das Wasser wuchs zu einer drei Meter hohen Wand. Es verströmte eine angenehme Kühle, vertrieb den Gestank von Rauch und verbranntem Fleisch. Akil erkannte Ananka nur noch verzerrt durch die Flüssigkeit. Sie starrte ihn an. Ihre Augen glühten rötlich.

»Ein Zug für dich, einer für mich«, sagte Tyche. »Du wirst jetzt gehen, Schwester.«

»Nein! Nein! Ich brauche deine Kräfte!«

»Heute nicht. Du kennst die Regeln. Wir sehen uns in tausend Jahren.«

Ananka brüllte frustriert. Die Wasserwand stürzte auf sie nieder und riss sie mit sich in die Fluten.

Akil starrte fassungslos auf die Stelle. Ananka war weg. Aufgelöst, wegteleportiert, er wusste es nicht.

Nur einmal alle tausend Jahre durften sie zusammenkommen.

Das hatte Mihra damals erzählt, als sie ihn mit der Geschichte in der Wüste abgelenkt hatte. Es mochte für die Schwestern gelten, aber Akil war sich sicher, dass er nicht so lange warten musste, bis er Ananka noch mal begegnete. Das hier war nicht vorüber.

Er schüttelte sich, lief wie benommen los, an die Stelle, an der Azam sich geopfert hatte, doch er ahnte, dass er ihn nicht mehr finden würde. Genauso wenig wie Mihra.

Etwas streifte seinen Fuß. »Azam!« Er bückte sich, griff danach. Es war der Dolch, mit dem er sich die Kehle aufgeschlitzt hatte.

»Deine Suche ist zwecklos. Er ist tot«, sagte eine Frau hinter ihm.

Akil fuhr herum. »Tyche.«

»Willkommen zurück, junger Akil.« Sie hatte sich überhaupt nicht verändert. Das Wasser formte eine Robe um ihren Körper, ihre Haare fielen auf ihre Schultern. Sie legte den Kopf schräg und lächelte. »Es freut mich, dass dich das Schicksal noch mal zu mir geführt hat. Ich hätte nicht damit gerechnet.«

Akil schnaubte, setzte seine Suche fort, auch wenn er wusste, dass es sinnlos war. Azam und Mihra waren beide vor zweitausend Jahren gestorben. Er hatte damals seine Freunde verloren, er hatte sein Menschsein verloren, und er musste mit allem abschließen. So wie jeder Seelenwächter. Er drehte eine Weile seine Kreise, bis er es schließlich aufgab. Azam war verloren …

Aber Noah noch nicht.

Er drehte herum, wollte die Quelle verlassen, als zwei Arme nach seiner Schulter griffen und ihn stoppten. Er zuckte zusammen, blickte in Tyches Augen, die durchsichtig schimmerten.

»Lass mich los, ich muss nach meinem Freund sehen.«

Sie schloss die Augen, atmete ein. »*Noah* … ich spüre ihn auf deiner Haut und hier …« Ihre Finger glitten tiefer zu seinem Herz. »… genau wie die Narbe von Agash.«

Akil trat einen Schritt zurück und lief zum Beckenrand. Er hatte keine Ahnung, wie er an den Wachen vorbeikommen sollte. Vielleicht waren sie ganz handzahm, jetzt, da Azam und Ananka weg waren.

»Ich kann sie dir wiedergeben«, sagte die Quelle plötzlich.

Er hielt in der Bewegung inne, drehte sich langsam zurück.

»Das, was du verloren hast. Es gibt einen Weg, sie zurückzuholen.«

Ihm lief es eiskalt den Rücken hinunter. Er ahnte, was sie ihm gleich sagen würde. Die Quelle war mächtig. Das hatte er am eigenen Leib gespürt. Sie konnte heilen, Flüche brechen und vielleicht …

»Deine Fähigkeiten«, sagte sie schließlich. »Du kannst sie wiederhaben.«

Er sog ihre Worte ein, ließ sie ganz tief bis in den Bauch sacken.

»Du kannst wieder ein Seelenwächter sein.«

Sie kam langsam näher, Akil fühlte das Wasser gegen seine Beine schwappen.

»Dort drüben unter dem Schutt liegt der Becher. Nimm ihn und trinke. So wie du es schon mal getan hast.«

Tyche hatte damals Wort gehalten. Sie hatte ihn von Agash befreit und ihre Bezahlung kassiert. »Was willst du dafür?«

»Ein Leben. Der Preis ist derselbe, und dieses Mal wird dich kein Wunsch davor bewahren, ihn zu zahlen.«

»Welches Leben?« Er wollte das nicht fragen, denn es kam nicht infrage, jemand anderen zu opfern, aber die Worte waren draußen, bevor er sie aufhalten konnte.

»Das Leben des Mannes, der zuletzt dein Herz berührt hat. Der an dir haftet und einen Teil deiner Seele in Beschlag nimmt.«

»Noah.«

»Er stirbt sowieso. Du wirst den Prozess nur beschleunigen.«

»Also lebt er!«

Sie nickte. »Ich fühle seine Lebensenergie, doch sie ist schwach. Er wird es nicht schaffen.«

»Wenn du mir meine Fähigkeiten zurückgibst, könnte ich …« *Ihn heilen.*

Sie schüttelte den Kopf. »Sein Leben gegen dein Element.«

Gottverdammt, bitte nicht.

Nicht so! Nicht Noah!

Akil strich sich durch die nassen Haare. Er atmete tief durch. Seine Finger kribbelten, als wollten sie ihn daran erinnern, wie es war, ein Seelenwächter zu sein, wie es war, jemanden zu heilen oder über Berührungen die Energie der Natur in sich aufzunehmen. Er knetete sie aneinander, ließ zu, dass die Bilder aufblitzten. Spaziergänge im Park, im völligen Einklang mit sich selbst und der Erde. Innige Momente, die er mit Frauen und Männern geteilt hatte, in denen er den anderen mit seinen verstärkten Sinnen wahrnahm, ihn spürte, roch, schmeckte … Und natürlich das Element selbst. Seine Stärke, seine

Weisheit, seine Ruhe. Sie war durch Akils Adern geflossen wie sein eigenes Blut. Er war das Element und umgekehrt.

Er könnte das alles wiederhaben.

Aber der Preis war hoch. Viel zu hoch. »Nein.«

»Das habe ich mir fast gedacht, ich wollte es dir trotzdem anbieten.«

Er sah sie an. Sie lächelte mild, verschränkte die Hände vor ihrem Körper und wartete auf das, was kommen möge. Das Wasser rann in sanften Bahnen an ihrem Gesicht hinunter. Kühl und …

… *heilend.*

Natürlich!

Akil strich über seinen Arm, über die Stelle, an der Ananka ihn aufgeritzt hatte und die jetzt blassrosa schimmerte. Wäre es möglich? »K-könntest du ihn retten? Du hast meine Wunden geheilt, die von Azam … kannst du … kannst du Noah retten?« Würde es auch etwas kosten? Bisher hatte sie nichts dafür verlangt.

Tyche antwortete nicht. Akil blickte zum Schutt. Er kletterte aus der Quelle, durchsuchte das Geröll nach dem Becher. Es dauerte nicht lange, bis er ihn unter den alten Knochen des Drachens fand. Vorsichtig hob er ihn heraus und fuhr mit dem Daumen über die Oberfläche. Er war noch intakt.

»Nur einmal«, sagte Tyche hinter ihm. »Wenn du ihn füllst, werde ich tausend Jahre brauchen, um meine Wasser zu regenerieren. Es gibt nur diese Chance. Auch für deine Fähigkeiten.«

»Ich weiß.« Er drehte sich herum, sah ihr fest in die Augen. »Es kommt aber nicht infrage, dass ich jemand anderen dafür opfere.« Egal, ob er Noah retten konnte oder nicht: Akil würde es wenigstens versuchen. Entweder er fand eine andere Möglichkeit, einen Zauber vielleicht, der ihm seine Fähigkeiten zurückgeben würde. Ansonsten würde er eben altern und gebrechlich, vielleicht sogar krank werden. Sicher könnte er eine Weile mit auf Dämonenjagd gehen, aber mit der Zeit würde das aufhören. Der menschliche Körper war nicht für diese Art von Tätigkeit geschaffen. Die Belastung war zu groß, die Feinde zu mächtig. »Wenigstens habe ich Freunde.« Er war nicht mehr allein wie in Madaktu.

»Das hast du.« Tyche nickte, ihre Oberfläche schimmerte einen Moment dunkler, als würde sie bedauern, dass sie ihm nicht helfen konnte.

»Was ist eigentlich mit deiner Schwester? Wo ist sie?«

»Sie ist wieder am Anfang. So sind die Regeln. Moira lebt in ihrem Schicksalsberg, Ananka auf ihrem Schloss und ich hier. Auch wenn sie erst einmal gebannt ist, solltest du auf der Hut sein. Ananka gibt nicht auf, bis sie hat, was sie begehrt. Egal ob sie mich für ihre Zauber verwenden kann oder nicht.«

»Dann werde ich wohl besser vorbereitet sein müssen.«

»Immer noch ein Kämpfer. Du hast dich überhaupt nicht verändert, junger Akil.«

»Das denkst nur du.«

Er trat zurück in das Becken und lief zu ihr. Zeit, den Becher zu füllen. Bevor er sich bücken konnte, legte Tyche eine Hand auf sein Herz. Wie ihre Schwester zuvor strich auch sie über die Narbe, die Jaydee dort hinterlassen hatte. Ihre Finger verharrten eine Weile an der Stelle, Akil hatte sogar das Gefühl, dass sie etwas wärmer wurden, aber er konnte sich auch täuschen. »Vielleicht ist die Hoffnung doch nicht gestorben.«

»Was meinst du damit?«

Sie lächelte milde, wie eine Mutter, die ihrem Kind zum ersten Mal einen Sonnenaufgang zeigte und ihm damit die Wunder der Natur erklären wollte. »Du bist etwas Besonderes. Deine Seele schwingt in diesem ganz speziellen Rhythmus. Sie ist voller Güte, Liebe, Leidenschaft. Bewahre das. Es ist ein kostbares Juwel. Egal ob als Mensch oder Seelenwächter.« Ihre Finger wanderten tiefer, seine Arme entlang. Als sie das metallene Band streifte, stockte sie. Ein kühler Schauer rann durch Akils Körper. Er fühlte eine pulsierende Energie von dem Armband aus nach oben wandern. Kam es von ihrer Berührung oder von dem Teil?

»Was meintest du damit? Welche Hoffnung ist noch nicht gestorben?« Noahs Rettung? Akils Rettung? Was?

Sie beugte sich zu ihm und hauchte einen zarten Kuss auf seine Lippen. Er hielt die Luft an, wusste nicht, wie er reagieren sollte. Eine Sekunde später war es schon wieder vorbei. Ein feuchter Film blieb auf seiner Haut zurück.

»Das ist mein Geschenk an dich. Du wirst es erkennen, wenn du es brauchst. Gib niemals auf«, flüsterte sie und fiel in sich zusammen. Eine kleine Welle entstand, das Wasser schwappte kurz hin und her und wurde schließlich zu einer ruhigen, spiegelnden Oberfläche. Akil starrte eine Weile auf die Stelle, an der sie eben gestanden hatte. Er hatte keine Ahnung, was eben passiert war.

Und er hatte keine Zeit, darüber nachzudenken. Er schüttelte sich aus seiner Starre, leckte sich über die Lippen und tauchte den Becher ein.

Akil kannte die Prozedur, er hatte sie schon einmal mitgemacht. Sofort floss das Wasser in den Behälter, als würde es von einer unsichtbaren Macht gezogen. Die Quelle leerte sich langsam, der Pegel sank. Akil wartete, bis der letzte Tropfen im Becher war. Vorsichtig hob er ihn an. Er war randvoll, doch das Wasser schwappte nicht hin und her. Damit müsste er jetzt zurück zum Lager kommen, sich an den Wachen vorbeischleichen und das Zeug Noah einflößen. Klang nach einem Spaziergang.

»Dann mal los.« Seine Stimme hallte in dem großen Raum wider. Jetzt, da die Quelle leer war, bollerte das Echo viel stärker zurück. Er drehte um, wollte gehen, als ein glänzender Gegenstand seine Aufmerksamkeit erregte. Einen Meter von ihm entfernt lag der Sender, den er vorhin fallengelassen hatte. Akil hob ihn auf und steckte ihn ein. Vielleicht würde ihm das Ding helfen, das Armband zu lösen. Wer wusste das schon.

Er setzte einen Fuß auf den Beckenrand und spürte einen Sog in der Mitte. Es fühlte sich an, als würde ihn jemand mit einem Seil nach hinten ziehen. Akil ließ es zu, versuchte, nicht dagegen anzukämpfen, auch wenn sein erster Reflex war, sich dagegenzustemmen. Doch er wusste, was es bedeutete, er war in seinem Leben oft genug teleportiert, um das Gefühl zu deuten.

Tyche half ihm, zurückzukommen.

Die Höhle verschwamm vor seinen Augen, er klammerte sich an dem Becher fest, konzentrierte sich darauf, nichts zu verschütten.

»Danke!«, rief er.

Und schon war er fort …

31. Kapitel

In der Wüste – vor drei Tagen

Um in der nächsten Sekunde an einem anderen Ort aufzutauchen. Akil taumelte drei Schritte nach vorne, als hätte ihn jemand geschubst.

Rasch sah er sich um. Er war in einem fremden Zelt. An einer Wand stand ein Metallregal mit Gefäßen, Phiolen, Büchern. Es roch nach Räucherwerk und der süßlichen Seife von Ananka.

Noah lag auf einer Pritsche und keuchte leise. Sie hatten ihm das Shirt ausgezogen und die Wunde verbunden, doch der Verband war rot getränkt. Ein leichter Schweißfilm bedeckte seine Haut.

Akil rannte zu ihm, stellte den Becher auf den Beistelltisch und strich über Noahs Wange. Er glühte. »Hey, ich bin da. Ich habe Medizin für dich. Hörst du?«

Noah stöhnte. Akil wusste nicht, ob er ihn gehört hatte oder nicht. Er griff in seinen Nacken und setzte den Becher an seine Lippen. »Trink, bitte.«

Der erste Schwall ging daneben. Akil fluchte. Er hatte keine Ahnung, ob die Heilung nur wirken konnte, wenn er jeden Tropfen trank. Aber er konnte das Zeug auch nicht in ein anderes Gefäß füllen, um es ihm leichter zu machen.

»… was machen wir jetzt mit dem Typ?«, hörte er Pascals Stimme von draußen. »… die anderen kommen nicht zurück, und der krepiert bald.«

»… wir lassen ihn hier, so wie ich dir gesagt habe«, antwortete Henry. »Ich will keinen Mord an der Backe haben, Mann. Egal wie viel die mir dafür zahlen. Wir verbuddeln ihn und hauen ab, oder besser: Wir brennen alles nieder! Keine Spuren, keine Leiche, kein Mord. Ganz einfach.«

»Das geht doch aber auch nicht.«

»Kannst du ihn retten? Du hast es doch gehört! Der Arzt braucht fünf Stunden, bis er hier ist. So lange hält der nicht mehr durch, und wenn wir einen rufen, ist es offiziell.«

»Ich bin nicht derjenige, der auf ihn geschossen hat.«

»Komm mir bloß nicht mit sowas! Du hängst da genauso mit drin, Mann.«

»Das ist mir echt zu blöd!«, brüllte Pascal. »Ich hau ab! Niemand kann mir beweisen, dass ich je hier war.«

Akil wandte sich zurück zu Noah und startete den zweiten Versuch. Er hob seinen Kopf höher, damit er es hoffentlich einfacher beim Schlucken hatte. Akil rückte so nahe an ihn heran, dass er fast seine Wange berührte. »Bitte trink. Es ist wichtig«, flüsterte er.

Noah keuchte. Die Haltung war ihm unbequem, aber da musste er jetzt durch.

Auf einmal hörte Akil das Plätschern von Wasser gegen das Zelt. Vorne, auf der Seite, hinten, auf der anderen Seite …

»Brody!«, rief Henry. »Hilf mir und schnapp dir einen Benzinkanister.«

Oh-oh … Akil drückte den Becher fester auf Noahs Lippen. »Trink schneller.«

»Was is mit Pascal?«

»Wenn er abhauen will, dann lass ihn. Wir vernichten alle Spuren. Mach dir keine Sorgen.«

»Danke, Mann.«

»Kümmer du dich um das Gemeinschaftsquartier, ich mache hier weiter und brenne dann die Schlafzelte ab.«

»Willst du nicht erst sehen, ob du von da drinnen was mitnehmen kannst?«

Akil stockte. Nein, das wollte er hoffentlich nicht. Er blickte sich rasch um. In der Ecke stand ein Stuhl mit Metallbeinen. Zur Not würde er Henry eins überziehen, wenn er reinkam. Vielleicht gab es in dem Regal auch Waffen. Gut möglich, das Ananka mehrere Dolche für ihre Rituale hatte.

Henry zögerte mit seiner Antwort.

Geh weiter!

»Nein«, sagte er schließlich. »Mit dem Scheiß-Vodookram will ich nichts zu tun haben. Nachher holen wir uns auch einen Fluch.«

»Okay«, sagte Brody. »Ich fang mit dem Feuerwerk drüben an.«

»Viel Spaß.«

Noah hustete. Er hatte sich verschluckt. Akil fluchte leise und hoffte, Henry würde nicht darauf aufmerksam werden. Er gab Noah einen Moment Zeit, bis er sich gefangen hatte, dann flößte er ihm unerbittlich den Rest des Wassers ein. Henry machte in der Zeit weiter. Der Geruch von Benzin drang ins Innere.

Als Noah endlich ausgetrunken hatte, bettete Akil ihn vorsichtig auf das Kissen, stand auf und lief zu dem Regal. Vielleicht war Ananka auch in der Lage gewesen, Portale zu bauen. Er könnte sich und Noah im Nu wegholen. Er durchwühlte sämtliche Schubladen, sah in die Schachteln, die Phiolen, doch er fand nur drei kleine – nicht sehr scharfe – Messer.

Draußen gab es einen lauten Knall. Akil zuckte zusammen. Das Geräusch war von links gekommen und hatte geklungen, als wäre ein Gerät in die Luft geflogen. Bestimmt ein Stromgenerator. Henry jubelte über den Lärm hinweg. Akil sah noch mal zu Noah. Seine Lider flatterten, er bewegte den Kopf hin und her, keuchte. Hoffentlich wirkte das Wasser der Quelle, ansonsten wusste er nicht, was er tun konnte. Er nahm ein Messer und lief damit zur Rückseite des Zeltes. Sofort setzte er die Klinge an und schnitt von oben nach unten einen Durchgang in den Stoff. Er war nicht weit gekommen, als ein Feuerzeug klickte.

»Das hier ist als Nächstes dran!«, brüllte Henry.

Scheiße.

Akil drückte die Klinge fester auf. Hätte er eine von seinen Waffen dabei, hätte das Ganze nur Sekunden gedauert, mit dem stumpfen Ding konnte man nicht mal einen Blumentopf gewinnen. Akil fluchte, drückte die Klinge so fest er konnte und zerriss den Stoff.

Hinter ihm zischte es. Flammen züngelten auf, fraßen sich ringsum. Akil warf das Messer weg, rannte zu Noah und griff um seine Taille. Er schrie vor Schmerz, als er ihn anhob, doch darauf konnte Akil jetzt keine Rücksicht nehmen.

»Hey!«, brüllte Henry. Er hatte ihn gehört.

Die Hitze nahm zu. Akil musste husten. Schwarzer Rauch stieg von dem Stoff auf.

Will hätte jetzt seine Freude.

Akil umklammerte Noah und warf ihn sich über die Schulter. Noah zuckte zusammen, die Haltung war alles andere als gesund für ihn, aber er hatte sowieso keine Wahl mehr. Entweder verbrennen, an der Verletzung oder beim Fluchtversuch sterben.

»Brody!«, brüllte Henry. »Komm her und hilf mir.«

Hustend lief Akil zur Rückseite und stieg zur Öffnung hinaus. Das Feuer hatte die Rückwand erfasst, waberte nach ihm. Er zog den Kopf ein und schob sich weiter. Erstaunlicherweise ängstigte ihn das Feuer nicht. Vielleicht lag es an seinen Erlebnissen mit dem Armband, oder weil er als Seelenwächter viel mit den Elementen in Kontakt gekommen war. Er fühlte das Brennen der Flammen auf seiner Haut, den Qualm, der in seine Lunge drang. Seine Haare wurden angesengt, Akil riss einen Arm hoch, taumelte weiter und weiter, bis er aus dem Zelt draußen war.

Die Luft war erfüllt von beißendem Rauch. Die Zelte brannten lichterloh, es krachte und knallte.

Vor Akil tauchte eine Gestalt auf. Er erkannte nur ihre Umrisse, sicher war das Brody. Er hielt eine Waffe in der Hand, hatte ein Tuch vor die Nase gedrückt und hustete. Noah rührte sich, er klammerte sich an Akils Schulter, versuchte, sich von ihm zu befreien. Akil ließ ihn herunter, hielt ihn aber an der Hüfte umklammert. Brody entdeckte die beiden, er legte an, feuerte blind drauflos. Akil zog den Kopf ein, ließ Noah los und stürmte auf Brody zu. Sie verhakten sich ineinander, Akil drosch auf seine Seite ein, bekam selbst einen Tritt in den Bauch. Brody hustete und keuchte. Sicher war er es nicht gewohnt, unter diesen Umständen zu kämpfen. Akil nutzte seinen Vorteil, verpasste Brody einen Kinnhaken. Er verlor seine Waffe, flog zurück und landete im Sand. Sofort drehte Akil sich um, schnappte sich Noah, der noch immer aufrecht stand und sich die Hände auf die Schusswunde presste. Gemeinsam rannten sie weiter. Weg von den brennenden Zelten, hinaus in die Freiheit.

Akil stürmte fast blind voran. Folgte seiner Intuition, so wie er es früher getan hatte, als er durch diese Straßen irrte.

Rechts, links, geradeaus.

Akil dachte nicht mehr nach, blickte nicht zurück, rannte einfach.

»Aber der hat bestimmt Läuse!«

»Ja, Tausende

»Mein Bruder hat mir das Geld übrigens abgeknöpft. Ich bezweifle, dass ich es wiedersehe.«

»Also war das alles auch noch umsonst?«

»Leider.«

»Ich werde dir frisches Brot holen und Obst und Fleisch. Lass mich dich umsorgen, mein Sohn.«

»Das is ja gar nich das Klo! Dabei stinkt es hier genauso …«

Akil fühlte, wie alles in den Hintergrund rückte, in den Flammen erstickte und für immer abgeschlossen wurde. Feuer zerstörte nicht nur, es heilte auch.

Akil hatte gelebt, gekämpft, hatte verloren und gesiegt. Er war aus seiner persönlichen Hölle gekrochen, zum Seelenwächter geworden und musste jetzt alles wieder loslassen.

»Hey, du weißt doch, wie es läuft.« An manchen Tagen hatten sie Glück, an anderen eben nicht.

Das hatte er zu Azam gesagt, als Akil die Münze an seinen Bruder verlor und er wieder mit leeren Händen dastand. Damals hatten ihn seine Freunde aufgefangen und weiter mit ihm gekämpft. Sicher würde es heute auch so sein.

Auf einmal stand Akil vor einem Auto. Er zögerte nicht lange, öffnete die hintere Tür, schob Noah hinein und setzte sich selbst ans Steuer. Eine Explosion erklang von hinten. Akil zuckte zusammen, blickte zum Fenster hinaus. Das Zelt, in dem er sich mit Azam und Ananka zum ersten Mal getroffen hatte, war in die Luft geflogen. Die Welt um ihn herum erschien unwirklich. Akil war in einer Hölle gefangen, aus der er den Ausweg finden musste.

Er tastete nach dem Zündschlüssel. Er steckte! Akil hatte keinen Führerschein, aber er wusste natürlich, wie die Dinger funktionierten. Auto fahren war auch für Seelenwächter möglich, solange es keine allzu modernen Wagen waren. Akil ließ den Motor an, schob die Automatikschaltung in den erstbesten Gang und trat auf das rechte Pedal. Der Wagen machte einen Satz nach vorne, Akil zuckte vor Schreck zusammen, stieg mit dem anderen Fuß auf das linke Pedal und wurde im Sitz nach vorne geschleudert, als der Wagen plötzlich stoppte.

»Du darfst nur mit dem rechten Fuß die Pedale betätigen«, stöhnte Noah von hinten. Akil blickte zurück. Er wirkte fitter als eben noch, auch seine Haut bekam endlich mehr Farbe.

Die Quelle heilt ihn! Bei allen Göttern, es funktioniert!

Noah richtete sich mit schmerzverzerrtem Gesicht auf und krallte sich an der Rücklehne fest. »Gangschaltung auf D, vorsichtig mit rechts Gas geben und dann los.«

»Wie geht es dir?«

»Brennt wie Hölle, aber ich glaube, es wird besser.«

Akil nickte, drehte sich nach vorne und befolgte Noahs Anweisungen. Sie rasten hinaus in die Wüste, der untergehenden Sonne entgegen. »Wohin soll ich fahren?«

Noah richtete sich keuchend auf. Er hielt die Finger auf die Wunde gedrückt, doch er wurde von Minute zu Minute stärker. »Drücke auf das Navi, das Gerät da vorne zwischen den Armaturen. Es ist auf die Landebahn programmiert, auf der wir ankamen. Ich habe dem Piloten die Anweisung gegeben, auf mich zu warten.«

»Aha.«

»Ich war ja davon ausgegangen, dass ich frei bin, sobald ich dich abgeliefert habe.«

»Verstehe.« Schön, dass er an alles gedacht hatte.

»Akil.« Noah drückte sich zwischen den Sitzen hindurch. »Mein Plan war eigentlich, dich abzuliefern und so schnell wie möglich die Biege zu machen. Ich hatte nicht geahnt, dass ich … dass wir uns noch mal näherkommen würden.«

»Wohl auch nicht, dass Azam dich nicht gehen lassen würde.«

»Nein. Ich habe ihm vertraut. Etwas anderes war mir nicht übrig geblieben.«

Akil hätte an Noahs Stelle einen Plan B bereitgehalten, man musste stets damit rechnen, dass etwas schief ging, aber es war Quatsch, weiter auf dem Thema herumzureiten. Außerdem hatten sie so eine Chance, von hier abzuhauen. »Also schön. Es ist ja immerhin gut für uns, dass du es so gemacht hast. Wir fliegen zurück auf die Azoren und holen mein Pferd.« Er ging davon aus, dass Flosi noch da war. Die Parsumi kamen gut einige Tage ohne die Seelenwächter klar. Vorausgesetzt, der Zauber, den Ananka angefangen hatte, war ohne Wirkung geblieben. Wenn sie den Parsumi wirklich ihre Kräfte entzogen hatte, bekämen sie das nächste Problem. Aber eins nach dem anderen.

»Und was machen wir dann?«

»Wir reiten nach Arizona. Dort lebe ich.« Akil hatte das Haus verlassen, als Jess mit Jaydee wieder angefangen hatte zu trainieren und Ilai mit diesem Glibberzeug überzogen war. Bestimmt hatten sie mittlerweile einiges herausfinden können. Als Erstes würde er Will fragen, ob er ihm das Armband abnehmen könnte. Und dann, ob er ihm helfen würde, seine Fähigkeiten zurückzuerlangen.

»Hab ich dich eben richtig verstanden? Wir reiten?«

»Du hast doch so viel über die Seelenwächter gelernt – und das nicht?«

Noah schüttelte den Kopf. »Ich kann außerdem nicht reiten.«

»Da bist du nicht der Erste.« Er würde sich ganz hervorragend mit Jess verstehen. Zwei Menschen, die mehr oder weniger unfreiwillig in die Welt der

Seelenwächter gezogen worden waren.

Auf einmal ruckelte der Motor, der Wagen wurde langsamer, obwohl er das Gaspedal weiter durchtrat, bis sie schließlich standen.

»Schätze, der Sprit ist alle«, sagte Noah.

Das Auto gab ein letztes Keuchen von sich und erstarb. »Mist.« Akil drehte den Zündschlüssel, doch es war nichts zu machen. »Und nun?«

Noah spähte auf das Navi. »Es sind knapp dreißig Kilometer bis zur Landebahn.«

Akil beugte sich über das Lenkrad. Die Dämmerung war angebrochen. Es war nicht ungefährlich, in der Dunkelheit durch die Wüste zu wandern. Akil könnte womöglich die Richtung anhand der Sterne finden, aber es gab Raubtiere, die in der Nacht aktiv wurden, und es war fraglich, ob Noah schon fit genug war, um bei der Kälte zu marschieren. Sie wären geschützter im Wagen.

Er öffnete das Handschuhfach. Zwei volle Wasserflaschen und zwei Müsliriegel lagen darin sowie ein Handy, das sich allerdings nicht anschalten ließ.

»Ich würde vorschlagen, wir warten hier bis kurz vor Sonnenaufgang und gehen dann los. Es ist für dich einfacher, in den Tag hineinzulaufen. Ich seh mal im Kofferraum nach, ob es Decken gibt.«

»Meinst du wirklich?«

»Jep. Vertrau mir. Ich bin ein Wüstenkind, und außerdem …« Er drehte sich zurück zu Noah und musterte ihn. Der Verband hatte sich ein Stück gelöst, zeigte die rosige Haut darunter, die fast verheilt war. Er würde für morgen Kleidung oder eine Decke brauchen, um sich gegen die sengende Sonne zu schützen, sonst bekäme er einen Stich. »… können wir uns gegenseitig warmhalten. Die Nächte in der Wüste sind frostig.«

Ein scheues Lächeln umspielte Noahs Züge. »Das ist natürlich ein unschlagbares Argument.«

Die Nacht war unbequem und gleichzeitig amüsant gewesen. Sie hatten die Rückbank umgeklappt und den Wagen wackeln lassen. Dieses Mal hatten sie keine Zuhörer gehabt, was Noah ziemlich angespornt hatte. Im Laufe der Nacht waren die letzten Spuren seiner Verletzung verschwunden, und Akil hatte keine Rücksicht mehr darauf nehmen müssen, ob er ihn zu grob anpackte oder nicht. Sie hatten sich neu gefunden und ihre Beziehung aufgefrischt. Akil wusste nicht genau, wie es mit ihnen weitergehen sollte, und er wollte nicht darüber nachdenken. Nicht heute. Nicht morgen. Nicht jetzt.

Am nächsten Morgen waren sie aus dem Auto geklettert und mehr oder weniger erholt losgelaufen. Nun waren sie seit knapp zwei Stunden unterwegs. Die Sonne war gerade aufgegangen und ließ die Temperaturen nach oben schießen. Noah hatte sich eine Decke umgelegt, unter der er zwar schwitzte, aber wenigstens geschützt war.

»Aua!«, rief er zum x-ten Mal. Er hielt an, setzte sich hin und band den Schuh auf. »Dieser Scheiß-Sand kommt in jede Ritze!«

»Du musst die Stiefel fester schnüren.«

»Dann sind sie zu eng.«

Akil verschränkte die Arme vor der Brust und sah ihm grinsend dabei zu, wie er seinen Schuh auszog, um den Sand auszuleeren.

»Machst du dich über mich lustig?«, fragte Noah.

»Wie käme ich dazu?«

Noah pfefferte ihm den Schuh entgegen, doch Akil wich ihm mit Leichtigkeit aus.

»Und warum wirfst du den nach mir?«

»Weil du dich sehr wohl über mich lustig machst. Ich bin ein verwöhnter Stadtmensch. Du kannst es ruhig aussprechen! Ich hab vielleicht Muckis, aber die sind in einer sauberen Umgebung gewachsen. Herrgott, ich trainiere in einem Studio! Mit Handtüchern auf den Geräten und einer frischen Flasche Wasser neben dem Rad. Wir haben sogar eine Klimaanlage im Sommer. Wenn ich zu hart trainiere, piepst meine Pulsuhr und ermahnt mich, langsam zu machen. Ich bin ein steriler, fitter Mensch, der seine Protein- und Eiweißshakes aufs Gramm genau abwiegt und sein Essen mikrobiologisch auswählt. Ich bin nicht für diesen Scheiß gemacht!«

Akil lief zu Noahs Schuh und hob ihn auf. »Hier.«

»Danke.« Vor sich hinbrummelnd zog er ihn wieder an und ließ sich von Akil aufhelfen. »Warum bist du eigentlich so fit? Dein Körper ist doch total auf den Kopf gestellt.«

»Ich weiß nicht, ich bin in so einer Gegend aufgewachsen, und ich …« Er blickte in den strahlend blauen Himmel. Die Sonne knallte erbarmungslos auf sie nieder, aber tatsächlich spürte Akil es kaum. Er war an diese Art der Belastung gewöhnt, ob mit oder ohne Fähigkeiten.

Sie setzten ihren Weg fort. Noah ließ es sich nicht nehmen, die ganze Zeit über vor sich hin zu fluchen, den Sand, die Hitze, die Sonne mit den übelsten Schimpfwörtern zu betiteln und Akil damit jedes Mal zum Lachen zu bringen.

Nach weiteren beschwerlichen Stunden erreichten sie das Rollfeld. Und der Flieger war da. Akil blieb vor dem silbernen Koloss stehen und konnte sein Glück kaum glauben. Er konnte zurück nach Hause.

Zu seinen Freunden.

»Endlich!« Noah hinkte zur Treppe, die an dem Flieger angebracht war. Er stieg sie hinauf, klopfte oben an die Tür und wartete, bis jemand öffnete. Akil folgte ihm langsam. Ging jeden Schritt ganz bewusst, machte sich klar, was er in den letzten Tagen erlebt und gesehen hatte. Ob in der Gegenwart oder in den Flashbacks.

Die Tür ging auf, Noah sprach mit dem Piloten. Akil hörte nur mit einem Ohr zu. Er erreichte die letzte Stufe und drehte sich zurück. Die Sonne ging unter, zeichnete rot-orangene Farben in den dunkler werdenden Himmel. Es roch nach Wüste, nach Freiheit, nach Sand und der Vergangenheit. Akil sog tief die Luft in seine Lungen, ließ sie wirken und wusste, dass er an der Schwelle zu einem guten Neuanfang stand. Er hatte auf dieser Reise viel über sich selbst gelernt. Er wusste, wer er war, was er konnte. Die Quelle hatte recht gehabt: Er hatte sich nicht verändert. Seine Seele war die gleiche geblieben, ob mit der Kraft der Elemente oder ohne. Akil definierte sich nicht darüber, ein Wächter zu sein, sondern über das, was er im Inneren bei sich trug – und das konnte ihm niemand auf der Welt wegnehmen.

Gib niemals auf.

»Niemals.«

Eine Hand legte sich auf seine Schulter und drückte sachte zu. »Kommst du?«, fragte Noah.

»Ja.« Akil nickte der untergehenden Sonne zu, drehte um und stieg in das Flugzeug.

Bereit, seiner neuen Zukunft entgegenzufliegen.

32. Kapitel

Malea Island, Karibik – Die Gegenwart

Und jetzt bin ich hier«, schloss Akil seine Erzählungen ab. »Nachdem wir zurück auf den Azoren waren, sind wir zu Geronimos Bar, und ich hab nach Flosi gepfiffen. Es dauerte eine Weile, bis sie angaloppiert kam. Erst dachte ich, Anankas Zauber hätte gegriffen und die Parsumi waren tatsächlich nicht mehr da, aber dem war nicht so.« Zum Glück. Und obwohl Akil erleichtert deshalb war, ahnte er, dass es nicht alles gewesen war. Er hatte Anankas Macht gespürt, am eigenen Leib gemerkt, was sie vorhatte und wie nah sie ihrem Ziel gekommen war. Sie würde nicht aufgeben.

»Als Noah Flosi sah, ist er vor Schreck einen Meter rückwärts gesprungen und volle Kanne im Ziegenstall von Geronimo gelandet. Tja, und da ich ihn schallend ausgelacht habe, hab ich das hier abbekommen.« Akil deutete auf die Schlammkruste auf seinem Shirt. »Und das hier auch.« Der zweite Fleck war vermutlich eine Hinterlassenschaft einer der Ziegen gewesen. Akil hatte sich nicht mehr darum geschert, nachdem Noah ihn am Kragen gepackt und ihm ein Bein gestellt hatte. Sie waren beide im Ziegendreck gelandet, und da es an dem Tag geregnet hatte, war es eine ganz schöne Schlammschlacht gewesen.

»Meine Güte«, sagte Jess. Sie saß auf der Lehne der Couch und sah so blass aus, als würde kein Blut mehr durch ihr Gesicht fließen. Jaydee stand neben ihr, hielt ihre Hand und quetschte sie so fest, dass sie sicherlich einen Krampf darin hatte.

»Ich bin mit Noah natürlich als Erstes nach Arizona geritten, da ich davon ausging, dass ihr alle dort seid, aber ich habe mich geirrt.«

»Ralf hat das Anwesen gekillt«, sagte Jess. »Wir mussten gehen.«

»Das hab ich bemerkt. Als ich mit Noah ankam, fand ich nur Trümmer. Erst konnte ich es nicht fassen, aber da wurde mir klar, dass etwas mit Ilai passiert sein musste, ansonsten wäre das Haus nicht so beschädigt gewesen. Wir haben uns umgeschaut, das Tor mit den Engelsflügeln sah aus, als wäre jemand dagegengerannt.«

»Das war ich«, sagte Jaydee stoisch. »Ich habe einen von Cocos Kerlen dagegendonnern lassen, als ich vor ihnen geflohen bin.«

»Da ich nicht wusste, wo ich als Erstes nach euch suchen sollte, beschloss ich, nach Riverside zu reiten, um Ben zu finden. Er war ja mit euch zusammen gewesen, als ich gegangen bin. Dort sind wir allerdings in den Ausnahmezustand geplatzt. Überall Polizei, Krankenwagen, Feuerwehr. Die Innenstadt war abgeriegelt, die Leute hatten Ausgangssperre. Wir sind kaum durchgekommen.«

»Der Emuxor«, sagte Jess und zog dabei die Schultern an. Als wäre der Name schon Grauen genug. »Er und Ralf haben so viele Menschen getötet.«

»Ich weiß. Nach einer Weile haben wir uns schließlich zu Ben durchgekämpft.« Und der hatte ihm in Kurzfassung berichtet, was geschehen war. Akil hatte gebraucht, um das alles zu verdauen und zu sortieren. Es war unfassbar, was in den letzten Tagen geschehen war. Nicht nur bei ihm, auch die anderen hatten an ihrer eigenen Front gekämpft. »Er hat mir gesagt, dass ihr bei Colin seid. Ab da war es leicht, euch zu finden.«

»Ist Noah denn auch hier?«, fragte Jess.

»Ja. Er ist in einem der Gästehäuser. Er wollte, dass ich erst mal alleine mit euch rede und nicht dabei stören.«

»Gut«, sagte Jaydee, ließ Jess los und lief zur Terrassentür. Mittlerweile war die Nacht angebrochen. Akil hatte den ganzen Tag gebraucht, um seine Geschichte zu erzählen. »Da kann er gefälligst bleiben.«

»Ey, mach mir hier bloß keinen auf: Ich-polier-dem-Kerl-die-Fresse-bis-ihm-hören-und-sehen-vergeht. Das kann ich nicht brauchen, Jay.«

»Er hat dich entführt und zu diesem Irren geschleppt!«

»Und ich habe ihm das verziehen. Das wirst du gefälligst auch.«

Jaydee knurrte, stemmte die Hände rechts und links gegen die Terrassentür.

»Akil hat recht«, sagte Jess. »Noah hat sich nicht anders zu helfen gewusst.«

Jaydee donnerte mit der Faust auf den Rahmen. »Das ist lächerlich! Er hätte Akil nicht gleich entführen müssen! Er hätte ihn zu uns bringen können. Wir hätten …« Jaydee drehte sich um. Sein Gesicht war erfüllt von Zorn und etwas Anderem. Es wirkte wie … Reue. Bedauern. Schuld?

»Ich hätte dir geholfen. Ich wäre für dich dagewesen.«

»Das weiß ich, Jay, aber es ging nicht anders. Außerdem hattet ihr doch selbst genug um die Ohren.«

»Nicht so viel, dass wir dir nicht hätten helfen können. Du bist mein … verflucht noch mal. Du hättest nicht einfach so gehen dürfen.«

Okay, also Akil lag nicht so weit daneben. Jaydee hatte ein schlechtes Gewissen, weil er nicht für ihn dagewesen war. Akil und er fixierten sich. Es tat unglaublich gut, ihn zu sehen. Jaydee war sein Bruder. In den letzten Jahren war der Kerl ihm so sehr ans Herz gewachsen wie schon lange keiner vor ihm. Vielleicht, weil Akil von Anfang an gespürt hatte, dass in Jaydee eine dunkle Macht hauste. Vielleicht, weil ihn das unbewusst an ihn selbst erinnerte, als er verflucht gewesen war. Vielleicht, weil Jaydee auch plötzlich niemanden mehr hatte. Akil wusste es nicht. Aber seit dem Tag, als er mit Will an der Kirche gewesen war und sie diesen jungen, wilden, zotteligen Kerl gesehen hatte, der sich mit Händen und Füßen gegen die Sanitäter wehrte, wusste er, dass zwischen ihnen etwas ganz Besonderes entstehen würde. Eine Verbindung, die tiefer als eine normale Freundschaft ging. Ihre Seelen hatten sich gesucht und gefunden.

Akil ging auf ihn zu, bis er eine Armeslänge von ihm entfernt stand. Jaydee hatte sich in den letzten Tagen verändert. Nicht nur optisch durch die kurzen Haare, er war innerlich gereift. Gesetzter womöglich. Jess tat ihm gut. Es war ihm nur nicht bewusst.

Die beiden sahen sich eine ganze Weile an, ohne dass es jemand fertigbrachte, die Stille zu unterbrechen. Schließlich trat Jaydee nach vorne und riss Akil an sich. »Es ist gut, dass du wieder da bist.«

Akil erwiderte die Umarmung, drückte ihn an sich und genoss es. »Ja, Mann. Finde ich auch.« Sie hielten sich so lange, bis ein leises Schniefen hinter ihnen erklang. Akil drehte sich um. Jess war von der Couch aufgestanden und rieb sich über die Nase.

»Ihr beide seid einfach so …«

»… sag nicht süß«, entgegneten Jaydee und er gleichzeitig.

»Wenn es doch aber so ist.« Jess wischte sich die Tränen aus den Augen. »Wenn ich euch gemeinsam sehe, wird mir klar, was ich … wie wertvoll eine Freundschaft ist. Und was ich … was ich verloren habe.« Eine weitere Träne kullerte ihre Wange hinunter. »Entschuldigung, ich will eigentlich nicht mehr deshalb weinen.«

Jaydee schob sich an Akil vorbei, lief zu Jess und nahm ihr Gesicht in die Hände. Er küsste erst ihre restlichen Tränen weg und rieb seine Nase an ihrer. »Es ist völlig okay, dass du sie vermisst und dass es dich mitnimmt. Du musst dich doch nicht dafür entschuldigen.«

»Ich nehme an, du meinst Violet«, fragte Akil.

»Ja«, antworte Jaydee und löste sich langsam von ihr. »Nachdem der

Emuxor gebannt war, konnten wir sie nicht mehr … sie hatte sich selbst verloren. Ihre Seele litt, Jess musste sie nach Hause schicken.«

»Ach, Jess …« Akil kam langsam näher, trat an ihre Seite und hauchte ebenfalls einen leichten Kuss auf ihre Haare. Sie lachte, griff mit einer Hand nach seinem Arm, während sie mit der anderen Jaydee festhielt.

Die beiden wirkten so harmonisch miteinander, als wären sie nur dafür erschaffen worden: um sich gegenseitig zu halten und in der Gegenwart des anderen aufzublühen. Akil war schon vorher aufgefallen, dass zwischen ihnen eine besondere Verbindung wuchs, aber er hatte keine Ahnung gehabt, wie die zwei die Barriere, die zwischen ihnen stand, überwinden wollten. Es war schön, dass sie einen Weg gefunden hatten.

Für ewig lange standen sie zu dritt so da, genossen die Nähe des jeweils anderen, genauso wie ihre Freundschaft.

»Deine Fähigkeiten sind wirklich weg?«, fragte Jess nach einer Weile.

»Ja.«

»Man muss sie irgendwie zurückholen können«, sagte Jaydee und trat einen Schritt zurück, ohne den Kontakt zu Jess zu unterbrechen. »Es gibt immer Wege.«

»Ich wüsste nicht wie, ehrlich gesagt, und es ist okay. Ich kann auch als Mensch weitermachen.« Er merkte, wie schwer ihm diese Worte fielen, wie schlecht sie ihm über die Lippen kamen. Es fühlte sich an, als würde er etwas mit Links ausführen, was er die ganze Zeit mit Rechts getan hatte. Was war besser? Weiter nach Möglichkeiten zu suchen, seine Fähigkeiten zurückzuerhalten und dabei auch auf die Fresse zu fliegen, oder es einfach so zu lassen, wie es war?

Gib niemals auf.

Das hatte er gewiss nicht vor, aber vielleicht bedeutete das auch, dass er einen Weg finden musste, ohne seine Fähigkeiten zu leben. Akil strich über das Armband und seufzte leise. »Ich weiß echt nicht, was ich tun soll.«

Auf einmal läutete es an der Tür. Jess und Jaydee zuckten gleichzeitig zusammen. »Derek …«, presste sie zwischen den Zähnen heraus.

»Den hab ich vorhin gesehen«, sagte Akil. »Es ging ihm nicht gut. Er hat sich hingelegt.« Und er war im Rollstuhl gesessen. Akil hatte keine Zeit gehabt, sich alles im Detail erklären zu lassen, aber die letzten Kämpfe hatten offenbar ihren Tribut gefordert.

»Dann ist es Colin«, sagte Jaydee. »Er will mich abholen.«

»Warum denn?«, fragte Akil.

»Ich muss in die Isolation. Ich bin auf ein Ratsmitglied losgegangen. Das ist meine Strafe.«

»Was zum Henker hast du denn wieder angestellt?«

Jaydee zuckte mit den Schultern und warf ihm dabei einen spitzbübischen Blick zu. »Sie hatte es verdient.« Er ließ Jess los und lief zur Tür. Akil blickte ihm nach. Jay gab sich Mühe, lässig zu wirken, aber Akil sah ihm an, wie es in ihm brodelte. Er wollte auf keinen Fall in die Isolation, doch gegen eine Strafe des Rates waren sie alle machtlos. Auch wenn es im Moment keinen wirklichen Rat mehr gab.

Jess kaute auf ihren Fingernägeln, Akil trat zu ihr, nahm ihre Hand.

»Ich will nicht, dass er geht«, sagte sie leise. »Er wird drei Monate weg sein!«

Oh, shit. Und Akil war genau in dem Moment reingeplatzt, als die beiden zur Sache kommen wollten … hätte er das vorher gewusst, hätte er gewartet. »Das ist … warum habt ihr denn nichts gesagt?«

»*Ich* war nicht derjenige, der dich reinlassen wollte.« Jaydee griff zur Türklinke. Er hielt inne, drehte sich um und lächelte. »Aber ich bin froh, dass ich es getan habe. Willkommen zurück, Bruder.«

»Danke.«

Er öffnete die Tür. Draußen stand tatsächlich Colin. Jess hielt die Luft an, Akil drückte ihre Hand fester. Sie lehnte sich an ihn, zog an seinem Arm, als könnte sie daran Halt finden.

»Bist du soweit?«, fragte Colin.

»Nein.«

»Ich wünschte, ich könnte es dir ersparen, aber Strafe bleibt Strafe. Logan hatte sich explizit ausgedrückt.«

Jaydee drehte sich zu Jess. Sie zuckte zusammen. In seinen Augen lagen so viel Liebe und Güte, wie Akil es noch nie bei ihm gesehen hatte. Der Kerl war absolut und unwiderruflich in die Kleine verschossen.

»Ich habe es ihm nicht gesagt«, flüsterte Jess auf einmal. »Er mir schon, aber ich ihm nicht. Ich sollte es ihm sagen, bevor er geht, oder?«

Akil hatte keine Ahnung, wovon sie sprach. Sie krallte sich fester in seinen Arm, ihre Finger streiften das Armband. Wie zuvor, als die Quelle ihn dort berührte, fuhr ein warmer Schauer über seine Haut.

Gib niemals auf.

Akil wurde schwindelig. Ein unangenehmes Drücken breitete sich in seinem Magen aus. Er schwankte, zumindest glaubte er das, denn ansonsten würde es heißen, dass sich der Raum bewegte und nicht er.

»Akil?«, rief Jaydee.

Er hörte die Schritte, die auf ihn zukamen. Jaydee packte ihn an den Schultern, schüttelte ihn.

»Hey!«

Akil krallte sich an Jaydees Arm fest. Er suchte nach Halt, einem Anker, so wie er früher ihn geankert hatte.

»Nicht wegdriften!«, brüllte Jaydee und packte Akils Handgelenke. Ein greller Blitz schoss durch seine Augen bis hinunter in sein Herz. Akil schrie. Es war, als würden Jaydees Worte eine Lanze in sein Innerstes treiben.

»Jay …«, keuchte er und fiel …

… hinein in die Schwärze.

33. Kapitel

Arizona, im Haus von Ilai, vor neun Jahren

Er ist oben!«, brüllte Will und rannte die Treppe hoch. Akil folgte ihm dichtauf. Sie hatten Jaydee quer durchs Haus gejagt, Will hatte drei Schockzauber auf ihn gefeuert, aber er hatte sich rechtzeitig geduckt und war ihnen ausgewichen. Der Sack lernte verdammt schnell.

Vielleicht war es ein Fehler gewesen, Jaydee mit zu ihnen zu nehmen, aber er hatte den Jungen unmöglich zurücklassen können. Als er ihn vor der Kirche gesehen hatte, wirr und aufgebracht, war es, als hätten ihre Seelen einander gerufen, als hätten sie sich gesucht und gefunden.

So wie Ilai mich damals auf dem Marktplatz gefunden hatte.

Will und Akil hatten Jaydee also mit nach Arizona genommen und ihn erst einmal unter einen Beruhigungszauber gestellt, bis Ilai ihm erklären konnte, wer sie waren. Er ging schonend dabei vor, sie wollten ihm genügend Zeit geben, damit er sich fangen und sortieren konnte. Anna hatte sogar seine Gedanken beruhigt und die Erinnerungen an den Brand verwaschen. Doch es hatte offenbar nicht viel genutzt.

Um ein Uhr morgens war das Chaos im Haus ausgebrochen. Jaydee versuchte zu fliehen und war dabei in Wills und Akils Arme gerannt. Die beiden waren gerade aus dem Stall zurückgekommen und wollten zu Bett gehen, als sie ihn im Flur stellten.

Jetzt stand er vor ihnen, drückte sich gegen die Wand und blickte sich panisch um. Seine Augen hatten einen intensiven silbrigen Farbton angenommen. Jede Sehne in seinem Körper war gespannt, die Nasenflügel hatte er gebläht, als müsse er eine Witterung aufnehmen.

»Ruhig«, sagte Akil und schob sich an Will vorbei. »Wir wollen dir helfen.«

»Ich scheiß auf eure Hilfe!« Jaydee sah zur Decke, zur Wand, an Akil und Will vorbei. Vermutlich überlegte er, ob er schnell genug an ihnen vorbeikäme. Und der Kleine war verdammt flink. »Wie komme ich zurück nach Riverside?«

»Es ist keine gute Idee, wenn du jetzt nach Hause gehst.« Es lag ihnen fern, Jaydee gegen ihren Willen festzuhalten. Aber nach allem, was sie von ihm kennengelernt hatten, war er kein gewöhnlicher Junge. In ihm schlummerten Mächte, mit denen er nicht umgehen konnte.

»Wie komme ich zurück nach Riverside?«, schrie er. Seine Stimme brach. Sie war so erfüllt von Angst und Trauer, dass es Akil die Luft abschnürte. Der Junge hatte alles verloren. Seine Seele stand am Abgrund, noch einen Schritt, und er würde sich selbst verlieren.

»Wir setzen uns in Ruhe hin und du atmest erst mal durch«, sagte Akil. »Du kannst morgen zurück nach Hause. Du bist hier kein …« Er kam nicht weiter, denn in dem Moment drehte Jaydee herum und sprang einfach durch das geschlossene Fenster.

»Verflucht noch mal, was für ein Mistkerl!«

Will und er stürmten hinterher. Akil blieb am Fensterrahmen stehen und sah nach unten. Das war ein vier Meter tiefer Sprung. Jaydee rappelte sich auf, zog einen Fuß hinterher und hinkte nach unten Richtung Tor. Je länger er lief, desto klarer wurden seine Schritte. Sein Körper heilte rasch.

Will schob sich an Akil vorbei, ballte die Hand zur Faust und formte einen Feuerball.

»Warte!«, sagte Akil. »Je öfter wir ihn mit einem Zauber belegen, umso weniger wird er uns vertrauen.«

»Ich …«

»Glaub's mir. Ich würde an seiner Stelle genauso reagieren.« Und abhauen. Er kannte diesen Drang nur zu gut. Auf den Straßen von Madaktu war Flucht oft die einzige Chance gewesen, um zu überleben. Akil zog sich auf den Fensterrahmen, Will hielt ihn zurück und reichte ihm ein Messer.

»Nimm das wenigstens mit. Wer weiß, ob du es brauchen kannst.«

Akil zögerte, er benötigte sicher keine Waffe gegen einen Menschen, aber vielleicht reichte es, um Jaydee einzuschüchtern. Er nahm den Dolch und steckte ihn in seinen Gürtel, dann sprang er ebenfalls nach unten. Er fing den Schwung mit einer Rolle ab und nahm die Verfolgung auf.

Jaydee war ein extrem flinker Läufer. Akil hatte alle Mühe, ihn einzuholen. Was auch immer für Kräfte im Körper des Jungen wirkten, sie waren stark.

»Halt bitte an! Du kannst das Anwesen nicht verlassen!«, rief Akil ihm hinterher.

Jaydee dachte gar nicht daran, er legte sogar einen Zahn zu und rannte den Kiesweg hinunter, als wäre der Teufel persönlich hinter ihm her. Der Abstand zu Akil wurde größer. Erdwächter waren nun mal nicht die Schnellsten. Ihre Stärke lag in der Ruhe, nicht im Rennen.

Jaydee erreichte das Tor mit den Engelsflügeln und rüttelte an den Eisenstäben, doch sie öffneten nicht für Fremde. Akil würde ihn gleich einholen. Jaydee stieß einen wütenden Schrei aus, blickte nach oben und zog sich an den Verstrebungen hoch.

»Unglaublich, der Kerl.«

Er erreichte die Spitze der Flügel, wollte sich darüber ziehen und wurde vom Kraftfeld, das das Anwesen umgab, postwendend zurückgeschleudert. Jaydee stürzte zu Boden, landete auf dem Rücken und hustete. Er keuchte, rollte sich auf die Seite und wollte schon wieder losrennen, doch Akil hatte ihn eingeholt.

»Genug jetzt.« Er beugte sich zu ihm hinunter, packte Jaydee am Kragen und zerrte ihn mit Leichtigkeit in die Höhe. Akil mochte nicht schnell sein, aber er war stark. Jaydee wehrte sich aus Leibeskräften, schlug, trat und wand sich wie ein Aal.

»Lass mich sofort los!«

»Du kannst nicht abhauen«, sagte Akil. »Bitte, beruhige dich.«

Jaydee wurde immer wilder. Er schrie, wollte Akils Hände von sich reißen. Fast wirkte er, als würde er durch die Berührung körperliche Schmerzen erleiden.

»Fass mich nicht an!«

Jaydee verpasste Akil einen Kinnhaken. Mehr aus Zufall als aus Taktik, und der Hänfling hatte erstaunlich viel Kraft. Akil packte ihn an den Schultern und drückte ihn gegen die Mauer. Er legte einen Arm quer um seine Kehle, schnürte ihm die Luft ab. Vielleicht half es, dass er mal kurz zu Atem kam.

»Ruhig bleiben«, wiederholte er.

»Lass mich los! Lass mich …!« Seine Stimme brach in ein gequältes Keuchen. »Ich kann nicht … fass mich nicht an! Bitte, fass mich nicht an!«

Akil zog die Augenbrauen zusammen. Was stimmte nicht mit dem Jungen? Akil kannte dieses Verhalten bisher nur von Wasserwächtern, die mit ihrer Empathie nicht klarkamen. Wenn sie frisch geboren wurden und erst nicht mit ihren neuen Fähigkeiten umgehen konnten, war jede Berührung für sie die Hölle. Sie saugten alle Emotionen des Gegenübers ungefiltert auf. Es prasselte auf sie nieder, verwirrte ihre eigene Seele. Manche spürten es sogar als körperlichen Schmerz. Er kniff die Augen zusammen, betrachtete Jaydee genauer. Konnte das sein? »Bist du empathisch?«

Auf einmal holte Jaydee aus und rammte Akil das Knie in die Glocken.

Aua!

Akil ließ Jaydee los, taumelte zurück. Statt zu fliehen, sackte Jaydee in sich zusammen und grub die Finger in die Erde. Er wimmerte leise, schüttelte sich, als müsste er mit aller Macht wieder zu sich kommen.

Also hatte Akil recht: Der Kleine war empathisch veranlagt! Er richtete sich auf, der Schmerz in seinen Eingeweiden ließ bereits nach, und ging vor ihm in die Hocke. Jaydee zuckte zusammen, riss eine Hand hoch, als könnte er ihn so abwehren.

»Hey. Ich fass dich nicht mehr an, okay, aber du musst wirklich runterkommen.«

Jaydees Kopf fuhr herum. Das Silber in seinen Augen war intensiver geworden. Seine Nasenflügel hoben und senkten sich wie bei einem wilden Tier. Er scannte Akils Körper ab, sein Blick blieb auf seinem Gürtel hängen, wo er den Dolch trug. Akil stockte, legte eine Hand auf die Waffe. In der Sekunde sprang Jaydee nach vorne, landete auf Akil, zog den Dolch aus dem Gürtel und rammte ihn ohne zu zögern in sein Herz.

Akil röchelte, riss die Augen auf, packte Jaydee an den Armen, doch er konnte sich kaum rühren. Schmerz schoss durch seinen Körper. Die Klinge bohrte sich tief in ihn hinein, vergiftete sein System mit Titanium. Seine Wahrnehmung verschwamm auf das Gesicht über ihm und den silbernen Augen, die einen Ausdruck tiefer Befriedigung annahmen.

Bilder prasselten auf Akil nieder. Er sah sich selbst, wie er durch die Straßen Madaktus zog, wie er die Münzen fand, wie er an der Quelle war, wie er zum Seelenwächter wurde, wie er Jahr um Jahr kämpfte.

Zweitausend Jahre hatte er überlebt.

Zweitausend Jahre hatte er gekämpft.

Und jetzt sollte er sterben durch die Hand eines Jungen, dem er eigentlich nur helfen wollte.

Die Klinge in seinem Körper glühte. Hitze strahlte von seinem Herzen nach außen ab. Jaydee kauerte über ihm, die Hand fest um den Griff der Waffe geschlossen, die Augen auf seine Beute gerichtet. Sie schimmerten leicht silbrig, vereinten sich mit dem Funkeln der Sterne am Nachthimmel.

Sie fixierten einander. Feuchte Wärme sickerte an Akils Brust herunter. Jaydee beugte sich tiefer über ihn, beobachtete genau jede seiner Regungen, als müsste er studieren, was passierte, wenn man jemandem ein Messer ins Herz trieb. Die Klinge wurde wärmer, verwandelte den Schmerz fast in etwas

Angenehmes, Tröstliches. Vielleicht war es so, wenn man an der Schwelle des Todes stand. Vielleicht gab es tatsächlich nichts Schlechtes mehr, keine Pein, kein Leid.

»Gib niemals auf.«

Akil zuckte zusammen. Das war Tyche gewesen! Ihre Stimme hallte laut und deutlich in seinen Ohren. Aber das war nicht möglich, sie war damals nicht dabei gewesen. Sie konnte nicht hier sein!

Er fühlte etwas auf seiner Lippe. Etwas Kühles. Wohltuendes. Die Überreste eines Kusses …

Das ist mein Geschenk an dich. Du wirst es erkennen, wenn du es brauchst.

Auf einmal schien die Zeit stillzustehen. Akil hörte den eigenen Puls in seinen Ohren, wie er langsamer und langsamer schlug. Jaydee verharrte regungslos über ihm, gefangen in einer unnatürlichen Starre, als hätte jemand die Szenerie eingefroren.

Akils Lippen wurden kühler, er leckte darüber, schmeckte das Wasser der Quelle.

»Sieh hin«, flüsterte sie. »Sieh genau hin. In dieser Erinnerung findest du die Lösung.«

»Was soll das heißen?«

»Sieh hin …«

Ihre Stimme war nicht mehr als ein Wispern im Wind. Leise und undeutlich, aber er hatte sie trotzdem verstanden. Akil blickte an sich hinab, obwohl er es nicht wollte. Jaydees Finger lagen fest um den Griff der Waffe, er hatte sie fast bis zum Anschlag hineingetrieben.

»Es ist alles da, was du brauchst …«

Akil hob den Kopf, sofort schoss der Schmerz bei der Bewegung durch ihn hindurch. Wenn er sich zu viel drehte, würde das Messer sein Herz streifen und ihn töten. Akil kniff die Augen zusammen, starrte abwechselnd auf die Klinge, auf Jaydees Hand, auf die Klinge, auf … und da erkannte er es: Von dem Messer aus stieg eine silberne, kalte Energie nach oben. Sie sah aus wie kleine Fäden, die sich um die Waffe legten und in Jaydees Händen versanken. Als hätte er Wurzeln in Akils Körper gepflanzt, die ihn mit etwas nährten. Jaydees Adern stachen scharf auf seinem Handrücken hervor. Die Energie floss in sie hinein und pochte im Rhythmus von Jaydees Herzschlag.

Er zieht etwas aus mir heraus.

Das war Akil nie zuvor aufgefallen, aber er hatte sich auch nie zuvor das

Erlebnis mit Jaydee so deutlich vor Augen gerufen.

Sieh hin.

Das tue ich.

Akil blickte auf. Er war zu einem Beobachter geworden, der die Szene von außerhalb statt von innen erlebte. Langsam richtete er sich auf, trat aus seinem eigenen Körper und erlebte zum ersten Mal einen Flashback von außen. Die Schmerzen ebbten ab, Akils Glieder wurden leicht, angenehm, schwerelos. Er sah auf sich hinab, sah sich selbst, wie er unter Jaydee kauerte, das Gesicht verzerrt, eine Hand auf Jaydees Arm, damit er die Klinge nicht weiter in ihn treiben konnte. Ihre Körper waren mit den silbernen Fäden verbunden. So als errichteten sie eine Brücke zwischen ihren Seelen.

»Was hat das zu bedeuten?«, flüsterte Akil und streckte die Finger aus, um die Fäden zu berühren. In dem Moment traf ihn ein Lichtblitz und er wurde in die nächste Szene geschleudert.

»Gibst du auf?«

»Den Teufel werd ich.«

»Wie du willst.

Akil brauchte einige Sekunden, bis er sich zurechtfand. Er war in der Zeit weiter nach vorne gereist und stand nun in der Trainingshalle.

Neun Jahre später.

Akil saß auf Jaydee, hatte ihn am Kragen gepackt und drehte ihm damit die Luft ab.

Er erinnerte sich an diesen Tag, es war das erste Mal, als Jaydee ihm die Fähigkeiten im Training entzogen hatte.

»Sag einfach Bescheid, wenn du genug vom Schmusen hast, Liebling.«

Jaydee röchelte, packte Akils Arm und drückte zu. Gleich würde er sich befreien und herumwirbeln. Akil hätte sich auch ohne Flashback an diese Situation erinnert, sie war gar nicht lange her.

Er beobachte sich selbst, wie Jaydee ihn auf den Rücken warf und er ihn in den Klammergriff nahm. Jay umschlang ihn mit den Beinen und drückte so fest zu, dass ihm sogar eine Rippe brach.

»Mistkerl!«, stöhnte er selbst und packte Jaydees Kehle. »Du machst zuerst schlapp.«

»Träum weiter.«

Jetzt würde er gleich kommen – der Moment, an dem Jaydee die Hände an

Akils Schläfe legte und seine Fähigkeiten stahl.

Er ging neben den beiden in die Hocke, betrachtete sie wie ein Ringrichter. Jaydee griff nach oben, presste seine Hände an Akils Kopf.

Und dann geschah es wieder.

Von Jaydees Hände zweigten die silbernen Fäden ab, sie verästelten sich in Akils Kopf, pulsierten sachte, während sie seine Fähigkeiten absorbierten.

So macht er es.

Er hatte bei der Messerattacke die erste Verbindung hergestellt. Akil glaubte nicht, dass es ein bewusster Vorgang gewesen war, sonst hätte Jaydee es ja bemerkt. Die Frage war, was er jetzt mit dieser Erkenntnis anfangen konnte.

Er sah den beiden eine Weile zu, wie Jaydee verdattert seine Hände betrachtete, erst nicht bemerkte, was er getan hatte und Akil schüttelte, um ihn wieder wach zu bekommen. Die silbernen Fäden sickerten tiefer in Jaydees Hände, verzweigten sich unter seiner Haut und versorgten ihn mit der pulsierenden Energie.

Akil fühlte einen Sog am Bauch. Er wusste, dass die Reise gleich weitergehen würde, und er war bereit dafür. Er schloss die Augen, wartete, sah den Lichtblitz hinter seinen Lidern. Als er sie wieder öffnete, befand er sich im Wald. Es war dunkel. Akil selbst lag am Boden. Blut lief aus seinen Ohren, Jaydee saß auf ihm und entzog ihm ein zweites Mal die Fähigkeiten.

Auch an den Moment erinnerte sich Akil genau. Er war geschwächt gewesen durch den Pfeifzauber, den Joanne ausgelöst hatte. Nach dieser Attacke hatte er lange gebraucht, um sich zu erholen.

»Hallo?«, rief eine Stimme hinter ihm. Akil drehte sich um und erblickte eine sehr vertraute Gestalt, die er damals allerdings nicht gekannt hatte. »Ich bin Detective Walker. Können Sie mich hören, Sir?«

Jaydee reagierte nicht, er fokussierte sich voll und ganz auf Akil und darauf, ihm ein weiteres Mal sein Element zu rauben.

Akil ging näher, beugte sich tiefer und beobachtete genau, was er tat. Natürlich waren die silbernen Fäden wieder da, aber dieses Mal schimmerten sie stärker. Sie verästelten sich über Akils Gesicht nach unten über seinen Hals, sammelten sich an seinen Ohren zu einem Knäuel. Der Pfeifzauber schien ihre Wirkung zu vergrößern.

»Sir? Wenn Sie mich verstanden haben, stehen Sie auf«, rief Ben erneut, doch Jaydee dachte gar nicht daran.

»Treten Sie sofort von dem Mann zurück und halten Sie Ihre Hände so, dass ich sie sehen kann!«

Akil streckte einen Finger aus und berührte sich selbst am Ohr. Die silberne Energie fühlte sich merkwürdig vertraut an. Er hatte das schon mal gespürt. Ein Stich fuhr durch sein Herz. Die Stelle, an der Agash das Brandmal hinterlassen hatte, juckte.

»Er hat sie genommen, er kann sie dir wiedergeben«, sagte auf einmal eine Stimme hinter ihm.

Akil fuhr herum und blickte in das Gesicht von Tyche.

»Wie kommst du hierher?«

»Ich bin nicht wirklich da. Ich bin eine Projektion deines Unterbewusstseins, die ich in dir hinterlassen habe. Wie gesagt: Es ist mein Geschenk.«

Akil fasste sich an die Lippen. »Der Kuss.«

»Es war nur ein Tropfen meiner Macht. Mehr konnte ich dir nicht zur Verfügung stellen, ohne das Gleichgewicht zu gefährden, jetzt liegt es an dir, ihn zu nutzen.«

»Wie?«

Sie neigte den Kopf. »Durch Vertrauen. Jaydee hat in der Nacht, in der er dein Herz verletzte, die Verbindung zwischen euch hergestellt. Ich habe es gespürt, als ich deine Narbe streifte. Das Böse in ihm hat auf das Böse in dir reagiert. Es hat deinen Körper geschwächt und anfällig gegen die Zauber von außen gemacht, bis dein Element schließlich unterlag. Der Tropfen, den ich dir geschenkt habe, kann diese Verbindung zwischen euch kappen und dein Element zu dir zurückführen.«

Hatte er eben richtig gehört? Hatte sie ihm eben einen Weg gezeigt, wie er wieder ein Seelenwächter werden konnte? »Was genau muss ich tun?«

»Wiederhole die Geschehnisse der ersten Nacht.«

»Er soll mich noch mal erstechen?«

Sie nickte.

»In der Höhle hast du gesagt, dass du mir nicht helfen kannst, meine Fähigkeiten zurückzuerlangen. Warum hast du dich anders entschieden?«

»Nicht ich helfe dir, du hilfst dir selbst. Das Armband ist eine mächtige Waffe. Es kann deinen Geist in jede Situation deines Lebens führen und jede Erinnerung in deinen Zellen wachrufen. Die Flashbacks sind gleichermaßen gefährlich wie nützlich. Du kannst mit dieser Information tun, was dir beliebt. Lebe weiter als Mensch oder kehre zurück in die Welt der Seelenwächter.«

Akil griff an sein Herz. Es war damals purer Zufall gewesen, dass er die

Attacke überlebte. »Was, wenn er danebensticht?«

Tyche antwortete nicht. Natürlich nicht. Sie beide kannten die Antwort. Sie trat näher an ihn heran, streckte ihren Finger aus und berührte ihn an der Stirn.

34. Kapitel

Malea Island, Karibik – Die Gegenwart

Verfluchte Scheiße, was war das eben?«, fragte Jaydee und reichte Akil die Hand, um ihm aufzuhelfen.

Jess kam auf die andere Seite und stützte ihn.

Er kam nur langsam auf die Beine. »Flashback.«

»Das dachte ich mir schon, aber so habe ich das noch nie erlebt.«

»Wie meinst du das?«

»Du blutest.« Jaydee deutete auf Akils Nase. Er fasste an die Stelle. »Außerdem ist dein Herz gerast, ich habe dich geschüttelt, versucht, dich wachzubekommen. Nichts.«

Akil fuhr sich durch die Haare. »Ja, diese Flashbacks sind heftig.« Er strich über das Armband. Es war tatsächlich eine mächtige Waffe, aber auch gefährlich. Er hatte keine Ahnung, wie viele dieser Reisen in den Geist sein Körper noch verkraften würde. »Und es war verrückt.« Akil lehnte sich gegen das Sofa, um Halt zu haben. Er musste erst verdauen, was er eben gesehen hatte, aber es war klar, was Tyche damit meinte. »Ich habe … ich bin … ich weiß, wie ich meine Fähigkeiten zurückbekommen kann.«

»Ich unterbreche nur ungern«, sagte Colin. »Aber ich muss Jaydee mitnehmen. Wenn ich zurück bin, können wir gerne nach deinen Flashbacks sehen. Wir müssen jetzt los, man erwartet dich. Kommst du?«

»Ich will erst wissen, was mit Akil ist.«

»Das war keine Bitte.«

»Das ist mir durchaus klar, du Schwachkopf! Aber du wirst doch fünf Minuten warten können!«

»Ruhig bleiben, Jay«, sagte Akil.

»Was ist mit dir los?«

»Ich …« Akil sah zu Colin, der auf Jaydee zulief. »Wir können das auch später …«

»Nein«, sagte Jaydee und packte Akil an den Schultern. »Rede! Wie kannst du deine Fähigkeiten zurückbekommen?«

»Durch dich. Du warst der Auslöser. In der Nacht, als du mich fast erstochen hast, hast du eine Verbindung zwischen uns erschaffen, die mein Element geschwächt hat. Wir müssen das wiederholen. Die Quelle hat ihre

Macht in mir hinterlassen, nur einen Tropfen, aber er wird dafür sorgen, dass die Verbindung wegbricht. Du musst mich noch mal an den Rand des Todes treiben.«

»Ich versteh das nicht, deine Fähigkeiten sind erst Jahre nach diesem Erlebnis gegangen.«

»Ja, aber diese Nacht war der Auslöser gewesen. Der Grund, warum es überhaupt so weit kommen konnte.« Akil erklärte Jaydee, was er eben gesehen hatte, wie die silbernen Fäden eine Verbindung zwischen ihnen beiden hergestellt hatten und ihn immer mehr schwächten. »Ich schätze, Joannes Pfeifzauber hat mir dann den Rest gegeben und mein Element endgültig zum Schweigen gebracht.«

»Das ist …«

»Absoluter Schwachsinn«, sagte Colin. »Von so etwas hab ich noch nie gehört.«

»Gab es denn schon mal einen Seelenwächter, der seine Fähigkeiten verloren hat?«, fragte Jaydee.

»Nein, aber das kann trotzdem nicht …«

»Hör auf klugzuscheißen und hilf uns lieber.«

»Mir reicht es mir dir.« Colin griff an seinen Gürtel und legte die Hand um das Messer. »Du wirst jetzt mitkommen.«

»Nachher.«

»Jaydee«, mahnte Akil. Er spürte, wie die Stimmung kippte. Jaydee war ein Heißsporn, er dachte zu wenig nach und reagierte zu spontan. »Handel dir nicht noch mehr Ärger ein und geh.«

»Du solltest auf deinen Kumpel hören«, sagte Colin und kam näher.

Jaydee wirbelte herum, Akil wollte ihn aufhalten, doch es war zu spät. Selbst mit Seelenwächterreflexen hätte er nichts tun können. Jaydee war viel zu flink für ihn. Er knallte Colin die Faust ins Gesicht, zog mit einem Tritt in den Magen nach und schlug ihm auf die Ohren. Colin keuchte, zückte das Messer und startete seinerseits den Angriff. Jess wollte nach vorne springen, um die beiden zu trennen, doch Akil packte sie und zerrte sie zurück. Wenn sie zwischen die Streithähne geriet, würde sie nur eine abbekommen.

Jaydee erlangte rasch die Oberhand, kam an Colins Messer und pinnte ihn am Boden fest. Er setzte die Klinge an Colin Kehle.

»Du reitest dich mehr und mehr in den Dreck!«

»Das ist mir egal.«

Akil ließ Jess los und lief zu Jaydee. Er fasste ihn an der Schulter, so wie er es früher oft getan hatte, um ihn aus der Raserei zu holen. Colin sah zu ihm auf.

»Lass ihn los, Jay.«

»Erst wenn ich dir geholfen habe.«

Jaydee drückte das Messer fester auf, ritzte Colins Haut. Er keuchte, drehte den Kopf. »Dafür bekommst du einen Monat zusätzlich in der Isolation!«

Jess schnappte nach Luft. »Jaydee, bitte!«

Er knurrte leise und nickte. Nur langsam nahm er das Messer weg, drehte es herum und schlug es Colin auf die Nase. Er wurde sofort bewusstlos.

»Verflucht noch mal!«, brüllte Akil. »Was soll denn das?«

»Wenn er ohnmächtig ist, kann er kein dummes Zeug mehr labern.«

»Jay, du bringst dich um Kopf und Kragen!«

Er stand auf, das Messer in der Hand. »Ich werde dir helfen, und wenn ich dafür ein halbes Jahr in die Isolation muss. Es ist mir scheißegal!« Er sah zu Jess, sein Blick wurde weicher. »Tut mir leid.«

»Schon gut.«

»Was soll ich tun?«

Akil tippte sich auf die Stelle, die Jaydee verletzt hatte. »Du müsstest es genau wie damals machen.«

»Ich erinnere mich.«

Natürlich tat er das. Jaydee vergaß nie etwas.

»Die Klinge muss genau die gleiche Stelle erwischen. So sollte es funktionieren. Hoffe ich.«

Jaydee drehte das Messer in der Hand. »Du hoffst …«

Akil starrte auf die Klinge. Verletzungen mit Titanium schmerzten wie höllisch. Es war das Gift für die Seelenwächter. Auch wenn er keiner mehr war, war er sich sicher, dass es schlimm werden würde.

»Was, wenn ihr danebenliegt?«, fragte Jess. »Ich meine, Akil ist ein Mensch. Er kann daran sterben.«

Gib niemals auf.

»Ich tue, was auch immer du von mir verlangst«, sagte Jaydee.

Akil schluckte. Es war seine Entscheidung. Er könnte als Mensch weiterleben. Verletzlich, schwach, so wie jetzt. Ein Teil von ihm hatte sich damit abgefunden, weil er keine andere Wahl hatte, weil er nicht mit sich selbst hadern wollte. Akil könnte den Umstand vermutlich sogar akzeptieren, wenn es gar keine andere Option mehr gäbe. Aber jetzt war es anders. Jetzt war er da: der Ausweg. Es gab eine Möglichkeit zurückzugehen, zu dem, was er war. Zu dem, was er verloren hatte.

Er könnte wieder ein Seelenwächter werden oder bei dem Versuch sterben.

Risiko oder nicht?

Ja oder nein?

Seelenwächter oder Mensch?

Eine Windböe streifte ihn durch das geöffnete Fenster. Akil sog die klare Meeresluft ein und ließ sie tief in seine Lungen. Die Elemente waren immer da, ihre stetigen Begleiter.

Es lag an ihm, in welcher Form er ihnen dienen wollte.

Er richtete sich auf, blickte Jaydee fest in die Augen und zog sein Shirt über den Kopf.

Er hätte ihn niemals kennengelernt, wenn er kein Seelenwächter geworden wäre. Kein Noah, keine Jess, kein Will, keine Anna. Akil wäre elendig krepiert in einer Stadt, in der niemand lange überlebte.

Er verdankte den Seelenwächtern alles.

Er verdankte den Elementen alles.

Er war ihr Diener.

Jetzt und für immer.

Es gab nur eine Möglichkeit.

Er atmete tief ein, blickte zu Jess, zu Jaydee und nickte schließlich.

»Tu es.«

Jaydee atmete tief durch und kam näher. Er legte eine Hand auf Akils Schulter, drückte sachte zu. »Bereit?«

»Nein.«

Und schon holte er aus. Das Letzte, was Akil bewusst wahrnahm, war die Klinge, die silbern aufblitzte und in sein Herz drang.

35. Kapitel

Malea Island, Karibik – Die Gegenwart

Sterben war ein angenehmer Prozess. Ab einem gewissen Punkt ebbten die Schmerzen ab, der Körper wurde taub, der Geist träge. Bilder blitzten auf. Von der Vergangenheit, einer imaginären Zukunft, der Gegenwart. Gerüche, Farben, Geschmacksrichtungen, Emotionen, alles wirbelte durcheinander zu einem Kaleidoskop voller Eindrücke.

Akil war in genau diesem Stadium. Er hing an der Schwelle des Todes, spürte, wie er die Finger nach ihm ausstreckte, um ihn in die letzte Umarmung zu ziehen.

Jaydee hatte das Messer tief in ihn gerammt, er hatte sein Herz berührt, die Narbe, die diese böse Energie von Agash beherbergte.

Akil blickte nach unten. Er war in seinem Körper und dann auch wieder nicht. Ein Beobachter und das Opfer. Beides und nichts.

»Das habt ihr sehr gut gemacht«, flüsterte Tyches Stimme. Dieses Mal sah er sie nicht, aber er spürte ihre Präsenz. Ihre Macht. Ihre Magie.

Die Klinge vibrierte sanft in Akils Körper, die silbernen Fäden waren wieder da, sie verzweigten sich vom Griff ausgehend nach unten. Akil lag auf der Couch, Jaydee war über ihm, hielt ihn noch immer und redete leise auf ihn ein.

Wie zuvor in der Quelle, als Akil mit Ananka kämpfte, hatte er das Gefühl zu schweben. Zu fallen. Ohne Richtung. Ohne Ziel.

Die Energie floss in seinen Körper, füllte ihn aus wie Luft einen Ballon. Er wuchs innerlich, spürte die Kraft in sich zurückkehren.

»Akil …« Jaydees Stimme klang wie ein Wispern. Sie war überall. Oben, unten, vorne, hinten, seitlich. Sie berührte seine Haut, seine Nerven, seine Seele. Ein Tropfen bildete sich über Akils Kopf. Er war rein und klar und voll blauer Energie.

»Mein Geschenk an dich …«, flüsterte Tyche. Der Tropfen platzte, Wasser sprenkelte auf Akil herab. Es drang in seinen Körper, seinen Geist, suchte in den Tiefen seiner Seele nach dem, was verloren war. Akil fühlte das Schaben der Klinge in seinem Körper, als Jaydee sie wieder herauszog, die Verbindung brach, so wie die Quelle es versprochen hatte, gleichzeitig wurde er mit wohltuender Energie geflutet. Rein und stark. Das Kribbeln war überall in ihm.

Akils Herz zog sich zusammen, schlug in einem ganz eigenen Rhythmus, als müsste es sich erst wieder finden. Er blickte auf, sah die Decke, Jaydees Gesicht, blinzelte, dann sah er Jess. Sie starrten ihn wortlos an, warteten darauf, was passieren würde.

Die Augen fielen ihm zu, Akil gab sich der Energie hin, spürte sie bis tief in die Zellen. Sie rief etwas wach, das in ihm schlummerte. Sein Element vielleicht.

Ganz leicht spürte er ein vertrautes Bitzeln. Akil wäre am liebsten in sich selbst hineingeklettert, um nach seinem Element zu suchen. Es war noch da. Irgendwo ganz tief da drinnen. Dieser Moment erinnerte ihn an das erste Erwachen als Seelenwächter. Damals war Ilai derjenige gewesen, der ihm den Dolch ins Herz gerammt hatte, nur mit dem Unterschied, dass er ihn wirklich töten wollte. Jeder Wächter musste das Menschsein hinter sich lassen, um als Wächter wiederaufzuerstehen. Akils erste bewusste Wahrnehmung als Seelenwächter waren die Gerüche gewesen. So vielfältig und berauschend, dass ihm schwindelig davon geworden war.

»Akil, wach auf«, sagte Jaydee leise.

Schlief er denn? Er wusste es nicht.

Er blinzelte, sah Jaydee an. Graue, sorgenvolle Augen blickten zurück. »Kannst du sprechen?«

Nein, konnte er nicht. Etwas stimmte nicht mit ihm. Er war in seinem Körper, aber alles fühlte sich so anders an. So fremd und doch so vertraut.

Jetzt schob sich auch Jess über die Sofa-Lehne, damit sie ihn besser anschauen konnte. »Oh, mein Gott«, stammelte sie und schlug die Hand vor den Mund. »So viel Blut.«

Wärme breitete sich auf Akils Brust aus, tropfte auf der Seite nach unten.

»Jaydee«, sagte Jess.

Ihr aschfahles Gesicht verschwamm vor Akils Augen. Er war müde. So unendlich müde.

»Schon gut. Setz dich da drüben hin, du kippst gleich um. Akil!« Jaydee rüttelte ihn an den Schultern. »Komm zu dir!«

Er würde, wenn er könnte. Doch da war wieder dieser Sog. Wie beim Teleportieren aus der Quelle spürte er einen Druck um seinen Bauch, der ihn in eine bestimmte Richtung navigierte.

War das gut oder schlecht?

»Hab Vertrauen, junger Akil«, flüsterte Tyche. »Es kommt alles, wie es kommen muss.«

Ende

Wie es mit Akil und den Seelenwächtern weitergeht, erfahrt ihr im Frühjahr 2016, wenn die zweite Staffel startet. Falls Ihr keine Neuigkeit verpassen wollt, solltet Ihr die Facebook-Seite im Auge behalten: www.facebook.com/chroniken.der.seelenwaechter

Alle, die kein Facebook nutzen, können sich die kostenfreie Seelenwächter-App in jedem Appstore herunterladen oder sich auf www.greenlight-press.de für den Newsletter eintragen.

Ich freue mich auf die nächste Reise mit Euch.

Alles Liebe,
Nicole Böhm

Die E-Book Cover

Die Chroniken der
Seelenwächter
Die Suche beginnt
Nicole Böhm

DIE CHRONIKEN DER
SEELENWÄCHTER
SCHICKSALSFÄDEN
NICOLE BÖHM

Die Chroniken der
Seelenwächter
Schatten der Vergangenheit
Nicole Böhm

Glossar

Seelenwächter

Sind menschengleiche Wesen, die von einer Zauberin vor Jahrtausenden erschaffen wurden, um den Schattendämonen Herr zu werden. Die Seelenwächter werden erst als normale Menschen geboren und werden dann auserwählt, um ihr neues Leben als Seelenwächter anzutreten. Hierbei gehen sie in den Tempel der Wiedergeburt und lassen ihr menschliches Dasein hinter sich. Je nach Sternzeichen werden sie verschiedenen Elementen zugeordnet:

Feuer: Widder, Löwe und Schütze
Erde: Stier, Jungfrau, Steinbock
Wasser: Krebs, Skorpion, Fische
Luft: Zwillinge, Waage, Wassermann

Sie leben in Familien in der ganzen Welt verstreut. Meistens besteht eine Familie aus vier Mitgliedern und einem Ältesten (dem Oberhaupt), sobald sie alle Elemente zusammen haben, sind sie am stärksten. Die Seelenwächter leben wie ganz normale Menschen. Sie müssen essen, schlafen und regelmäßig ihre Fähigkeiten trainieren. Um neue Energien zu tanken, suchen sie spezielle Kraftplätze auf, die auf ihre Element abgestimmt sind.

Schattendämonen

Entstehen, wenn ein Mensch stirbt und die Seele nicht ins Licht geht, sondern in der Zwischenwelt hängenbleibt. Um weiter existieren zu können, muss sich die Seele von der Lebensenergie der Menschen ernähren. Zu Beginn ist sie noch schwach und unsichtbar, doch je mehr Lebensenergie die verlorene Seele aufnimmt, umso stärker wird sie. Sie nimmt wieder ihren alten Körper an und wird zum Schattendämon. Die Dämonen legen eine Hand auf die Stirn ihres Opfers, die andere auf den Brustkorb und ziehen so die Seele eines Menschen aus dem Körper. Zurück bleibt eine leere ausgetrocknete Hülle, die nach ein paar Tagen stirbt.

Tempel der Wiedergeburt

Geheimer Ort, an dem die Seelenwächter wiedergeboren werden.

Die vier Elemente und ihre Fähigkeiten

Die Erde beherrscht das Wasser, das Wasser beherrscht das Feuer, das Feuer beherrscht die Luft, die Luft beherrscht die Erde. Ein Kreislauf. Auf ewig.

Terra / Erde – Die Heiler

Erdwächter können sich selbst oder andere heilen. Sie sind der Ruhepol unter den Seelenwächtern, der Anker. Sie besitzen sehr verstärkte Sinne und sind mit der Kraft der Natur verbunden. Sie sind äußerst geduldig, diszipliniert und ausdauernd. Erdwächter lieben die Ordnung und Struktur. Sie sind extrem körperbetont.

Aqua / Wasser – Die Fühlenden

Wasserwächter besitzen empathische Fähigkeiten und nehmen Gefühle anderer über Berührungen auf. Je nach Training können sie diese auch beeinflussen. Wasserwächter tragen ihr Herz auf der Zunge. Sie besitzen eine sehr gute Wahrnehmung anderen Wesen gegenüber und erkennen sofort deren Schwachstellen. Manche Wasserwächter können ihre Zellstruktur so verändern, dass sie eine andere Form annehmen können. Mit viel Übung können sie auch andere Menschen nachahmen.

Ignis / Feuer – Die Magier

Die Feuerwächter strahlen Wärme und natürliche Autorität aus. Sie beherrschen die Künste der Magie und können – je nach Training – verschiedene Zauber wirken. Die Studien der Magie sind komplex und langwierig.

Feuerwächter zeichnen sich durch Enthusiasmus und eine starke innere Motivation aus. Sie wirken auf andere selbstbezogen, manchmal cholerisch. Wie das Feuer geraten sie leicht außer Kontrolle. Sie sind aufbrausend im Temperament, beruhigen sich jedoch auch schnell wieder.

Aer / Luft – Die Geistigen

Luftwächter leben in der geistigen Welt. Sie können ihren eigenen Geist ausdehnen und so alle Seelen im Umkreis erfühlen. Alle Luftwächter können Gedanken beeinflussen und kontrollieren.

Luftwächter sind die einzigen, die teleportieren können. Ein Rudiment aus früheren Zeiten, in denen die Seelenwächter um die Welt reisen mussten, aber noch kein geeignetes Transportmittel besaßen.

Sehr gute Luftwächter können aus anderen Wesen Fähigkeiten entziehen. Bisher gibt es nur wenige, die diese Fertigkeit erlangt haben.

Titanium

Ein Metall, das verwendet wird, um die Waffen der Seelenwächter zu schmieden. Nur mit einer Titaniumklinge kann ein Schattendämon getötet werden. Auch die Seelenwächter selbst können damit verletzt oder getötet werden. Titaniumwaffen sind sehr wertvoll und werden in einer Schmiede extra angefertigt.

Parsumi

Spezielle Pferderasse die von den Seelenwächtern seit Jahrtausenden gezüchtet wird. Die Parsumi sind in der Lage, »zwischen den Welten« zu reisen. Dabei bauen sie eine Art Tunnelportal auf, das sie binnen Sekunden von einem Ende der Welt zum anderen tragen kann. Parsumi sind für Menschen nicht sichtbar.

Die Übersicht der Charaktere:

Akil: Seelenwächter in Arizona. Element – Erde

Noah: Exfreund von Akil

Tom: Fischer

Azam: Freund von Akil aus Kindertagen

Mihra: Freundin von Akil aus Kindertagen

Zareen: leiblicher Bruder von Akil

Ewa: Mutter von Akil

Marek: Hufschmied

Safraz: Pferdehändler

Ramin: Wache

Agash: Dämon, der Wünsche mit Hilfe von Münzen erfüllt

Ananka: Die Heilerin und eine von drei Schwestern

Tyche: Die Quelle und eine von drei Schwestern

Moira: Die Schicksalsspinne und eine von drei Schwestern

Ahriman: Dämon, auf den Flüche ausgesprochen werden

Druj Nasu: Ein Wanderer

Callie: Wächterin der Erde

Rafá: Pferdehändler in den Bergen

Jessamine Calliope Harris: 18-jähriges Mädchen auf der Suche nach ihrer Mutter.

Jaydee: Findelkind. Weder Mensch, noch Seelenwächter. Besitzt Fähigkeiten eines jeden Elements.

Ilai: Das Oberhaupt der vier Seelenwächter in Arizona und Ratsmitglied. Element – Feuer

William: Seelenwächter in Arizona. Element – Feuer

Anna: Seelenwächterin in Arizona. Element – Luft

Colin: Wächter des Feuers. Ist das Oberhaupt einer Familie in der Karibik

Raphael: Wächter der Erde, gehört zu Colins Familie

Benjamin Walker: Detective in Riverside Springs und immun gegen die Fähigkeiten der Seelenwächter.

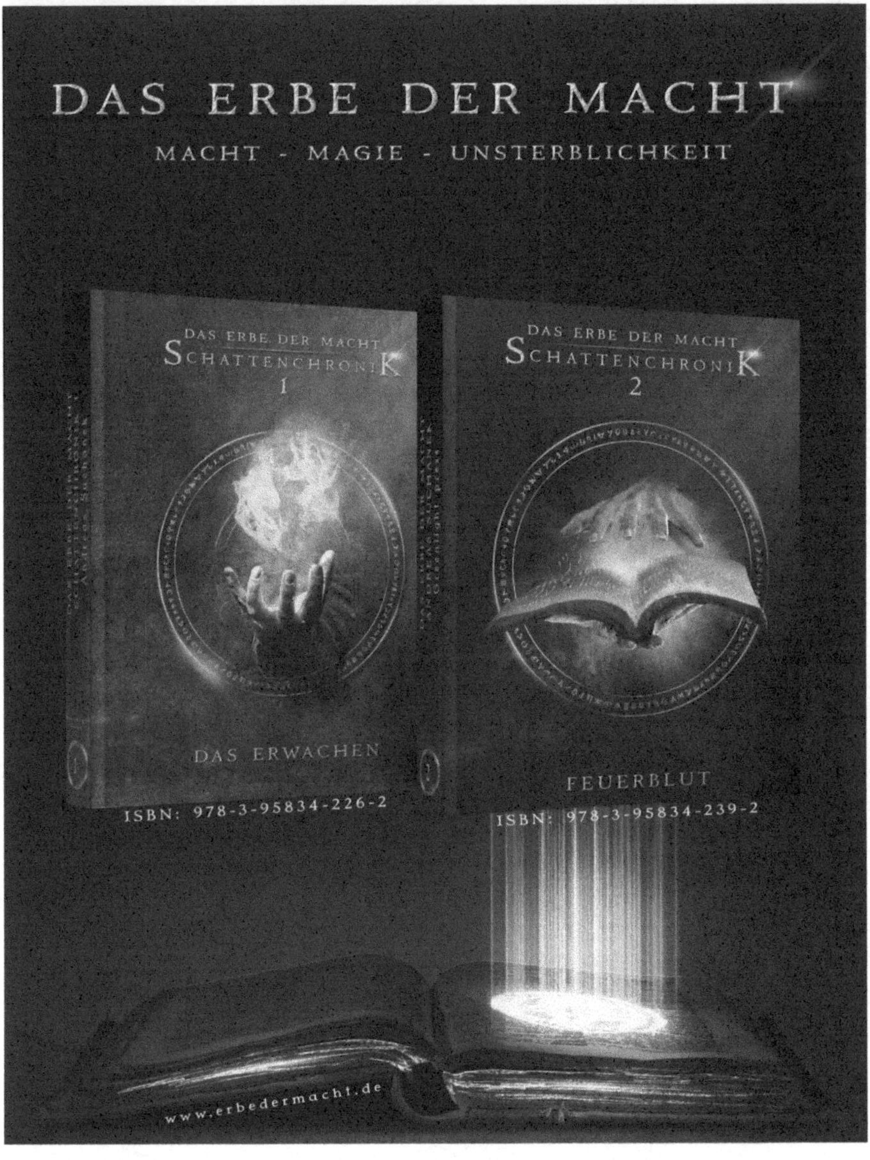
DAS ERBE DER MACHT
MACHT - MAGIE - UNSTERBLICHKEIT
DAS ERBE DER MACHT
SCHATTENCHRONIK
1
DAS ERWACHEN
ISBN: 978-3-95834-226-2
DAS ERBE DER MACHT
SCHATTENCHRONIK
2
FEUERBLUT
ISBN: 978-3-95834-239-2
www.erbedermacht.de

EIN MORDS-TEAM
BARRINGTON COVE
Wer tötete Marietta King?
DER LAUTLOSE SCHREI
GEFÄHRLICHE SPIELE
DAS BÖSE IM SPIEGEL
DIE MACHT DES GRAFEN
ANDREAS SUCHANEK
WWW.EINMORDSTEAM.DE
Eine Serie der greenlight Press

HELIOSPHERE 2265
Die SCIENCE-FICTION-SERIE
von PERRY RHODAN-Stardust Autor ANDREAS SUCHANEK
NEU ALS HÖRSPIEL
Von den Mark Brandis-Machern
Mit bekannten Stimmen aus Film und Fernsehen
SEIT NOVEMBER 2012
Jeden Monat als E-Book, alle zwei Monate als Taschenbuch
Drei mal nominiert als „Beste Serie" beim Deutschen Phantastik Preis
MEHR INFOS UNTER
Web www.greenlight-press.de | Twitter @Heliosphere2265 | Facebook www.facebook.com/Heliosphere2265

Die Seelenwächter kommen wieder!